天山眸子

陈平 著

人民东方出版传媒

东方出版社

图书在版编目（CIP）数据

天山眸子 / 陈平 著 . —北京：东方出版社，2021.9
ISBN 978 - 7 - 5207 - 2275 - 9

I. ①天…　II. ①陈…　III. ①散文集 – 中国 – 当代　IV. ① I267

中国版本图书馆 CIP 数据核字（2021）第 138185 号

天山眸子
（TIANSHAN MOUZI）

作　　者：陈　平
责任编辑：张双子
出　　版：东方出版社
发　　行：人民东方出版传媒有限公司
地　　址：北京市东城区东四十条 113 号
邮政编码：100007
印　　刷：北京汇林印务有限公司
版　　次：2021 年 9 月第 1 版
印　　次：2021 年 9 月北京第 1 次印刷
开　　本：710 毫米 × 1000 毫米 1/16
印　　张：22.25
字　　数：270 千字
书　　号：ISBN 978–7–5207–2275–9
定　　价：66.00 元
发行电话：（010）85924663　85924644　85924641

目　录

我的眸子我的心 （自序）

1948年元旦，西天山深处中苏边境一座大清国留下的卡伦（哨卡）苏洪卡。高天瓷蓝，鹰击长空。驻守于此的国军第四十二师骑兵团的陈排长，得到喜讯：远在二百多里外的伽师县的妻子，生了儿子。兴之所至，喊着"我有儿子了！"操起一挺轻机枪对空射一梭子。雪山峻岭，轰传良久。

此子即我——陈新元，取新年元旦之意。父亲参加新疆"九二五"起义，时任连长。部队改编为中国人民解放军第二十二兵团骑兵第八师。出生时，我给了喀什一声响亮的啼哭，喀什给了我一双独特的眸子。婴儿时，我的眸子与所有人一样，明亮，清澈，灵动，天真无邪；青年时，我的眸子与同代人一样，活泼，好奇，朝气蓬勃，求知强烈；到了成年老年，发现我的眸子与许多人相同之处：混浊，沉稳，处变不惊；不同之处：对事物的观察，记忆，感悟，理解，甚至视角有所不同。眸子是心灵的窗扉，人老心灵入定了；眸子是记忆的回光返照，人老眸子深沉了。

我的眸子里装着丰富多彩的喀什文化。喀什自古以来是丝绸之路重镇，汉文化、佛教文化、伊斯兰文化，在这里交流、撞击、融合。这里的文化不仅仅是《福乐智慧》《突厥语大词典》那样的著作，不仅仅是"托库萨莱依"古城传说，也不仅仅是浩如烟海的写新疆的文章，而是鲜活的人，鲜活的声音，鲜活的语言，是人间烟火，衣食住行；是民俗民风，民间故事。我出生时，父亲在苏洪卡守边，无军令不得回家。房东是维吾尔巴依（富商），请了一位维吾尔中年妇女照顾母亲。我的眸子看到的除了母亲就是维吾尔族保姆，这就注定我与喀什这块古老的土地有不解之缘。我慢慢长大，学会了维吾尔文字，维吾尔语流畅。在内地，我说自己是"新疆人"，在新疆，我说自己是"喀什人"。我听到早晨喀什街头的毛驴车喧闹，一生的记忆里常常回响着《故城蹄声》，浮现国画大师黄胄的名作《百驴图》；我与巴郎们雪中猎兔，知道那个木棒叫"苜马克"；我陷于沼泽中的那个夜晚，听到热瓦普琴声，于是冲动去《追寻木卡姆》；我在生活贫乏的年代认识了"恰玛古"，还有难忘的夜走荒村寻找"巨洼孜"；我不但学会做抓饭，而且会讲关于抓饭的故事；我喜欢吃馕，还被馕蕴含的爱情故事深深感动；我喜欢春天的杏花，夏日的甜杏，进而探究吃杏子使人长寿的道理；老年时，我才真正理解了年轻时听到的维吾尔谚语"一个人的家乡在他的肚子（胃）里"，感慨万分写下《我的家乡我的胃》。著名学者余秋雨访问喀什，我当义务导游，讲了喀什历史故事，风土人情，特别讲了《喀什人侃上海人》，秋雨老师听得津津有味，临别时叮嘱："你把讲的这些故事写出来，就是一部介绍喀什的好书。"一石激起千层浪：大师肯定了我的故事就是文化！

我的眸子里涌动着风云激荡的新疆历史。心中有历史，眸子更深沉。少年时，我进过一座破庙被吓的跑出来，中年时才知道那是清末新疆有名的"方神庙"；上学时，我去过喀什"东高营房"；中年时，这个高台上的营房被毁了。到了老年，我著文力图抢救这个消失的地名。在乌鲁木齐至喀什的火车上，我想到了百年之前清朝大员对新疆铁路建设的呼吁，想到了我在这条漫长的路上"夜店遇狼"；我常常陪客人谒拜"盘橐城"，总是重复"不到新疆不知祖国多么广大，不到喀什不知班超多么伟大！"我告诉客人"阿巴克霍加麻扎"与"香妃墓"是两个不同的故事。登上图木舒克"唐王城"遗址，我仿佛看到大唐名将高仙芝西去的大军，我追寻玄奘的足迹，登上帕米尔高原，凭吊名闻遐迩的"公主堡"。在图木舒克胡杨林深处，我为"四十姑娘坟"掬一捧热泪。在库车新和旅游，我随身带着《龟兹史料》，边看边读边思考，文思泉涌，一挥而就《古龟兹踏青》。还有，许多人不知道在抗战时期，新疆的少数民族知识青年为抗日救国奔赴黄埔军校，其中有父亲的战友《维吾尔族老黄埔》。

我的眸子里蕴含着丰富的人生感悟。在喀什生活半个世纪后，我到乌鲁木齐从事史志工作。我的眸子进入一个崭新的境界：一是研究历史使我更深刻地理解了现实，理解了我的人生经历大背景。二是有机会走遍了大半个中国，从长白山到海南岛，从八百里秦川到云贵高原，从万里长城到天府之国。我的眸子变得犀利深邃，开阔豁达，但也很奇怪目之所视，心之所思，与众不同：在美丽的西子湖看到"浓妆淡抹总相宜"的江南姑娘，我立刻想到身穿苏杭丝绸的喀什"克孜"，脑海浮现飞将军李广策马飞天，身后贴着西施姑娘。在北京景山，听着如瀑如涛的歌声，我仿佛看到崇祯提着砍杀公主滴血的宝剑，蹒跚奔向歪脖子树。在狭小的胡同里，寻访破败的于谦祠，我疾走在寒风里，心潮澎湃，双颊赤红。在长春伪满皇宫，我看到宝刀、玉碗、玉玺的背后，那场"其兴也勃，其亡也忽"的皮影戏。在长春松苑宾馆，我紧紧贴耳松树，仿佛听见进入新疆的东北抗日义勇军战士的呐喊。在陕西岐山五丈原诸葛亮祠，久久凝望岳飞手书《满江红》，心中回响着进军新疆的老黄埔的歌声。在西湖畔"岳王庙"，我想起"引得春风度玉关"的左宗棠，告诉同事：新疆的"一炮成功"纪念公园里没有跪像，将士们守卫疆土，横刀而立。

古稀之年，我在照片上看到自己的眸子。2018年，在上海与退休回沪的老战友聚会，合影照片发到网上，我的题照：

中华文化，博大精深；神谟远烛，渥泽遐流；张骞凿空，卫霍纵横；弘羊首议，郑吉屯垦；充国不老，窦宪勒铭；耿恭孤城，疏勒飞泉；班超父子，叱咤风云。龙城飞将，彪炳千古。法显玄奘，殉道无悔。太宗击鼓，大唐《破阵》；陆游《示儿》，岳飞抗金；左帅西征，故土新归。林公南巡，锋车八城。自古天狼星下，长城内外乃飞橄鸣镝，忠烈牺牲之地。我辈西域一生，仰无愧祖宗，俯无愧子孙；屯垦戍边，七十回眸：绿了沙漠白了头，尚存肝胆两昆仑……

我看到照片上自己的眸子中：有爱有恨，有烈火，有热泪，有崇敬，有坚韧。以神遇不以目视，我被自己古稀之年的眸子深深感动了。

如果我的眸子看到的世界与所有人完全相同，就不会有《天山眸子》。

感谢著名书法家梁文源、殷浩为《天山眸子》题字，感谢著名篆刻大师薛林制印，感谢江南大学教授张春梅赐《他从历史深处折近》，感谢新疆著名电视纪录片编导郭有德《陈平这个人》。

朋友，请随着我的眸子看世界……

2018年夏 初稿于苏州 定稿于乌鲁木齐
2020年夏 修改于苏州

故 城 蹄 声

我出生在伽师，在古城喀什噶尔长大。

我出生时，给这块土地一声啼哭；这块土地回赠给我马鸣牛哞，蹄声阵阵。从少年、成年到老年，无论走到天涯海角，无论离开喀什多远，故乡街头的蹄声，常常踏梦而来，心头萦绕。

那时，我住在玉木拉协海尔路边的小楼里。天刚破晓，一阵急雨般的蹄声叩窗而入。披衣临窗：路灯唤来一队队毛驴车，那牲灵昂首弄姿，咴咴相应，仿佛不是在拉车而是在扬蹄敲打爵士鼓。

那时喀什还没有火车的汽笛声。蹄声牵动着各族老百姓的生活。

春天，那蹄声牵来一街绿。青菜、大葱，在裹着棉被的筐子里露出来，大年初一吃顿韭菜馅饺子已是市民家的寻常事；青菜翠绿，辣椒红亮，稀罕的西红柿已露出半边粉红，"小白长成越女腮"。古人讲的"时令果蔬"已经不适应现代喀什了，瓜果蔬菜的生产已经不受季节限制了。日光温室、塑膜大棚在郊区迅速发展，已成为维吾尔菜农的摇钱树。

夏天，那蹄声喧闹张扬着铺开满街的红火。最早上市的是杏子，黄杏灿灿，红杏灼灼，白亮沙杏如玉琢。捏一枚软杏，咂个口一吸，那蜜汁般的香甜沁透肺腑。当年杨贵妃如果吃了喀什杏，那两句诗就要改写了："一骑红尘妃子笑，无人知是杏子来"。老农说，喀什杏有

42个品种，赛买提杏个大肉厚，香甜多汁；小油杏玲珑如玉，甜酸可口；白沙杏被拎上飞机赠送万里之外的亲友。李光桃红脆香甜，蟠桃蜜汁黏住嘴唇，也许《西游记》里蟠桃园不在天上，在喀什。接着上市的是南疆特产的早熟甜瓜。有种叫黄蛋子的甜瓜特别漂亮，也许艾德利斯绸的色彩就来自这种甜瓜的灵感，一道黄一道绿，鲜亮圆润，香味浓郁，瓜瓤绵软，最适合没有牙齿的老人吃——俗称"老汉瓜"。

秋天的蹄声最密最热烈。蹄声中响起维吾尔巴郎的歌声，那粗犷，那喜悦，尽在街头的热闹中。西瓜甜瓜堆得像一座座小山，市民们用麻袋买瓜。西瓜滚圆，刀一碰皮，瓜裂两半，沙瓤红艳；甜瓜一剖两半，瓜瓤搅糊，泡块新鲜油馕吃个痛快。外国旅游者也学会了这个吃法，半个脸扣在瓜里只顾品味，金发抖动，满脸惊喜。最有名的是伽师瓜，瓜瓤碧绿是"祖母绿"，瓜瓤鲜红是"玛瑙红"。北宋《太平广记》载："汉明帝（公元28—75年）阴贵人，梦食瓜，味甚美。时敦煌献异种瓜，名库隆。""库隆"是维吾尔语甜瓜的音译，汉代甜瓜是皇室的专享，而现在成堆的甜瓜就在我的阳台下。那年，中国女排首次夺得世界冠军。喜讯传来，喀什人立刻送去一车皮伽师瓜，轰动京城。书法大师启功挥毫"奇甘都市尝新味，盛世儒林说异瓜"。还有，一筐筐大白桃粉白淡黄，皮一剥，色如银沙，汁浓冰甜。葡萄有40多个品种，红似玛瑙，绿似珍珠，紫如墨玉，争奇斗艳，美不胜收，吃着马奶子，盯着紫葡萄，回家时兜着一大串木纳格葡萄，真是"喀什的葡萄熟了，阿娜尔汗的心儿醉了"。枣子有好几个品种，脆枣有圆的、长的，酸甜可口；绵枣色泽淡黄，入口香甜绵软，不但营养丰富，而且可以治腹泻。卖枣子的老乡不用秤，两毛钱双手满满一捧倒进你的口袋里。卖枣老人笑着告诉"一天一把枣，终身不显老"。李子乌黑发亮，剥开皮，咬一口，一直把果核啃干净都舍不得吐掉。无花果被称为"天堂上的果实"，维吾尔人誉为"树上的糖包子"，喀什、阿图什的土壤光照最适合这种珍果生长。无花果属水果贵族，价格贵一些，吃的人围着筐子半天不散。有的来自南方的客人不认识无花果，一尝大呼相见恨晚。毛驴车上篮中貌不惊人的木瓜，果肉硬而酸甜，置室中清香袭人，做羊肉抓饭倍增浓香，久留齿颊。一位进疆工作四十年退休回沪的上海知青说："在新疆生活一辈子最难忘那里的瓜果歌舞。一听到手鼓就想跳刀郎舞，一想起喀什的瓜果，我就想唱起《叫我如何不想她》!"

冬日里蹄声踏破清晨的寂寥。冷紫了脸的葡萄攒成一堆儿，冻红脸的石榴半掩着满腹的珍宝，黄元帅、红富士苹果拂开金黄的稻草透出清香。别怕冷，小贩已点燃一小堆火，案上的甜瓜粘着浓稠的蜜汁，你会领略到"围着火炉吃西瓜"的西域风情，你会被维吾尔老百姓用地窖储藏瓜果的祖传良方所感动。元代著名诗人耶律楚材写道："留得晚瓜过腊半，藏来秋果到春残"，就是说七八百年前西域的秋瓜可以吃到来年腊月，水果可以吃到来年的春夏之交。瓜果是怎样保存的？我在乡下工作时，看到维吾尔老乡的祖传方法：在干燥结实的地方挖一人深的地窖，里面一排排立柱，上面盖树枝麦草覆土。秋天的葡萄一串串挂在木柱上，甜瓜先晒半个月，霜降之前用草绳兜起来吊在地窖顶上，苹果、梨子装在筐子里用麦草覆盖。冬天地窖口用麻袋盖住，瓜果一直可以储存到来年春天，而且保持色泽香甜不变。

故乡的声音唤醒历史：1809年，清乾隆三十七年（1772年）进士铁保，任喀什噶尔参赞大臣，驻徕宁城。铁保在清皇族宗室中以文章书法名重一时，他在《徕宁果木记》中写道："昆仑踞西域之胜，世传为仙人出入之所，嘉树珍果，萃于其地。徕宁地近昆仑，得其余气，多暖而少寒，以故果木之盛甲于天下，桃、杏、葡萄、梨枣、苹婆、林檎、樱桃，俱极香美无伦也。苹婆尤为异品，形如内地苹婆，而莹然无渣，表里照澈如水晶，味香烈而极甘，别城无此种。"铁保大人认为"徕宁果木甲天下"，原因是"得昆仑之仙气"。他文中写到的水果我都吃过，我在喀什的住宅楼就在当年铁保参赞衙门的旁边，我想铁保也一定听到过徕宁城外的喧闹声。

蹄声引起我对一头头牲灵的兴趣：它们四肢短粗，行走快捷；头重尾短，神态幽默；肩有虎纹，唇有白圈；甩耳互蹭，鸣声哎哎。难怪维吾尔幽默大师阿凡提骑驴周游世界，也难怪大画家黄胄喜欢画毛驴，他笔下的毛驴活灵活现，呼之欲奔。1978 年，国家领导人出访日本，赠送给日本天皇的礼品就是黄胄的《百驴图》，被日本视为国宝珍藏。在克孜尔千佛洞一幅丝绸之路壁画中，一长串骆驼最前面是毛驴在领路呢！

喀什城市建设在发展，百姓生活在改变。喜悦中掺着几分遗憾：蹄声逐渐远去了、稀少了，在我离开喀什调到乌鲁木齐工作之前，窗外摩托声、小四轮的突突声代替了蹄声。

到街头去看看，金城、嘉陵摩托车成群结队；北京吉普价廉结实，菜农将它改装成客货两用车，一趟拉来一大堆瓜果蔬菜。5 月初，几天沙尘暴之后，喀什街头菜价落而又涨，瓜果少了许多。一问才知道阿克苏遭了霜冻，市场缺菜和瓜果，老乡们驾车到阿克苏占领市场去了。这是毛驴车无论如何做不到的，无论我怎样怀念蹄声。

2017 年夏天，我又回到阔别二十年的喀什，那座玉木拉协海尔路的陈旧的楼房还在紧靠路边上。徘徊阳台下，仰望旧居，耳边又一次回响晨曦中的蹄声。突然，一辆接着一辆的电动车从身边疾驰而过，闪过艾德利斯裙子的艳丽，掠过花帽的彩波，丢下一串串孩子的笑声，车子没有声音！街上摆满琳琅满目的南方水果，香蕉、芒果、猕猴桃，还有泰国榴梿，心里连连感叹："换了人间"！

怀旧是一种人文情怀，是对祖先生活的追溯体验。西湖上有现代化的豪华游艇，人们却偏爱手摇橹的乌篷船，听船娘子唱民歌，而且要在漂浮的船上聆听"夜半钟声到客船"。那是因为人人心中都有故乡的心在跳动。

在飞机的轰鸣声中，在九霄云上俯瞰生我养我的土地，看到一列火车沿着天山奔驰，我听到故乡新的心跳声音……

馕与爱情共久长

民以食为天，"食"以馕为先。馕与我们新疆人的生命、爱情、友谊共久长。当一个个热气腾腾的馕从炙热的馕坑里钩出来时，勾起了我心中一个个馕的故事，唤起一种神圣的感情。

馕在汉族史书上被称为"胡饼"。张骞通西域后，胡饼渐渐传入内地。玄奘西天取经所携物品最珍贵的就是馕和水。民族英雄林则徐踏勘南疆描述少数民族百姓生活："粗布未染作衣裳""冷饼盈怀唤作馕"。那时的富人从不把馕裹在腰带里。富人吃的是和入牛奶、酥油的高级馕。穷人的馕是苞谷面烤出来的，又瓷实又耐饿，腰带一裹，一天不愁。

"锄禾日当午，汗滴禾下土。谁知盘中餐，粒粒皆辛苦。"对粮食的珍爱是各族老百姓的共同感情，深深渗透到人们的道德观念中。在南疆农村，维吾尔人孩提时代所接受的教育是：馕是百姓的血汗，是珍贵的食物；如果看到地上掉一块馕不捡起来，眼睛会瞎掉！即使这块馕脏了不能吃，也不可用脚踩，要把它放在眼睛看不见的地方。20世纪70年代末，有一幅罗中立创作的名为《父亲》的油画，在全国曾引起强烈轰动。画面上那位满面沧桑、饱经风霜的陕北"父亲"，端着土碗喝水。如果要画维吾尔族《父亲》，最能震撼人心的画面是，我曾经在荒漠中看到过的维吾尔老人吃馕：老人皮肤黝黑，皱深如

喀什馕店

刻，眉毛稀疏，眼窝深凹；右手把掰成小块的馕轻轻递入口中，左手弯曲承接下腭兜住散落的馕渣；那目光中是享受馕的香味的满足，是享受自己劳动果实的恬然。我在大漠搞测量时，曾经遇见维吾尔老人骑着毛驴，肩上搭着鼓鼓囊囊的马褡子。我开玩笑问为什么不把沉甸甸的马褡子放在毛驴鞍子上？人不就轻松了！老人一言不发，解开马褡子，露出黄澄澄的苞谷馕。我明白了：馕要放在离心最近的地方！老人把对馕的神圣感一瞬间置入我的心扉。

　　林则徐踏勘南八城有诗"桑葚才肥杏又黄，甜瓜沙枣亦糇粮。村村绝少炊烟起，冷饼盈怀唤作馕"；民间有俗语"宁可三日无肉，不可一日无馕"，"无馕不待客"，馕被赋予一种神圣的感情。维吾尔人走亲访友最受欢迎的礼品是馕、茶、方块糖。亲人远行，送别的礼物是馕。馕的圆形寓意"团圆"，若梦见馕则预示将会见到久别的亲人。举办婚礼时，新娘告别父母，父母亲举双手祈祷，为女儿祈福，

7

拿着馕在女儿头上绕几圈，其意为：不忘养育之恩；今后的日子丰衣足食。婚礼上新郎新娘要一起吃蘸着盐的馕，意为生活美好，永不分离。逢年过节，琳琅满目的食物中，馕被摆在最显赫的位置。到维吾尔族人家中做客，临走时主人会给你一包馕，带给你的亲人品尝。维吾尔刀郎人的习俗，给婴儿起名字仪式时，要在婴儿头边摆一圈圆馕，意为"长大了多交朋友"。在莎车民间保留了古老习俗，婴儿出生四十天，请邻居亲友幼儿吃"托卡西"馕。一群三五岁的孩子，手捧茶杯盖子大小的牛奶馕，中间小窝窝里抹着蜂蜜，边吃边对着摇篮里的小伙伴祝福"萨拉姆"。然后做游戏，模仿猫叫狗叫，模仿骑驴骑马，模仿鸽子旋转飞翔，小婴孩发出笑声时，父母亲、爷爷奶奶都会沉浸在幸福甜蜜之中。

维吾尔谚语：馕是信仰，无馕遭殃；不要踩馕，踩馕就是踩自己的脸；劳动者的馕香，懒惰者的命香；源头有水，下游有馕；没有白面馕，也要有白面馕的语言。

在南疆农村中，有一种古老习俗：一位姑娘暗中爱上一位小伙子，而小伙子却浑然不觉。姑娘亲手烤一块馕，请有威望的长者对馕祝福，再请人将馕转送给小伙子吃。小伙子吃了就会发现爱慕他的姑娘。馕成了丘比特的神箭。人们对馕爱得深沉，这种爱又扩大到了男女之情；或者说，先有馕之爱再有男女之爱。

说来也怪，电炉烤出来的馕没有馕坑里烤出来的馕香。馕是实实在在土里生土里长土里熟的食品。馕坑是垒土为穴，用土盐和泥为内层，烧成倒盆形，上有圆口，下有通风洞。烧柴最好用果树枯枝，炭无杂味，烤出的馕最香。和面要用面粉、水，烤油馕则和入牛奶、酥油。揉面要狠要细要匀，面团要揉到有弹性、不硬不软不沾手。然后擀开撒上芝麻，用鸡毛扎成的把子扎上花纹，贴入馕坑，烤至金黄即可。当馕烤熟时，香气四溢，酥脆可口；携带方便，久贮不坏。馕不仅为少数民族人民所喜爱，而且深受汉族群众的钟爱。在乌鲁木齐国际机场，包装精美的馕被提上飞机，成为赠送内地亲友的珍贵礼品。在全国各地，有新疆人的地方就有馕。

我曾在塔什库尔干夏板迪乡听到有关馕的生动故事：那里天高瓷蓝，流云若滑，山鹰刻画着黑色圆舞曲。神圣的穆士塔格雪峰插入钢蓝色的晴空；塔什库尔干河湍急奔流，两岸如削。一位塔吉克小伙子爱上了对岸一位塔吉克姑娘。小伙子唱山歌，姑娘无回应；写封情书吧，他们都不识字。小伙子用花头巾包了块洁白的石头和火柴，然后登上高处用力扔向对岸。姑娘打开一看就读懂了这封"情书"，我对你的爱情像玉石一样洁白坚硬；我对你的爱情像火柴一样一碰就燃。这位姑娘也扔过一个彩巾包来，里面是一块馕和一块酸奶疙瘩。小伙子欣喜若狂。这封"情书"说：我和你的心像馕和酸奶疙瘩一样不可分离；我们的生活将会像馕加酸奶子一样香甜！不久，国家投资在夏板迪河上架起了一座双曲拱桥。迎亲的马队涌向彩虹般的拱桥，鹰笛在雪山峡谷中回荡，馕的浓浓香味在山村飘散……

难怪馕的历史那么久远，那么受人喜爱，因为它与生命和爱情紧密相连。

洋人　铁保　抓饭

烤羊肉串，油馕，拉面，是风靡天山南北的维吾尔风味小吃，是引车卖浆者皆可大快朵颐的快餐，抓饭则是贵族式的高档食品。或者说，烤羊肉串坐着、站着、走着都可吃，那么抓饭必须铺地毯、展餐单，盛之精美的大盘中，洗净双手，长跪而食。换言之，烤羊肉串是"下里巴人"，而抓饭则属"阳春白雪。"

新疆最鲜美的抓饭在千年文化古城——喀什。

20世纪80年代中期，中国改革开放掀开了喀什神秘的盖头。中巴边境的红其拉甫口岸对第三国开放。西方国家的游客们寻觅着斯文·赫定、斯坦因的足迹纷纷从帕米尔高原入境，来到丝绸之路上的千年古城。有位英国记者兴趣盎然地乘坐毛驴车体验"中世纪风情"，徜徉在著名的艾提尕尔清真寺广场。英国记者腹中饥了，犹犹豫豫来到一家维吾尔人开的饭馆。维吾尔人的热情好客驰誉遐迩，洋记者被盛情延入。展现在他眼前的是烤得滋滋滴油的羊肉串，浓香四溢的"缸子肉"，酥亮细软的"油塔子"，当然还有色味极佳的抓饭。他仔细考察一番后要了一盘抓饭。因为，他发现抓饭的用料极富营养：胡萝卜、洋葱、杏干、葡萄干、西红柿，再加上肥而不腻的羊肉。品尝之后，记者拍手叫绝。边啜浓茶，边刨根问底。原来，这家饭馆已有近二百年历史，代代相传。抓饭味道鲜美，在古城喀什已享盛誉，如北京全聚德的烤鸭。洋记者回国后专写一篇吃抓饭的文章，附上彩色照片。后来，竟有西方游客拿着洋文报纸按图索骥，找到这家艾提尕尔大清真寺边的餐馆，享用抓饭。

如果那位英国记者采访我，文章可能写得更加精彩。我在喀什生活了几十年，是那家维吾尔饭馆的常客。维吾尔人最喜欢懂维语的汉族兄弟，况且我的维语是地道的维吾尔语"普通话"——喀什维吾尔语。于是，我不仅一次次地品尝过美味的抓饭，而且知道了有关抓饭的传说，甚至学会了做抓饭。

传说抓饭是几百年前喀什的一位维吾尔族年轻医生发明的。这位年轻人二十多岁得了"痨病"，极其瘦弱，吃了不少药不见效。亲戚朋友们暗暗替他准备后事。但他毕竟有医学知识，懂得"药补不如食补"，懂得营养的重要作用。于是，他选取了精米、羊肉、洋葱、胡萝卜、核桃仁、葡萄干、杏干等，做成抓饭。每日一餐。半年之后，此君红光满面，身体健康。人们纷纷来询问究竟。这位年轻医生公开了他的食谱秘诀——抓饭。抓饭立刻红火起来。经过几代人的改进，抓饭越做越精美，用料也越来越讲究。

首先要选最鲜美的羊肉。以伽师、巴楚等地的羊为最上乘料。这里的羊吃碱草，喝碱水，肉质细嫩，香醇滑腻。全疆的羊肉无优于此。

其次要用入冬后的胡萝卜。此时的胡萝卜成熟好，甜味浓。还需选用粒大饱满的葡萄干，叶城薄壳核桃仁，英吉沙赛买提大杏干。

高档抓饭要放一种珍贵水果——木瓜。清朝喀什噶尔参赞大臣铁保，第一次吃放入木瓜的抓饭大为感叹。1810 年，两江总督铁保调任喀什噶尔参赞大臣。铁保是乾隆三十七年（1772 年）进士，才学文章书法很得大清皇族的推重。他对新疆的水果大为赞赏："昆仑踞西域之胜，世传为仙人出入之所，嘉树珍果，萃于其地。徕宁地近昆仑，得其余气，多暖而少寒，以故果木之盛甲于天下，桃、杏、葡萄、梨枣、苹婆、林檎、樱桃，俱极香美无伦矣"。"有所为榲桲者，似山东水梨而大，香如木瓜，以蜜渍之，甘酸如山楂而香过之，真异种也。"他所称"榲桲"即俗称的"木瓜"。这位清朝大臣看到木瓜放在抓饭里大为惊诧，呼之曰："甚且珍品与羊胕同烹，名园与马枥为伍，物不得其地，至此已极，不大可痛惜乎哉。"当然，铁保大人是借抓饭中的木瓜抒发自己怀才不遇、被贬戍新疆的郁闷之情，那是另外一回事。林则徐在踏勘南八城时，品尝抓饭后咏诗"豚鱼由来不入筵，割牲须见血毛鲜。稻粱蔬果成抓饭，和入羊脂味总膻"。林公吃的抓饭可能羊油太多了，现在喀什抓饭多用红花油、葵花籽油，味道鲜美，毫无膻味。

铁保大人应当赞美放入木瓜的高档抓饭。《晋宫阙记》载："华林固有林檎十二株，榲桲六株"；《本草纲目》载：榲桲"味酸甘，主治温中，下气消食"。木瓜吸收羊肉之精气，聚合胡萝卜、洋葱之香味，以其特有的酸味化解油腻，入口清香，久含齿颊，食之快哉！

1858 年，沙俄军官乔汉·瓦里汉诺夫入窥南疆，对喀什噶尔维吾尔族精美饮食、周全的礼节赞不绝口。1910 年，德国探险家勒柯克称赞"一种羊肉、大米、胡萝卜做成的饭食十分可口"。

抓饭顾名思义是用手抓着吃。有趣的是上古时代汉人也吃抓饭，用手抓着吃。《礼记·曲礼上》："共饭不泽手。"孔颖达解释："古之礼，饭不用箸，但用手，既与人共饭，手宜洁净。"古人用手把饭捏成团，蘸着肉菜汁吃。吃之前必须先洗手，这与今天的维吾尔人餐前用阿布都瓦壶先洗手是一样的啊！

我曾在南音袅袅声中品尝早茶，曾在吴语柔美中享受鱼龙宴，也曾在高贵典雅的京剧名曲中用面饼蘸大葱面酱吃烤鸭。但我心中总是铭刻着一幅大写意的国画：宽敞的炕上铺着厚厚的手工织成的精美地毯，布单上摆满各种干果、热茶、方块糖。几位维吾尔族老人矜持着坐在主宾席上，秀美的维吾尔族姑娘拎着阿不都瓦壶，每个客人洗手三次，切记不可甩手，"别把福气甩掉"。这时，香气四溢的抓饭用大盘堆如小山端上来。你看，米润如玉，色如泼金，杏脯灿黄，木瓜透香。你再看红颜长须的老人品尝抓饭的神态：右手三个指头作"品"字状，从饭堆上轻轻划下，手一翻，三指间已有一团金灿灿的抓饭；这时，左手轻拂长髯，右手将饭团从嘴边轻送入口。顿时，那羊的精气，那美妙的感觉传遍全身。

当然，现在吃抓饭不用手抓了，多用木勺磁盘了。

维吾尔谚语：为了爱情，巴格达不嫌远。我说，为了美食抓饭、瓜果歌舞，喀什不嫌远！

羊大为美话巴楚

那次难忘的荒原沙尘暴，我的意外收获是不但品尝了鲜美的羊肉，而且被维吾尔人的古老民俗所深深感动。

那天的风好狂！沙漠立起来，黑沉沉吞掉半边天。汽车抛了锚。我们一行四人蒙头缩作一堆，任凭车外"倒海翻江卷巨澜"。不知过了多久，风停了，沙息了，天空被擦得瓦蓝透明。我们饥肠辘辘，登高远眺，居然发现一缕轻烟，"大漠孤烟直"！我们奔烟而去。

胡杨丛的空隙里，有一间半地窝子式的陋屋。屋前七八个维吾尔族打柴人见我们又惊又喜："汉族兄弟来得正好，我们正凑份子宰羊呢。"

放羊老人叫居马洪。放 200 多只羊，都是几十里之外皮恰克村村民们的。老人喜滋滋地说，政策好，村民养羊多。他放一年羊可以收入一两千元，家里有彩电、挂毯。说话间牵来一只羊，众人估价 80元。居马洪说扣去羊皮算 72 元。按人头每份 6 元。商品经济的意识在大漠人中表现得很古朴：羊宰利索了，肉分作十二堆。每人找一件"信物"，有的人折了根红柳棍，有的人撇节骆驼刺，有的人扯了衣服上一根线头儿。"信物"全交给玉素甫——一位憨厚的中年人。他把"信物"分别放在肉上。大家认物取肉，皆大欢喜。然后各自在肉上做了标记，投入一口大铁锅中。肉是各吃各的，汤是任君取用。

这种分肉方法非常公平，非常简单。我立刻意识到这是一种古老的民俗。一问，果然回答是"爷爷的爷爷传下来的"。

那锅滚开了，香气四溢，令人垂涎欲滴。居马洪压住火，叫大家认标取肉。那肉真香啊！滑腻鲜嫩，香透肺腑。大家连声赞曰美极了！居马洪老人说，新疆的羊肉属喀什的最香；喀什的羊肉属巴楚伽师的最香。这里属塔里木大沙漠西缘，土地盐碱重。碱土中生长着一种草，羊吃碱草，喝碱水，肥肉少，瘦肉嫩，肉质特别好。

讲到一段难忘的经历，居马洪眉飞色舞：小时候，居马洪为巴依（地主）赶一群羊到中亚一个镇上。细嫩味美的羊肉引起了轰动。"马拉鲁西阔依"（维吾尔语：巴楚羊）成了美味的代名词。前年，喀什行署的维吾尔族专员率团出访独联体中亚，一位须眉皆白的老人拉着他的手回忆起半个世纪前的"马拉鲁西阔依"……

"全世界都没有这样的碱草，没有这样的羊肉！"居马洪自豪地摸着胡子说。

在斜阳的金色余晖里，居马洪和乡亲们簇拥着我们来到汽车旁。老人手中那根铮亮的红柳棍上有着羊肉的余香。

灵机一动："羊大为美"啊。我想起上小学时，老师为了叫我们记住"美"这个字，说："羊长得又大又肥，美不美啊？"

"分标取肉"，我给这种分肉方法取了名字。这种古老的民俗胜过羊肉之美。在没有秤的情况下，这是最公平的方法。这种大漠人世世代代传承的公平意识深深感动了我：在市场经济的狂潮中，这是多么稀缺珍贵的道德资源啊！

雪中猎兔"酋马克"

那年十月，我在举世闻名的悉尼歌剧院边，看到澳洲土著毛利人的彩色"飞去来器"（又称"飞镖"），把玩欣赏。我突然想起图木舒克刀郎人的"酋马克"——与"飞去来器"一样，可能都是弓箭发明之前的狩猎工具，同样是承载着古老民俗的珍贵文物。

1969年冬天，雪后初霁。包尔其山隐隐约约在银色雪雾中。一伙维吾尔巴郎兴冲冲邀我去打"托其干"（即野兔子）。我问用什么打，有猎枪吗？他们得意扬扬地扬着一尺多长的木棒："用这个——酋马克。"我笑道："兔子有四条腿，这个棒子有腿吗？追得上吗？"巴郎自信地一笑，递给我一个木棒。木棒状若丝瓜，瓷实沉重，光滑如玉。边走边教我遇到兔子怎样把木棒甩出去，弯腰、侧身、横抢，木棒贴着地面飞，正好野兔受惊跳起来，木棒就击中目标了。

进入胡杨林，散开成弧形，屏声静气，轻手轻脚。突然一声尖利口哨，众人齐喊"乌热（打）"，震得树挂簌簌飞落。几只土灰色的野兔受了惊吓，从树洞中窜出，一蹦好高，仓皇奔逃。巴郎个个身手矫健，趁野兔跳起时甩出木棒，野兔落下时木棒横飞过来，差点击中。那只硕壮的野兔果然机灵，逃过一劫，向一丛红柳窜去。但雪厚难逃，行动迟缓。说时迟那时快，巴郎们迅速捡起木棒，又甩出去。野兔被击中了。大家欢呼着围了过来，兔子旁边有几个木棒。有人认真地量了量距离，宣布谁的木棒离兔子最近，猎物归谁。那个年轻人高兴地把野兔装进麻袋，大家又向另一边围过去。

我扔了几次木棒没有收获。一个红脸巴郎悄悄示意叫我紧跟他。又是众人发喊，林木惊风。我身边雪窝子里突然跑出一只兔子。说时迟，那时快，我们两人的木棒一高一低横扫过去，一声叫好，巴郎的棒子击中落下的野兔。我俩高兴地围过去，正要抓住野兔，那家伙却忽然一蹦一丈远，落在我的木棒边了。巴郎一跃而上按住野兔，提着耳朵说这归你了。我说不行，我亲眼看见是你的木棒打中的。他说，光凭眼睛看见不行，谁的木棒离野兔近就是谁的，爷爷的爷爷留下的规矩谁也不能改变。

大家提着丰收的猎物笑着归去。我当时并未意识到雪中猎兔是一场古老的民俗活动，甚至没有记住那木棒叫"酋马克"。

三十年后，在图木舒克市文物展览馆，我惊喜地看到了"酋马克"，它居然登上"文物"的大雅之堂了。而且有文字介绍："酋马克"用精选红柳根削制而成，熟牛油涂抹，沉重结实，甩出去飞行稳定，是猎野兔的工具。

也许弓箭发明后，人们很少用"酋马克"狩猎。雪中猎兔逐渐变为刀郎人祖传的民俗活动，年年举行。领头人是最有威信的猎人，农闲冬日雪后，召集众人自带干粮，深入胡杨林，开展围猎娱乐。夜围篝火，狂歌劲舞，其乐融融。

图木舒克市已申报"酋马克"围猎活动为非物质文化遗产。这件事做得太好了！民俗是一个民族历史文化的活化石。

那天在图市，我被热烈奔放的刀郎舞迷醉的瞬间，突然发现舞蹈有甩"酋马克"的刚劲洒脱，有获取猎物的呼唤狂欢——

啊！狩猎部落的先祖，您永远在我们歌舞的狂欢中……

天山南北杏子游

杏子是新疆"瓜果歌舞之乡"的报春花!

杏花开时,新疆最美;杏子熟时,新疆最甜!

先说杏花。古诗"满园春色关不住,一枝红杏出墙来""借问酒家何处有,牧童遥指杏花村""红杏枝头春意闹"等,你看了新疆的杏花,立刻会感到古诗中的杏花美则美矣,但失之纤巧,逊于野趣。新疆天山的杏花大气、野趣、坦荡,如火燃烧、如霓喷发。

吐鲁番盆地气候干燥,光照充足,杏花开的最早。千年古村吐峪沟,一座座古色古香的农舍掩映在盛开的杏花中,朴实与艳丽,古朴与新颖,静默与灵动,黄色的砖与灼灼的火,完美组合成一幅大写意的西域春色图。托克逊每年的"杏花节"都吸引乌鲁木齐"万人游",更有美食特色小吃,小城人气火爆一时。伊犁杏花开的较晚,要到四月下旬。有爱好摄影的朋友说,全国最美的杏花在伊犁吐尔根乡;杏花盛开时,不论你懂不懂摄影,会不会欣赏,只要你按下快门就是一幅精美绝伦的油画。我去过那里,终生难忘那里的杏花美景。山谷的早晨气候湿润,杏花的红色是在春天的露水中浸泡过的,那么酥润,那么剔透。山脊缓缓地牵着杏花如彩绸飘舞,松树野草皆青黛色,毡房的炊烟袅袅漫开,杏花或散或聚,或远或近,或断或续,或烟或燃,如梦似幻,如火似云,"此景可待成追忆,只是当时已惘然"。近年乌鲁木齐开通赴伊犁的"杏花旅游专列",游客火爆。

杏子还没有成熟,人们已经急不可待了。奇台、巴里坤等地特色小吃"青杏子羊肉汤揪面片子",别说吃,光听这名字就令人惊呼"天下美食一绝"!

再按成熟先后品尝杏子吧。北疆杏子比南疆成熟晚,南疆早熟杏子最有名

喀什杏花开时

的是库车小白杏,产地在阳霞乡。小白杏形如鸽卵,色如脂玉,皮薄汁浓,甘甜可口。接着成熟的是轮台大红杏、小红杏,色泽艳红,果香绵长。尤其难得的优点是耐储运,七八成熟装箱,到乌鲁木齐市场就熟透了,很受欢迎。阿克苏的杏子七月初成熟,一上市就轰轰烈烈,路边铺开。这里杏子的老品种李光杏、大黄杏,早已经很有名气了,而近年新疆兵团乌什垦区三万多亩新品种"野山杏",大有取而代之之势。"野山杏"原产伊犁,俗称"吊干杏",意为"挂在树上自然晾干的杏子"。从伊犁跨越天山在乌什栽培,杏子变大了,变得更甜了。去年,我在乌什杏园里,果农随意拉下一树枝,摘了一兜杏子,我吃的满口蜜汁,问:"多少钱一公斤?"回答:你随便尝。不卖,订了合同,商家包销了。

我最钟情南疆的杏子,因为杏子是一年中最早上市的鲜果,是瓜果市场的报春花。麦子收完早熟的杏子就上市了。诗曰:"割麦日当午,汗滴脚下土。喜盼杏子熟,丰收多幸福。"这时节,农村的喜庆事:新麦馕和新鲜杏,走亲访友,必不可少。

我在喀什生活多年,最难忘杏子熟时,街头巷口,一辆辆四轮平板车铺开一座座小杏山。那鲜亮、那浓香,挠得人心里痒痒的馋馋

的。巴扎（市场）上，一筐筐杏子金光灿灿，圆润油亮，顾客头对头扎成团儿，只顾往兜里捡。一位卖杏子的维吾尔族老人说，早熟的杏子有两种，一种叫小油杏，一种叫小毛杏。油杏色润如玉，酸甜可口，形如荔枝；毛杏色黄泛青，酸中带甜，皮有细绒毛。老人还说，今年杏子是大年，他的油杏已上了飞机了。

我少年时特别喜欢吃杏子，几个小伙伴到维吾尔人果园里，说好"五毛钱蹬一脚"。这棵树尝一颗，那棵树尝一颗，一颗比一颗甜。最后，有人提议大家躺在树下，张开嘴，蹬一脚看谁运气好。于是，大家躺了下来，用力蹬一脚，熟透了的鸡蛋大的杏子落下来，果然有落在嘴里的。大家哈哈大笑，有的脸上脖子上糊了一团团甜浓汁。维吾尔族老人满脸皱纹笑成核桃壳：汉族巴郎太调皮了。

那时，老喀什人提着一兜杏子深情怀念往事：三四十年前，你往筐子边一蹲，吃个饱，丢2角钱扬长而去；到果园里说好给5角钱，使劲蹬一脚落地杏子全归你。那个偏僻孤立的绿洲经济时代一去不复返了。

新疆人偏爱杏子。农村几乎家家户户种杏子，城里人不仅爱吃杏而且把杏视为吉祥物。经过一冬一春的干渴，人人盼着水果的滋润。红杏上市，雄鸡唱晓，沉寂的水果市场苏醒了，热闹了。杏子一直要红火两个多月，山里的杏子到八月才成熟，直到桃、梨、葡萄、苹果上市。今年杏子上市正逢古尔邦节来临，一筐杏子一堆热闹，谁都想尝个新鲜讨个吉利。农村的维吾尔族青年婚礼上，人们把杏仁插在沙棘枝头，插在新娘家的大门上。前来祝贺的小伙子们抢着吃，既热闹又吉祥。来喀什旅游观光的"老外"们，入乡随俗，一块馕一堆杏，吃的十分痛快。

杏子最红火是七月盛夏。四五十个品种的杏子使人眼花缭乱，尝不胜尝。古色古香的名字会使你舌尖生津：赛买提杏子、洪达克杏子、白杏、油杏、克孜浪、加纳尼、艾努拉、皮山胡外尼……"黑叶"是杏子家族中的贵族，这种杏大如鸡蛋，色如墨玉，汁浓肉厚，香甜可口。晾晒成杏干，更是身价百倍。还有"托乎提括它"，传说是清朝末年，叶城县一位叫托乎提的人栽培成功的，这种杏子味道格外鲜美，属杏中极品。伽师县出一种"鸡蛋杏"，金黄诱人，轻轻剥皮，浓汁如蜜，杏肉绵软，吃完别忘吃杏仁，香甜滋补。在维吾尔人的地毯、花帽、彩绸裙上，你可以看到杏叶杏花；维吾尔谚语：杏子看杏子——逐渐黄熟，意思是人与人互相影响，走向成熟。

那年，喀什火车刚开通。我的卧铺车厢对面是一位维吾尔老人，带着一摞香喷喷的油馕和一筐熟透的杏子。我的比较地道的维吾尔语引起他的好感，请我吃油馕杏子。他告诉我儿子在乌鲁木齐大学毕业工作了，几年没回家了。这次火车通了出门方便了，专门给儿子送新麦馕和自己果园的杏子。我开玩笑说，您来回火车多少钱啊！这杏子可就不便宜了。老人的回答使我心头涌起一股热流："钱是一张纸，可以让人忘了家乡；杏子和馕可以让人记住家乡！"

我去过塔什库尔干高原一个著名的"长寿乡"，百岁寿星几乎家家都有。20世纪80年代初，新疆社会科学院组织学者，骑马走了三天到这里调研。到了村口看到一个白胡子老人擦眼泪，引起学者们同情，问为什么哭，答爸爸训斥我了。学者们吃惊地问，你多大岁数，你爸爸多大岁数？答我六十五，爸爸九十多了。学者立刻说到你家去。到了他家一见他爸爸胡子更白更长，就问你儿子这么大岁数了，干吗还要训斥他惹他伤心呢？答他惹爷爷生气，我就训斥他了。学者们一听惊问他爷爷在哪儿，多大岁数了？答一百二十岁了，在房顶上晒太阳。学者们立刻上了房顶，见了老寿星，惊呼"不可思议"！并立即决定调查从这一家人开始。研究结果：这里空气特别新鲜，泉水特别甘甜，没有丝毫污染，而最重要的发现是这里祖祖辈辈吃的"长寿食品"，一条山沟全是杏子，家家屋顶平台晒满杏干。杏干杏仁掺点青稞，用手推石磨磨成粉，再用新鲜牛奶煮成糊糊；祖祖辈辈就吃这个！后来社科院学者把"杏仁青稞粉"拿去进行科学分析，结论是人体所需的微量元素这里面全有！甚至有防癌作用！

这个故事使我想起一则典故：相传三国时，东吴名医董奉给人看病，不要报酬，只要求病人在房前屋后植杏树数株，蔚然成林。后人遂以"杏林"专指医生和医道。

莫非古人已经知道杏子的神奇作用？

啊！杏花，杏子，杏林……

石 榴 赋

"花儿为什么这样红，红得好像燃烧的火，她象征着纯洁的友谊和爱情……"

一种艳丽的花，结出了甜蜜的果实，启迪了爱情的灵感，创造了深受人们喜爱的歌曲。万绿丛中一点红，红火来自石榴花。

维吾尔人酷爱石榴。美丽的姑娘取名"阿娜尔汗"，意为石榴花；维吾尔人家庭院里最喜爱种葡萄、无花果、石榴。著名的艾提尕尔大清真寺前广场花园中，艳丽花朵簇拥着大红石榴雕塑。繁花衬托，一团榴红，动人春色无须多。石榴最能象征人类美好的爱情：其花艳，如爱情燃烧；其籽纯洁晶莹，如心灵明净；其味甘美多汁，如生活之美好；其实深藏裹珠，如传情达意之含蓄。

昆仑山北缘的叶城石榴闻名遐迩。这里水土肥美，昼夜温差大，石榴味美色鲜，品质极佳。五月骄阳映照满园石榴花，其色有三：红者如火，燃星点点，跃于枝头；白者如玉，粉嫩透亮，如烟似梦；粉红者兼两者之美，如越女之腮。古人称石榴花为"榴火"，意思是像火燃枝头。元代诗人曹伯启凝望石榴花，居然发愁如何生动表达欣喜之情："满园竹风吹酒面，两株榴火发诗愁。"

花之色既为果之色。从花到果，其色专一，其心诚，其志坚，不以浮色惑人，真属仙果。其叶可入药，固涩止泻；其根可驱虫；其皮可止痢杀菌，还可熬制染料，染出毛线织成地毯。那地毯上的红石榴真是原汁原味！从花到果，从根到叶，石榴将一切都毫无保留奉献给人。难怪从古到今新疆人都喜欢石榴。

石榴原产波斯。传入新疆后广为栽培，品质改进。西汉时张骞出使西域，石榴传入内地。晋人张华《博物志》载："汉使张骞出使西域，得涂林安石榴种以归"，"涂林"是梵语"石榴"，"安"即安国，今中亚布哈拉，"石"即石国，今塔什干。西汉石榴传入中原，赞美诗文不绝于史。大唐朝野迅速流行"石榴热"。唐诗中对石榴的赞美可谓空前绝后。有赞石榴颜色曰"流霞色染紫罂粟，斑斓似带湘娥泣"；有赞石榴花是"熏风四月浓芳竭，红玉燃枝拂露花"；石榴的奇艳美味更令诗人赞叹"雾壳作房珠作骨，水晶为粒玉为浆""苕娘初嫁嗜甘酸，嚼破冰晶千万粒"。石榴寓意多子，当然被嫁娘喜欢了。唐朝大诗人李商隐咏《石榴》诗道："榴枝婀娜榴实繁，榴膜轻明榴子鲜。"把石榴写得那么鲜活，那么可爱。

敦煌莫高窟壁画的唐代仕女，丰满健美，顾盼神飞，一袭长裙石榴红。她们激发了"大唐石榴热"，"石榴裙"成了美女的象征。白居易有"山石榴花染舞裙"、万楚有"红裙妒杀石榴花"的名句。那时古都长安名媛仕女、梨园歌女，都流行石榴红裙，"血色舞裙翻酒污"。也许是石榴激发了唐人对红色的崇拜，达官贵人，以红为尊。

对美的追求是人类的天性，这种追求永远不会停止。石榴启迪发展了人们对美的追求：榴子艳红，榴膜轻白，相隔为房，珠玉生辉。这种奇妙的果实启迪宋人把唐人的红裙子发展成了"褶裥裙"，上细下宽，其形如扇，内衬红裙，外套洁白透明细罗裙，红白相隐，美轮美奂。

在中华文化的美学史上，石榴应该有浓浓的一笔。

"石榴文化"源于西域，西域石榴喀什最美。

金秋时节，喀什街头一筐筐硕壮鲜艳的石榴真招人喜欢。火车站、长途汽车站、飞机场，一筐筐石榴望去像一溜溜燃烧的火焰，撩拨得人心里馋馋的。名贵的果实人人喜爱，不说品尝，摆几个石榴在书柜上、电视机旁，平添几分富贵，几分红火。

我在喀什生活几十年，陪许多客人、朋友春天赏石榴花，夏天逛果园，秋天买石榴。我曾与一位卖石榴的维吾尔老人交谈，请教什么样的石榴最甜。老人的一番话使我高兴了很久。他说，有人买石榴专挑个大溜圆，皮色油亮的，其实这种石榴是化肥催出来的，不太甜，放不住。土生土长的良种石榴有凸起，皮暗红，无油光，不太好看但里面极甜。老人打量着我笑着说，就像人一样，有人脸上油光漂亮但心不好，有人脸黑皮粗不好看但心好。我大笑着说你看我怎么样，又黑又瘦，脸上有疙瘩，但是个"好石榴"……

石榴花象征着炽热如火的爱情，石榴成熟象征着爱情结出了甜蜜的果实，于是，秋天成为维吾尔人举行婚礼的最好季节。看吧，石榴染得秋色艳；听吧，手鼓唢呐奏起了《婚礼之歌》：

> 我的热瓦普琴声多么响亮，
> 那是装上了精致的琴弦。
> 我们的婚礼是多么欢乐，
> 那是心中的爱情在燃烧。
> 石榴花一样的阿娜尔汗，
> 我们的心儿紧紧相连……

追寻木卡姆

河水是雪山流淌的乳汁；绿洲是吮吸着乳汁的婴儿。维吾尔人俗语：吃谁的奶心贴着谁。我的青少年时代，喝的水是从莎车来的。于是，我虽没去过莎车却心慕已久。而且，随着我几次溯水而上接近莎车，那向往更加强烈了。

莎车水流到我所在的岳普湖县军垦农场，实在太不容易了。喀什地区西高东低，叶尔羌河由南向北流，河道总往东偏。但是有一条顽强的支流硬往西走，挣扎着流到拉拉玛，形成一个个自然坑，方圆百里，人迹罕至。20世纪70年代，我随勘测队来测渠道时，居然发现一个个自然坑之间有渠沟通。维吾尔老人玉素甫告诉我们这渠叫"文金渠"，20世纪30年代，莎车县县长文金与疏勒县县长赌博输了十几两黄金，遂答应修一条渠将叶河水引到疏勒地界，以水顶债。数万民工流尽汗水，将水引至拉拉玛就再也流不动了。莎车真神秘，出个县长也怪诞。

我们军垦农场干旱缺水。顺着"文金渠"，我们开挖一条新的大渠。

那是20世纪70年代初，我和一群推土机手来到了拉拉玛。时至夏日，水泊四周芦苇茂密，野鸭呱呱，水蛇游动。高大的红柳包望不到头。登高四眺，不见人烟。偶有牧人樵夫出没。

有一天，推土机上的一个齿轮坏了。我年轻气盛，自告奋勇送齿轮到团部去修。在工地吃了晚饭，我背着挎包出发。"文金渠"的渠埂便是路。

天黑真好，万物皆隐，唯我独行。想唱就唱，想吼就吼。心气高，歌声狂。我想抄近路天亮时赶到十连，离开渠埂向北插过去。星光微微，凉风飒飒。泛白光的是碱滩，蓬头圆圆的是红柳，像刺猬蜷缩在地的是骆驼刺，而墨黑呈爆炸状的是胖子草丛。

忽然，脚下一软，我下意识地猛往前一蹿，淤泥一下子没到小腿。沼泽！我的心轰然一震。泥如胶，拔足难；越挣越深。泥水已没过膝盖。我把沉甸甸的挎包扔了出去，喘息着、思考着怎么办。难道要像《七根火柴》中那个年轻红军一样沉没在泥沼中？茫茫大漠，有谁知我曾壮怀激烈……

这时，冥冥之中我听到一丝音乐，如游丝在夜空中飘荡。我猛然一惊：是幻觉，是大限将临的前奏，如电影演的烈士走向刑场总有《国际歌》的旋律。屏息细听，不是幻觉，确确实实是音乐。

离我不远处有人！一股壮气电击般穿过全身。我向前猛一冲，抓住了一束芦苇，连滚带爬，满身泥水挣扎出了沼泽。找到了挎包。

我拂开迎面的芦苇、红柳，疯狂向乐声奔去。是热瓦甫的琴声，是维吾尔乐曲！

我的脚步声远远惊动了弹奏者。当我走近草棚时，他已站在那里。一握手，他说你是军垦农场修渠的，我连连点头。进了草棚，一盏马灯，干草地铺，旁边一柄黑光油亮的热瓦甫。他三十多岁，眉清目秀，会说汉语，气质不像牧羊人。

他烧了碗热茶，掰开又硬又粗的苞谷馕。我们边吃边谈。没想到真人不露相。他居然是莎车县文工团的乐手！他叫艾海提。弹热瓦甫是他家祖传绝活儿。"文化大革命"开始，文工团成了"牛鬼蛇神窝子"，他被发配到荒地公社放羊，来到拉拉玛。刚才是他在练琴。

同是天涯沦落人，相逢何必曾相识。

吃饱了浑身熨帖舒适。我想起沼泽听到的乐曲，请求艾海提再弹一曲。他的汉语显然不能表达他的音乐专业了。但我听懂了他的意思：我们维吾尔人高兴时有欢快的曲子，痛苦时有忧伤的曲子，想念亲人时有缠绵的曲子，享受爱情时有甜美的曲子。你想听什么？当然是高兴的！

他欣然拨动琴弦。嘈嘈切切错杂弹，大珠小珠落玉盘。银瓶乍破水浆迸，铁骑突出刀枪鸣。弹者醉，闻者痴。

从这夜始，我成了少数民族民歌迷。问艾海提弹的什么曲子。答曰："莎车木卡姆。"

又是莎车！莎车不仅有甘甜的水，而且有美妙的乐曲。叫我怎能不想她……

拉拉玛荒野沼泽之夜后十年，我已三十多岁了。终于到了莎车。打听艾海提已去乌鲁木齐。十年时间，我对莎车的知识增长了不少。

马可·波罗曾走过莎车，当时叫叶尔羌。这位伟大的旅行家记载：叶尔羌是一座很大的城市，贸易繁荣。大巴扎上有印度、浩罕、阿富汗、阿拉伯商人。丝绸、玉石、地毯、棉布、小刀、干果等物品丰盈，买卖兴隆。他还注意到这里有地方病——"大脖子病"。

莎车曾是西域史上著名的叶尔羌汗国的都城。汗国存在160多年，曾创造了辉煌的维吾尔文化。历史曾像河流那样变迁。公元10世纪喀喇汗王朝建立，喀什曾是新疆的政治文化中心。12世纪喀喇汗王朝灭亡，蒙古人建立的察合台汗国政治文化中心移至北疆。

15 世纪蒙古人的后裔建立的叶尔羌汗国，首都在莎车，于是南疆的政治文化中心兴起在莎车。直至 16 世纪下半叶阿巴克霍加引准噶尔汗国军队灭了叶尔羌汗国，在喀什建立霍加政权。南疆的政治文化中心在转了一圈后又回到喀什。

但是，在长达 160 年的历史上，叶尔羌汗国诞生了永恒的乐曲——《十二木卡姆》。

那就是我在荒漠沼泽中听到的乐曲。

当我走近莎车，我仿佛又听到那美妙绝伦的乐曲。平坦的柏油路像热瓦甫的琴弦，宏大的城郭像热瓦甫的琴首，绵延无尽的绿洲像热瓦甫的琴杆，汽车、摩托车、拖拉机穿梭不息像无数跳动的音符。整个叶尔羌绿洲都在演奏《十二木卡姆》！

这个伟大的乐曲的创造者、叶尔羌汗国的王后——阿曼尼莎的塑像立在老城区繁华处。

我徜徉在阿曼尼莎的塑像前：她美丽端庄，面蕴微笑，怀抱热瓦甫，欣然弹奏着永恒的乐曲。纯白无瑕，绝无奢华。

阿曼尼莎的故事维吾尔人妇孺皆知。

15 世纪 40 年代，叶尔羌汗国国王阿不都·热西提到丛林中打猎。这位汗王在多浪河畔胡杨林中，听到了一阵阵美妙的乐曲。循声而去，见到了一位演奏弹拨热瓦甫的年轻姑娘。姑娘叫阿曼尼莎，天生丽质，聪慧无比。听了姑娘自己创作的乐曲"潘吉尕木卡姆"，国王大为倾心。当即请姑娘进宫，不久封为王后。

国王阿不都·热西提学识渊博，酷爱文学艺术。阿曼尼莎富有音乐天赋。两人可谓珠联璧合，意趣天成。在国王宫中聚集了一大批杰出的诗人、乐师。其中有著名的乐师玉素甫·喀迪尔汗。这位大师是维吾尔人喜爱的乐器热瓦甫的发明者。阿曼尼莎拜其为师，音乐理论大为提高。

在阿曼尼莎的影响和提倡下，阿不都·热西提汗发令召集民间艺人、乐师，广泛搜集流传在民间的"木卡姆"乐章。而阿曼尼莎主持完成了这项浩繁艰巨的文化工程。她还亲自创作了其中的"衣西来提·安格孜木卡姆"。

《十二木卡姆》的创作完成是叶尔羌汗国历史上最显赫的文化之光。套曲规模宏大，表现丰富。《十二木卡姆》有固定曲牌170多首，乐曲70多首，精美唱词2702段。这在中华民族的文化史上堪称无价之宝。

新疆被誉为"瓜果歌舞之乡"。有维吾尔人的地方就有歌舞，就有"木卡姆"。歌舞代代相传，改革发展。现在已走出国门，走向世界。

新中国成立初期，喀什老艺人吐尔地·阿洪一人演唱《喀什木卡姆》通宵达旦，轰动一时。政府组织一班人记录整理老艺人的演唱。这一套曲成为新疆歌舞团永远保留的曲目。今天，《十二木卡姆》已经成为世界文化遗产，成为全人类的文化瑰宝。

叶尔羌汗国王陵闻名遐迩。到莎车的旅游者必到这里。

王陵庭院整洁，古树繁茂。过一道砖砌花墙，便是一片黄土平台。上面整齐排列着一个个坟包。坟包很小，上覆琉璃砖。王陵气氛空寂、安详、简朴、纯洁，正应了穆斯林崇拜的名言："我从真主那儿来时一无所有，我回到真主那里去时也一无所有。"

这就是一百六十年叶尔羌汗王朝的汗王归宿之地？为什么不立碑铭石记载那辉煌的文化成就呢？为什么不勒石歌颂杰出的音乐大师阿曼尼莎呢？唯有给老百姓留下珍贵精神财富的人才会真正不朽。你听听维吾尔人的歌声吧！那些老艺人不识谱甚至不识字，但可以把

《十二木卡姆》两千多精美的歌词一字不差地唱下来，而且还要把这绝唱传给后人……

什么是真正的不朽？答案在人民的心里。

那个难忘的沼泽之夜过去二十年后，我迁居乌鲁木齐。常有喀什来的客人到家里聊天。有一次一位朋友说喀什岳普湖县开发了新的旅游区，名叫"达瓦昆旅游景区"。我对这个名字很陌生，而且现在各地旅游景区实在太多了，记不住。

2014年，我陪北京的客人访问喀什，客人提出要去看沙漠荒野，接待单位安排去"达瓦昆旅游景区"。车出喀什往东疾驰，过了岳普湖县城，越走我越感到熟悉。到了"达瓦昆旅游景区"，客人们兴奋地坐上沙漠越野车轰鸣而去，我登上高沙梁远眺，恍然大悟：这里是我年轻时陷入的沼泽地，地名"拉拉玛"，"达瓦昆"是把"拉拉玛"切了一小块儿，那个荒野之夜听到的热瓦普琴声就在这里！当年的"小涝坝"现在是泛舟的湖泊，当年插着测量旗子的高沙丘现在是滑沙游乐处，当年走半天见不到人的荒野现在是游人欢笑嬉闹的旅游区……

中午，我们品味着鲜美的烤肉、抓饭，乐曲响起来，劲舞跳起来，那乐曲那么熟悉那么醉人！客人纷纷应邀入场跳起《刀郎赛乃姆》，我沉浸在深深的回忆中：芦苇，沼泽，牧人，琴声……

人生易老天难老，青春易逝歌难忘。莎车的水哺育了我的身体，莎车的《十二木卡姆》滋润了我的歌喉。

走遍天涯海角，我忘不了那首歌：

> 茫茫叶尔羌，你是流金的河流。
>
> 问你有多长啊，千里到天国……

古老的"巨洼孜"

有些器物的消失是人类进步的天然标尺。青铜器消失昭示铁器时代来临；男人辫子女人缠足的消失宣告现代文明社会发轫。

我无意中发现：南疆的"巨洼孜"悄然消失了！别说新疆的汉族人，就是二十来岁的维吾尔族年轻人也不知道"巨洼孜"是何物了。

"巨洼孜"是维吾尔人祖祖辈辈，代代传承，使用不知多少年的木制榨油器，动力是牛。

我认识"巨洼孜"是 20 世纪 70 年代。那年头结婚成家真是烦恼。首先是成了家就没了休息日，星期天得拉上板车去沙包里挖柴火，做饭和过冬取暖用。其次，得千方百计搞清油做小锅饭。大人可以吃食堂苞谷馍清水煮白菜，小孩子就得吃有油水的饭了。兵团农场大都建在远离维吾尔老百姓的荒僻之地。粮食不够吃，清油几乎没有供应。春节将临，团场提出"过革命化的素节"。"素"者无肉无油之谓也。

我凭着年轻力壮，又懂维语，骑着自行车跑几十里，寻找清油。一次没战果，下个星期天再去。终于，有人带我去见"巨洼孜"。我万万没有想到，香甜的清油是这种原始的工具生产出来的。低矮的房子矮小的门，躬身进去，眼前一黑，闭眼定神，借着天窗透过的亮光，我看清了"巨洼孜"：一个两人合抱粗的树墩子，中间掏一个圆锥形的"喇叭口"，另一硬木杆子一头有尖钉插入喇叭中，一头斜挂绳子，绳子下悬大石头并有挽绳，牛拉旋转，一人跟着牛把瓜籽加入喇叭中。在硬木的挤压之下，一滴滴油珠子从大树墩底下掏空处漏下来。

我当时震惊了：70年代农民

农家油坊

竟用这么原始、如同汉代砖石刻的牛耕般的工具榨油。木头制作，结构简单，用牛拉动，没有机械动力，没有一颗铁钉！问这种工具始于何年代，答曰"爷爷的爷爷的爷爷就有了巨洼孜"。没有人知道谁发明了"巨洼孜"，只知道维吾尔人祖祖辈辈吃的是"巨洼孜"榨出的清油，点的是清油灯，木轮车轴加的润滑油也是清油。

维语称榨油匠为"巨洼孜其"。我的比较娴熟的维语使"巨洼孜其"很快信任了我。因为清油和粮食棉花一样，属国家统购统销物资，严禁私人买卖，市场管委会、公社、大队革委会有专人抓。我们商定十天后夜里以窗口灯光为信号，在他家拿清油。此情此景令人终生难忘。

夜色降临。我骑着载重自行车出了连队。为防止经常发生的沙枣刺扎破轮胎，必须带上打气筒和补胎胶水。微微星光下，发亮的弯曲的白色虚线就是路，蓬乱的墨色的团儿是胖子草，扁形的是红柳；看不见的是骆驼刺，猛一碰扎得脚脖子痛。真是跟着感觉走。坐垫硬

33

蹦,那是走在硬路上;前轮下沉,那是遇上沙子;沙沙的声音,那是压上了碱壳子。夜里骑车,以神遇不以目视也。走走推推,终于见了"巨洼孜其"屋后窗户上清油的灯光。门无声无息地开了。维吾尔人热情好客,把做生意看成交朋友。他摆出苞谷馕,热茶里放了一块极稀罕的白砂糖。接着,他从屋后牛圈的玉米秆堆中拎出黑乎乎的油葫芦,使人想起《地道战》中的地雷。

他送我到一条小路上,手里拿了把红柳枝儿。我道了谢,"伙稀"(再见之意)一声骑上了车子。他倒退着用红柳枝儿把我的脚印车印扫掉。可别大意!维吾尔人丢了牛羊都是凭蹄印找回来的,甚至一个村子里人们互相认识脚印鞋印。如果天亮有人发现他家来了汉族人和沉重的自行车——这一切很好判断,那就"恰达壳"(麻烦)了。轻则当不成"巨洼孜其",重则挨批斗,与地富子女同样。

那种感觉真好!天地同墨,万物皆隐,唯我一人,独往独来。油桶的咕咚是《拉德斯基进行曲》,仿佛已闻到炒鸡蛋炸油饼的香味。乐极生悲,后轮猛一沉扎了沙枣刺……

无法保密。兵团农场连队一家炒菜几家窜香味儿。我居然能买到清油!连领导都完全不忌讳我干的是当时违反政策的事,找我谈话让我当代司务长,负责拉面粉买清油。

从此,我成了"敌后武工队",专门夜里寻找"巨洼孜"。维吾尔老百姓生活贫困。"巨洼孜其"的清油是从他们嘴里掏出来的。一个小队近千人口,仅有一台"巨洼孜",一年只能用四五个月。每日换两头牛也才出七八斤清油。队里要用清油去"润滑"庞大的社会机器:要水、要化肥、要拖拉机。小队长常常蹲在"巨洼孜"边,望着一滴滴的油珠发愣。"巨洼孜其"是村子里的显赫人物,常常穿一身油渍的衣服招摇过市,引起乡民们羡慕的目光。有的"巨洼孜其"回到家里，解下浸透了油的腰带挤出半两油来。日积月累，存够八九斤，就找我约时间取货了。

20世纪80年代初，生产责任制在南疆农村推开，受到维吾尔农民热烈欢迎。"巨洼孜"实行承包，一年后换成195型柴油动力榨油机。不久，"巨洼孜"这个词不知不觉消失了，代之以"牙合扎吾特"即"榨油厂"。清油也堂而皇之摆满了巴扎（集市），再也没有人为清油发愁了，再也没有人夜寻"巨洼孜"了。我也渐渐忘了这个词——"巨洼孜"。

"巨洼孜"静静地躺在历史中。《黄文弼蒙新考察日记》中记载：1928年底，这位著名的历史考古学家在赴沙雅途中，看到了"巨洼孜"："户家门外正在榨油，其法凿一树为臼，大可盈拱，高约三尺，中空，置菜籽于其中，以杵捣之，下有孔漏油。别以横木架杵，用驴或马拉转，杵上架石木之类，颇重。一人一面赶驴，一面捞菜籽，下有一碗盛油。此地用菜油，其他尚有胡麻油，棉籽油之类，唯不用香油，斯其异耳。"

我在乌鲁木齐现代化高楼下行走，看到"巧厨""金龙鱼""鲤鱼牌"高级色拉油广告，忽然想到"巨洼孜"消失了很久，但平静一算仅仅消失才二十多年，而且消失得干干净净无影无踪！"巨洼孜"属于冷榨油，营养保存好，无任何添加剂，只要原料纯正，榨出的油味道很香。那天，在地下通道，我听到一个小学生和年轻母亲的对话："你老把'鼎'字写错。""'鼎'到底是啥东西？""'鼎'是青铜器，是古代人煮肉的大锅。""啥是青铜器？""……"

"巨洼孜"应当与鼎放在一起，陈列在文物馆里。因为它是新疆漫长历史的一个物证，尽管它消失得实在太晚了，但毕竟消失了……

新疆从半农半牧社会进入现代工业社会仅用了几十年！"巨洼孜"的存在和消失就是证明……

老　秤

　　这里是叶尔羌河下游的荒漠。三五年或七八年洪水光临一次。胡杨旺一年，衰两年；直一截，歪一截，没个形状。维吾尔谚语：胡杨寿命三千年，站着不死一千年，死后不倒一千年，倒地不烂一千年。

　　此时，胡杨耐了一冬严寒，吐出毛茸茸的圆卵形叶子，反射着浸着油的阳光。野兔子轻快无声地一溜小跑；麻蛇子蹿几步，趴着不动，莫名其妙地东张西望。

　　牧羊老人手搭眉梢叹道"夏天来了"。荒野牧人，姓名不足道。他从烤馕坑中抽出烧剩的半截红柳棍儿，在胡杨树杆密密的黑炭道道堆儿上用力划了一道。这是老人的日历，不记年月，只记星期。星期一到星期六是短道道，星期日是长道道。逢长道道必赶巴扎（集市）。

　　最近的巴扎在卡瓦克乡。骑毛驴要走大半天；赶县城巴扎就远了。头天中午赶毛驴车出发，走一夜路，天快亮时才能到。到了先铺开麻袋，给毛驴上草料。顿时，那新鲜苜蓿的香味儿弥散开来。老人和衣而卧，等太阳晒醒了进城。

　　老人盘算着这次赶县城大巴扎要办的事：要给"托其干"估个价。"托其干"维语是野兔子之意，是一只黑羊的名字。老人已把这只一岁口的剽悍的小公羊放在毛驴车上赶过八九个巴扎，刚开始估价一百七八十块，最近一次卡瓦克巴扎上估价二百四十块。老人心里甜滋滋的，碱水喝得值得，风沙吹得值得。还要给七个孙子、外孙、孙女、外孙女买布料，还有花花糖，至少十斤才够。

老人一拍皱纹如核桃壳的脑门："阿拉！可别像上次赶巴扎忘了带上秤。"他弯腰进了地窝子，取出那杆秤，用袷袢（无领长袍）襟儿擦了擦，挂在拴毛驴的胡杨树上。那油黑发亮的秤锤黑石头像小孩的拳头。

老人珍爱地摸着乌亮的秤杆。刚解放时，他是个精壮的小伙子。土改工作队组织贫苦农民斗争巴依。他懂得了巴依为啥富：那秤上挂了一块黑心！穷人借粮，秤锤光溜溜；穷人还粮，秤锤底下偷偷粘一枚铜钱，一百斤东西上秤只有八十多斤。他砍了根粗直的红柳棍子，光着脚片儿走了一天一夜，在县城巴扎上制作了这杆秤。先是十六两一斤，后来改为十两一斤，二十两一公斤。这年头啥都好，就是秤不好！有次在县大巴扎上买了五斤盐回来，一称整整差四两多。那是黑心秤。老人这杆秤才是良心秤。这秤不知称过多少只羊，纹丝不差。

太阳像刚烤过馕的圆灶，热得有点烫了。

老人又黑又粗的皮肤汗毛稀疏，像不长草的黑碱滩。他大声喊着"托其干"扬着红柳条子去收拢树荫草丛中的羊。

他绝不会想到这时一架俄罗斯军用高倍望远镜正望着他。

在一座高沙梁上，二十多个男女青年正抢着看望远镜。维族青年居多；汉族青年说着维语。

这伙人是县工商局工会组织春游的。两辆丰田面包车、一辆轻型卡车装着炊具，还有两辆铃木 250 型越野摩托车。

两个健壮的小伙子启动了摩托车："准备好柴火，等着吃羊肉吧！"

"铁马"扬尘，暴跳着冲向胡杨丛中。

老人耳聪目明，早听了摩托车声。他有点惶恐，手足无措。受惊的羊乱糟糟地围过来。

摩托车猛一停，尘土向前蹿出一丈多远。下来两个年轻人。一个维吾尔族，又壮又胖，胡茬子泛着青光；另一个汉族皮肤奶白，戴着变色镜。那汉人说一口地地道道的本地维语方言，一听就是维吾尔族喜欢的"老新疆"。

老人在县巴扎上见过这两位"大盖帽"。老人眼中"大盖帽"就是政府，就是"群卡德尔"（大干部），管七八万人的县巴扎那官能不大吗！

老人恭敬地、唯恐被拒绝地伸出又黑又硬的手。那两人满不在乎地握了老人的手，一迭声叫道："羊呢？挑一只好羊。"

"最好的羊。一岁口的小公羊，要肥要嫩。"

老人唯唯地说："好，好。你们挑，你们挑哪一只都行！"

老人的羊个个滚圆。两人抓住一只，放开又扑向另一只。这只看着那只好。

到底是管巴扎的干部真有眼力：两位"大盖帽"都看中了那只剽悍的"托其干"。扑过去！没抓住。再扑过去，一手黑毛。两人大笑。

老人轻喊一声"托其干"，那黑羊耸着耳朵，拧着脖子来到老人身边。

俩年轻人捆了羊腿，一人驾驶摩托车，一人抱着黑羊骑在后座上。

塞给老人一张五十元钞票。老人坚持不要。那汉族青年做了个鬼脸说："你害怕这张钱吗？这钱是老虎吗？……"那维族青年微笑着说："拿上吧。这是工会的钱，公家的。"

摩托车扬尘而去。

谁知行至半路，"托其干"——那只黑公羊暴跳起来，挣脱绳索，窜进胡杨丛中。

两位年轻人停了摩托车，追寻无踪，大为恼怒。

"真怪了！前后腿捆得紧紧的，怎么会跳下去呢？"

"是不是那放羊的驯养好的？"

"阿拉！我想起来了。巴扎上来过一个卖鸽子的，驯养好的鸽子。谁买了拿回去喂两天那鸽子又飞回主人家了。一只鸽子卖了五六个巴扎。"

"对！这只黑羊肯定藏起来了。我们一走，它又回羊圈去了。"

摩托车怒吼着开回羊圈。老人愕然木立。

"那只黑羊呢？"

"不是……不是你们拿走了吗？"

"跑了！可能我们一走它就会回来……"

"我去找。我去把'托其干'这坏家伙抓回来……"

"来不及了。我们中午要吃。再挑一只！要最好的！"这回是命令式口气。

又抓了一只羊，捆绑结实。刚抬头，挂在胡杨树上的秤锤——那块油黑的石头碰了年轻人的头。两位年轻人何曾受过这等气，勃然大怒："你这秤是私人造的，是假冒伪劣产品，违反国家有关规定。没收了！"

"这……"老人惊恐地说，"这秤是良心秤，你们可以检查（老人不会说'检测、校正'）……请还给我。这张钱你们拿去吧……"

"我们就是管秤的！私人不准造秤；不管什么良心秤、黑心秤！"

摩托车猛喷一股青烟消失在红柳丛中。

没多久，老人登高远望，遥远处白沙梁后升起袅袅轻烟……

那天又是县上的巴扎日。时至中午，又干又热。工商所里那两位年轻人开着电扇，喝着冰镇健力宝，说着笑着。突然，两人愣住了，齐望门口：

那位牧羊人缓缓来到门口，脚扭伤了，一步一拐，脸上手臂上有划破的伤痕。老人微笑着轻声说"基勒克（你好）"又指了指外面，不远处停着一辆破旧的毛驴车，车上紧紧捆着那只黑公羊："送给你们，不要钱……"

两个年轻人一愣，回过神来，不知说什么好，忙立起身来。

老人近乎祈求了："请你们把秤还给我；请你们盖个章子证明一下我的秤不是黑心秤。你们是政府……"

幸亏那天没把这杆老秤当柴烧掉！幸亏开卡车的司机把老秤顺手扔到了车库里！

后来，在这个县的巴扎、乡镇巴扎上，维吾尔族百姓津津有味地传开：牧羊老人有杆政府盖了"红恰玛古（注："恰玛古"是一种蔬菜圆形根茎，喻印章。）"牌的良心秤……

老人说，只有巴依的秤是黑心秤。

圣人源头聪明泉

——乌帕尔麻赫穆德·喀什噶尔陵墓遐思

1914 年深秋，土耳其古城君士坦丁堡笼罩在霏霏阴雨中。饱受第一次世界大战摧残的古城衰微破败，百姓生活极为清苦。一位中年妇女在阴雨中疾行。她身着一袭黑色长袍，头裹纱巾，夹着一个紧紧卷着的大包袱。这位贵妇人家道败落，生计窘迫，贫困无奈，她突然想起祖宗留下的几箱羊皮纸经卷，不知写的什么，也不知值不值钱。她来到一位著名的历史学家府上。

当这位造诣很深的历史学家在油灯下展开羊皮纸卷时，立刻惊喜若狂：这是八百多年前曾轰动阿拉伯世界的旷世杰作《突厥语大词典》最早最完整的抄本！

那位贵妇人出身于奥斯曼帝国显贵大臣纳吉甫·贝伊家族；富商阿里·埃米里，高价收购了这部价值连城的文化珍宝。

三年后，即 1917 年土耳其刊发出版了这部伟大的语言学巨著，在全世界引起轰动。《突厥语大词典》成为研究中亚历史和突厥语言学的专家案头必备书。

皇皇巨著，根在乌帕尔。一代圣人，源自聪明泉。

游乌帕尔的最佳季节是杏花开时。出古城喀什往南走 48 公里，映入眼帘的是一派葱茏烟柳、田畴碧绣的好风光。维吾尔农户的庭院里，"春色满园关不住，一枝红杏出墙来"。路边的维吾尔乡亲只要看到游客的车驰向"艾孜热提毛拉木"（意为圣人）陵墓，脸上自豪之情溢于眉目，崇敬仰慕笑容可掬。

翠绿环抱之中，麻赫穆德·喀什噶尔的塑像挺立。他身着长袍，头裹白巾，那智慧的双眼透出坚毅和自信。

要深刻认识《突厥语大词典》必须站在历史文化发展的高度；要领略乌帕尔的风光必须登上陵墓背后的高山。

登上荒山之顶，那壮美秀丽的景色令人赞叹。向南望，穆士塔格峰清晰可见，仿佛地底下轰然崛起的巨灵神身披白雪铠甲滚滚而驶。一脉绿洲从西向东延伸，漫散开去，簇拥着金子般的土山。这是喀什噶尔河的古河道。往事越千年。喀喇汗王朝时期，这里繁华热闹，风景优美。河流宽阔，森林参天。王朝的夏宫建筑豪华精美。

大约 1020 年，喀喇汗王朝的一位王子诞生于此。其全名为麻赫穆德·本·侯赛因·本·穆罕默德·喀什噶尔。这表明他是王朝大汗侯赛因之子，布格拉汗穆罕默德之孙，出生地喀什噶尔。

这位王子在王朝夏宫生活了二十多年。他聪明过人，博学多才，同时擅长枪术和骑马射箭，武艺超群。如果不是当时一场惨烈的宫廷政变，他也许可以继承父亲侯赛因的汗位，成为一位贤明的英主。

然而，历史是不能假设的。在他二十多岁时，他祖父的一个妃子为了自己的儿子能登上汗位，毒杀了包括他父亲在内的一批皇族成员，并派人来夏宫斩草除根。机敏智慧的麻赫穆德·喀什噶尔躲开追杀，隐姓埋名，开始了逃亡生涯。

在《突厥语大词典》引言中，他说："我走了突厥人的所有村庄和草原。突厥人、土库曼人、乌古斯人、处月人、样磨人和黠戛斯人的韵语完全铭记在我心中……在进行了长期的研究和探索之后，我用

乌帕尔麻赫穆德·喀什噶尔陵墓

最优雅的形式和最明确的语言写成此书。"

十多年的流浪生涯成了他学习考察、研究学问之旅。当他辗转来到巴格达时，他将潜心十多年用阿拉伯文编撰成的皇皇巨著《突厥语大词典》，献给了阿巴斯王朝的哈里发阿布·哈希姆·阿布都拉·本·穆罕默德·穆格塔迪。此书引起很大轰动，受到阿拉伯学者很高评价并给后人留下了极其珍贵的文化瑰宝。

《突厥语大词典》为后人展现出一幅宏伟的丰富生动的 11 世纪的中亚社会全景式立体画卷。共收入词目 7500 条、歌谣 242 首、格言谚语 220 条，内容涵盖了中亚地区诸民族的语言、文字、历史、民俗、天文、地理、农业、手工业、医学及政治军事和生活、神话传说等。这部巨著是中亚民族的百科全书，是研究中亚诸民族变迁史、文化史、宗教史、语言史的最权威的依据。

民族民俗学家在辞书里看到了处月、样磨、突骑施、回鹘、党项、契丹等部落和民族的活动范围和生活习俗。有个突厥部落妇女生了孩子不问生男生女，而是问"生的是狼还是狐狸"。许多已信奉伊斯兰教的民族还保留着"喀木"即萨满，以念经治病为职业的"喀木"十分活跃。

地理学家对辞书中作者自绘的喀喇汗王朝和中亚疆域图惊奇不已：地图是圆形的！难道麻赫穆德·喀什噶尔已懂得地球是圆的？作者在地图的注文中说："然后是处月，突骑施，样磨，回鹘，党项，契丹等部落。契丹即秦。最后为桃花石，亦即马秦。"他这是向日出方向从西向东点出了各地区的名称。华北地区的辽朝为"秦"，中原地区的宋朝为"桃花石""马秦（大秦）"。作者强调喀喇汗王朝与中原自古都是秦——中国这一大家庭的共同成员。语言学家则惊叹：辞书运用突厥语与阿拉伯语的比较研究方法比欧洲19世纪兴起的比较语言学早800多年，甚至酒徒们也被辞书中的酒歌所陶醉："壶嘴细长似鹅颈，酒盅斟满如眼睛；深埋心头忧和愁，日夜痛饮多高兴。""每巡三杯饮三巡，离座起舞醉醺醺。一声长啸如狮吼，喝走忧伤亦销魂。"

自古美酒豪情常相随。我们看到千年之前的部落的狂欢：《节日歌》唱道：

> 让小伙子们，摇下树上的果子，
>
> 让他们猎取野马黄羊，让我们欢度节日。
>
> 壶头如鹅颈，斟满酒杯如眼睛，
>
> 让我们藏起忧愁，让我们日夜欢乐。
>
> 让我们吆喝着各饮三十杯，让我们欢乐蹦跳，
>
> 让我们如狮子一样吼叫，
>
> 忧愁散去，让我们尽情欢笑！

这首民歌记载了公元前 3 世纪到公元 3 世纪，中亚各部落先民的节日盛况，表达了他们胜利的喜悦和对天地神灵的感谢，这种娱乐活动一直传承至今，形成新疆"歌舞瓜果之乡"的鲜明特色。

这些诗句使我们看到千年之前的游牧部落多么热情好客：

华丽衣冠自留身，美味佳肴享他人。

劝君殷勤多好客，自有众人传美名。

仇怨如债终须还，竭尽所能多行善。

贫困的客人登门求助，款待现成勿令等候。

我们看到了伟大的语言学家寄托的治世理想：

愿蠢人变得清醒，愿国事有条不紊；

愿羊羔与狼合群，愿忧患不再降临。

人到晚年总想叶落归根。尽管麻赫穆德·喀什噶尔在巴格达有优越的生活，有官爵职位，但他仍在六十多岁时万里迢迢返回故乡乌帕尔。他开设学校，传授知识。人们称他为"圣人"。他常常登上山头眺望家乡美景，并留下遗嘱死后葬身此山。

他的手杖插入山坡，长成一株茁壮的白杨树。近九百年过去，杨树粗大，形若苍龙。维吾尔人称之为"哈衣哈衣杨"，意为"神灵杨"。杨树根涌出一泉，这就是远近闻名的聪明泉。喝了泉水生出的孩子会很聪明，像知识渊博的"艾孜热提·毛拉木"。游人常在饮了聪明泉水后默默祈祷：或生子聪明，或考上大学，或当作家文学家，然后将一根布条系于杨树枝上。

他的主墓室建成时很简陋，但乌帕尔的人们八九百年来一直供奉其墓地。1985 年，新疆人民政府拨款将其墓地修葺一新，成为吸引中外游客的好去处。

朋友，在"哈衣哈衣杨"上系上你的心愿，再掬饮一捧清澈的泉水润润喉，朗诵"圣人"总结人生的一首诗：

　　昔日不少先贤在，德高如山学如海。

　　留下箴言传后世，一盏明灯照我怀。

幸福　快乐　智慧之源

——玉素甫·哈斯·哈吉甫陵墓遐思

　　在我国历史上的北宋王朝是一个积贫积弱屡战屡败的王朝。军事上与辽、西夏战战和和几十年，纳贡称臣，割地赔款；政治上王安石变法轰轰烈烈，不久成过眼烟云，无功而终。但是，辛弃疾、苏东坡、李清照等一颗颗文学之星使日渐昏暗的宋朝闪出了灿烂的光辉。

　　就在辛弃疾登京口长吟"千古江山，英雄无觅孙仲谋处"、苏东坡临江高唱"大江东去，浪淘尽，千古风流人物"之时，在女词人李清照对丈夫的思念"才下眉头，却上心头"之时，一位维吾尔文学家、诗人在喀什诞生，一部新疆文学史的旷世杰作《福乐智慧》在喀什面世。

　　这位伟大诗人影响了维吾尔文化近千年；这部巨著影响了从国王到老百姓一代代人的伦理道德观念。其深远影响相当于孔孟学说对汉民族的历史作用，或者说，他是维吾尔人的孔子。

　　其人名玉素甫·哈斯·哈吉甫；其名著为《福乐智慧》。顾名思义，这部书可以使你幸福、快乐和智慧。

一

　　公元 11 世纪，以喀什为中心的喀喇汗王朝经济文化事业发达。诞生于王朝西部八拉沙衮名门世家的阿吉·玉素甫来到喀什。他就读

47

于"汗勒克买德力斯"——皇家伊斯兰教经学院。他学业优异,留校任教。他深入社会各行各业各个阶层,潜心研究社会学,成为一个优秀的诗人、学者、思想家。

公元 1070 年,他把一部长达 85 章、计 13290 行的叙事诗《福乐智慧》,献给东部喀喇汗王朝大汗哈桑·本·苏来曼·桃花石·布格拉汗。大汗读后大为赞赏,封他为"哈斯·哈吉甫"——亲随侍卫官。这是给非王族出身的士人设立的最高爵位,相当于大汗的高级顾问。此后,诗人便以玉素甫·哈斯·哈吉甫之名传世。

《福乐智慧》是回鹘文第一部文学巨著。作者是位"有节制的笃信宗教的穆斯林学者",接受了阿拉伯文化和波斯文化的影响。作品开创了维吾尔诗歌古韵律双行体的先河,全诗思想深邃、句式优美、韵律严谨、艺术手法娴熟,不愧是耸立在维吾尔文化史上的一座文学丰碑。

长诗的内容主要是歌颂英明君主,劝喻统治者公正、睿智、知足;同时还分析和评价了当时各行各业的现实作用。作品以四个虚构的象征人物之间的对话,深刻而细致地讨论了上述内容:作为公正化身的"日出"国王求贤心切,而象征幸福的"满月"前来谒见后,即被封为宰相。宰相临终时向国王推荐代表睿智的"贤明"来接替相位;但这位宰相之子需要自己的叔父——最懂知足的"觉醒"当助手;因三请而不就,国王深为焦虑。

围绕这个简单的情节框架,长诗展开了一幅生动的中古时期维吾尔人的社会画面,并寓深刻的思想和哲理于形象生动的诗句之中。长诗表达了作者对政治、经济、法律、伦理、哲学、历史、文化、宗教的深刻思考,而这种深刻思想见解是用优美的诗的语言来表达,是用讲故事为载体。朴素与华丽,严密与舒缓,庄重与活泼,严格与风趣结合得珠联璧合,引人入胜。春雨润物物自知,枝繁叶茂赖根深。

二

《福乐智慧》这部辉煌巨著深刻影响了维吾尔民族，或者说，塑造了维吾尔人的伦理观念和社会观念。

《福乐智慧》与汉民族的伦理观念相比，相似处很多，处处耐人寻味。

孔孟之道主张"仁者爱人"，"不教而诛谓之虐"；《福乐智慧》告诫国王"暴政如火，会把人焚毁；礼法如水，会养育万物"，主张靠"礼"与"法"来治理国家，"公正的法度是苍天的支柱；支柱倾斜，苍天断难撑住"。孔孟主张"人之初，性本善"，善良是人的本性；汉民族受佛教影响崇尚行善积德，以德报怨，扶危济困；《福乐智慧》也反复劝人行善："世人凭借两种事物得以不朽，一是美好语言，一是善行。""人心是肉，会腐烂发臭；强者啊，应将它慎加保护。"长诗强烈反对贪婪纵欲，"财物好比盐水一盆，你越喝越渴，欲壑难平"，"财富填不满贪婪者的双眼，只有一抔黄土能填满他的眼睛"。

儒学家说的创始人孔子是孜孜不倦的教育家。他主张"有教无类""天行健，君子以自强不息"。他主张学习，推广教育，启蒙百姓有益于推动社会前进。对此，《福乐智慧》也热情鼓励人们学习知识，高度评价知识的巨大进步作用，"人类有知识今天变得高大，因为有知识才解开了自然的奥秘"，"智慧有如黑夜里的明灯，知识会将你心里照亮"，比弗兰西斯·培根发出"知识就是力量"呼唤早六百多年。

11 世纪的喀什是古丝绸之路南北两路的交汇点，佛教、基督教、伊斯兰教三大文明在这里碰撞、交流、融汇。可以想象，玉素甫·哈斯·哈吉甫接触过阿拉伯富商、西方传教士、穆斯林驼队，聆听过各种传闻逸事、风俗掌故、丝路趣闻；这使他眼界开阔，思想活跃。他反对保守僵化，主张革新前进，"无常对我来说不算缺点，大力革新我最喜欢"，这比"功不什不易器"无疑是个进步；他用许多精辟的议论和优美的诗句赞美医生、工匠、商人，认为社会应尊重他们的技艺和劳动。他鼓励经商致富，"他们从东到西经商，给你运来所需之物……假如中国商队之旗被人砍倒，你从哪里得万千种珍宝！"这种开放思想是一个进步。

我们不妨把汉民族有关为人处世、道德伦理的成语谚语与《福乐智慧》中的诗句作一比较：

祸从口出、不见颜色而言谓之瞽，言多必有失……长诗中有"语言给我带来不少苦处，为了保全头颅我愿割断舌根""愿你收敛舌头，莫损坏了牙齿；愿你语言谨慎，莫丢了性命"。

肝胆相照、生死与共、解衣推食、刎颈之交、管鲍之交……长诗中则有"无奢望之人，可与之交友，放心交往，你不必担心""艰难时朋友为你赴汤蹈火，幸福时朋友与你欢乐同享""交友容易，维护友谊困难；树敌容易，和解起来困难"。

毛遂自荐、脱颖而出、千里马常有而伯乐不常有……长诗中有发现人才重用人才的呼唤是"黄金埋在地下，和石头无别；倘被挖掘出来，就能做王冠的美饰"。

三

维吾尔人的形象思维非常出色，他们善于把理论思维逻辑思维变为老百姓喜闻乐见的诗歌。例如知识对于人们的作用，理论家可以写出洋洋洒洒的《知识论》，而《福乐智慧》则是这样表达的：

你看，智慧使人洞悉一切，

知识能为你打开宇宙的秘密。

这无边的宇宙充满神秘，

在年长者看来有如一位姑娘的举止。

有如姑娘的内心让你捉摸不住，

她勾起你的感情却又躲开你。

她像野山羊一样逃离其情人，

但你真要离开时她又含情脉脉。

她盛装打扮追着你跑来，

但又装作没看见一样把头儿低垂。

有时看见你故意把头转过，

不论爱慕者如何请求她都不予理睬。

她使多少英雄变老唯独自己不老，

多少豪杰走时，她从未轻吐芳心。

　　知识在这里变成了引人狂热追求却难以遂愿的美丽姑娘，而且你明知难以遂愿还要不顾一切地追求她！还有什么能比这段诗句更能够生动表达知识与人的关系？人们常常把爱情比作"火焰"，知识的"火焰"比爱情更诱人更有魅力！难怪今天的维吾尔大学教师鼓励学生追求知识时，常常朗诵这段精美动人的诗句！我读到这段诗句时，强烈感觉：我们与维吾尔人心灵相通——知识和爱情把我们紧紧相连！

　　我曾对维吾尔族朋友说，伸出我们的手吧，汉族和维吾尔族在伦理道德方面是九个指头相同只有一个指头不同：尊老爱幼、行善积德、重友谊、重感情、讲信义、乐于助人、禁止说谎赌博酗酒等，这些不是都相同吗？仅有生活习惯不同而已。十个指头有九个相同，我们应当紧握双手，没有任何理由分开。

　　汉族文化属于农耕文化，主要源于儒家、道教和佛教；维吾尔族文化源于游牧文化且深受伊斯兰文化影响，产生了《突厥语大词典》

51

《福乐智慧》等皇皇巨著。但是，汉文化在发展过程中曾受过少数民族文化的影响，而少数民族文化在发展过程中也深受汉文化的影响。黄河、长江不是由无数不同源头的河流汇聚而成的吗？五十六个民族的文化之流汇聚成浩浩荡荡的中华民族文化长河，代代相传，生生不息，融合汇通，生机无限。

音乐家一马当先了。早在唐朝，胡旋舞风靡一时，王公贵族，士民商贾，无不为之倾倒。唐太宗依据《龟兹乐》创作了《破阵乐》，甚至亲自擂鼓演奏。李白、白居易等一代文豪都在诗中赞美胡乐胡舞。至近代则有王洛宾《在那遥远的地方》为代表的名曲，汲取了西北少数民族音乐文化营养，成为饮誉中外万古传唱的不朽精品。

问题在于，纵观千年文化史，这种中华民族的"一体多元"激发出的灿烂火花，总是转瞬即逝，难以持久。而且仅仅局限于某一小小的领域。

难道我们还能看着《福乐智慧》博大精深的文化宝藏默默地躺在那儿吗？

四

这是一座规模宏伟的陵墓。

维吾尔人的"孔子"长眠在这座规模宏大的陵墓里。为一位学者修建如此宏大的陵墓，足见维吾尔人对知识的崇拜和对学者大师的尊重。

玉素甫·哈斯·哈吉甫陵墓在喀什体育馆路南侧。远远可望见墨绿色的拱顶在阳光下闪烁。进门是一棚翠绿欲滴的葡萄架，迎面塔门里是一幅画像：玉素甫·哈斯·哈吉甫身穿长袍，头缠白巾，目光炯炯，执卷长思。

主墓室宏伟高大，"拱拜孜"高二十多米，上覆琉璃砖。塔柱高耸，擎一弯新月。墙上雕刻着莲花、可兰、石榴花图案，蓝白相间，疏落简洁。木窗镂空雕作菱形花格子，美观透明。整个造型气氛肃穆、静谧、安详、庄重。

玉素甫·哈斯·哈吉甫的墓前玻璃柜中陈列着不朽长诗《福乐智慧》的各种文本。最重要的是回鹘文本。《福乐智慧》为西迁的回鹘人开掘了思想、伦理、道德之泉。

谒拜者怀着崇敬的心情默读着书写在四壁上的诗句，无不为生动形象的语言、深刻的道德哲理所折服。

环绕主墓室的是回廊，无雕饰，洁白安静。

五

这位伟大诗人吟诵人的生命是：

生命好比清风，一闪即逝，

有谁能抓住它，不让它飞散？

诗人没有能够抓住生命，但抓住了知识、智慧，抓住了历史转折的机遇，留下一部永远不会"飞散"的《福乐智慧》。

1605年，弗兰西斯·培根说，随之我们就会看到智慧的学问之碑是怎样比权力或武力之碑更加长垂不朽。因为《荷马史诗》已流传了两千五百多年而未失去一个音乐或字母；而其间却有无数座宫殿、庙宇、城堡和市镇已被腐蚀完毕或毁灭殆尽，难道事实不是如此吗？

河流改道，沙漠迁徙，丝绸之路几断几续；回鹘西迁，民族融和，文明碰撞，天翻地覆。《福乐智慧》高唱着千年水流长卷。它无暇斜睨无数喧嚣一时的"帕夏""伯克""巴依"……（皇族、达官、富商……），它赠给世人三件无价之宝：幸福、快乐、智慧！

53

阿巴克霍加陵与"香妃墓"

庙貌巍峨水绕廊，纷纷女伴谒香娘；

抒诚泣捧金蟾锁，密祷心中愿未偿。

此诗为1892年随湘军到喀什的湖南诗人肖雄为"香娘娘墓"所题。有自注云："香娘娘，乾隆间喀什噶尔人，降生不凡，体有香气……其后甚著灵异，凡妇人求子，女子择婿或夫妇不睦者……但手捧门锁尽情一哭……闻往往有验。"

此情此景，今日喀什犹可遇见。

肖雄返回湖南后，其新疆诗文传开，喀什有了"香娘娘墓"的传说不胫而走，越传越神。其传说有二：

某夜，乾隆皇帝做一美梦：一仙女骑黄龙下凡，美艳绝伦，一手捧镶金白玉天印，一手执铜枝银叶金瓣花，瑞云祥雾，笑语盈盈。称奉神主之命嫁于陛下为妃。乾隆笑醒，喜不自胜，命大臣去西域寻梦中人。寻妃大臣到了喀什噶尔，老百姓簇拥争观。大臣骑马遥望见一维吾尔族姑娘，左手捧一个盛满雪白酸奶子的土陶碗，右手执一束沙枣花，骑于道边一土墙上，笑逐颜开看热闹。大臣一惊，近面端详，这女子年约二八，秀丽无匹，所骑土墙状若黄龙，那碗酸奶岂不是梦中白玉印，沙枣花岂不是铜枝银叶金瓣花！天遂人愿，与皇帝梦境应验。将此姑娘带回京城，乾隆帝欣喜万分，姑娘体带沙枣花香，赐名

"香妃"，备加宠爱。后因香妃不服水土，思念家乡心切，久病不起。去世后灵柩抬回喀什安葬。

另一则传说是：香妃是当年"大小和卓"之乱的小和卓之妻，且天生有异香，姿容妙曼。清朝平定"大小和卓之乱"，小和卓霍集占之妻被献于京城。乾隆帝召见后龙心大悦，强纳为妃。香妃不从，暗怀利刃，谋刺乾隆。乾隆无奈，只好锦衣玉食，等其回心转意。谁知皇后大怒，趁皇帝出游江南，将香妃毒死。乾隆回宫后伤感不已，下令运灵柩返乡葬于喀什噶尔。著名武侠小说作家金庸的《书剑恩仇录》据此展开故事：回疆公主香香，天生身体异香。爱上了西域反清义士，红花会总舵主陈家洛。香香被清军掠走，献给乾隆。香香行刺不成，不屈而死，葬于陶然亭。陈家洛到陶然亭凭吊香香，吟诵石碣铭文：

浩浩愁，茫茫劫；短歌终，明月缺。郁郁佳城，中有碧血。

碧亦有时尽，血亦有时灭。一缕香魂无断绝。是耶？非耶？

这毕竟是民间传说。在流传过程中不断揉进人们的审美观点，不断增添细节，越传越神。

我们去看看香妃墓，探寻真实的历史。首先，要明白"阿巴克霍加陵墓"与"香妃墓"有联系，却是两个概念，两回事。

出喀什城往东四公里处，地名"亚古都"是阿巴克霍加陵墓所在处。"亚古都"为古波斯语"光明"之意。风水宝地，宜为寝陵。许多有钱有势的穆斯林选择此处为安息之地。

一座座洁净的维吾尔房舍，掩隐在浓荫绿树之间，一条狭小平坦的路弯几弯，就到了。

一泓碧水，曾有源源喷涌的泉水，传说是香妃思念家乡的泪水流

香妃像

润；四围粗壮高大的白杨树枝壮叶茂，油绿欲滴，传说是香妃的嫂子苏黛香护灵柩至喀什，亲手所植。

进陵大门不甚高敞，边一小门，进去是一小清真寺。立柱彩绘，天棚高广；面西是一排神龛，里边是一木床。这座小寺应称之"送灵堂"，即在这里为死者送行。死者白布裹身，以示清白，用木床抬至此堂，阿訇诵经，入土下葬，不用棺木。女性亲属止哭于家门口；男性亲属抬木床至墓地。送灵堂除顶棚彩绘山水花草，别无装饰，气氛清冷肃穆。

出小门转身入大门，隔着花墙和高高的白杨树，就看到墨绿色琉璃瓦穹拱熠熠发光，气派宏大。步入小门，突然轩敞，红花绿树，一座宏伟的伊斯兰风格建筑轰然而立。

四根高大的宣礼塔高擎着新月，中有一巨大拱顶，高29米，直径31米。覆盖绿釉瓷砖，阳光下流彩溢翠。拱顶一弯新月，相传为50两黄金铸成。民国初期被疏勒提台马福兴部下盗走。墙上琉璃砖绿白相间，绿砖上有莲花、可兰、葡萄等图纹，古色古香。民间传说抚摸此砖有福气。砖色铮亮，手抚摩挲，如镜照人。

门洞四面雕饰精美，多为可兰形状。启门人告知此大铜锁已有四百多年历史。木门厚重结实，白底蓝花，洁净肃穆。进门顿时想起著名诗句："天似穹庐，笼盖四野"，拱顶圆盖如苍穹，如有日月星辰便是世外洞天。微有声响，既闻回音厚重，如入瓮中。平台上隆起大小不一的坟包，均覆以琉璃砖。共葬入和卓家族的五代七十二人。男性墓大，女性墓小。正面墓主为阿巴克霍加和其父玉素甫霍加。东边两座覆绿绸的墓，那是香妃和她的母亲。

香妃的坟竟如此小，而两百多年来，她的名气如此之大。阿巴克霍加陵因她而遐迩闻名。

香妃的故事背景是一段风云激荡的历史。这要从香妃的家族"圣裔家族"说起。

阿巴克霍加墓大约始建于 1640 年，埋葬第一代霍加玉素甫。清著名学者徐松《西域水道记》载："玛木特玉素甫之迁喀什噶尔也，土人庞雅玛以所居地为寺，死即葬焉。"玉素甫从哈密迁到喀什传教，大地主庞雅玛皈依，献出自己的土地为玉素甫建立了大规模的陵墓。玉素甫的儿子依达也提拉，在喀什传教受到叶尔羌汗国"黑山派"攻击，先流亡到克什米尔，后赴西藏向达赖喇嘛求援。携达赖书信前往伊犁，得到准噶尔汗国支持。公元 1678 年，借准噶尔汗国蒙古大军，灭了"黑山派"叶尔羌汗国，在喀什建立了"白山派"霍加政权，臣服于准噶尔汗国。阿巴克霍加死于 1693 年，葬入此陵，从此叫"阿巴克霍加麻扎"，意为"伟大的圣人后裔"。

"白山派"与"黑山派"的争斗延续一个多世纪，给南疆老百姓带来深重的苦难。"白山派"霍加政权建立后，残酷镇压叶尔羌汗国的"黑山派"教徒。至今，在莎车一带民间还流传着当年教派纷争的血腥故事。

在这个历史背景下，"香妃的故事"诞生了。

1756 年，清朝平定准噶尔汗国，将被当作人质的大和卓波罗尼都、小和卓霍集占，送回南疆帮助治理回部。小和卓霍集占阴谋叛清自立。清政府派副都统阿道敏，召见大小和卓晓喻利害大义。霍集占竟派兵暗中截杀了阿道敏，并胁迫大和卓共同叛乱。1760 年即乾隆二十五年，清军发兵征讨大小和卓叛乱。清军先后三次南征，战事激烈。清将雅尔哈善等被乾隆帝以"贻误军机"问斩，后派伊犁名将兆惠任主帅平叛。兆惠溯叶尔羌河南下攻莎车，筑著名的"黑水营"，与大小和卓叛军激战。

当小和卓霍集占在喀什宣布成立"巴图尔汗国"时，他的五叔额色伊、堂弟图尔地都坚决反对，避入阿图什布鲁特部落中。兆惠在叶尔羌激战的紧要关头，额色伊、图尔地率布鲁特骑兵突袭喀什。小和卓闻讯大惊，急与大和卓回军争夺喀什。叛军军心大乱，兆惠乘势反攻突围阿克苏。第二年率军先取和田，再攻喀什。大小和卓全军溃败，逃至巴达克山被当地部落首领斩杀。

大清的《王公表传》记载："乾隆二十三年，大军讨霍集占抵叶尔羌。额色伊闻之，偕图尔地及布鲁特之呼什齐鄂拓克长纳哈巴图，以兵攻喀什噶尔……二十四年，兆惠遣额色伊入觐。"

兆惠将平定大小和卓之乱战事奏报清廷。乾隆封图尔地为"辅国公"，进京做官。"辅国"之称号表达了对他维护祖国统一功绩的充分肯定。

1759 年，图尔地和二叔额色伊、姊妹伊帕尔汗经过长途跋涉抵达北京。乾隆帝给图尔地、额色伊封官晋爵，拨给宅第。并采纳封建王朝对少数民族的和亲政策，将满族宗室女苏黛香封为公主赐婚图尔地；将图尔地之妹伊帕尔汗纳入后宫，不久封"容妃"。

乾隆很宠爱容妃。清史载，乾隆每次去承德围猎只带少数妃子其中就有容妃。清宫著名画师意大利传教士郎世宁，经皇帝恩准给容妃画像。容妃身着旗装，发型庄重，俊目细眉，神态生动。容妃在清宫生活到四十九岁。病亡后葬于遵化清陵。

于是，有两个版本的"香妃"：一个叫容妃，葬于北京清陵；一个叫香妃，葬于喀什阿巴克霍加陵。历史学家坚持前者，而新疆各族老百姓更看重传说：

"伊帕尔汗"维吾尔语为"沙枣花"之意。传说她出生乌什，容貌俊美，体有清香。被乾隆选入宫中赐为"香妃"。她在皇宫思念家乡和亲人，逝世后皇帝遵从她的遗愿派她的嫂子苏黛香送灵柩至喀什，葬于她母亲陵边。苏黛香守陵时为广大老百姓做了许多善事，去世后也葬入此陵。

香妃墓所在东侧外的雕花窗上，常挂着许多彩色布条、线头。那是许多维吾尔妇女许愿和祈求香妃显灵保佑系上的信物。常有女性穆斯林泣诉于此，或为丈夫重病，或为家里不和，或为子女担忧。灵验与否，诚者自知。不足为外人道哉。

这座规模宏大的伊斯兰风格的陵墓中，埋葬着"圣裔"家族五代七十二人。刚建成时叫玉素甫霍加麻扎，后来叫阿巴克霍加麻扎，一直叫到了乾隆年间。香妃的故事流传开来后，这里一直被叫作"香妃墓"。这个名称变化的历史就是新疆各族老百姓的心灵史——盼望国家统一，长治久安，生活幸福，远离动乱。

维吾尔谚语：水流走了石头在，奥斯曼（染眉毛的植物）掉了眉毛在，人走了名声在。

阿巴克霍加走了，留下辉煌陵墓；香妃走了，留下美好传说。

而美好的传说是对所有逝去的人的最好的纪念，是对新疆各族百姓最温馨的心灵滋润。

和田寻刀

　　和田玉闻名遐迩，但身处"玉都"并非处处顺心。在大巴扎往地摊边一站，立即有三五人围住，怀中掏出石头往你手里塞。街头巷尾，紧追不舍；是石是璞，真假难分，使人冷了买玉心。更何况玉器商店的玉天价咋舌，一块小拇指头大的羊脂玉动辄三五万元，使人望价而退。

　　那天我进了一家豪华玉器店，坐在沙发上，旁边一位富态的维吾尔族老人，我以为他和我一样是顾客，不料他也撩开衣襟炫耀腰间的一串生肖玉挂，问我猜猜值多少钱。果然"和田无人不说玉"，但是，他始料不及的是我对玉挂有点冷落，而对穿在一起的小刀有兴趣。那是一把小折刀，刀刃长约一指，钢质细密，光亮油润，刀柄红绿相间，小巧玲珑。我赞不绝口："牙克西皮恰克"（好刀）。老人大喜，如遇知音，滔滔不绝说和田刀不知有多少，这种小折刀最好，越用越利，永不生锈。吃羊肉，刮骨头，携带方便。而且可以刮胡子。边说边试，刀过须落。我在喀什生活几十年，受维吾尔人影响，也深爱小刀。我说买几把小刀作纪念品，老人热情地说机器制造的刀不值钱，要买手工打制的刀。有位刀匠大家都叫他"托卡皮恰克其"（腿有残疾的刀匠），你们只管去寻找。问路一定要问中老年人，不要问年轻人；年轻人不喜欢这种刀，忘了和田名折刀的老匠人。言毕，老人摇头叹息引我们出商店门，指了方向。

寻这位刀匠可真费劲儿。问路得到的回答都是"欧——达"，拖音长是路远，拖音短是路近。但是我们是外来客人需要问何街何门牌号。"欧——达"是多远实在弄不准。然而，我们寻刀的兴趣和神秘感更浓了。因为好几个老人都掏出了使用多年的小折刀。一听我们打听"托卡皮恰克其"，要买小折刀，那眼神立刻柔了，神态立刻殷勤了。说"欧——达"的音调也富有音乐感，但我们还是想知道那条路门牌几号。幸亏遇到一位懂汉语的中年出租车司机。他告诉我们怎么走，"找到那一排密密高高的白杨树就快到了"，还郑重叮嘱说，你们只说买刀，不要问钢火怎么处理的，祖传秘技不传外人。我们点头称是，入乡随俗，这是必须遵守的。

找到了那一排茂密高大的新疆杨，终于找到其家。一敲门听传来的声音细弱，全无铁匠的洪钟之音。一进门更令人顿生几分失望。这位刀匠年近七旬，脸色苍白，枯瘦如柴，挂一拐杖，一步一蜷腿。房屋陈旧，工棚竟是枯枝围成。一张床大小，置一烘炉、一铁砧、一手摇鼓风机。此情此景，与精致的折刀，与乡亲们对刀匠的崇敬爱戴太不相称了。我们说明来意，老刀匠神色沉稳地说，买刀要提前三五天订货，你们是乌鲁木齐的远客，两天后傍晚来取吧。我们有点不放心，提出先交定金。老人摇摇头说，看了刀再说钱的事。告辞出门，我们议论是不是找错人了，他瘦弱残疾，不像铁匠，工棚简直像看瓜人的草棚子。是真是假，以刀为凭。

两天后，吃了晚饭，我们如约登门。门外停了一辆豪华摩托车。进门又是老人一人在家。他欣然展开一纸包，亮出五把精致的小折刀。我们把玩欣赏，爱不释手。老人说，他叫买买提明阿洪，七十多岁了。二十岁时一场大病右腿残疾。打刀技艺，代代相传；淬火钢

最后一道工序——开刃

化，已成绝技。这院子是祖宅，四五十年前是农村。父子俩打好刀拿到城里卖，薄技养家。祖传一套处理钢火的秘技，刀不卷刃不生锈。好刀用好钢。钢板烧红解成刀坯，冷锤疾打，淬火钢化，制成刀刃。装刀柄要经几十道工序。虽有残疾，但练就一身薄技，抚育六个孩子长大成家。三个男孩，没有一个愿意继承打刀绝技，三代精刀，失传在即。门口的摩托车就是儿子的。儿子放下摩托车就去找朋友打台球去了。说着老人给刀开刃。他仿佛年轻了几十岁，弃杖登上木架，踏动木板，皮条带动砂轮，火星飞溅。这台近乎原始的砂轮机是他自己设计制造，用了半个世纪了。跨下木架，他珍爱地用衣襟擦净每把小刀，托于掌，献于客。又送我们至小巷口，仿佛送走的不是几把小刀而是远嫁的姑娘。我把玩欣赏精美的小刀，想起唐朝诗人李颀得到西域佩刀的诗："乌孙腰间佩两刀，刃可吹毛锦为带""执之魍魉谁能前，气凛清风沙漠边"，这诗是写给我的啊！

走出百步，偶一回头，老人拄杖巷口，凝望着我们的背影，似乎在欣赏我们心中的喜悦。我感慨不已：这几年洋刀赝品风靡市场。一代人追逐时髦；本民族的精品绝技正在默默衰亡。老铁匠百年之后，有谁知和田曾有如此精刀?！

　　五年后，我再去和田找到那个小巷子，旧房子拆除了，马路扩宽了，新楼房正在兴建，一打听才知道老铁匠去世了。我站在巷口久久惆怅，看着一辆辆摩托车飞驰而去，后座上的"古丽"彩裙飘舞——不知哪个是老铁匠的儿子媳妇……

　　和田不缺玉，而是缺发现比玉更珍贵的东西……

和田走笔

神壶碧水

新疆人把河流的出山口叫"龙口"。这次去和田乌鲁瓦提水电工程办公楼，看到美国人造地球卫星拍摄的和田地图，山川河流，大漠绿洲，准确、形象、逼真。我击掌叫绝：上了太空看地球，才知道地球上真的有"龙"！毛泽东同志吟昆仑"飞起玉龙三百万，搅得周天寒彻"！

真的，"龙"的身躯在气势磅礴的昆仑山脉盘旋缠绕，扭动壮大，探出头来一张口，一道激流滚滚而出，像甜美的乳汁滋养着万顷绿洲。

巡天遥望一千河。航天飞机看到的地球，有两块巨大的烫伤般的疮疤：撒哈拉大沙漠和塔克拉玛干大沙漠。在塔克拉玛干大沙漠的南部，我凝望着地图上的和田，一种危机感涌上心头：我们的生存空间太狭小了："死亡之海"人踪稀少，昆仑山脉群峰密布，人类繁衍在狭小的河流所到之处。没有水，人类无法生存。

地图上的乌鲁瓦提水库，是万山丛中"巨龙"衔着的一枚葫芦状的碧玉。我想起一个词：悬壶济世！

和田维吾尔老百姓传说，和田河由玉龙喀什河和喀拉喀什河汇成：一个是母亲河，出白玉；一个是父亲河，出墨玉。"乌鲁瓦提"维吾尔语意为伟大的父亲，原是一座大坂的名字，是喀拉喀什河源头山峰之一。现在是这座气魄宏伟的水利枢纽工程的名字。维吾尔人把冰峰河流比作"父亲""母亲"，非常贴切生动，充满了人类对大自然的感激之情。

登上水库大坝，纵目望去，昆仑群峰聚，高峡出平湖。水波倒影，石崖青灰，横向层叠着风化石纹，如洪荒老人的万载愁眉。那水如大海深蓝，在骄阳下闪烁着蓝宝石的灵光，使人想起爷爷怀中胖孙儿的清亮无邪的大眼睛。"横空出世，莽昆仑，阅尽人间春色"。人们筑起一道长 428 米、高 135 米的大坝，横断峡谷，引来春色换人间。那宏伟的建筑，精美的设计，集蓄水、灌溉、发电、旅游为一体的设计，誉之为"昆仑小三峡"当之无愧。

往事溯百年。1900 年 11 月，著名的地理学家、探险家斯坦因，由印度入境到和田，考察和田河的两大支流。他溯河而上到达乌鲁瓦提大坂。雄伟壮丽的冰川、河流、山脉，淳厚朴实的民风，给他留下难忘印象。西方人也因他的探险知道了和田玉、和田河，而且他的日记中有一段乌鲁瓦提大坂月夜的精彩描绘：月光皎洁，雪峰剔透，万籁俱寂，冰河玉带。百年之后，此公如果健在，旧地重游，一定会惊呼沧桑巨变，换了人间！

豪华游艇犁出万顷碧浪，陪同我们的退休的水利局局长陈锭锋介绍说，大家在人造卫星拍摄的地图照片看到了，喀拉喀什河全长 600 公里，其中 400 多公里在山区，年径流 21 亿多立方米。大部分集中在洪水期，没水旱灾，有水洪灾。和田人民世世代代盼望"父亲河"的慈爱。1995 年，乌鲁瓦提工程启动。经过七年艰苦施工，终于完成这座昆仑山中最大的水利工程。蓄水可达 3 亿多立方米，发电 6 万千瓦，满足和田地区用电需要。同时，这里成了新的旅游胜地：水深可达百米，水面宽五六公里，长二十多公里，高峡出平湖，冰川遥相映。溯水而上可达风景优美的山区牧场，昆仑深处，别有洞天；水草肥美，牛羊壮硕。距这里上游七十多公里处的深山里，有两个牧民村，一千多人口。自古以来，他们顺河滩出山与外界往来。大坝建成蓄水将淹没河道。为了山区牧民的利益，专门开凿了一条山路，投资750多万元。老陈说，秋天你们来就好了，水面宽阔，山腰上挂着的那条路上，一望无尽的转场的羊群。水蓝崖青，羊群如脂玉横穿，倒影如幻，美景这边独好。

老陈是乌鲁瓦提工程的建设者。他叫陈锭锋，上海人，1963年慷慨高歌告别黄浦江，支边进新疆。1968年塔里木农垦大学毕业，被分配到和田垦区47团工作，一干三十多年。后任水利局局长参加乌鲁瓦提工程建设。他又黑又瘦，两鬓飞霜，乡音未改，一口上海普通话。他动情地说三十多年真正享受探亲假回上海只有两次，对孩子我是不称职的父亲；对高堂我是不孝之子。

是啊，正是无数"不称职的父亲"的无私奉献，才能把"伟大的父亲"的慈爱存储在昆仑山中，惠泽百万生灵！

神奇红枣

几年前，我从和田乘汽车西行。出墨玉县只见车窗外平沙莽莽黄入天，苍穹无飞鸟，地上无人迹。死寂荒凉，人过不回头。民谣"和田人民苦，一天半斤土，白天吃不够，晚上还要补"。

这次再来惊呼巨变！我登上制管厂高大的龙门吊车远眺：楼房崛起，道路平坦，输电高塔，纵横有序，宽阔的防渗渠从天边划一道优美的弧线，引来清泉润荒原。有水有绿人气旺，饭店商店宾馆等，招牌在望。到新开荒地看看，宏大的果品基地已现雏形。数千亩枣苗嫩绿摇曳，仿佛已闻到红枣的清香。

和田的太阳格外热情，因为太阳从万里昆仑露出眉目见到的第一个绿洲是和田；和田的水格外滋养人和树，因为那是雪水融化浸泡过玉石的清流；和田的土壤种什么都爱长，闻名遐迩的胡桐王、核桃王、无花果王，谁见了都会被树木的神奇所感动。和田皮山的红枣，获中国农业博览会两个金奖一个银奖。那枣秋天成熟不忙采摘，冬天叶子脱尽，红枣被糖胶粘在树枝上，雪白枣红，别有风味。取一枚黏糊糊的冬枣尝尝，香甜满口，枣肉蜜软，令人叫绝。皮墨垦区将成为全国最大的优质枣生产基地。"一天一把枣，终身不显老"，全疆的百岁老人和田最多。奥秘其实简单，他们常吃核桃、杏子、无花果、葡萄、桑葚、石榴、红枣，哪一样不馋人不养人！

先进科学技术创造大漠神奇。新开耕地只见枣树苗不见渠道，输水管道埋在地底下，电脑调控，滴水灌溉。原始地貌上，红柳丛中种大芸，红柳丘间枣苗绿。地下管道引来喀拉喀什河的清泉，滋润着万顷枣树果树苗。几天前，和田七县一市组织县乡领导干部们参观皮墨垦区。他们看到直径两米的管道铺施地下，滴灌技术把不毛之地变成生机勃勃的绿林，新的居民点砖房整齐美观，人气沛然，果品加工厂破土动工，这里展示着人类最终战胜沙漠的希望。

吐尔地阿吉庄院

当这座庄院居高临下映入眼帘时，我仿佛看到穿着汉族服装的维吾尔老人在俯瞰着我。他历尽沧桑皮肉枯尽仅余峥骨，但那一股大胆学习汉文化的豪气犹在，那历经百年风波处变不惊的大家气派犹在。难怪一百多年来方圆百里的维吾尔老百姓景仰和怀念这座庄院。

面包车停在几株苍劲古老的大柳树下，抬头望去，高台上一座古老的中原风格的庄院：回廊抱厦，挑檐飞斗，四方规整，门庭巍然。门悬一匾"自治区文物保护建筑"，门两边是又长又高的方格雕花木窗，如果在木结构上铺上黄澄澄的条瓦，梁柱刷上红漆，活脱脱一座《红楼梦》中的贵族庄院。如果在山西平遥见到这样的庄院，你会感到很平常，但是在和田在伊斯兰文化穆斯林聚集地，见到它你会大吃一惊的。和田是新疆的偏僻之地，皮山县是和田的偏僻之地，皮山农场又是皮山县的偏僻之地，贵族庄院就在偏僻之地。因为，这里是吐尔地阿吉的故乡，维吾尔人是非常热爱家乡的民族。

当地维吾尔老乡说，一百三十多年前的清光绪年间，左宗棠击灭阿古柏收复新疆。新疆与内地的商业交往又活跃起来。皮山县商人吐尔地阿吉到甘肃陕西经商。那年月经商之苦难以想象。运输工具是沙漠之舟骆驼，日行五六十里，要走民丰、若羌至敦煌，穿过阿尔金山，再穿河西走廊到兰州，走得顺也得一两个月。路途尽是沙海、碱滩、无人区，更不必说炎夏酷暑沙暴狂风。吐尔地阿吉把玉石、干果、皮毛贩往陕甘，把布匹、茶叶、瓷器等运回和田。他不但善于经商而且善于学习。他花费万两白银，从陕西请来汉族工匠，由他设计建造一座汉维文化合璧的庄院。我们现在看到的建筑仅为原庄院的十分之一，但已经使人惊奇了。据当地老人说，庄院前有大水池，后有大果园，桃、杏、核桃、无花果繁盛一时。主体建筑为汉族建筑风格，进大门有正房厢房天井，雕梁画栋，壁上有《古兰经》文，有维吾尔人喜欢的又长又宽的土炕。仔细看那残余的室内壁画，有莲花、牡丹、花篮等，透出浓郁汉文化的气息；而其间又有可兰的图饰和古阿拉伯文的图纹，表明主人是虔诚的穆斯林。当年吐尔地阿吉庄院轰动和田，那时没有电影没有照片，没有人知道汉族人住的房子什么样，吐尔地阿吉把"汉人的庄院"搬至皮山来了！人们骑着毛驴赶着大车纷纷参观庄院，对中原文化精美的建筑赞叹不已。而且这种感情世代相传一直保留至今。

我抚着粗壮的立柱，徘徊廊下，端详着保存完整的棱形格子木窗：一百三十年岁月流逝，油漆落尽，豪华落尽，风骨犹存。汉族工匠的高超技艺，所用木料的精良，令人赞赏。

我走向面包车时，一位花白胡子的维吾尔老人走近了我。他注意到我用维吾尔语与人交谈。他以为我是高级干部的随行人员。他说，请你向领导反映一下，这水池干涸了许多年了，那几棵老柳树快渴死了，那是神树呀！能不能把水池修好，把房子维修一下。你看，太阳把木头晒裂了……

我点点头说，你是吐尔地阿吉的亲属吗？他摇摇头说，我不是，吐尔地阿吉的"孙子的孙子"是我的同乡。

汽车启动了。回望古宅古树，我在思考：建筑是凝固的音乐；我听到了汉文化与维吾尔文化的共鸣……

这是和田的希望所在！

方神遥祭

　　人到老年，经历沧桑；时时怀旧，脑海里常有惊涛拍浪，卷起千堆雪。涛退雪散，怪礁兀立，那怪礁竟是童年记忆，而童年朦胧的记忆，到了中年才明白那是一段重要的喀什历史。

　　我的童年在喀什汉城度过。汉城就是今日疏勒，回城是现在的喀什市。那时疏勒县城保存基本完好，东西北三个城门还在。我们的小学在国民党联勤总部医院的院子里，紧靠着边防团。童年贪玩，而且初生牛犊不怕虎，哪里刺激哪里去。爬上高高的古城墙，在蛇行的壕沟中"打仗"；赤足在护城河的泥巴中抓蝌蚪。锈弹头，断刺刀，一阵惊叹，一阵想象渲染的恶战。有一天，一个小伙伴神秘地告诉我们，他发现了一个"神庙"，一个人不敢进去。我们一伙毛孩子壮着胆子去探险。绕过一个大涝坝，有几株峥嵘古树。拨开草棚，翻过土墙，果然有一座废弃的古庙。庙堂高大，有前廊，有粗立柱，红漆斑驳。越窗而入，有一英武神像，尘落战袍，色甚暗淡。忽然蛛网拂面，一阵凉麻激灵全身。有人怪叫"鬼来了"，我们手足并用筋斗骨碌逃出去。后来问大人那是什么庙，回答是土地爷。

　　人到中年，回忆往事，我才知道童年的玩耍地方，是演绎过血与火的历史的辉煌舞台：那城墙曾是西域闻名的疏勒城，砖砌城墙，高大坚固，曾抗击过外敌入侵，屡经战火。那庙不是"土地爷"，是名垂近代史的方神庙，供奉的是为保卫喀什徕宁城万余生灵而壮烈殉国的湖湘勇士黄定湘。

徕宁城在喀什市西区。20世纪60年代乘飞机鸟瞰，可见喀什西部有一圆形城墙残垣。维语称"玉木拉克协海尔"，意为圆形的城，一百多年来，这座城是南疆政治军事重镇，喀什噶尔参赞大臣的官衙，与北疆的伊犁将军府遥为掎角，保卫着天山南北。

清乾隆二十四年（1759年），清军击败准噶尔汗国，平定"大小和卓之乱"，统一天山南北。两年后任命永贵为喀什噶尔办事大臣。当时喀什战乱甫定，旧城狭小，街道狭曲，居民拥挤。永贵上书朝廷说旧城"错乱无章，难以扎营，且官兵不便与回人杂处"，请准许另建新城。康熙、雍正、乾隆对经营西域高度重视。乾隆欣然准奏。

新城建在旧城西北一公里处的"古勒巴格"。维语意为"花园"。原来是大和卓波罗尼都的私人庄园。这里克孜河支流如玉带环绕，林木繁茂，景色秀丽。新城为圆形，周长一公里多，砖石城墙，高大坚固。城南建"万寿宫"，祭祀大典，节庆迎送，场面豪华；又建关帝庙，香火兴隆。1771年，乾隆御笔赐名"徕宁城"。"徕"意为"修文德以徕之"；"宁"意为安居乐业。不久，徕宁城一带商业也发达起来。《新疆回部志》称"徕宁城仰瞻宫庙之辉煌，凭临池城之壮丽，居然新疆一都会矣！"

19世纪中华民族陷入了深重的灾难之中。鸦片战争之前，民族危机首先在我国西部爆发。据王时样《喀什噶尔史话》载：1820年，中亚浩罕国支持波罗尼都的孙子·张格尔入侵南疆，妄图恢复和卓政权。张格尔三次入侵三次败逃。1826年，张格尔率数千浩罕军人再次进犯喀什，气焰嚣张。伊犁将军兼喀什噶尔参赞大臣庆祥坚守徕宁城，及至接仗，被官兵凭城打退，杀死八百余人，带伤者不计其数。

徕宁城城门遗址

张格尔凶焰受挫，想出一毒计：水淹徕宁城。他驱兵在克孜河高岸处筑拦河坝，河水迅速涨高，迫近徕宁城。一旦城墙垮口，万余生灵将成鱼鳖。

危急关头，守城官兵决定奇袭上游大坝。趁着夜色，一位年轻的清军士兵跃入水中，如蛟龙，挟雷电，劈风斩浪，直冲大坝。临近坝时，潜入水中。不一会儿，大坝被掘开洞口，大水溃堤而落。徕宁城得救了！万余军民欢呼雀跃。英雄却没有回来，踪迹全无。

他就是被新疆各族人民供奉了一百多年的"方神"，保护一方平安之神。

他姓黄，名定湘，1801年阴历五月初六出生于湖南长沙县堤屋场贫苦农民家中。21岁那年，他哥哥与屈姓人家争水，失手伤了人命。兄已成家，有妻有子，如被判重刑，家必败落。定湘无牵无挂，挺身而出为兄顶罪自首。官府察其隐情，念其"孝悌"之义，降等减刑，流刑安置远方，终生不返。他被发配到甘肃充军。五年后换防到喀什，几个月后就投入抵抗外敌的恶战。以身殉国时仅26岁。

1826年9月，徕宁城被侵略军用地道炸垮城墙。庆祥拒降自刎。城被焚毁。第二年春，清军收复喀什。张格尔败逃至喀尔铁盖山被擒，解送北京，受到严惩。后人重建徕宁城。

黄定湘义无反顾勇退恶水的事迹传遍天山南北。官员嘉其忠义勇敢，视为军魂武圣；百姓传说是神龙下凡，拯救生灵，解厄祛难。各县纷纷建"方神庙"，以求神灵保一方平安。《拜城县志》载："南路（即天山以南）各城汉、回，争奉香火。"就是说供奉"方神"的不仅有汉民，而且有信奉伊斯兰教的穆斯林群众。这在新疆近代史上可称绝无仅有！为什么会有这种奇事？翻开新疆尤其是喀什的近代史，每页都浸透着血与火，百姓屡遭涂炭。沙俄军官瓦里汉诺夫入窥喀什曾记录，"和卓"叛乱杀掉的人头在城门外堆积如小山，民谣："养活一头毛驴不容易，一捆苜蓿要一个普尔（货币）；养活一个人更不容易，到处都在杀杀杀。"人们在饥饿中生活，在恐怖中度日，只能把某种超自然的力量赋予这位普通士兵："慷慨赴义者有如是者乎？生而正直，殁乃神明。凡民间疾病、急难、水火、虫荒，祷之者辄奇应。庙祀遍新疆，名曰'方神'。"

时至清末，南疆官吏每月初一、十五进香方神庙，为民祈福，长治久安。1898年，距黄定湘殉国已七十二个年头，新疆的官员竟联名上奏朝廷，请准将民间的方神祠祭列为国家祀典。这在当时是非常大胆的举动。这群官员怎么想的？看看这七十多年中华民族蒙受了多么深重的灾难：徕宁城陷后十五年，林则徐虎门销烟，关天培炮台殉国；其后阿古柏入侵南疆，占领迪化，各族人民陷于水深火热达十年之久；其间沙俄强占伊犁九城，强夺外兴安岭大片国土。血与火的严酷历史使人们更加痛感方神精神的可贵。清朝官吏们甚至在奏章中，把黄定湘的官阶由士兵改为裨将。但是，腐败的清王朝仍然认为官阶太低，祖宗章法不可变，驳回上奏。此时大清已是昏惨惨油灯将尽，顽愚不敏，连方神这样的忠烈之士都不予褒奖，其亡无日！

然而，南疆人民对方神的崇敬代代相传，一直到20世纪50年代初，方神庙还有香火。这在伊斯兰教传入南疆已近千年，在精神领域占统治地位的喀什，不能不说是一个奇迹。

　　我曾多次陪客人游览喀什。那年夏天，著名作家余秋雨到喀什。晚饭后，他委婉地说，喀什除了"三个麻扎一个巴扎"还有别的吗？我立即说有并领着他踏着夜色去凭吊徕宁城遗迹。

　　灯光闪烁，商店饭店喧闹阵阵。残墙被挤在楼宇之间，挣扎着显示出残躯。秋雨老师凝望片刻，叹了一句："感觉很好。"我讲了方神的故事，如歌如泣，心情难抑。我说，孩童时代，无知无畏，进了方神庙不知恭敬；人到中年知道了徕宁城和方神的故事，城已残破，庙已荡然无存了。我敬重湖湘子弟，有血性，有骨气！大将有左宗棠，士兵有黄定湘！

　　仅以一歌遥祭方神和徕宁城："把我们的血肉筑成我们新的长城……"

东高营房追忆

一

1982 年，在喀什疏附县木什乡明遥洛古战场，一块沉睡 95 年的石碑被发现。碑文载：光绪三年（1877 年）十二月十九日，清军刘锦棠部在这里与阿古伯之子伯克胡里及白彦虎残部进行最后一战，大获全胜，南疆重新回归清朝管辖，特立碑记功。

这块珍贵石碑唤醒了另一个记忆：喀什的古地名东高营房被人们忘记了！明遥洛战斗之前，刘锦棠一部攻克喀什回城，军队就驻扎在这里。时间是光绪三年（1877 年）十二月十七日。两天后，湘军出城追击残敌取得明遥洛大捷。

东湖公园是喀什人戏水弄舟的好去处。这里原是吐曼河古河道，后辟为公园。泛舟东湖，纵目环视，绿荫沉，红檐飞，突兀高岸插北斗。那不是寻常河岸，是一百多年前赫赫有名的东高营房。而今天，这个高台子已经被平毁，曾经的地名"东高营房"已渐渐被人遗忘。

每念及此，心老走神儿：

古今多少巨钟声消音散，而张继的"姑苏城外寒山寺，夜半钟声到客船"使千年钟声袅袅至今，引来无数游客静卧舱中，细聆夜声。

古今多少战争规模宏大，惨烈悲壮，在人们的记忆里却"风流总被雨打风吹去"，而东坡先生的"大江东去，浪淘尽，千古风流人物""故垒西边，人道是，三国周郎赤壁"，使赤壁之战名垂千年，被优伶戏子、野老村夫、文人雅士传颂至今。

古来多少美酒之乡，而杜牧的"借问酒家何处有，牧童遥指杏花村"，使"杏花村"醉了多少优伶之魂。

更不必说，今人不惜巨资重修崔颢的《黄鹤楼》、曹雪芹的大观园、吴承恩的天宫地洞……

多少寻常事物，经名人大师吟诵立即被万人传唱，弥久益彰；而多少值得大书特书的事物，因无名人点拨吟诵，如玉裹于璞，默默流失于岁月中，仅一两代人就被淡忘了……

比如，喀什吐曼河边，那如堆如岸的东高营房。

二

1864 年，库车人民不堪忍受官吏、伯克的残酷压迫，爆发农民起义。很快波及天山南北。动乱导致民族分裂势力趁机而起。中亚浩罕国的军官阿古柏入侵喀什。短短几年，阿古柏"圣战"的铁蹄践踏至乌鲁木齐，天山南北陷入血雨腥风中。这时，早已虎视眈眈的沙俄出兵侵占伊犁。

阿古柏的"哲得沙尔汗国"（即"七城汗国"）竟统治南疆达十多年之久。在"圣战"和杀"卡甫尔"（异教徒）的旗号下，无数生灵死于屠刀之下。阿古柏性格残暴，荒淫无度。在著名历史学家毛拉木沙的《伊米德史》中记载了一则故事：阿古柏喜欢骑没有骗过的马。有一次他去马厩巡视发现他非常喜欢的骏马被骗掉了。他阴沉沉地问："这些马是谁骗的？"马厩官回答："莎车人玉素甫伯克骗的。"阿古柏立即下令请玉素甫伯克进宫。玉素甫伯克进宫后，阿古柏问他怎么骗马。玉素甫伯克详细地比拟了各种骗马动作。阿古柏命其退出候令，并问身边的米拉胡尔："你也学会了吧！"米拉胡尔答："如果陛下命令，小人在所不辞，一定能骗。"阿古柏就和颜悦色地说："那么你按照刚才那位的动作，用他自己带来的工具，将他也骗掉！"这位可怜的骗马匠便活活地被人像一匹马一样骗了。两天后死去……

各族百姓在暴君统治下民不聊生，盼望早日结束分裂、动乱和死亡威胁，盼望"和太"（汉族人）来解救他们。毛拉木沙还记载了一个真实的故事：在喀什噶尔的郊区，一位农民正在耕田，一位过路人问他："喂！朋友，您在种什么？"农民回答："我在种'和太'（汉族人）。"问者欣然一笑，策马奔去。春天一颗种子，秋天将会有几百倍的收获！"和太"将会踏上这块多灾多难的土地……

三

然而，这时的"和太"在干什么呢？在森严的紫禁城里，一场有关祖国六分之一版图河山生死存亡的辩论正在进行。辩论的核心问题是：要不要西域？

"海防论"以李鸿章为代表，主张放弃关外。他竟然认为乾隆统一新疆是"徒收千里之旷地，而增千百年之漏厄，已为不值。且其北邻俄罗斯，西界土耳其，南近英属之印度，即图恢复，将来断不能久守"。"新疆不复，于肢体之元气无伤。海疆不防，则心腹之大患愈棘。"

左宗棠大义凛然，针锋相对："东则海防，西则塞防，二者并重"，"自撤藩篱，则我退寸而寇进尺。不独陇右甚虞，且北路科布多、乌里雅苏台等处，恐亦未能宴然"。丢了新疆，甘、陕即为边

乌鲁木齐"一炮成功"纪念公园

疆；丢了甘、陕，中原即为边疆；没有边疆就没有内地！这道理浅显明白，清政府总算听了进去，支持了左宗棠。

1876 年 4 月，左宗棠誓师肃州，湘军出关讨伐阿古柏叛逆。深受阿古柏血腥统治之害的各族人民，闻风响应，奔走相告。湘军激战古牧地，勇夺天山险隘达坂城，绕过焉耆沼泽，攻克阿克苏。12 月 18 日，湘军的战旗在喀什东高营房猎猎飘扬，官兵出征时，维吾尔老百姓高喊："杀安集延人"为湘军助威……

从此，东高营房一直是驻军之处。1949 年，新疆"九二五"起义时，这里是国民党骑九旅一部。解放军进驻喀什后，东高营房被接管作为仓库。1954 年新疆兵团成立，这里归草湖前进总场管理。1966 年这里成为农三师基建大队驻地。1975 年新疆兵团撤销，随后开始的城市建设，东高营房被平毁，百年历史的名字也渐渐消失了。

四

我在喀什生活了四十九年。我曾无数次从喀什到大河沿、乌鲁木齐。我无数次被边疆的日出所激动：红日出天山，苍茫云海间；那银峰之巅赤红一抹，迅即向下渗延；东海旭日，初露彤眉，一跃而升，光焰万丈。大漠的日出又是另一番景象，塔克拉玛干大沙漠是凝固的大海；地底下蕴藏着百亿吨石油；那油海躁动了千万年，终于熔炼出一个燃烧着的婴儿。那婴儿活泼地、欢天喜地地、赤裸裸地向我们跑来，那红润，那光焰，那可爱！

每当我沉醉在壮观的天山大漠日出，心中总不由自主地想起左宗棠和李鸿章的争论。

李鸿章竟把新疆说成是只投入不产出的大漏斗，而且断言"不能久守"，主张"暂弃关外"。如果清政府依了李鸿章，祖国西陲的宝地不知沦入何人之手，那壮观的日出胜景亦不知成为何国的景观！

纵观中华民族历史，从异族手中夺回丢失的领土的民族英雄有两人：一为郑成功，从荷兰殖民者手里，收回祖国的神圣领土台湾；二为左宗棠，驱逐沙俄，击溃阿古柏，收复祖国西陲宝地，保住了中华民族一块巨大的生存空间。中华豪杰，功昭日月！

喀什哄传百年的地名"东高营房"就是这段历史的丰碑！

五

曾有学者作过统计，自秦始皇统一中国到 1950 年西藏和平解放，这两千多年历史中，太平盛世仅 400 多年，仅占五分之一。动乱、恢复、发展、盛世，周而复始，连绵不断。这正是中国社会发展缓慢的一个重要原因，也是新中国成立之前新疆社会衰败的重要原因。

东高营房烟柳葱润，令人想起那首著名的诗："大将筹边尚未还，湘湖子弟满天山。新栽杨柳三千里，引得春风渡玉关。"可惜，当年修建在乌鲁木齐的"左公祠"早已荡然无存；喀什东高营房也被忘却，"千秋功罪，谁人曾与评说？"

79

　　"东高营房"原址就在今天的著名旅游景点"高台民居"的西南约三四百米处，中间隔着一片水稻田。20 世纪 70 年代营房围墙大门完好，从人民广场往东走十分钟就看到高台了。

　　我心中的万里长城不止万里，长城的最西端不在嘉峪关，而在穆士塔格峰下的东高营房……

喀什盘橐城谒班超

不到新疆不知道祖国多么广大，

不到喀什不知道班超多么伟大。

——题记

一座小山般的矿石，经过千锤百炼终于凝练成一小块珍贵的黄金；中华民族五千年文明史就是如山如丘的矿石，而成语则是一块块闪光的黄金。

他叱咤西域、纵横捭阖，留下激励后人的两块金子——两条成语："投笔从戎""不入虎穴，焉得虎子"。

此君姓班名超，字仲升，封定远侯。今天，在喀什东南郊吐曼河边，后人为他矗立起高大的塑像。

在喀什，提起"盘橐城"多为人不知。因为这个名字太冷僻。而提起"班超城"则妇孺皆知。

出喀什市往东南在一条赤色水流的河边，有乌砖白缝一道城墙，城门题名"盘橐城"。城门雕塑汉代马车，古色古香。进门拾级而上，左右各立十八尊塑像，皆着汉衣，戎装佩带，形象英武。正面班超的高大塑像迎门而立。他体魄雄壮，目光灼灼；右手执卷，左手抚后；前倾欲行，虎步初迈；英武之气，咄咄逼人。三十六位壮士仿佛正聆听号令："不入虎穴，焉得虎子！"

遥望班超像后，巍巍雪峰逶迤，穆士塔格峰如汉将银盔，扶摇云端。上箭楼，凭堞望，赤水西来，烟柳葱润；土地膏腴，百姓安居乐业。城市建设飞速发展，新楼接踵崛起于丛林之间。

抚今追昔，更感到西域第一英雄班定远的伟大……

班超是东汉陕西扶风平陵人。少时家贫，待母极孝，常做苦活，不计劳辱。年轻时，他熊腰虎背，体魄矫健，雄辩滔滔。有一次他和一伙同事去看相算命。看相者扫视众人后目光落在他身上，端详再三说："你将来必定封侯于万里之外。"班超问何以见得。相者说："生燕颌虎颈，飞而食肉，此万里侯相也。"

这位算命看相者的话应验了！

东汉永平五年（62年），班超已到而立之年，却因家贫为人当抄书吏。他曾投笔长叹说："大丈夫无他志略，犹当效傅介子、张骞立功异域，以取封侯，安能久事笔砚间?!"他不久即投奔东汉名将窦固，开始了威武雄壮的军旅生涯。

这就是成语"投笔从戎"的故事。

东汉永平十六年（73年），窦固命令班超和郭恂出使西域。那时西域小国林立，部族繁杂，矛盾错综复杂。匈奴、吐蕃与东汉争夺西域的战斗激烈。

班超率三十六骑到鄯善国。初到时，国王广接待十分热情。没多久便疏远了东汉使者。原来一个一百多军人组成的匈奴使团抵达，正威胁国王杀掉汉使、顺服匈奴。国王广犹豫不定。身处绝域，生死关头，班超大智大勇，临危决断："不入虎穴，焉得虎子。只有趁夜奇袭匈奴使团，使鄯善王不敢叛汉，我等才有生路。"有人提议与从事郭恂商量，班超怒气冲冲地说："郭恂是一书生，胆小怕事，如泄露机密，我们的骸骨就会被丢在戈壁滩上成为豺狼食物。死而默默无闻非大丈夫啊！"

"不入虎穴，焉得虎子"这一英雄的豪壮名言震撼了三十六壮士的胆魄，并成为流传千年的英雄格言。

是夜大风。班超率壮士放一把火，执利刃突入庐帐。匈奴使团被消灭了。从事郭恂知道后大惊惶恐。班超安慰他说："我给皇帝的奏章已说功劳是我们两个人的。"郭恂拜服。鄯善王广震怖、折服，钦佩班超的超人胆略，归服东汉，纳子为质，永不背叛。

窦固高度评价班超的功绩。要给他增兵以收服西域诸国。班超辞曰："我只率三十多人就够了；兵多无益。"

班超到了于阗国。国王广德正破了莎车国，控制了丝绸之路南道。匈奴使官监护其国。巫师危言耸听地说："要用黑嘴巴的黄色马杀了祭祖先，方可保平安。"这马正是班超坐骑。国王派人索要马。班超不动声色地说请巫师自己来取。巫师趾高气扬，目中无人，来见班超。班超怒目张眉下令："拿下！斩之！"国王广德闻讯惊恐万状，不由地想起鄯善国那大风之夜血与火的拼杀，立即降服班超。

这时班超开始征服丝绸之路北道。北道被龟兹国控制。在匈奴势力支持下，龟兹国攻灭疏勒国，杀了国王另立龟兹人兜题为王。

那是一个春寒料峭的早晨，天尚朦胧。班超率勇士悄悄渡过赤水河，接近盘橐城。他下令田虑单骑进城劝降，并说："兜题是龟兹扶持的傀儡国王，不得人心。如不投降，你立即将他捆起来。我随后即到。"

兜题根本未把身单力薄的田虑放在眼里，言语轻慢。田虑突然掏出绳索抢上前来，边捆兜题边大喊："班超大军已到！投降免死！"众人一见此人竟敢捆国王，已闻班超威名，立刻做鸟兽散。兜题被捆了

83

个结结实实。

班超进城，抚慰百姓，并立原疏勒王兄之子为国王。众官拜服，大得民心。班超入西域从大局着眼，放兜题回龟兹国。

一兵一足，竟可服人之国。班超威望可当十万雄兵。中华名将，此为极致。

东汉永平十八年（75年），汉明帝崩。西域形势突变。焉耆国发兵攻东汉都护陈睦，龟兹、姑墨发兵攻班超。大兵围城，班超坚守盘橐城岿然不动。东汉章帝刘炟即位，恐西域难守，诏班超回长安。消息传开，西域诸小国大为震恐。疏勒国一位将官悲愤地说："汉使弃我，我必复为龟兹所灭耳。诚不忍见汉使去。"拔刀自裁。班超难违圣旨，行至于阗国。国王、将侯甚至普通百姓号哭震天："依汉使如父母，诚不可去。"人们抱住马腿，挽留班超。为了西域诸国黎民免

笔者与著名书法家金荣华（右）合影

遭涂炭，为了大好河山免沦铁蹄蹂躏，班超决心违旨留下抗击龟兹。他率军迅速收复被龟兹军占领的疏勒国，并积极联络诸小国。三年后，率联军击破姑墨军。

班超守西域三十年，经历过无数次激烈的战争。匈奴势力三五年即南下攻伐，龟兹、莎车强则叛汉，争夺地盘，控制商路。风云激荡方显出英雄本色。班超不但是功勋卓越的军事家，而且是有远见卓识的政治家。他善于联合弱小，利用矛盾，抓住机会，各个击破。他多次以弱胜强，出奇制胜。西域诸少数民族赞颂说"依汉与依天等"。

法国史学家布尔努瓦在所著《丝绸之路》一书中称"班超个人的名声也达到登峰造极的程度"，"在不知疲倦的征战中，班超对中亚的影响几乎无所不在；而他进行的征战又几乎是常胜不败的"。

遗憾的是，中国古代如班超这样的西域名将太少了。而且历代统治者对班超的评价也不是很高，文学家们也几乎忘记了这位英雄。班超在汉族老百姓中的知名度远不及张飞、关羽等。

我曾多次陪同内地客人谒班超像；我每次都重复一句话：不到新疆不知道祖国多么广大，不到喀什不知道班超多么伟大。

班超守卫过的疆土上的每条河都是我们的血脉，每道山都是我们的筋骨，每寸土地都是我们的血肉。

班超的豪言永铭中华子孙心头：

投笔从戎；不入虎穴，焉得虎子。

帕米尔风光记

一

天山向西，昆仑向西，兴都库什山向东，三山撞击，地裂天崩，隆起一座万年不融的雪峰。飞起玉龙三百万，搅得周天寒彻。冰峰昂首九天云霄，晶莹剔透，寒光凛冽。太阳为之红装，白雪为之素裹，好一派众山之王的庄严气派！难怪塔吉克人赞之为"帕米尔"，意为"王冠"。

先读两则神话：

远古时代，冰雪世界，人迹罕至。山鹰在钢蓝色的晴空中刻画着潇洒的圆舞曲，毛色金黄的旱獭前腿直立犬蹲着晒太阳。不知何年何月，一队人马历尽艰辛来到这里。他们是波斯古国使臣，到中国王朝迎娶一位汉族公主返国。遭逢战乱，无法通行。护送使臣选定徙多河边一座孤峰，四周危崖，置公主、侍女与其主，军士环卫其下，日夜警卫，毫不懈怠。三月之后，路途可通。方欲西行，忽闻公主有孕。护送大臣惊骇万分，严令追究。侍女说，每逢日中，有一英俊男子乘天马从太阳里奔来，与公主相会，遂有身孕。大臣与众人商量，回国必遭诛，不如在此处立国安命。汉族公主生一男孩，长大后聪慧英武，泽被遐迩，史称"羯盘陀国"。

这则"汉日天种"的优美神话,被伟大的探险家唐玄奘记入《大唐西域记》。

这则神话在雪域绝岭的塔吉克人中世代流传。今天,塔吉克人称汉人为"舅舅"。

还有一则是《淮南子·天文》:昔者共工与颛顼争为帝,怒而触不周之山,天柱斜,地维绝。天倾西北,故日月星辰移焉。地不满东南,故水潦尘埃归焉。

只有你登上了帕米尔高原,登上了那座发生"汉日天种"故事的"公主堡",回望"共工撞不周山"创造的惊天动地的奇迹,你才会真正领略这两则神话传说的动人魅力。

二

到新疆不到喀什是一遗憾,到喀什不到塔什库尔干又是一遗憾。

我去塔什库尔干正是旅游黄金季节的九月初。喀什正是盛暑方炎,而从那里回来的朋友殷切提醒我带上毛衣。

车出喀什向南,一路上坡。俗话说"望山跑死马",而今是"望山一挥间"。平坦的中巴国际公路上,车速近百码。车窗外掠过白杨、远村、牛羊和旋转的戈壁滩。不一会儿,车进深山。山势陡峭,石壁铁青,难觅绿色,偶尔看见山脚河滩旮旯里蓬生着杂草。公路顺盖孜河往上游走,河水在深谷中打着旋儿急窜,露出水面的一坨坨大青石在阳光下浸润油亮,仿佛溯源而去跳龙门的鱼群的脊梁。

维吾尔人说,河流也分雌雄。支流为雌,干流为雄;向阳之源为雄,背阴之源为雌。洪水来得早且猛为雄,来得晚且缓为雌。雄性的河是由无数雌性的河汇成的。

果然,溯盖孜河往上走,那水流愈来愈细,愈来愈散,仿佛是雪峰撒落的发辫，竟有些阴柔之气。而两面山峰仿佛急欲吻唇，竟挤得青天只剩锯齿状的残块儿。

终于穷尽了河的源头，车行驶在较平缓的高原上。突然，路边出现一奇景：一泓碧水玻璃滑，倒映瓷蓝的天洁白的云，边上一排石山临湖之坡全是沙子。沙山银白，毫光闪烁，屏风百丈，气势雄伟。沙山依托的石山却是青灰色的。一白一青，反差鲜明，倒映水中，疑是青山浴水中。

方圆百里皆石山；石山下是河流绿洲，没有沙滩。那海拔三千多米的"沙山"从何而来？

想来想去，大自然给我以惊人的启蒙：

南疆常有大风形成尘暴，尘土悬浮于高空，隐天蔽日，数日混沌。那高空沙尘缓缓移动，到了帕米尔高原被挡住，飘落在石山之东北坡，积成沙山。而夏日消融，洪水又将沙子冲到山外。盖孜河洪水期含沙量与黄河相当。被送入千里之外河流下游的沙子，遇到狂风又被旋卷到高空，飘移到这里回归沙山，高天滚滚沙流急。

难怪沙山不消不长，永伴水滨。大自然展示了一幅"水冲沙走，风吹沙归"的神奇画卷。不登万仞雪域，怎么能领略这世间罕有的瑰丽神奇！

车到穆士塔格峰下的著名的高原明珠——卡拉库利湖。湖水碧蓝透凉，云行水底，日光闪烁，如少女的眼睛清纯安详，天真无邪。而穆士塔格峰如白发老翁墨守少女沐浴。

阳光灿烂，无风无浪。湖边山坡上肥硕的旱獭眯着眼晒太阳。用望远镜可以看到无数旱獭家族的"合家欢"：雄旱獭较壮，雌旱獭较小，幼旱獭三五簇拥，皆犬蹲，如石雕，皮毛金黄，貌似笨拙。对着山坡大吼几声，旱獭们竟不惊不乍，纹丝不动。

喀什暑浪蒸人，这里却凉爽清静。常恨春归无觅处，不料却在此山中。

三

登高壮观天地间，大江茫茫去不还。

黄云万里动风色，白波九道流雪山。

李白这首脍炙人口的诗写于庐山。站在帕米尔高原最能感悟这首诗的磅礴大气，壮阔胸襟。你看，帕米尔的风搅动 60 万平方公里塔克拉玛干大漠的风云；帕米尔的雪水四面八方散开滋养着无数繁茂的绿洲；帕米尔延伸的几条绵延万里的大山耸立天地之间！

行此路，临此境，令人赞叹玄奘的伟大！他怀着普度众生的善良愿望，西去印度取经。他没有被"死亡之海"大沙漠吓退，没有被冰山雪域阻挡，"九天四海澄迷雾，八十一番弥大难"，他终于取经成功，名垂青史。他的《大唐西域记》将沙漠的恐怖、路途的艰险、饥渴的煎熬轻轻几笔带过，却浓墨重彩记录了各邦国百姓的风俗礼仪、宗教信仰，记载了如"汉日天种"等许多极其珍贵的神话传说，给我们留下泽被万世的文化瑰宝。

汉族历史上的探险家太少了。能称得上探险家的也仅仅有张骞、法显、玄奘、徐霞客等屈指可数的几位。尤其令人遗憾的是，汉文化中对这些探险家的评价轻而尤淡，在老百姓中更没有什么影响。《西游记》中的唐僧竟是个慈善而顽愚的傻和尚。

但是，在走过帕米尔的西方探险家斯坦因的心中，玄奘是位伟大的英雄。1915 年，斯坦因由帕米尔经塔什库尔干入新疆境内，开始了他的丝路探险之行。他后来在英国皇家地理学会的演讲中，给予翻越帕米尔高原的三位中国人以高度评价：

西晋法显于公元 400 年登上帕米尔高原，越兴都库什山，至西印度取经，留下名著《佛国记》，记载了西域宗教文化情况。

唐名僧玄奘于公元 618 年西行取经。穿瀚海，冒酷暑，以枯骨为识；越雪峰，攀冰峰，九死不悔，费时十九年取经而归。斯坦因赞之为"玄奘法师，中国的伟大僧人"。

唐朝名将、西域节度使高仙芝于公元 747 年率军从疏勒出发，翻越生命禁区帕米尔高原，进兵中亚。这是中国古代战争史上最伟大的远征之一。斯坦因评价高仙芝越葱岭之进军，"实超过欧洲史上著名的逾越阿尔卑斯山事迹，如汉尼拔、拿破仑、苏夫尔洛夫等所为"。

斯坦因是著名探险家、地理学家。他对玄奘的评价是准确的、深刻的。而我们只有亲自走一走世界屋脊之路，才能更深刻认识我们的历史文化，认识中国古代探险家的伟大坚韧。这一切在高楼大厦中读古书是体会不到的。

四

太阳偏西，我们到达塔什库尔干县城。县城小巧精致，只有一条两里半长的主街道。由县委、县政府、海关、边防等部门组成。五星红旗在蓝天碧空飘扬。这里是巴基斯坦进入我国的第一个口岸，国家机关完备。1986 年红其拉甫口岸对第三国开放，这里顿时热闹起来。街上常见欧洲、美国、日本游客。

第二天下午，我们离县城向南行六十多公里，穿过山涧，掠过草地，来到被称为"克孜尔沙来依"的地方。

帕米尔高原的东南部有一条巨大的峡谷叫卡拉奇古，雪峰耸立，河流湍急。峡谷尽头有三个山口：明铁盖山口通巴基斯坦北部，克克突津山口通巴达克山，瓦罕山口通阿富汗。唐代大法师玄奘从印度取经回来就走过这条峡谷，他记载："两雪山间，寒风凄劲，春夏飞雪，昼夜飘风。地碱卤，多崅石，播植不滋，草木稀少，遂至空荒，绝无人至。"公主堡就扼守在卡拉奇古山口的河流冲积扇中，地势险要，兵家必争之地。

远远就看见公主堡隆起山包上的残墙，在斜阳下冷峻陡峭，古垒森然。走近发现山包四周陡然，仅一路可上，果然与"汉日天种"传说描述的情景相同。登上古堡，气喘吁吁；举目四望，好一派雪域高原神奇风光！

雪水河在山中若隐若现蜿蜒而来，至此豁然开阔，绿草遥接皑皑如屏的雪山；牛羊悠然蠕动在绿毯上。穆士塔格峰雄壮瑰丽，银光熠熠。钢蓝色的深邃的天空上，山鹰翱翔。白云如裁剪神奇的絮片，缓缓移动着巨大的黝黑的投影。那云朵的巨大阴影抹过雪山、草滩、河水，终于临近公主堡。我们立刻被笼罩在阴暗的黑伞下，而四周却分外明亮，那神奇的氛围使人感到传说中的公主将要呼之欲出了。巨大的夕阳已半溶于雪山之中，草滩凝然，无声无息，寒气却悄悄袭来。我环顾寻找一星半点"汉日天种"神话的遗迹：公主堡顶方圆仅百余步，中有一巷道，两边十多间房基，皆石块砌成，残石裹草，无言诉说着千年风韵。

前有公主，今有来者；念天地之悠悠，独仰天而长啸，数风流人物，还看今朝！

太阳滑落，古堡骤暗。黑白交替，只在瞬间。

五

"会当凌绝顶，一览众山小。"站在帕米尔高原环望万里，呈放射状延伸出世界级的五大山脉：天山、昆仑山、喀喇昆仑山、喜马拉雅山和兴都库什山；孕育着三大河流：塔里木河、阿姆河、印度河。由此，我们可以想象离帕米尔高原最近的城市喀什是：葱岭屏风，五龙衔珠。

著名的古代丝绸之路南道、中道在喀什交汇，翻越帕米尔高原，中国的丝绸瓷器等源源不断向西经伊朗到地中海，向南达印度；流向中原的珠宝、玉器、琉璃、药材等，极大促进了东西方物质文化的交流。佛教由南向北越过帕米尔高原向东传入中原，成为汉文化儒道释三源头之一，基督教东向传入中国，伊斯兰教东进登陆西域，加之汉文化，有四大文明在这里融会贯通，光耀青史。这在人类历史上是绝无仅有的。这是丝绸之路西陲重镇喀什的珍贵的文化价值。

唐玄奘取经归来介绍说，印度的佛教徒们把世界分为东西南北四大部分，分别由金银铜铁四大轮王主持。南面属铁轮王，中心是帕米尔高原。高原上有"阿纳波达多"水池，池中居住着大地菩萨化成的龙王。池水清澈，永不枯竭。池有四口，东口流出恒河，西口流出阿姆河，南口流出印度河，北口流出叶尔羌河，还说叶尔羌河流向北海即今罗布泊。古印度人的地理知识令人惊叹：只有今天的人造卫星遥测，才能看清巨大的帕米尔高原的"四口""四大河流"！

帕米尔高原流出的河流孕育了喀什噶尔绿洲，"四大轮王"中的"铁轮王"给昆仑山脉蕴藏了丰富的宝藏。《滕王阁序》"物华天宝""人杰地灵"，用来形容喀什十分贴切：物产宝藏之丰富不必细数，帕米尔万里延伸的世界级的五大山脉都是怀抱玉石、贵金属、油气资源的阿里巴巴宝库。

古人推重"天时地利人和"说：喀什绿洲水土林光热五宜俱全得地利；文化多样性得人和；西部大开发建设新丝绸之路得天时。喀什腾飞此其时也。

值得骄傲的是"人杰",喀什诞生过彪炳史册的两位文化大师:被誉为"维吾尔人的孔子"《福乐智慧》的作者玉素甫·哈斯·哈吉甫,长眠于此;被誉为"古代中亚百科全书"《突厥语大词典》的作者麻赫穆德·喀什噶尔,塑像立于乌帕尔山下。还有,近代以阿布都热衣木·纳扎里为代表的一大批学者诗人,群星闪烁,激发出维吾尔文学的灿烂光辉;更有"香妃墓"的美好传说,喀什无愧"历史文化名城"的赞誉。

我们站在万山之祖世界屋脊上看到:中巴公路像一条红丝带穿越帕米尔,成为中国新疆连接南亚的重要纽带;中巴铁路也在筹划之中;连接吉尔吉斯斯坦的铁路正在实施。古城喀什由深圳对口援助;一个是古丝绸之路的远离海洋的古老城市,一个是海上丝绸之路的新型的现代化城市,万山之祖与浩瀚大海相距万里,但实现中华民族伟大复兴的中国梦把她们紧紧连在一起。喀什经济特区建设如火如荼,轰轰烈烈。

我在万山之祖听到来自遥远的北京的声音:中国将实施"一带一路"建设,重振丝绸之路的辉煌!

帕米尔高原扬起雪白的长发笑了……

六

我们从县城返喀什时,顺路去塔什库尔干河水电站工地看望了兵团农三师工程团的施工队伍。水电站工程已进入安装阶段。

这支兵团的工程队伍已在冰峰雪岭工作三年多。在海拔三千米的高原修成了夏板迪大桥和这座水电站。年轻女工嘴唇青乌,脸色紫红,但精神状态很好。说起这里的情况,大家七嘴八舌归纳一句话:施工条件最差,风景最美,塔吉克老百姓最好。

塔吉克人是最诚实善良的民族。20世纪80年代初口岸开放，一位美国记者到塔什库尔干县城，听说这里几十年本地人无犯罪，大为惊异，认为绝不可能。县里派人领他到法院；法院告诉他几十年来没有一个塔吉克人被判刑。又到县公安局，局里人说几十年没有关押过一个本地人。去拘留所一看，院里长满杂草。这位记者惊呼"奇迹"，立即发出通讯"一个没有犯罪的神奇地方"。

"这确实是真实的"，一位技术人员告诉我们，"我在这里的工地干了三年多。没有仓库，没有警卫。水泥、钢筋、绳子满地堆着，从没丢失过东西。有次刮大风，装过水泥的编织袋飞到几十里外。风过后，立刻有塔吉克人骑马送来捡到的编织袋。我们只有再三感谢。但有句话不能说，这些袋子其实是没有用的，是我们不要了的东西……"

路不拾遗，夜不闭户；民风淳朴，勤劳善良。代代相传，千年不渝，真是人间世外桃源。在这几乎与世隔绝的雪域高原，塔吉克人对外来的一切都有极强烈的好奇心。汽车一停，骑马而来的塔吉克青年立刻下马，围着汽车仔细端详，从车灯到玻璃，从轮胎到排气管，再伸头把车内所有东西都看一遍，露出心满意足的神情。有人把一空矿泉水瓶子丢进湍急的河里。那青年飞身上马沿河追去。不一会儿盘马而归，洋洋得意，手执瓶子送还我们。我们笑着示意"送给你"，那青年仔细看过瓶子后，郑重将一块扁石压在瓶子上放稳，骑马而去。

这是塔吉克人世代相袭的规矩：如果你丢了提包，被塔吉克人捡到了，他会把包里所有东西一件件看一遍，可以从早晨一直看到日头偏西；时间对他无关紧要。看完后他的好奇心满足了，把东西一件件装起来，把提包放在显眼的高坡上，用小石头压住防止被风吹走，等你来寻找失物。

这些真实的事对山外世界来说真是天方夜谭！

著名作家周涛写下激烈的一段话："当欺骗成为常识、敲诈成为公理、金钱成为准则、叛卖成为创造，一切的价值沉沦在汹涌的潮流之中时，真诚、朴素、人性这些事物的最后栖息地也只能在边陲的某些角落了。"

诚哉斯言！信哉斯言！悟此言方不虚此行！

七

车回喀什一溜下坡，比来时快得多。出了盖孜河山口，山坡上一丛丛茂密的野生沙棘树。一串串红艳艳的沙棘果如红玛瑙珠儿，煞是可爱。

我们停车摘了几串沙棘果，尝一尝又涩又酸。可别小看这种野果！它富含维生素 C，有健身抗癌之效，制成的沙棘油风靡欧美市场呢。

我们续编"汉日天种"和"共工触不周山"的神话传说：共工以头撞山，崛起帕米尔高原，日月星辰移动，众水东流；那位汉朝公主溯河而上，西行途中，项链洒落变成红豆般的沙棘果，从喀什噶尔一直长到塔什库尔干……

导游喀什大巴扎

往事越千年。一支来自西亚的商队顶暴风，爬冰雪，翻越帕米尔高原，绝域苍茫，人烟俱无，数月行程，人几为鬼。当他们沿盖孜河谷顺坡而下时，一脉繁茂的绿洲簇拥着一座美丽的城市欢迎远方来客。他们欣喜若狂奔向这座城市——"喀什噶尔"，维吾尔语意为"各色砖房"。

西汉著名探险家、外交家张骞，记载疏勒国"有市列"即有商贸集市，其地理原因是"西当大月氏，大宛，康居道也"。唐高僧玄奘西去取经东归路过此城，称"佛事兴隆"。唐朝名将高仙芝曾率军经喀什越帕米尔高原进兵中亚。

喀什曾辉煌于古丝绸之路。古丝绸之路上活跃着极善经商的粟特人。孩子长到五岁，父亲就涂蜜于其口，抹胶于其手，意为长大后经商嘴要甜如蜜，抓钱紧如胶。喀拉汗王朝时期，粟特人融入回鹘部落中，后来融游牧、农耕、经商等习俗为一体的现代维吾尔族形成。喀什噶尔大巴扎名品荟萃，驰誉中亚。

维吾尔人幽默地向客人介绍："这里除了公鸡的奶没有，其他什么都有。"

头巾丝缎巴扎

现代大商场的布局是把最吸引人的商品放在最吸引人的地方。古老的巴扎早已体现了这一原则。头巾丝缎拉开轰轰烈烈、熙熙攘攘的大巴扎之序幕。

"掀起了你的盖头来，让我来看看你的脸；你的眉毛细又长那，好像那树上的弯月亮。"

"盖头"即姑娘的彩色头巾。歌曲美，头巾美，姑娘更美！掀盖头的"儿子娃娃"更有彪悍豪气！

凡游牧民族都喜欢头巾。头巾不仅抵御风沙烈日，而且是重要装饰品。姑娘的头巾飘逸活泼，风姿绰约。老大娘的头巾厚重结实，可以兜鸡蛋、哈密瓜。

徜徉于头巾的彩色长棚中，令人目光惊咋，执此望彼，爱不释手。有的薄若蝉翼，无风亦飘；有的绵软若滑，柔情似水；还有的厚实暖和，温润可爱。那花纹色泽更令人叫绝：有的花团锦簇，富丽堂皇；有的"地铺白烟花簇雪"，素雅清丽；有的大红大绿有烈火烹油之盛；有的墨绿长藤缠绵令人心头奏响优美旋律："吐鲁番的葡萄熟了，阿娜尔汗的心儿醉了……"

紧挨着头巾巴扎的绸缎巴扎，悬挂着五色飞扬的瀑布。色彩涌动着维吾尔人的审美观念，红色象征欢乐喜悦，白色象征纯洁幸福，黄色象征阳光丰收，绿色象征青春幸福，黑色象征悲哀丧事。

唐朝张籍诗："边城暮雨雁飞低，芦笋初生渐欲齐。无数铃声遥过碛，应驮白练到安西。"诗圣杜甫写道："勃律天西采玉河，坚昆碧碗最来多。旧随汉使千堆宝，少答胡王万匹罗。"

"无数铃声""万匹罗"这是多么热闹繁华的古丝绸之路啊！

今日大巴扎的丝绸，更显新丝路的辉煌。

江南绫罗绸缎，蜀湘锦缎，还有来自日本的精纺绸，花色繁多，应有尽有。新疆特产艾德利斯绸阳光七色，轻黄飞红，杂有黑纹，色彩对比强烈，深受维吾尔姑娘喜爱。

新疆丝绸业源远流长。唐玄奘的《大唐西域记》中载记的故事：和田的瞿萨旦那国王派使臣向东国求婚。东国即内地皇帝决定嫁与公主。使臣秘见公主说出嫁时百宝皆不需，只需蚕种。东国有令不许蚕种出关。公主远嫁和田国王，出关时搜索检察甚严。只有公主的绣帽未敢检查。绣巾中藏有蚕种。从此，和田国养蚕植桑大兴，丝绸驰誉中亚。清人肖雄随左宗棠湘军入疆，目睹和田蚕桑业的兴旺，写诗云："彩帕蒙头手携筐，河源两岸采柔桑。此中应有织机石，织出天孙云锦裳。"新中国成立后，上海援建和田丝绸厂，生产优质价廉的丝绸产品，受到少数民族的热烈欢迎。

"云想衣裳花想容"，维吾尔族姑娘喜欢穿艳丽的衣裳。这个文化丰富的民族没有"物之尤者祸之府"的阴暗诅咒，没有"美女祸国"的邪恶偏见，有对生命美的大胆追求，对生活的强烈热爱，表现在服饰文化上尤为突出。那件缀满仿金仿银箔片的彩绸长裙，内地城市姑娘是很难穿出去的，她们比较含蓄矜持；而维吾尔姑娘一袭在身，"甲光向日金鳞开"，金银光彩烁目，美得令人叫绝！

靴帽巴扎

过去，穷人一辈子只有一双粗皮靴。行路赤脚，皮靴搭肩，足上老茧厚实，甚至不怕骆驼刺。走近城镇巴扎，以沙洗足，取下搭在肩上的靴穿上。今天，这种"背靴行路图"已一去不复见了。各类皮鞋，琳琅满目，早已进入寻常百姓家。尽管工业化生产的皮鞋价廉物美，人们仍钟情于定做皮靴，自选款式、皮张，量足定制，结实耐用。维吾尔老人们讲究穿套鞋，即靴子外再套一双浅腰皮鞋。进屋脱去套鞋，穿软底高腰长靴上炕，干净整洁，风度高雅。

帽子巴扎的标志是高悬着的各类皮张。羊皮细密绒亮，狐狸皮雍容华贵，旱獭皮金光酥润，雪貂皮洁净如玉。民谣云："吐鲁番的葡萄哈密的瓜，库车的羊羔皮一枝花。"库车有"卡拉库利羊"，意为"黑珍珠"。幼羔皮毛卷曲，细绒亮泽，为制帽珍皮。维吾尔人的先祖曾在漠北长期游牧，迎风沙，冒酷霜，男女老幼离不开皮帽。回鹘女性的高油皮帽谓之"苏幕遮"，带着这种高贵的帽子跳舞，传入大唐长安，有了"胡旋舞"的名字，甚至成为词牌名，风行一时。伊斯兰教传入后，光头做礼拜被视为对真主不恭，各类花帽制作一代比一代精巧。

新疆素有"瓜果歌舞之乡"的美誉。在大巴扎你会发现，新疆人是"头顶瓜果载歌载舞"。你看，果木花卉都在那花帽之上。葡萄、石榴、杏、桃、苹果、梨、阿月浑子、樱桃、无花果等，其花其枝其果，在维吾尔姑娘巧手之下，飞银丝，走金线，绣于花帽尤见其美，如见秋日硕果，如闻百花之香。维吾尔人最广泛最喜爱的是巴旦木花帽，四颗巴旦木半月形花纹，男式底色为藏青，女式底色为榴红，用莹白丝线绣出拱形图案，令人想起众星捧月的美好夜空。

献花帽已成为新疆人尊敬贵客的民俗礼节。

果品巴扎

芳气袭人是果香。据王时样《喀什噶尔史话》载，1810年，喀什噶尔参赞大臣铁保写道："昆仑踞西域之胜，世传为仙人出入之所，嘉树珍果，萃于其地。徕宁地近昆仑，得其余气，多暖而少寒，以故果木之盛甲于天下，桃、杏、葡萄、梨枣、苹婆、林檎、樱桃，俱极香美无伦矣。桑葚大可径寸，色白如玉，味甘如蜜水。苹婆尤为异品，形如内地苹婆，而莹然无渣，表果照澈如水晶，味香烈而极甘，别城无此种。"

99

铁保在清皇族重臣中，以深厚的文学功底和书法造诣名重一时，任喀什参赞大臣多年，走遍南疆七城，对新疆瓜果赞誉有加，竟认为这些水果来自神仙之所！"徕宁"即喀什。

新疆的土地确实神奇！能把极苦变成极甜！苦涩的碱水边生长着一种碱草，羊吃了肉特别鲜美。碱水浸润的土地长出的水果格外甜蜜。从春到冬，香透四季。

六月初夏，杏子就轰轰烈烈登上巴扎。杏子家族有四十多个优良品种。小白杏酥润剔透，小红杏若玛瑙闪烁，大黄杏绵软甜蜜。桑葚紧跟杏子上市，白如玉，紫若晶，汁若蜜。盛夏有桃、梨，梨光桃脆甜多汁，白沙桃绵甜可口，蟠桃异香扑鼻。七月盛夏，甜瓜上市，红红火火。黄旦子瓜色若镀金，间有绿纹，古朴奇绝。切一半瓜，把瓜瓤刨成糊糊，泡一块馕，绵软香浓，吃得没牙齿的老大爷眉飞色舞。青皮瓜又脆又甜，刀一碰咔嚓裂开，香气喷面。"卡拉库赛尔瓜"硕壮结实，可储存五六个月。瓜汁如蜜，食后手指粘连难伸。无花果有"长在树上的糖包子"之美誉。细品无花果竟有一丝人参的药香味儿，妙不可言，确属天然滋补珍果。酸梅和冰块制作夏季饮料"萨朗多克"，酸甜可口，消暑解渴，深受喜爱。入秋的石榴色艳味美，皮可入药，可熬汁染毛线织地毯。

新疆水果繁盛与其说"得仙气"，不如说是农民辛勤的血汗凝成。

甜瓜要追一种野草苦豆子作肥料。夏日炎炎，瓜农们赶着毛驴车到荒野去拔苦豆子。苦豆子味极苦，开黄花时根最肥，所以不能用镰刀割，只能手拔。苦豆子切碎垫羊圈沤熟成肥，逐窝追施瓜苗。极苦变极甜，西瓜甜瓜怎么能不品质极优呢？清雍正皇帝的御批奏章里，多处给有功之臣"赏赐哈密瓜"，乾隆皇帝吃了新疆甜瓜赞不绝口，问这是什么瓜，大臣因为是哈密王进贡的便回答"哈密瓜"。从此，新疆甜瓜一概被称为"哈密瓜"，内地有人误认为只有哈密的瓜最好。其实，天山南北处处有甘美的甜瓜。顺便说一句，新疆人吃瓜有个讲究，沙漠里吃完瓜，瓜皮不可乱扔，要朝下扣好，万一有路人渴极了啃瓜皮也许能救一命呢。

新疆的神奇还在于，国内外的优良水果只要在这里扎根，果实都胜于"娘家"。日本客人品尝这里的红富士苹果，赞叹"胜过原产地"，甚至怀疑"这不是红富士吧?"内地客商看到这里的山东肥城桃、天津大鸭梨，惊呼"认不出来了! 这么大这么甜!"内地著名的金丝枣、赞皇枣等，在南疆栽培后，含糖量超过原产地。来自安徽的砀山梨，在这里品质变异曾被命名为"新梨5号"，单果重有超过一公斤的，品质极佳，成为钓鱼台国宾馆国宴珍品。当年英国撒切尔夫人来访，临走带的礼品中就有喀什贡梨。

小刀五金巴扎

维吾尔族男子无不珍爱一把精良的小刀。其先祖游牧狩猎，刀须臾不可离身。几乎每个乡镇都有小有名气的制刀铁匠。当然，久负盛名的属英吉沙小刀。

我曾去英吉沙县芒申乡一个制刀村参观。那里的铁匠个个有祖传绝技，小刀质地精美。"铁匠怕的是打冷锤"。冷锤是在刀坯烧红逐渐冷却时不断锤击，使刀刃质地细密坚硬。由鲜红到暗红再到灰青，要打几百上千锤。常常是赤膊挥锤，飞汗成雨。初时铁花飞溅，继而声音清脆，最后砸出钢音来。真是千锤万击出好刀啊! 刀柄是工艺品，要用牛角、骆驼骨作柄，镶嵌宝石、金银丝，美观可爱。

铁匠们都能认出市场上销售的、人们佩戴的刀子，哪些是出于自己的手，但他们都遵守一个约定俗成的规矩：从不在自己制作的刀上刻上商标印记，因为刀子可能被坏人用来作恶。

古代维吾尔贵族子弟要学会制刀技艺。16 世纪名著《拉失德史》作者米儿咱·马黑麻·海答儿，在赛德汗的指导下"我学会了许多知识。在书法、阅读、作诗、写尺牍体散文、绘画和写花体字方面，我不仅高于侪辈，而且成了能手"，"在制作箭镞、矛头和匕首，以及镀金等不胜枚举的技艺上，也做到了师馨其艺的地步"。那时的蒙兀尔汗王室弟子，要学制刀技艺。

五金巴扎是个热闹去处。各类小百货应有尽有。在这里有个很有趣的现象：维吾尔族商人在炫耀某商品质地优良时，吆喝着"上海的""上海一样的"。原来，新中国成立伊始，新疆的百货多来自上海。暖壶、钢精锅、电筒电池、搪瓷制品、铁钉合页等，质优价廉，深受少数民族喜爱。"上海的"在少数民族语言中成为"优良的""高级的"代名词。甚至有的小贩向汉族客人吆喝："上海的哈密瓜！""上海的烤羊肉！"

在这里赶巴扎讳忌"漫天要价，就地还钱"。维吾尔祖传商业家族，信奉"诚信经商"的良好商业道德。伊斯兰教反对高利贷，穆斯林商人讲究"良心利"。喀什大巴扎的维吾尔族商人大都彬彬有礼，交易公平，反对暴利。如果你对他的商品报价拦腰一刀，他会抑制愠怒指一指旁边的清真寺说，我离真主这么近，怎么可以昧心赚暴利呢？钱不就是一张纸吗！

当每天开张赚得第一张人民币时，摊主会手拿着钱在摊位上绕一圈，讨个吉利。

牲畜巴扎

"茶马贸易"曾是汉族与少数民族延续几千年商业活动的重要内

容。"宁可三日无肉，不可一日无茶"。现在，"茶马贸易"已经成为历史，而牲畜贸易红火不衰。

喀什大巴扎的牲畜巴扎靠吐曼河边。可以在河滩试马。马无鞍，有专人试骑。届时，买卖两方和看热闹的人立于高处，骑者策马，经纪人评点优劣，袖筒里捏指头讲价钱，神情生动，煞是有趣。

毛驴买卖兴隆。人们常把骆驼作为丝绸之路的标志，其实驴的作用实在不该被埋没。在克孜尔千佛洞一幅壁画里，骆驼队前边引路的是驴。据解放初统计，喀什地区有驴九十多万头，户均两头，驴是主要代步工具。旧社会讨饭的穷人也得有头瘦驴，否则从这个村子走不到下一个村庄就会渴死累死。阿凡提周游四方坐骑是毛驴；毛驴也常常是阿凡提故事的角色。

驴体小且长，颈部毛短而直立，四肢粗短，耐粗饲，其吻端被毛呈乳白色，有褐色背线，肩有虎纹，其神态常引起画家的丹青之兴。著名国画家黄胄曾多次来喀什为驴写生，有一次他就坐在东巴扎的路上，看着走过的一头头毛驴写生。他的旷世杰作《百驴图》中，毛驴有的引颈长鸣，有的搔首弄姿，有的蹭头逗趣，有的举蹄若奔，策之欲出，堪称国画绝笔！

羊是牲畜市场的主角。少数民族十分喜欢羊，形容姑娘美丽的眼睛"像绵羊的眼睛般温润可爱"。当然千万不可用这句话去恭维汉族姑娘。各民族的审美有差别。"天苍苍，野茫茫，风吹草低见牛羊。"几千年过去，羊的品种有很大改进。麦盖提大尾羊体型硕壮，肉毛兼优，成为市场抢手货。新疆半粗毛羊耐粗饲，毛可纺线，肉无膻味，深受百姓欢迎。伽师山羊体型较小，肉极鲜美，是维吾尔人名贵食品烤全羊的最好原料。

维吾尔百姓常常驾驴车全家人赶巴扎。车上总有几只肥硕的羊。

那几只羊常常随车赶七八个巴扎。是不想卖还是拉着兜风？都不是。那是给自己家养的羊定期估价，看看自己的劳动成果增值多少。一只肥羊头一个巴扎估价一百五十元，到第五或第六个巴扎天估价近三百元。举家快乐高兴，到饮食巴扎上要碗拉条子、加几串烤羊肉，还有香喷喷的凉粉，回家时给没来赶巴扎的亲友带上一包烤包子，其乐融融！

巴扎是反映各族人民生活水平的天然镜子，是多民族文化的微缩景观。如今的巴扎一年比一年红火，一年比一年多姿多彩，一年比一年有新故事。

朋友，去喀什赶巴扎！走起！

喀什人侃上海人

在中国版图上，上海地处东海之滨，离海洋最近；喀什地处欧亚大陆中心，离大海最远。1949年"一唱雄鸡天下白"，这两座非常遥远的城市紧紧连接起来了。"弄潮儿向潮头立"，上海的涛声越过万水千山，唤醒帕米尔高原下的千年古城喀什噶尔。

上海对世世代代生活在大漠山川的少数民族来说，是非常渺茫和遥远的，但又是实实在在存在于他们社会生活中的，而且是不可须臾离开的。

首先是商品大潮。晚清时代，俄罗斯的资本主义工业已蓬勃兴起，而中国内地战乱频繁，经济落后，现代工业品由北疆的巴克图、霍尔果斯，南疆的吐尔尕特等口岸源源而来。语言的演变是这段历史的生动记载。在维吾尔语中，汽车"玛西纳"、钢笔"如其卡"、商场"玛尕金那"等，都来自俄语。

但是，新中国成立后，一个响亮的名词"上海"在少数民族中哄传开来。无论是塔里木大漠原始胡杨林里，"不知有汉无论魏晋"的牧人，还是冰峰雪域与世隔绝的山鹰的子孙，都知道"上海"。因为他们用的烧奶茶的钢精锅是上海造的，穿的细布是上海纺织的，须臾不可离身的火柴也是来自上海，小孩上学的铅笔、橡皮、文具盒等更不必细表。

19世纪末沙俄在喀什设立领事馆，当一个黄发碧目的洋孩子骑自行车招摇而过时，百姓惊呼为"魔鬼的毛驴"，"两轮摇摆竟不会倒下"，不可思议！而上海的永久自行车源源而来时，喀什人喜滋滋地称"吐木尔阿特"——"铁马"。对上海平添了敬意。

1965年新疆维吾尔自治区成立10周年，贺龙副总理代表党中央国务院率团来疆祝贺，赠送给每个公社一台熊猫牌半导体收音机。一位公社书记斜挎收音机，夜宿维吾尔百姓小村，音乐声吸引来全村几十号人，一位长须老人坚持请书记把收音机后盖打开"看看里面的小人国，在表演唱歌跳舞"。熊猫牌收音机来自上海，"上海"在少数民族百姓心中又增添几分神秘。

于是，在喀什大巴扎维吾尔族小贩看见汉族客人，发出的吆喝声就是"上海的烤羊肉""上海的哈密瓜""上海的葡萄干"。"上海的"象征着"优质品""高档的"。

12世纪，回鹘妇女见到来自中原的陶瓷制品曾喜欢地说"桃花石（中原）诸物皆巧"。今天，这句话应改为"上海诸物皆巧"了。

其次是时装新潮。上海人没有到喀什举办过时装展览，却在万里之外引领了喀什的时装潮流。那时，上海援建喀什纺织厂，招了一大批维吾尔姑娘进厂当工人。"古丽"们被一批批送往上海学习。爱美之心，姑娘尤甚。她们不但学会了技术，还把上海最新的时装带到了喀什。只要上海姑娘流行新式服装，不需二三个月纺织厂女工就立即在喀什街头穿着炫耀，许多年轻女性争相效仿，小翻领短袖衬衫，西装裙，花色变换，活泼新鲜。维吾尔老百姓赞扬漂亮衣服一句标准汉语："上海的"！

类似的喜剧也在更加偏远的和田上演。上海杭州援建和田丝绸厂，许多维吾尔姑娘到丝绸之乡杭州学习，回来后也把最新时装带到了和田。云想衣裳花想容，万方乐奏有于阗。

那时，绝大多数喀什人和田人没有见过上海人。

最重要的是汹涌澎湃的上海支边热潮。如同京剧急雨般的梆子声响过，主角将要疾步登台了。"上海人要来了!"这消息在新疆各族人民中引起了激动、兴奋，又有几份神秘感：上海人是什么样子?

20世纪60年代初，党中央决定动员上海青年支援边疆建设。

在此之前，20世纪50年代初有山东支边、湖南女兵、武汉青年，后又有河南青壮年支边。但没有哪一次像上海支边搞得轰轰烈烈。也许是上海在全世界的名气太大了，上海人的出场前奏曲气势磅礴，不同凡响!

人还没到，新疆生产建设兵团就在天山南北垦区雷厉风行，加速准备。

"上海青年连队"建设按统一图纸施工。地基五层砖，土块墙，外刷土红色。这时的老军垦大部分住的是干打垒，有的还是地窝子。而且连队竖起了篮球架，饭厅里摆上了乒乓球桌。这些在电影里看到的东西竟变成现实。"上海人真有分量。"

精神文明建设也同时进行。

我那时在南疆边远的戈壁滩上的农场也刚参加劳动，当农工。连领导教育大家，上海青年来了不许讲脏话，不许散布消极情绪，不许破坏团结等。那些被确定为安置上海青年的连队，"九二五"起义和自流人员等老职工就倒霉了。他们从20世纪50年代住地窝子，开荒种树。好不容易住上了干打垒，果树长大快结果了，院子里有荫凉了，有菜地供应蔬菜了，一声令下，他们被迁往荒滩又开始新的轮回。连队被腾出来，重新建房，干干净净迎接上海知青。

老职工们并无怨言。因为人家从高楼大厦的大上海来到艰苦万端的戈壁滩，好连队让给他们理所应当，部队有光荣传统：老兵给新兵让热炕，班长睡冷炕头。

修路修桥，过去只能勉强通行拖拉机和马车的路，修成新路能通汽车，而且汽车要直开连队。

上海人终于来了。

欢迎之热烈，感情之激动，士气之慷慨，大会之隆重，均称当代之极，然而老同志感受最深、终生难忘的是，上海人给兵团带来的现代文明。

首先是八小时工作制和七日休息制。那时老军垦顺口溜"兵团三大怪，粗粮吃，细粮卖，工资不发打牌牌，刮风下雨当礼拜（天）"。一个连队百十号人很难找到一两块手表，即使有手表也没有用，全凭连长的哨声决定上下班。劳动时间"没哈数"（西北方言，没有确定数），遇大风下雨，连长发一声喊"今天休息"，大家急忙"过礼拜天"。那时没"奖金"却有"奖工休"。扛麻袋、堵决口，重活突击，连长于心不忍"奖半天工休"，欢呼雀跃。想八小时工作制，小礼拜？美死你！这不，上海人来了，成了！

其次是文化生活丰富了。十天半月能看场电影了。尽管跑十几公里路，但心里高兴。过年过节，大礼堂挤得水泄不通。"如闻仙乐耳暂明"，老职工也哼起了《红梅赞》；舞蹈《亚非拉人民要解放》，昏暗的舞台上一星星火光忽成燎原之势，令老职工们拍红了巴掌，连称"绝了！"维族舞、藏族舞、蒙古舞，跳什么像什么。一打听，某人是上海少年广播合唱团的，某人小时候学过芭蕾舞，某人的邻居是电影制片厂的。上海人样样行，样样精！

更重要的是，上海文化"随风潜入夜，润物细无声"。老军垦头一次知道了世上有一种奇妙的美味巧克力。但一吃，皱起眉头"吹得玄乎，这不是烧糊了的麦子吗!"华夫饼干不敢吃，左右端详，悄悄问人"上海人是不是出土包子的洋相，给我吃塑料片片儿"。

桃李无言，下自成蹊。农场的年轻人开始学上海人穿两用衫、夹克衫，开始知道涤卡、双面涤卡。上海人结婚，农场人眼光霍然一亮，那叫什么? 五斗柜，玻璃是上海带来的。那您下次探家一定帮我带两块五斗柜玻璃! 千万! 没多久，又有上海人结婚，单门五斗柜变成双门，又变成高低柜。农场老职工暗自叹息"赶不上趟儿"。

是啊，老职工当年结婚砍四根木桩作腿，红柳条子编成床，他们的儿子结婚竟然有了五斗柜。社会进步，比之天壤!

上海人的饮食文化影响了农场人。上海知青探家返疆，万里长征，一路拼搏。上火车，抢行李架，十几个旅行包。下火车，舍出几个旅行包贿赂汽车司机，大多数总能"到达陕北根据地"。香肠、火腿、味精、卷子面、大油、海米、紫菜、黄酒……足可开一个食品超市。偶有机会参加筵席，农场人大快朵颐，大开眼界。一位老职工津津乐道的是"擦嘴的纸喷了香水!"

终于有了绯闻:某农场小伙子和上海姑娘谈恋爱了。上海人潜意识里的文化优越感使他们处处表现出排外。尽管上海人中也有无数矛盾，徐汇区看不起闸北区，工人出身看不起资本家出身，而资本家出身的文化程度高的又看不起工人出身的文化低的等等。但对拒绝"外地人"娶上海姑娘这一点上是"兄弟阋于墙而外御其侮"。从不吵闹，更不打斗，最常用而有效的手段是探家或写信告诉这个上海姑娘家里。这位姑娘很快会收到"母亲病危"电报，很快返沪面临摊牌:"绝不能嫁给外地人……"

但是，还是有不少上海姑娘在新疆嫁给了"外地人"。道理非常简单，除了感情之外，"上海人"生态不平衡了。女多男少，男青年有的当兵，有的出国修中巴公路，有的调离农场。姑娘们隐约有种危机感。

一旦一位上海姑娘嫁给"外地人"，尤其是甘肃、青海、陕西的"自流人员"，其他上海人与她的来往就少得多了。这是一种复杂的心理，"剪不断，理还乱，别有一番滋味在心头"。

上海人也在努力适应新疆这块艰苦的土地。

刚进疆时下地干活集合整队，打着红旗唱着歌，没多久这点浪漫消失得无影无踪。刚进疆时还抢着打乒乓、打篮球，没几年也无心凑热闹了。篮球场最适合打煤砖和砌火墙的土坯；而乒乓球桌最适合用来缝被子，晒干菜。刚开始手上磨泡还有人哭鼻子，后来大家手上都有了茧壳了，坎土曼玩得令维吾尔老乡称"乌斯达"（师傅、匠人）。

上海人最早学会的维语是"土红"（鸡蛋）、"牙合"（清油）。他们常常赶巴扎，蹲在路上，盘问维族老乡有无"土红""牙合"。有位上海人不会说维语的"公鸡""母鸡"，灵机一动说："土红的阿娜孜"译成汉语"鸡蛋的妈妈有吗？"维吾尔老乡被这种阿凡提式的幽默笑得前俯后仰。不多时，果然拎来几只"鸡蛋的妈妈和爸爸"。

三十多年过去，上海大潮仍然在喀什余音震响；新疆人心中对上海人的敬意有增无减。上海潮深刻影响了兵团的两代人。上海人刚进疆时，适逢军垦战士的孩子们上小学。那时教员极缺，千把人里难找一初中生，水平很低，上海人当了教员就大不一样。学生学会一口标准普通话；篮球、乒乓球开始正规训练；革命歌曲唱得呱呱叫。上海人崇尚知识、尊重知识的传统心理抵制了"知识越多越反动"的谬论。"文化大革命"结束，高考恢复，兵团子弟一鸣惊人！哪个学校上海教师多哪个学校高考录取率高。在祖国最西端的喀什地区，兵团学生的高考录取率高于地方学生，已保持二十多年！许多兵团子弟大学毕业十年二十年后，还清晰记得初中高中时的班主任，一说都是上海人！

新疆生产建设兵团的农场大多远离交通线，地处大漠戈壁。那里每个团场都有一个编制外的连队——团场公墓。

"埋骨何须桑梓地，人生处处有青山。"

看一看长眠于此"连队"的上海人，再读一读一块块粗糙的墓碑，凝视着他和她的生卒年月，任何人心里都会颤抖，热血都会奔涌。

他们进疆时才十九岁、十八岁；有的甚至才十六岁……

余秋雨在喀什

"不读《文化苦旅》不算文化人"，这是 20 世纪八九十年代，中国文坛流传的一句话；《文化苦旅》以流畅优美的语言、深厚的历史知识、崭新的文化视角，为当代中国文坛开拓了一片新天地，为当代中国的文化人打开了一扇深邃的心灵窗扉。

1996 年金秋时节，在西陲古城喀什，我有幸结识了余秋雨教授，陪同导游喀什。

余教授中等个儿，身材微胖，温文尔雅，待人谦虚热情，丝毫没有某些名人那种居高临下、鹤立鸡群的神气。8 月 29 日晚，他飞抵喀什，下榻前海宾馆。用过便餐，天色已晚，他毫无倦意提出要到街头转转看看。我陪他到玉木拉克协海尔路。夜色渐浓，路灯闪烁，驻足于清代徕宁城城门遗址，秋雨教授深叹一句"感觉很好"。

在秋雨教授紧张活动的两天中，他多次重复"感觉很好"。我是这样理解的：他到喀什来不是观光旅游，而是寻找一种文化感觉，一种对多民族文化发展史的探求。

英国作家萧伯纳说：你有一个苹果，我有一个苹果，互相交换后各有一个苹果；你有一个思想，我有一个思想，互相交换后各有两个思想。秋雨教授深厚的文化功底，丰富的历史知识，给我以极大的启迪和鞭策。与他无拘无束的交谈就是汲取他富有活力的思想文化。

在《福乐智慧》作者玉素甫·哈斯·哈吉甫的陵墓，秋雨教授仔细读着刻在墙上的优美而富有哲理的诗句，击掌赞曰"太美了"。在阿巴克霍加陵，他缓缓而行，注视着陵墓的造型、琉

余秋雨在喀什

璃砖的色彩和花纹。对清代的历史，他了如指掌；对乾隆皇帝，他研究颇深。他的名著《一个王朝的背影》，以一个崭新的视角，超越某些狭隘的民族情绪，从中华民族的根本立场出发，正确评价了清代康熙、雍正、乾隆的历史功绩。此文史料丰富，见解精辟，思想深刻，文笔流畅，是一篇难得的情文理"三绝"的散文。文章在海峡两岸、华人世界引起强烈反响。

在东巴扎转了一趟，秋雨教授兴致勃勃。他的一篇《上海人》对上海人的心理、文化积淀，为人处世，分析尖锐，入木三分。朱镕基总理在任上海市市长时，曾在一次大会上要求领导干部读一读《上海人》，认识自己，加速解放思想，扩大开放。那次会后，《文化苦旅》风靡浦江，洛阳纸贵。我说，您的《上海人》写得真好！上海商品从五十年代起，在维吾尔族人民中影响就很大：钢精锅、暖壶、自行车、火柴等生活必需品，都是来自上海，质量很好；"上海"成了优质商品的代名词，有的维吾尔族小商贩吆喝："上海的烤羊肉！""上海的大西瓜！"秋雨教授高兴地说，我要是早一点知道这些，就一定

农三师前海宾馆合影（右二余秋雨教授）

把这个细节写进《上海人》。

前海宾馆总经理毛国胜是上海知青。《文化苦旅》读得他拍案叫绝。边城遇"文学大师"，又是"上海老乡"，自然格外热火。他双手举杯对秋雨教授说，您那篇《上海人》读得我汗流浃背！好文章！毛经理在塔什库尔拍摄了一批精美的照片，放大挂在大厅墙上。秋雨教授逐幅欣赏，以一个功底深厚的文艺理论家、美学家的眼光，给照片以精湛分析与准确评价。他十分注意尊重他人的劳动成果，鼓励毛经理以边疆古迹为题材，出版一本画册，配以精美文字，把边疆壮美山川历史文化宣传出去。

在左宗棠湘军驻军遗址东高营房，秋雨教授留影纪念；在原沙俄驻喀什领事馆，他特意进了旧房子观察一番；在原英国领事馆，他绕过一幢幢新楼房，在一栋幸存的旧建筑前驻足说："一眼就看出这是英国风格。这就是历史！不能忘记历史！"

秋雨教授平易朴实，我也就直率求教了："您的著作我们党的领导干部评价很好，在中国台湾也成为畅销书，甚至海外华人都欢迎您的作品。其奥妙是什么？"他爽快地说，文化的"化"是什么意思？"化"有"教化"之意，有化解矛盾、消除对立的含义。为什么要加剧人与人、阶级与阶级的对立呢？华人都有一个共同利益就是中华民族的利益。这个利益至高无上。以这个利益和角度为出发点才能写出有分量的作品。中华民族是由 56 个民族组成，汉族是主体民族。但是看历史应该从中华民族的角度而不仅仅是从汉民族的角度去看。这就有了新的高度、新的视角，才有了那篇风靡海内外华人世界的《一个王朝的背影》。

和秋雨教授在一起丝毫没有与显赫名人在一起的敬畏感，只有文化人之间平等交流的亲切感。他对兵团人评价很高。说回去后写一本新疆之行、兵团之行的书。他殷切鼓励我写一本介绍喀什的书，题名《西域第一城》。

8 月 31 日上午，送秋雨教授登飞机。他再次说明年一定到喀什来多住几天。他言谈中已流露出一个极其深刻的思考：唐玄奘西天取经，在疏勒国讲经三月；喀拉汗王朝后期，伊斯兰教传入中国，在喀什建立了我国历史上第一个政教合一的政权。喀什在这个巨大的文化交流浪潮中起了怎样的作用……

飞机要起飞了。握别大师，我出了候机大厅，凭栏遥望余教授乘坐的那架飞机，缓缓驶向跑道尽头，轰然起飞，翱翔云天。我心中突然涌出一句秋雨教授在《莫高窟》中的话："我们是飞天的后人……"

陆天明在喀什

未与陆天明晤面，曾读过他的大作《桑拿高地的太阳》。其中人物讲过这样的故事：远古时一妇人生一子，啼哭不止。一老翁闻之，授一珠，说吞之可止啼。谁知婴孩吞珠后身体立即长高，并大喊口渴。饮尽缸中水犹渴，遂跳入门前河水中，边饮边奔，追逐退去的河水。娘惊呼追赶，孩子边跑边饮边回头叫娘别追了。后人称这段十八弯河道为"望娘滩"，河水被孩子喝干。直到大海边，孩子手足已变鳞爪，跃入大海，尽情吮吸海水。娘追至海边见巨龙飞升而去。

11月6日晚，兵团文联宋志国主席陪同陆天明飞抵喀什。在农三师活动五天。当我陪他在四十五团、五十三团采访完送至阿克苏农一师时，我的心中一道闪电：陆天明不就吞下了那颗龙珠吗？

是的，他没有变成龙，却吞下了那颗神话中的龙珠。

前些年，电视屏幕上唐太宗、武则天、慈禧等人大为走红，而深刻反映人民生活、改革开放现实的优秀作品却不多。历史题材的作品自然是必不可少的，但人们更关心的是现实。然而，别说艺术家就是当今有文化有阅历的老百姓，都晓得演孙猴子、猪八戒、武后、慈禧比演反腐败，尤其是省级干部的腐败要保险得多！

就在屏幕上曹孟德割须弃袍、关云长过五关斩六将、孔明"谈笑间樯橹灰飞烟灭"之时，陆天明却像吞了龙珠般火烧胸膛、忧心如焚。

他与老百姓的心息息相通。在为改革开放取得巨大成绩而高兴的同时，他和老百姓一样对滋生蔓延的奢侈腐败之风深恶痛绝。于是，他吮吸着人民的爱憎，跃入千万老百姓生活的海洋，燃烧着对正义事业滚烫的心，他的作品化作巨龙升飞；《苍天在上》在中央电视台黄金时间播出！

一时间，举国上下，反响强烈。海外舆论甚至认为《苍天在上》表明中共反腐败的决心和信心。此剧艺术上的成功与不足暂且不论，就其反映的腐败的行为、党风和社会风气的不正，已令人惊心动魄。而创作这样一部电视剧需要多么大的勇气和对党对人民的强烈责任感！

陆天明是不赞成题词、题字、留名的。但是，在四十五团他看到老军垦三十年的艰苦奋斗，大漠变成绿洲新镇，中午不休息一口气写了二十几幅条幅，赠给服务员、司机、团场领导等。在四十五团展厅，他驻足在一幅幅地窝子、喝碱水、荒漠开垦推小车的照片前，眼镜后面那闪烁着深邃洞察力的眸子湿润了。他感慨万端：太艰苦了！比我进疆时的农七师要苦得多。正因其极其艰苦，才反映出奉献精神的崇高与伟大。在与四十五团党委书记张虎城倾心长谈后，陆天明长叹一声你们在这里工作太辛苦太艰难了。

从叶尔羌河畔的博塔依拉克镇到大漠深处的皮恰克村，所遇之人无论干部或职工，一见陆天明的面，握手之后都是同样的话："你的《苍天在上》太好了！"对此，他脸无丝毫骄矜之色，无丝毫满足之意。有的只是真诚的淡淡的微笑。甚至在他与我相处五天中似乎在回避这个话题。也许其中甘苦、纠葛、隐衷太多太杂，无从说起；也许他的南北疆之行给他展示出更加威武雄壮、多姿多彩、斑驳陆离的生活画卷。他已离开"苍天"而又一次扎进边疆沃土。那里又是一派新天地！

农三师前海宾馆合影（左为陆天明先生）

他只对我淡淡地说，《苍天在上》创作五个月，而通过各种关口、取得共识和首肯花了六个月。创作难，拍摄难，播出更难。报纸上有人批评《苍》剧把反腐败斗争写成"地下党"的活动，但不久报纸上披露，原山东泰安市委书记胡建学走向腐败的真人真事。其中泰安的检察官、一批真正的共产党员是如何与胡建学作斗争的，读者看了自有分晓，自有深悟。

这次陆天明的新疆之行他又吞了一颗龙珠：兵团请他写一部反映兵团事业的电视剧。

是啊！黑龙江有《今夜有暴风雪》，云南有《孽债》，在全国引发强烈反响。而屯垦历史更长、规模更大、支边青年最多的新疆生产建设兵团，至今没有一部电视剧或电影在全国打响。究其原因，非止一端，错综复杂，莫衷一是。只能"俱往矣，数风流人物，还看今朝"了。

"龙珠"在胸中燃烧,陆天明在兵团南北疆垦区奔波。行路、谈话、参观、座谈,一日辛苦十几小时。他一次次婉拒欢迎舞会,或闭门深思秉烛疾书,或与友聊侃海阔天空,或踱步于绿洲新镇寒风扑面的马路,无声地轻轻地落步,莫惊醒长眠于这块土地上老军垦、复员转业军人、支边青年的英灵……

不止一次,好心的同志劝陆天明"兵团的事业不好写"。这个问题"非常敏感",那个问题是"雷区""禁区"。谦和的他突然执拗起来:你不去写不去碰怎么知道哪些事写不得碰不得呢?况且,兵团领导说不带任何框框,不带任何先入为主的观念,体验生活,写什么、怎样写由作家自己确定。

陆天明 1963 年从上海支边进疆,在兵团生活十二年。1975 年离开农七师到北京工作。他深知兵团军垦人的艰苦、崇高和伟大。《桑拿高地的太阳》就是他写兵团支青的大胆的尝试。面对种种非议、指责甚至批判,他像抹去蛛丝一般轻轻挥挥手,集中全部力量去迎接新的挑战。

有的人吞下的龙珠是贪欲,于是疯狂地、永无满足地奔向金钱和色情的大海而获灭顶之灾;有的人吞下的龙珠是权力欲,权钱交易,作威作福,腐化奢侈,最终葬身火海之中。而有更多的人吞下的龙珠是人民的爱憎,是人类崇高的信仰,他们义无反顾地把自己生命的溪流汇入为人民奋斗的大海之中,成为永恒的飞龙!

中国不是龙的故乡吗?

我们——当然包括大作家陆天明,不都是龙的传人吗?让我们奔向人民的海洋……

维吾尔族老黄埔

"结交好友，肝胆相照；

好友会对你做出好报。"

"艰难时，朋友为你蹈火赴汤；

幸福时，朋友和你欢乐同享。"

当我诵读维吾尔族古代文学巨著《福乐智慧》这充满哲理的诗句时，我眼里浮现出一位年过七旬的维吾尔族老人：他深目高鼻，思维敏捷，行走利索。言谈举止之间透出半个多世纪前策马飞驰、英俊潇洒的黄埔骑兵少尉的风采。他的名字叫玉素甫·纳吉丁，汉名于友信。

不错，"风流总被雨打风吹去"。但是，毕竟有风流，有戎马生涯，有生死与共的友谊。这与平淡如水的碌碌人生不可同日而语。

一

这位维吾尔族老黄埔是我父亲的老同学、老战友。但是，当我听到他的名字时是1980年，党的十一届三中全会之后。他们已中断联系三十多年了。

"国民党的黄埔军校还有维族人？"我当时有点意外。"有"，父亲沉稳地说，"我们一个班的学员就有维族；我的一个好朋友就是维吾尔族。我们三十多年没有联系了。"

国民党时代"三黄"吃得开：黄金、黄埔、黄呢军服。社会巨变，"三黄"变成了黄沙、黄风、黄馍馍（玉米面馍）。老黄埔对黄埔生涯讳莫如深，即使对子女也不透半句。直到十年浩劫之后，人们才开始撩开历史真实的面纱，窥见了人生的真面目。

1986 年，父亲陈积久和维吾尔族老黄埔玉素甫·纳吉丁在喀什香妃墓留影

维吾尔族老黄埔的到来，使我头脑中简单的印象"黄埔、国民党、反动派"变得复杂化，最终得出结论：这位难得的维吾尔族人才是个好人、好朋友，同时是位正气凛然的爱国者。

老父亲成了黄埔同学会的热心人。通过黄埔同学会联系，父亲收到了维族老战友的信。汉文流利，感情真挚。老父如获至宝，读之再三，浮想联翩。遥望乌鲁木齐，呼唤老友。

1985 年，维吾尔族老黄埔玉素甫千里迢迢从乌鲁木齐市来到喀什。他紧握老父亲的手叫了一声："陈连长，你好吗?"我从小到大头一次听到对父亲尊称为"陈连长"。后来接触多了我才发现：老黄埔们很注重"黄埔规矩"，称呼必冠以黄埔毕业后的最高军职，言谈必尊上下有序之礼。

二老游公园，谒香妃墓，逛巴扎；促膝长谈，常至夜半。四十年前的许多人和事，老黄埔记得清清楚楚。谈起往事时而慷慨激昂，时而沉痛低哀；时而眉飞色舞，时而仰天长啸。

1942 年父亲在四川成都黄埔军校学习，班里来了一位维吾尔族学员。那时大后方的人没见过维族人，黄埔军校更没听说招收维族学

121

员。这位维族学员进黄埔引起班里小小轰动。他身材单薄，深目俊眉，皮肤白皙。一开口竟是流利的标准的南京官话。因为来黄埔之前，他在边疆政治学校学习，教员是南京人。

从此，父亲与玉素甫一起摸爬滚打，射击操练，度过一个又一个刻苦锻炼的军校日月。两人互相激励：抗日救国，报效中华民族。军校学员待遇微薄。遇放假日，他们常去城都郊外一家姓马的回族馆子吃一顿炖牛骨头。四十多年后他们还张着缺齿的嘴赞叹：那牛骨头真香啊！

军校毕业，两人授衔少尉，随军在河西走廊。1946 年，经过骑兵长途跋涉，抵达南疆重镇喀什。骑兵连驻伽师县。父亲当排长，在中苏边界戍守。一月一换防休整。来接防的是玉素甫。他也是排长。

二

我观察我的父辈、老黄埔们对孙中山的三民主义信仰极深。三民主义之一是民族主义，维护中华民族的利益高于一切。正因为如此，父亲常赞玉素甫"临大节不糊涂"。

他说的是这样两件事：

1949 年，新疆局势"山雨欲来风满楼"。关内战场解放军势如破竹，节节胜利。关外国民党与三区革命联合政府破裂，战局重开。南疆局势暗涌激流。有一天，驻伽师县骑兵连马连长被几位"朋友"请去吃饭。席间突然发难，叫马连长命令部队"起义"，成立"伊斯兰共和国"。若不从命，休想离开饭馆。大多半天过去，士兵们到处找连长。连长的通讯员乘上厕所之机翻墙逃出，跑到连部正碰上玉素甫排长："快去救连长！"玉素甫立即操起一挺轻机枪，跑到那家小饭馆外，对空横扫一棱子弹，大吼："还我连长！"那伙政治背景复杂的"朋友"作鸟兽散。马连长安然返回营房。

1949 年"九二五"起义，新疆和平解放。民族分裂分子、新疆省政府秘书长艾沙逃亡国外。玉素甫那时给艾沙当翻译，奉命护送艾沙一伙出国。从迪化（今乌鲁木齐）到了南疆英吉沙县。离国境只有两天的路了。艾沙亲自动员他出国，许以高官厚禄。玉素甫断然拒绝：我的祖国是中国，我的家乡是新疆；我绝不离开生我养我的土地。艾沙又说你是国民党的军人，共产党来了你没有好日子过。他说，我是黄埔军人，但我一没打过内战，二没伤害过老百姓；我相信共产党是讲道理的。军人以服从命令为天职。我接受的命令是护送你出境而不是跟你出国。此言柔中有刚，闻者动容。

玉素甫在英吉沙等待解放军到来。

父亲十分推崇玉素甫"讲气节"。我后来多次到玉素甫家做客，深为这位老黄埔的强烈的爱国主义所感动。

1990 年，我送儿子云帆到乌鲁木齐上大学。喀什到乌鲁木齐市1500 公里；乌鲁木齐市又无我的亲戚。思忖再三觉得玉素甫家是个落脚处，就领着儿子到了玉素甫家。

玉素甫和老伴尼牙孜汗对客人永远是热忱朴实的。长桌上摆上糖果、枣子、葡萄干，沏上滚热的茶。随着炒一盘羊肉、一盘鸡蛋吃着香酥的油馕。

气氛真诚、热情。

老人一听我儿子在乌鲁木齐市要上四年大学，高兴地对我儿子说："你来，一定到我这里来。这里就是你的家。"

闲谈之间，我说起了巴仁乡反革命武装暴乱，说到美国之音广播南疆喀什"发生了民族战争"。

老人激动起来，仿佛又端起了轻机枪。他站起来，身体前倾，目

1990年，喀什维吾尔族黄埔同学合影，左二为玉素甫·纳吉丁

光灼灼，朗声说："民族战争？那些残杀解放军的暴徒代表哪个民族？能代表我们吗?！那些人是什么东西？是吸麻烟的赌棍……"

吸麻烟的赌棍？老人为什么不说"民族分裂主义"或者"反革命武装暴乱分子"呢？我头脑里闪过这个疑问。

老人那双深邃的目光盯着我说："是吸麻烟的，或者是赌徒。"

这话我琢磨了好长时间，终于悟透：中华民族已经站立起来了，强大起来了。只有吸了麻烟、神志迷乱的人才会与中华民族为敌、才会逆历史潮流而动。学过军事的人深知实力的对比，与强大的战无不胜的人民解放军为敌，岂不是以自己的生命作赌注。吸麻烟的赌徒怎么可能不自取灭亡。

三

人到晚年总要有个精神的归宿。

在某些共产党人眼中，他是国民党培养的人；在狭隘的民族意识的人眼中，他是汉族人培养的；在极少数民族分裂分子眼中，他曾扫过轻机枪；而在广大善良正直的少数民族知识分子心中，他曾给艾沙之流当过翻译……

他在晚年皈依了伊斯兰教，戴上小白帽，热心于作乃玛孜、撒乃孜尔。

但是，一颗老黄埔军人的心仍在诵经声中激烈地跳动着。那是躲藏在急流中的顽石；是敛翅于绝壁洞穴中的山鹰……

1991 年，这位维吾尔族老黄埔赴圣城麦加朝圣。

中国新疆的穆斯林朝觐团的成员们也汇入这人山人海之中。他们的名字后将从此增加"哈吉"的尊称。

也许是神奇的精神力量，六十多岁的玉素甫从麦加到麦地那，往返近千公里；奔走于赛法和麦尔瓦山谷七个来回，他竟不感到一点儿疲倦。

这是灵魂的大洗礼、大净化。然而其中时时浮现的却是三民主义、《共同纲领》……毕竟年轻时的信仰留下的烙印太深太深了。

那天，他们从一座清真寺出来，迎面看见一座临时搭起的讲台。一伙年轻人争夺着麦克风，争着向他们"喊话"。

玉素甫老人驻足听了听，怒从心头起。

这伙人是当年叛逃出国的艾沙之流的后人。

他们在煽动"把共产党和汉族人赶出去""拿起武器参加'圣战'"……

武器？谁有资格谈论武器？是营养过剩、头脑苍白、毫无民族责任感的寄生虫，还是饱经沧桑、有着强烈爱国心的老黄埔？

老人大步登上讲台，伸出当年操起过轻机枪的手："我来说几句。"

那伙年轻人喜形于色，以为他们的"喊话"有了响应。遗憾的是，他们看到老人一手抓住麦克风；一手却指向他们："你们谁跟我回新疆去？谁敢拿上枪举着刀去跟共产党打？"

那伙人面面相觑，一声不吭。

"你们不敢！"老人轻蔑地一笑，"你们知道共产党有多么强大，但你们却煽动自己的同胞去走绝路！你们的父辈在新疆当官做老爷时维吾尔族老百姓过的什么日子？现在过的什么日子？你们谁回新疆看过？说什么'水深火热'？你们的父辈统治新疆时老百姓才是'水深火热'……"

掌声！热烈的掌声来自朝觐团的几十名穆斯林。

后来，玉素甫跟我提起这件事愤愤地说，艾沙之流出国时带走多少金银财宝，而那时的维吾尔族广大老百姓过的什么日子！一根腰带捆一个苞谷馕，土坑上连毡片子都没有。有的人一辈子没穿过靴子，光脚板走过一生……

"现在好——现在好啊！"

老人如此感慨万端。

四

屈指算来，玉素甫与我家三代人的友谊竟有半个多世纪。

我儿子云帆 1990 年考上大学。云帆从小是他爷爷奶奶操心长大的，突然分离，老的小的都受不了。

"把云儿交给玉素甫照顾"。老人说。

从此，云帆上了四年大学，不知去玉素甫爷爷家多少次。左邻右舍都称之"玉素甫的汉族孙子"。我们夫妇俩到湖北老家探亲，玉素甫特意烤制一袋油馕，又香又酥。我们在火车上一直吃到郑州。

在玉素甫眼里，我们是"黄埔子弟"。他家里充满温馨、真诚和维吾尔族特有的朴实。

云帆大学毕业后分配到兵团技工学校当教员，离乌鲁木齐市近40 公里。他还是像上学时一样常去玉素甫爷爷家。

有件事云帆永生难忘。

那是个冰雪交融的早晨。云帆刚进办公室坐下，有位同事说"有人找你"。说着领进一位戴着皮帽、呵着白气的老人。云帆一惊："玉素甫爷爷！您怎么来了……"

老人劈面就问："你没出什么事吧？这两天没和什么人闹矛盾吧……"

原来，前一天深夜电话铃把老人惊醒，一个陌生的口音说："你的汉族孙子出事了，现在他在大门口……"老人连忙披衣戴帽，蹭着冰雪来到空无一人的大门口摔了一跤。天亮了，老人一夜未眠，拐着脚坐了一个多小时中巴车赶到技校。

云帆再三安慰老人"自己很好，没有什么事"，老人这才放下心来。

漫天皆白，雪里来客格外亲。汉族孙子扶着他的维吾尔族老爷爷走向公共汽车……

这一幕永远定格在我家三代的记忆里。

图木舒克散记

从航天飞机上遥望地球有两块斑点：撒哈拉大沙漠和塔克拉玛干大沙漠。塔克拉玛干大沙漠这黄色的魔怪在"死亡之海"的大旗下，东奔西打，不断扩张，但是，西面一道广袤的绿洲挡住了它黄色的触角。

这道绿色屏障名叫图木舒克。维语意为"突出的一角"。古人怎么知道这里是大漠向西突出的一角？莫非他们曾翱翔于空中？

今天，这里是新疆生产建设兵团第三师小海子垦区。九万多人口中有六万多少数民族。我曾用两年多时间在这里采集民间文学。那淳厚的民风，奇特的民俗，神奇的传说，神秘的古城遗址，令人神往，发人深思。

黑格尔说，没有史诗和神话的民族是缺乏想象力的民族。中国56个民族史诗浩若烟海，博大精深，只是缺乏挖掘、采集、整理。可以说，中国的神话一旦走向世界肯定不会比荷马史诗和希腊神话逊色。怀着这个信念，我在图木舒克历史文化的大海边拾贝，居然看到那神奇的灵光……

蓝眼睛

图木舒克的维吾尔人中有白皮肤蓝眼睛。我初闻此事并未留意，后来读到新疆历史书，顿时领悟蓝眼睛昭示着人类繁衍、民族融合的重大信息。

我采集民间文学时专程寻访蓝眼睛。懂得历史才能深悟那蓝色的奇妙。

让我们想象八千多年前的塔里木盆地。喀什噶尔河、叶尔羌河在图木舒克汇合，丰沛的河水滋润着繁茂的绿洲。

维吾尔谚语：胡杨的寿命有三千年，站着不死一千年，死后不倒一千年，倒地不烂一千年。这块沃野生长着一望无

1970 年作者在图木舒克

涯的胡杨，还有一种白刺长得一人多高，著红花，很有野性的美。突然，一阵马蹄声如急雨踏破洪荒莽原的寂静。几个骑手策骏马，挽强弓，穿林海，逐野兽。骑手们孔武剽悍，白肤碧目。当其呼啸而去，林中又复归静寂。他们是古老的民族——塞人。以游牧为生。

新中国成立后，我国语言学家曾在这里发现塞人方言。20 世纪初，德国探险家勒柯克在这里挖掘出有犍陀罗风格的泥塑头像。也许这是塞人的形象。勒柯克说其特征为"深目卷发"，风格粗犷。

有位西方学者预言：解开人类起源秘密的钥匙在塔里木盆地。我揣不透此语的深浅虚实。但我们现有的历史知识告诉我：图木舒克是多民族融合的大舞台。塞人、吐火罗人、乌孙人、月氏人、匈奴人等都在这个舞台上演出过悲欢离合、武威杀伐的活剧。张骞通西域后，汉人也成为这里古代居民之一。毋庸讳言，民族的融合有时是渐进的、平和的、浸润式的，但大多是伴随着血与火。

9 世纪，风烟滚滚来天半，一个新的部族的到来使图木舒克的民族演变史揭开浓墨重彩的一页。

唐朝安史之乱后的 840 年，崛起在鄂尔浑河的回鹘汗国由于内乱和天灾，拔帐西迁。一路迁至吐鲁番，建立了赫赫有名的高昌回鹘汗国。那年，我曾拜访高昌古城遗址，在阿斯塔那古墓中看到那时的人体魄强壮，已有毛线织的衣服和花毡。在墓窟中的壁画可以看出受汉文化影响很深。另一路零散于河西走廊，成为今天的撒拉族和裕固族。还有最大一路辗转万里迁至中亚和天山南北，建立了对西域历史有重大影响的喀喇汗王朝。

960 年，喀喇汗王朝如海纳百川，不仅弱小的塞人、月氏人、乌桓人、吐火罗人等汇于新的强大的民族之中，而且三百年后"一代天骄成吉思汗"的后裔也最终融汇于这个洪流中。这台错综复杂、天翻地覆、刀光剑影的活剧演了五百多年，一个新的民族——维吾尔族诞生了。

但是，图木舒克的蓝眼睛告诉我们塞族人曾是现代维吾尔族族源之一。如同在黄河汇入大海的洪流中，有一朵浪花告诉你它是巴颜喀拉山的一脉清泉，你能不惊叹人类的顽强、种族的顽强吗！

其实，当代社会没有也不可能有"纯血统"的民族。为纯血统而骄傲与为混血统而悲哀同样愚昧无知。汉民族也是这样，《史记》中的夷、狄等"非我族类"今天不都是堂堂正正的汉族人！现代社会证明"拼盘文化"、血统混杂的民族更有活力，据 1990 年统计资料：美国人每九个人中就有两个以上是混合血统。"拼盘文化"显出巨大包容能力和生命活力。

我与塞人的后裔"蓝眼睛"不期而遇。

那天在巴楚县城吃拉条子。一辆中巴车停在我们的汽车后面，走下一位小伙子。我不经意地抬头一瞥，又惊又喜：此君皮肤白皙，闪动着一双蓝眼睛！我如获至宝，兴奋地跟他唠叨起来。这位维吾尔族小伙子叫乌斯曼江，家在阿克他木镇。家里四代同堂，每代人中都有蓝眼睛。家中留下祖训：蓝眼睛必须与蓝眼睛结亲。于是，这位二十七岁的乌斯曼江尚未结婚，但已与图木舒克一个蓝眼睛姑娘谈好了。乌斯曼江衣着整齐，言谈文雅，从小上汉族学校，汉语发音标准流畅。

他当然不可能知道他的远祖是塞族人。

我为人类顽强的生命信息惊叹不已。塞人融和维吾尔族已逾千年，而其后代仍在心灵的窗扉中展示着祖宗美好的蓝色！

黑色、褐色、棕色、蓝色……无论眼睛的颜色怎样不同，它们反映出的世界应是一样的。

我赞美各种颜色的眼睛，那里闪烁着祖先的灵魂……

脱库孜沙莱依

这里是举世闻名的古丝绸之路上重要的一段。一边是难以逾越的天山，另一边是被称为"死亡之海"的塔里木大沙漠，人们顺河流走必经图木舒克。于是，这里有座湮灭千年的古城"脱库孜沙莱依"，维语意为"九座宫殿"。从这个名字不难看出昔日的辉煌。

我几次登山凭吊"唐王城"。我最欣赏刘禹锡的《金陵五题·石头城》诗句"山围故国周遭在，潮打空城寂寞回"。那瀚海沙浪前呼后拥来谒拜这座古城了。当它们看到残破的古城仅剩山坡上的黄土堆时，只有失望而归了。

你看，一脉石山从北蜿蜒而来，向东伸展出去。山虽不高却气势峥嵘。色如铁铸，上无寸草。石似斧錾，棱角分明。山脉中断形成大溪口。古代喀什噶尔河就从此溪口流向塔里木河。

这座不起眼的山有着神奇的传说。

阿克他木镇的老翻译沙德尔告诉我：这座山古代叫"铁吉尔塔合"，汉语即"龙山"。传说远古时代这里常闹水灾，百姓苦不堪言。向天祈祷九天九夜后，突然，雷电大作，巨龙凌空而下横卧溪口挡住洪水，化作一道石山。后来，这座山又改叫"包尔其山"，维吾尔语为"编席子的人"。据说后来这里成了湖泊，芦苇丛生，人们以编席子为生。

夕阳映照，逆光勾勒出山脊果然如龙。

龙是古代汉人的图腾。在图木舒克听到龙的故事，使我们看到古代汉文化对天山南北少数民族文化的衍射之光。

石山绝壁上有斜排三个洞窟。我紧贴石崖慢挪寸步，攀缘而上。偶一下瞥，天旋地转，毛骨悚然。两个洞窟中佛像已荡然无存，另一窟中尚存残像，高一米多，为坐佛像，气派庄重。

"脱库孜沙莱依"——"九座宫殿"。那宫殿其实是寺庙佛塔。古代，这里佛事沸沸扬扬，红火一时。山坡上矗立着高大的佛寺，附属建筑僧房、殿堂等如众星拱月。

与佛塔隔河相望的是一座宏伟的烽火台，城墙环峰护卫。登烽火台北望一山洼，四周残墙依稀可见。此为屯兵之处。古城毁灭之时，这里是人马葬身之处。千年之后，血肉之躯沤成极具肥力的"阿沙土"。百姓曾挖"阿沙土"当肥料使用。近年来没有人挖了。一是政府有法令不得再挖，要保护文物。二是"文化大革命"中挖"阿沙土"塌方压死了人；百姓说鬼魂发怒了。

我曾见过百姓挖出的"菩萨头"，外陶内木，发髻高绾，脸丰气润，秀颈颀长，与敦煌飞天酷肖。

登山远眺，感慨万千。念天地之悠悠，思古丝绸之路名城的辉煌，我揣摩着这个神秘的名字"唐王城"……

唐王城

维吾尔人称这座残破的古城叫"唐王城"。也许是因为他们的祖先回鹘人见到这座城时正是唐朝。

我们从汉文史料中知道，这里在公元前一二世纪是西域三十六国中的尉头国，后曾是古龟兹国与古疏勒国的分界线，是一座依山傍水的军事要塞。唐朝时叫"握瑟德"。我们现在见到的唐王城是屯兵处，真正的城市在龙山东北二十多公里的沙漠里。那座城十分宏大，面积有好几个平方公里。至今街巷依稀可见，陶片俯拾即是。大风过后，有人还去寻找珠宝。

古代曾有无数人经过这里。我认为最伟大、最有意义的人有三位。

首先是那位留下"投笔从戎"故事的班超。汉朝西域三十六国各自为政，一盘散沙，而面临的对手匈奴又非常强大。汉朝与匈奴争夺西域的争斗十分激烈。班超一介书生，投笔从戎。先随大将军窦固西征，后又率三十六人进了天山南部。班超说服鄯善国王归顺东汉王朝。刚开始鄯善国王态度友善热情，后来突然冷淡，闭门拒见。班超一打听原来匈奴使团也来拉拢这位国王了。好个班定远！真是有勇有谋的血性男儿！与其坐而等死不如奋力一搏。于是，三十六壮士夜乘大风，突袭匈奴使团。鄯善国王不得不归顺汉朝，并对班超敬若天神。此后三十多年，班超经营西域，打过无数次仗，战胜了强大的匈奴，守住了这块神圣的土地。今天，在喀什吐曼河边，班超塑像昂然挺立。

第二个伟人是唐僧玄奘。他记载这里兴小乘佛教，僧人甚多。这位和尚是中国文化史上应当大书特书的伟大人物，是中华民族的脊梁。玄奘的目标是崇高的，到西天取经，普度众生，追求真理（当时的人认为那是真理），既不像碌碌奔波于丝路上追求发财的商人，也不像为求取功名、画像挂上烟凌阁的文臣武将。他真正是无私无畏的。这是多么艰苦的旅程。茫茫沙漠，唯以死人死畜枯骨为标识。干热风中，皮焦唇裂，死里逃生。玄奘西行之后一千多年，外国探险家斯坦因、斯文·赫定，对玄奘"至为景仰"，称之为"最伟大的古代探险家"。原因是他们走了玄奘之路才知道旅途有多么艰险！

第三个伟人是林则徐。这位爱国英雄对图木舒克的印象可不太好。1845 年 3 月，他坐着马车在这里"遇大风，歇三日"。那狂风如何厉害？他在日记中写到"风力之狂，毡庐欲拔，殊难成寝"，"枯苇犹高于人，沿途皆野兽出没之所"，"飞蚊、跳蚤纷扰异常"。尽管如此艰难，林则徐还是考察了这里的屯垦，向迫害他的朝廷忠心耿耿进言要发展屯垦事业。"但期绣陇成千顷，敢惮锋车历八城"。

林则徐在狂风中走过唐王城。他没有去认真考证古城是如何湮灭的。

至今，没有找到可靠的史料证明古城何时何由湮灭。只能推测和引证神话传说了。

唐王城可能毁于河流改道和战争。

先说河流。新疆地处中亚，四面环山。海洋湿气流到不了这里。河流是生命之源。人们逐水而居，因而州县均呈长条狭窄状划分。河流一改道，人口迁徙，城市湮灭。丝路古国楼兰即毁于河流改道被沙漠吞没了。

再说战争。东西方文明在古丝路上交流、碰撞、融合，也引发过激烈对抗。一种文明往往代表一个阶级、一个民族的利益。人类的利益观念极强，而越强烈的东西越脆弱。春秋之交秦国和赵国为和氏璧兵戎相见;古希腊神话为争夺美女海伦引发长达十几年的惨烈战争。然而,这一切都不如宗教战争那样浩大、持久、激烈。

大约公元 10 世纪,史书对唐王城的记载突然消失了。真令人不可理解,数万人转瞬之间变成"阿沙土"?

我驻足于马蹄山下,徘徊深思。几株苍劲的胡杨老树上飘舞着朝拜者的布幡。高天瓦蓝,流云无声。谁能说得清历代战乱的是非曲直呢?

我们应当建立这样一种民族文化和社会制度:人与人、民族与民族、信仰与信仰之间,矛盾不要激化,有个解决矛盾的渠道和手段;各种文化能和睦相处,兼收并蓄;不要动辄兵戎相见。

从唐王城到马蹄山,我看到各族人民安居乐业,走向富裕。林则徐诗中描述的"冷饼盈怀唤作馕"已一去不复返了。他的"但期绣陇成千顷"的美好愿望已成现实。

我深悟了马克思的名言:"任何一种解放都是把人的世界和人的关系还给人自己。"任何宗教做不到这一点,只有共产主义学说能使人性、人得到最终解放。

但愿这一天不再遥远。

也但愿从我们这一代开始,中华民族的历史上永不再出"唐王城""阿沙土"……

我的求学之路

今天，从喀什到岳普湖县木华里，汽车走高速公路不过一个小时。我少年时这段路坐马车要走三天，从上小学一直走到了初中。初中毕业前，马车换成了东方红28拖拉机，也要走十几个小时。

1955年我在疏勒县上小学，家在离县城20多公里的草湖。母亲与山东女兵一起住地窝子，干打垒，后来到缝纫组工作。我寒暑假回去与母亲见面。1959年，我父母从草湖调到木华里农一师前进二场，离疏勒120多公里。我已上小学四年级。前进二场当时只有两间教室，小学一、二年级。我被小兄弟们称为"喀什上学的大学生"，放假回去，一长串小朋友跟在我后面玩，听我讲"喀什那个大城市的故事"——他们连"一个馕就滚到头"的岳普湖县城都没有去过。寒暑假期，接送学生是农场的一件大事。交通工具是胶轮马车。家里准备好干粮，捆好行李。团里不仅挑选了最好的马车和驭手，而且还专派一名干部护送，护送干部扎着武装带，左边盒子枪，右边挎包，精神抖擞，迈着军人长途行军的稳健步伐，紧跟车后。

我们二三十名"祖国花朵"的求学之路是那么艰难曲折，又是那么令人难忘。弯弯曲曲的路把方圆几十里寸草不见的碱滩、卧龙般的沙梁、谦卑寂寞的荒村串联在一起，路上遇见的维吾尔老乡或骑毛驴，或光着脚走路，见了我们的胶轮马车和很少见的"汉族巴郎"，都投以好奇、亲切的目光。这一切深深地烙在我们幼小的记忆里。为使军马负荷轻一些，护送干部常喊"女娃娃坐车，男娃娃轮流走路"。我们雄赳赳气昂昂地以树枝为枪，脚踢沙土，跟着护送干部走，听他讲解放西北的战斗故事，我们小小年纪就知道了瓦子街一仗打得很

书声琅琅

激烈，知道了兰州一仗打垮了马步芳，激战三天，炮火把黄河铁桥烧红了；知道了老战士怎样在酒泉誓师，甩开两条腿，一直走到喀什、和田。我们幼小的心灵里刻着彭德怀、王震的名字。这些名字和辉煌的英雄故事，成为鼓励我们走路的精神力量。我那时 11 岁，年少气盛，很少坐车，总是走得离护送干部最近，好听故事。我今天走上文学写作之路与这段走路的经历很有关系，我的散文纪实文学其实就是讲故事。我的写作文风朴实无华，因为少年时听的故事非常平实，毫无修饰，更无夸张。

半个多世纪过去，我还记得护送干部侯长庆、何忠。他俩都有文化，参军时是年轻的"学生兵"。虽然没有上过战场打过仗，但他们的排长连长多是身经百战的老八路，团长师长是老红军，每个人的经历都是精彩的故事。侯长庆的儿子侯建国与我同班同学，我们一起跟着马车走。侯叔叔身体细高，走路步子很大，口才好，讲故事很吸引

137

人。何叔叔是1949年甘肃参军的学生，身体矮壮，记忆很强，家乡口音重，讲故事神态严肃。走路时习惯一只手按在后腰的驳壳枪上，另一只手挥舞着招呼男学生紧紧跟上。

那时，我们的父母在戈壁滩开荒，修水利，住地窝子，没有条件照顾孩子。我从幼儿园一直到小学五年级过的是军队管理的集体生活，除了暑假可以回家见母亲，寒假回不去，吃住都在学校，空荡荡的宿舍就我和一两个回不去家的同学。学校给每个班级安排一位保育员，负责孩子们的卫生，换洗衣服被褥，夜里查房，每周剪指甲洗澡，每月理发等。保育员有进疆女兵，有山东妇女，接受部队思想教育，非常敬业负责，每个学生的衣服用白线在领子后缝上名字，以免穿错。我是元旦出生，叫陈新元，在衣服上缝着"元"字，因此我得小名"元元"。到了小学六年级，没有保育员了，我一下子很不适应，不会洗衣服，不会剪指甲，甚至不知去哪里理发，于是常常衣服又皱又脏，耳朵后出现泥垢，头发蓬乱，形象邋遢。于是，在我的六年级《学生通知书》中，老师写了许多优点，临末一句缺点："请该同学注意个人卫生"。母亲上过兰州女子师范，自尊心很强，一看这句评语就知道了我在学校的形象，顿时觉得非常丢人，一个假期抓紧教我洗衣服，叠衣服，买来指甲刀、肥皂等，还备了小针线包，开学时叮嘱我"古人讲究仪容，仪表，这个传统不能丢。我们穿衣不要讲究呢子毛布，即使粗布衣裳，也要讲究整齐干净，讲究卫生，对自己健康有利，对老师同学也是尊重"。

那时的民族关系非常好，我们所到之处维吾尔人全是笑脸，全是真诚友爱。我们一路吃住都是维吾尔人的车马店，招呼我们卸车喂马，套车出发。原因很简单，解放军来搞了土改建政，老百姓分得土地，翻身得解放。少数民族重感情，重感恩。那时南疆汉人很少，我们被看成"解放军的巴郎";维吾尔人把对解放军的深厚感情倾注在我们身上,那种友善、慈爱、赤诚的眼神使我们终生难忘。有一次马车坏了,我们二十多个男女小学生,住在路边一户维吾尔老乡家里。那家人忙着去借了口大锅,又叫来几个亲戚朋友帮着做饭烧水,全家人一直忙到我们离开。临走时还站在路边帮助装行李,一个个扶我们上车。

夜宿马车站,护送干部点亮马灯,总结讲评行军路上的好人好事,提来热水让大家洗脚。在护送干部身上,我们感受到八路军解放军的光荣传统,亲如一家的官兵关系。有的孩子太累行李不解,倒头便睡,护送干部哄着逗着,"乖娃子,乖小子,听叔叔的话",硬是一个个铺好行李洗了脚,才叫大家睡。夜里马灯不熄,护送干部不时查

1964 年疏勒县农一师草湖中学毕业合影

铺。像解放战争时部队宿营查岗。

1960 年，我上五年级。开春坐马车的第二天，夜宿罕南力克巴扎，护送干部是陕西老兵。他到维吾尔族老乡家借来大铁锅，给大家做了顿拿手好饭面疙瘩，他在案板上用力搓着，汗珠从他那黝黑的脸上淌下来。维吾尔老大娘帮着烧火，还在锅里放了些"皮牙子"，香极了！一问这顿饭叫"炮丈子"。我们听着新奇吃着香，嚷着笑着忽听见鼾声，护送干部歪着头靠在门边睡着了……

我从此记住了世界上有一种美食叫"炮丈子"，世界上有一种亲情叫"部队大家庭"。

250 华里路，走三天。从木华黎出发第一天住岳普湖县城，第二天住罕南力克，第三天到疏勒县城学校。每天天刚亮上路前，护送干部和赶马车的战士，先把老乡家房子打扫干净，把钱塞给再三推辞的房主手里，还郑重申明"解放军不拿群众一针一线"。言毕昂首下令："上车，出发！"

路途留下深刻的印象是村庄稀疏，人烟稀少，道路弯曲，沙梁碱滩。路上遇见最多的是一辆接一辆的毛驴车、牛车，拉着干枯的胡杨枝。老乡们做饭取暖全靠柴草。靠近村庄的"麻扎"（坟地）红柳长得高大茂密，红穗如火，维吾尔人即使走很远的地方挖柴火，也绝不动"麻扎"周围的一草一木。

后来，东方红 28 拖拉机代替了马车。我们常常披上厚厚的尘土，颠簸十几个小时，耳朵被轰鸣声震得麻木，奔波在求学路上。再后来，记得 1964 年，四十二团有了一辆国产跃进牌汽车，我坐过一两趟就初中毕业参加工作当农工了。

走着走着，走到了老年。今天，当我坐着小汽车飞驰在喀什至四十二团的公路上，我总是徒劳地寻找着坐马车上学的路。那时弯弯曲曲的戈壁土路早已没有踪影，那时的荒野沙滩，现在人烟辐辏。当年的"祖国的花朵"已进入老年，大多数事业有所建树。但越是日子过得美好，就越怀旧。古稀之年，回想起童年时艰苦的快乐的求学路上，我最懊悔的是当时我们那么不懂事，那么幼稚，我们竟然从来没有对那些护送干部说一句："叔叔，您也坐一会儿马车吧！您也休息一下吧……"

那时，他们为护送我们"寄托希望的一代"去受教育，背着沉重的驳壳枪，挺直腰杆，汗透军衣，一直在地上走着，走着……

我与“恰玛古”

　　新疆有一种性格独特的蔬菜：富人的宴席里看不到它，穷人的饭锅里离不了它；它生于盐碱地，长于野地里，至陋至微，是穷人的佳果。维吾尔人称之“恰玛古”，属根茎类蔬菜。

　　我是在饥饿时代知道恰玛古的。那时，我刚上初中，少年时代，正长身体，却长久没有吃饱的感觉。每天上午第二节课就盼着午饭的钟声。午饭常常是白菜汤飘着几片油泼辣子，又黄又硬的苞谷馒头。有时是苞谷面糊糊，吃得胃里“烧心”泛酸水。同学们双手捧着苞谷馍细嚼慢咽，看谁吃得慢。忽一日，碗里苞谷糊糊里出现了一个个疙瘩，不知是什么。正愣神间，老校长端着碗朗声道：“同学们！大家放心大胆吃。苞谷糊糊里放了恰玛古。维吾尔族老乡告诉我，这样吃了不泛酸不烧心……”

　　恰玛古！这个名字好记。先闻闻，有一丝淡香味；试着一尝，绵软味甜，稍有一点儿土腥气。久食果然“不烧心”。一个冬天过去，同学少年，红颊润颜，活蹦乱跳。赞美恰玛古：饥饿年代的患难之交。不是吗？世上哪有这样的果实，长在盐碱地，积聚着淡淡的糖分；与肉为伍，苦涩难食；清水打糊糊下面条，清香可口，恰玛古颇像嫌富爱贫的“七仙女”呢！

　　放假回家，我告诉妈妈学校里开始吃恰玛古了，好吃不烧心。妈妈点点头，没说什么。第二天中午，揭开锅盖半锅胡萝卜恰玛古，一股甜香味儿。我才知道父母亲早就在吃恰玛古了。恰玛古是维吾尔老乡的自留地种的。母亲从食堂打来饭，把馒头切下一片，晒干留给我带到学校去吃。母亲说，有的菜要配油肉才好吃，像人一样嫌贫爱富；恰玛古却相反，炒肉不好吃，清水煮了打苞谷面糊糊，又好吃又养人，就像好心人在帮助穷人。维吾尔人说恰玛古是"养人的长寿果"。

蔬菜也通人性？我一下子回不过神儿来——学校教科书没有讲过这个道理啊！但我相信母亲，要做一个帮助穷人的好心人。

我家隔壁住着一位国家分配到农场的安徽籍的大学生，在兽医站当技术员，也常常吃恰玛古。有一次听我夸夸其谈赞美恰玛古时，他慢悠悠地说，新疆真好，新疆有恰玛古！我们老家解放前找对象托媒人说媒，女方要问男方家里有多少房子多少地，还要问有多少棵榆树。遇到荒年颗粒无收，榆树皮榆树叶子可以救命。很像新疆的恰玛古。

恰玛古一直伴随着我走过初中时代。初三毕业那年，有一天，老校长唤我去说学校要排演一部风靡一时的话剧《青年的一代》，叫我担任的角色是一个小调皮。我没有演过话剧，有点畏难。老校长的一句话使我欣然受命："越是困难时期越要重视精神的力量。"

公演那天，大家有点紧张。老校长笑吟吟地说："放松点，好好演。演好演坏我都有犒劳。"

演出很成功，当大幕拉拢时，掌声如雷。后台那汽油桶制成的大铁炉上，烤着一串串吱吱叫的恰玛古！那香味儿激得人直想跳。"肖奶奶""肖继业""小调皮""夏倩如"围定火炉抢着吃。喜欢艺术的人都容易激动："井冈山有红米饭，南瓜汤；长征路上有树皮草根；

延安有小米加步枪；我们这个时代是恰玛古时代！""到共产主义也别忘了恰玛古！"

转瞬半个世纪过去，我已步入老年，但时常回味那夜里通红的炉火，香气四溢的烤恰玛古，令人心里发烫的话语……

新疆人喜欢听人夸新疆"吐鲁番的葡萄哈密的瓜，库尔勒香梨人人夸。""早穿皮袄午穿纱，围着火炉吃西瓜。"听别人数咱的"家珍"，心里能不美滋滋的？而我忍不住问一句：你吃过新疆的恰玛古吗？我们新疆人吃了不知多少年啊！

"恰玛古"是维吾尔语，汉语叫芜菁，属根茎类蔬菜，状如大头菜，不登大雅之堂。富豪贵客的宴席上有它，穷人的饭锅里也有它。维吾尔人告诉我，在深秋月圆之夜，用木刀削去长在地里的恰玛古的上盖，挖出一点果肉，放进一块冰糖。等到太阳刚刚升起，把冰糖融化的恰玛古汁舀出来，用来滋补病人恢复健康。恰玛古被誉为"小人参"。

今天，恰玛古的营养和抗癌作用被发现，开发出一系列保健食品，摆在超市的货架上，受到越来越多人的青睐。当听到人们赞美葡萄、香梨、哈密瓜时，当听到旋律优美的《吐鲁番的葡萄熟了》时，我禁不住由衷地赞美半个世纪前那个饥饿年代的患难之交——恰玛古。

我要为恰玛古唱一支歌……

阿克苏寻玉记

阿克苏维吾尔语意为白水。难得小住十日，寻觅春色。

春在街边树枝头。才来时，法桐绿叶形如卵，不几天就大如掌，密如网，擎起浓浓绿伞。别的城市见不到的一种树，又高又大，密匝匝开着白中带紫色的花，状若倒挂的喇叭花，徜徉树下，清香淡雅。连问数人，不知树名。罢了，花不知名分外娇。几天后多方打听，才知道那是泡桐。焦裕禄将兰考的泡桐树引种到这里，树长得高大茁壮，花开得轰轰烈烈。高大的白腊秃了一冬，才见时绿叶如葱，不几天就"一树碧无情"。一冬天消失的绿荫，由春天急匆匆铺天盖地补了上来。一冬天消失的花朵，由春天喊叫着呼呼噜噜催开了。绿荫树下，紫丁香边，车水马龙，行人如织。

春在柳浪雪海中。"忽如一夜春风来，千树万树梨花开"。从阿克苏城外到大漠新城阿拉尔，一路梨花如雪海，新楼如舟扬帆花海。农家小院春色更撩人，桃花红，梨花白，柳浪丛中闻鸟声。

春在人们的"寻宝热"中。不必去热闹非凡的玉石市场，随便走走，街头小贩，商场超市，你会听到阿克苏人妇孺皆知的新词：天山彩玉，黑宝。我这个对金玉石头不感兴趣的人，居然也被阿克苏人的"寻宝热"激动，顶着大太阳，一去荒山野岭寻冬凌玉，二去库马立克大河口觅黑宝。

适逢双休日，朋友说紧张写作闷在城里，放松一下去寻黑宝彩玉。

星期六一早，我们先去温宿县寻访当地著名奇石收藏家摄影家魏顺德。老魏在巷口迎接我们。他七十多岁，身体健壮，腰直腿硬。一进家门，奇石宝玉，目不暇接。我的石头知识浅薄得可怜，只读过古人一句话"石之美者为玉"，哪知道其中学问博大精深。听老魏一说茅塞顿开：亿万年前，新疆一片大海。地球造山运动崛起天山、阿尔泰山和昆仑山，形成今天"三山两盆"。古植物、海洋生物形成千奇百怪的化石，硅化木是植物，好认。海洋生物不知多少种，形态千变万化，很难认清是什么东西变成。你看，满天星、菊花石、贝壳石、松纹红、彩纹石等，天然造化，巧夺天工。还有火山熔岩石，各种岩石熔化重新组合，形成一种形态怪异的泥浆石。春天托木尔峰雪水融化，各种奇石随洪水而下，多年来藏在戈壁人未识。这十几年来，阿克苏的富人如雨后胡杨林中的蘑菇，一下子冒出头来。私家车，结伴游，探冰川，访古迹，迅速带动"寻宝热"。仿佛一夜之间，天山彩玉和黑宝成为家喻户晓新名词。当年的大炼钢铁变成老百姓的"寻宝热"。天山彩玉又称冬凌玉、五彩石，是近年发现的新玉种，有很高品位，属高档雕刻玉料。黑宝古代就发现了，但被市场认同，藏家推崇，掀起"黑宝热"却是近几年的事。

更为令人惊叹的是老魏摄影作品，冰峰日出、雪域夕阳、五彩山石、松塔鎏金、河如玉带、野花娇艳，托木尔峰的四季神韵尽收镜头。他的大漠胡杨使我这个在新疆生活了六十年的人惊叹不已：一树树胡杨形态怪异，如犬如猫，如龙生翼，如鹰击长空，如龙爪握石，如寿星凝望。这些精美的摄影作品，如果在国外展出一定会引起惊叹震动。老魏正筹备出版摄影画册，可以预料将会引起很大轰动。

七十多岁，十多年奔走于天山大漠，采奇石，寻美景，辛苦艰险，全是自费。人的智力可以由电脑代替，体力可以由机器代替，唯有毅力不能被任何东西代替。正如高尔基的名言：人在本质上是殉道者。《聊斋志异》有个很精彩的故事《石清虚》，说一个人酷爱奇石，神仙赐给他一块奇石，但告诉他要减寿三年，他欣然接受。那块神石被恶官夺走，又被贼盗走，但最后仍然属于他，而且神仙延长了他的寿命。我想，老魏痴心于石，必有好报，命运之神会垂青于他。

彩玉是火的熔炼，藏在山中；黑宝是水的磨洗，潜在河源。一个是太上老君八卦炉练就的筋骨，五彩玄妙；一个是瑶池碧水凝聚的骨肉，墨玉剔透。

告别老魏，我们去寻彩玉。

彩石山并不险峻高大，一个个土馒头似的。雨水冲刷的土沟弯弯曲曲，仅容一车。辙印相叠，寻宝人多。不时碰见山凹凹里二三辆汽车，五六个人在山头忙碌。工具多是钢钎铁锤，居然也有风钻。我们在两辆轿车边停下，登上小山头。山体表面已风化，往深里掏才看见彩石层。细看彩石一道暗红，一道淡黑淡青，一道土黄，纹理交错，并不好看。几个年轻人挥锤打钎，又用千斤顶顶出一块脸盆大的石头。我们饶有兴致地捡了几块别人丢弃的小块石头，我很怀疑这是不是他们说的天山彩玉，因为这里离托木尔峰太远了，有四五十公里。那些驾私家车的富人们，到这里是赔钱赚辛苦，野趣寻好奇。大太阳底下无阴凉，我们耐不住辛苦，又没有工具，只好回城。但心里高兴：懂了点玉石知识，看到了采石场。多大一片山啊！如果山腹中都是天山彩玉，那就是阿里巴巴的巨大宝库！

第二天，我们去库马立克河寻黑宝。司机拿出一个玉镯送给我，他昨天晚饭时把捡的小石块送去加工了。我一看玉镯大为惊叹：昨天

147

捡的石块其貌不扬，粗糙丑陋，怎么一加工成了玉镯五彩焕然？仔细欣赏，纹彩精妙，米黄云雾，炊烟隐约，如山水泼墨，如薄纱舞月，又如狂草断笔，任你想象任你描述，可谁也说不出像啥，但谁都看着美！这就是玉之神奇玉之美！朋友说，人养玉，玉养人。戴上玉镯，玉吸人的血气，不断生长变化，温润透光，十分可爱。玉发出微电磁波，调节气血，滋养人体。真后悔昨天没有多捡几块。不过，心里高兴，见识了五彩石。我突然想起，几天前在宾馆大厅，三个年轻姑娘坐在沙发上说笑，青春洋溢，穿着短袖，露出捂了一个冬天的胳膊，手上都戴着天山彩玉镯，流露着阿克苏人的自豪感。《红楼梦》有名句"玉是精神难比洁"。

行车两小时，半中午时到了库马立克河大龙口。一望无际戈壁滩，一川圆石大如斗。宽大的河床只余涓涓细流。朋友说，去年双休日这里到处是人，满河道寻化石黑宝。化石数菊花石满天星珍贵，玉石数黑宝珍贵。

太阳炙热，圆石反光，仿佛满河玉石流动。一人一瓶水，怀疑那块石头是隐藏的珍宝就浇点水，石色墨浓就可能是。这个喊发现了，那个喊发现了，朋友一看都不是。大家一笑，边玩边找。化石真不少，但花纹凌乱，没有价值。太阳偏西，我们一头汗一身土，一块块石头搬上汽车。真假难分，图个高兴。忽然有朋友大喊快来看，田黄石！我们踏着圆石趔趔趄趄跑过去。果然一块圆石露出碗大一片，色泽嫩黄，油亮温润。扒出来有脸盆大小，四五十公斤。大家费了九牛二虎之力把"田黄玉"搬上汽车。朋友说如果真是田黄，价值四五十万！大家兴奋地欢呼太好了！但愿是！

农一师4团在大龙口看闸口的人是朋友熟人，一见车上石头就知我们是外行。他热情地请我们去他家，说我捡的石头你们随便挑。在那座孤零零的砖房里，我们高兴地挑了几块精美化石和黑宝，赝品只好扔了。

回到城里直奔玉石市场，急于鉴定我们的寻宝成果。阿克苏玉石市场人头攒动，宝石琳琅满目，美不胜收。我们的石头立即相形见绌，像麻雀进了凤凰巢。请专家一看，果然除几块化石和黑宝，其他全是石头。那块"田黄"是熔岩石，不值钱。大家相识大笑，累得痛快！玩得痛快！懂了何为石，何为玉，岂不快哉！

一个个柜台上，我们看到了天山彩玉加工的玉佩玉镯，晶莹剔透，温润油亮。黑宝雕成牛马驼兔，栩栩如生，策之欲跃。挂着和田玉专卖牌子的店里，店主说阿克苏彩玉和黑宝与和田玉品种不同，质地很好，蕴藏量大，近年名气越来越大，淘宝人纷至沓来，商业价值无限。我在想，和田玉以羊脂玉最贵重，阿克苏以天山彩玉黑宝为重。一南一北，一白一黑，莫非大自然暗藏玄机？真是"物华天宝，龙光射牛斗之墟"。

阿克苏春天真美，春意伴着彩玉流动！春在老人把玩的玉佛玉珠里，春在小伙子腰上的玉佩间，春更在姑娘的玉项链玉手镯和那炫耀的笑容里……

天涯梦　铁路圆

——乌鲁木齐至喀什和田火车旅途故事

千年古城百年梦，一声汽笛梦成真。

昆仑起舞漫天雪，葱岭踏歌迎春风。

一个人从孩提时代就向往火车，直到满头华发才第一次看到家乡通了火车；他的心会怎样的激动！四百多万人祖祖辈辈盼望火车，直到新世纪到来之前才第一次听到火车隆隆的震响；四百多万颗心会怎样的跳动！

喀什，火车踏梦而来了！

1999 年 12 月，一条钢铁巨龙从乌鲁木齐出发，穿天山，越大漠，直叩帕米尔雪峰下的丝路古城喀什噶尔。南疆几百万少数民族百姓盼了一个世纪的汽笛声终于在吐曼河畔震响。

银色长须的维吾尔族老人看了铁轨看车头，看了车头抚摸车窗，慨然叹道，我们还是"巴郎"（青年）时，就听说一长串房子在两条铁轨子上飞跑，今天总算看到了火车的真实模样！

这是帕米尔雪峰下中华民族百年的梦想——新疆铁路：喀什铁路。百年来多少志士仁人为之奔走呐喊，付诸心血！

1893 年，新疆铁路第一次出现在给皇帝的奏章中。新疆巡抚陶模上书光绪帝，提出修建新疆铁路，以应对日益严重的边疆危机。此时，沙俄铁路修到了离喀什边界不到两百公里的奥什。

　　贬戍新疆的广东南海知县裴景福，考察了南北疆山川河流，在其名著《河海昆仑录》中提出，英国修通苏伊士运河，沙俄修通西伯利亚大铁路，极大增强了其国力。新疆地处亚欧大陆中心，如果效法英俄在新疆大修铁路，与中亚接轨直通欧洲，五十年经济发展可以超过上海。裴景福的《河海昆仑录》引起了朝野有识之士共鸣，西北封疆大吏们急切呼吁朝廷，修建新疆铁路。御史赵炳麟，两广总督岑春煊，陕甘总督长庚等，先后上奏清廷提出：新疆铁路一条干线，绥远，武威出嘉峪关直通伊犁；五条支线，其中最重要的是迪化越天山通疏勒。

　　清朝最后一任新疆巡抚袁大化，提出详细的新疆铁路规划，并大声呼吁朝廷严重关注边疆危机，沙俄已经勘定鄂木斯克到塔什干的铁路，全线皆沿中俄边境行走。当时边界未划定，沙俄紧逼我国的态势已经毫不掩饰。西域河山，逐被蚕食。林则徐踏勘南疆八城，疾呼"新疆危机其俄罗斯乎"，左宗棠决心武力收复被沙俄强占的伊犁时，奏章尖锐指出："吾退寸而寇进尺"。日益深重的边疆危机，使无数有识之士呼吁：新疆铁路已经不仅仅是发展经济，而是关系国土完整、国家统一的生死攸关的大事了。

　　但是，清朝风雨飘摇，大厦将倾，根本顾不上新疆铁路的事了。

　　辛亥革命推翻了腐朽的清朝统治，伟大的革命先行者孙中山在《实业计划》中，拟定了新疆铁路的大战略：向西北修铁路干线经迪化，达伊犁；由迪化修支线通喀什。1923 年，北洋政府组建了"西国道筹备处"，并派京绥铁路高级工程师林竟，率勘测队赴西北实地勘察。林竟满怀热情不畏艰苦，到新疆甘肃踏勘，完成《西北国家路线计划书》。这是精通铁路的专家的详细的设计图，弥足珍贵，但其命运也是石沉大海，湮灭在军阀战乱中。

时间又过去十年。1933年，瑞典探险家斯文·赫定受南京国民政府铁道部委托，率领一支由中瑞两国专家学者组成的考察队，从北京出发，经内蒙进入新疆，历时半年，提出了修建连接新疆贯通中国大陆交通大动脉的宏大方案。南京政府还为此举行了高规格的听证会。

但不久抗战爆发，民族危亡，全民抗战，"中国交通大动脉方案"又被束之高阁。

抗战胜利，喀什各族人民的"铁路热"迅速高涨。1946年，喀什民间自发组织"铁路委员会"，知名人士阿西木毛拉、艾布都拉毛拉、苏皮伯克等担任委员，起草了号召书，呼吁各族人民捐款敦促政府修建喀什铁路。《新疆日报》连篇累牍，积极报道，表达了南疆百万老百姓的强烈愿望。

可惜不久内战爆发，喀什"铁路梦"再一次被打断，各族老百姓的心凉了又热，热了又凉，一凉一热就耽搁了一个世纪啊！

有梦就有希望。那一年，库尔班吐鲁木要骑着毛驴上北京见毛主席的故事，感动了多少中国人。但是，仔细品味，这个感人故事有一丝遗憾，那时新疆无一寸铁路甚至连一条现代公路都没有！老百姓出门主要靠毛驴！

古代丝绸之路北中南三道，中南两道穿越南疆沙漠荒野。晋高僧法显记载"上无飞鸟，下无走兽，遍望极目，欲求度处，则莫知所拟，唯以死人枯骨为标识耳"。干沟一段路百多公里就如法显所记，不过"死人枯骨"换成轮胎钢板残骸罢了。人称"三跳路"：车在路上跳，人在车里跳，心在肚子里跳。夏日炎炎，涓滴皆无。上坡车如牛喘。常有司机一脚踩油门，一脚跨出去撒尿。一道白气，尿竟无痕。夜过干沟车如流火。飞尘如旋，车灯映红；山壁远近，目不可见，以耳闻神遇：马达声突而来如雷霆罢震怒，山峰欲倾已压头；突而去如江海凝清光，山峰无踪余空阔。

如遇暴雨，山洪突发。1933年斯坦因在干沟遇暴雨，连车带人几乎被冲走。1996年8月，一辆大客车行至干沟遇罕见暴雨，一时洪流滚滚而下，有经验的司机遥望山坡起黄烟，立即喊叫弃车登山。一位姑娘来不及从车窗爬出洪水已汹涌而至。幸亏一位石河子大学学生奋力将她拖出来。一车人在山头熬了几个小时。洪水退后在几十里外找到汽车残骸。

我曾无数次往返于乌喀公路上，无数次投宿沿途旅店。最难忘的是20世纪80年代初，在库米什夜店遇狼。那天夜黑得伸手可捏出墨汁，车驶进一个不知名的野店。招待员拧开嘎吱叫的锁，说句煤在门后就没踪影了。床上毡子一层尘土，寒气透骨。我自告奋勇去找柴火生炉子。屋后是荒滩。我足探手摸捡起几根干枝子，一截冰冰的不知什么动物的骨头吓我一跳。无意扭头，发端炸立：两星幽幽蓝色光在闪烁。狼！近得只需一扑！我热血盈头双拳紧握逼视野狼。我屏息后移踩断一根干草枝儿，那轻微的叭儿一声在我心中被放大成一声枪响。退回墙角，转身急忙冲进门：有狼！众人惊骇。正要细说，突然屋后传来凄厉的狼嗥声。众人震响失色。少顷，从另一方向又响起狼嗥，忽东忽西，似乎狼围屋子转悠发威。不久，夜归平静。我们围着炉子坐等天明，说了一夜的火车。

漫漫三千里路，路途中我常与司机聊天。多次听到司机讲鬼的故事：夜色浓重，小风呜呜，飞尘如烟。前无村，后无店，却有一红衣女子站路边搭车。司机顿感奇怪，一脚刹车。那女子上车不说一句话，神色冷峻。车灯反光中司机偷看，女子两条长辫子容长脸儿一团粉白，鼻子嘴巴竟无凹凸。行至深夜，路边野店犹有灯光。女子说到

153

了，五元钱塞在坐垫底下。言毕倏然不见了。司机心生蹊跷。几天后司机从乌鲁木齐市返回，特意停车在小店门口，边吃饭边问这里有无穿红袄容长脸儿的女子，店主答曰有，三年前病死了，埋在店后不远石头滩上，看得见坟头子。司机骇绝，毛骨悚然，急奔车上翻开坐垫：五元钱竟是黄表纸冥币。言之凿凿，闻之颤颤。

令我惊奇的不仅仅是这个鬼的故事，而是为什么好几个司机都讲这个故事而且都说是自己亲自所遇，不同的是遇鬼的地点变成了三岔口、沙井子、羊达库都克等。都是荒无人烟的地方。明知世上无鬼还要把自己杜撰进鬼的故事，这般荒谬究竟为什么？

1933 年，著名探险家斯文·赫定从北京出发西勘丝绸之路。在内蒙古与甘肃交界一条河边，先后有 7 名探险队成员莫名其妙死了。有个大学生突然发狂砍死仆人后自己也受伤死去。于是人们传说这里有鬼。斯文·赫定写道："我理解亚洲人为什么坚信有藏在树木中、灌木丛里和沙丘后的鬼怪，我也承认我是不愿意在月夜，更不愿在沙暴袭击时独自穿过那儿的树林的。你会看到处处是飘忽的幽灵，仿佛鬼怪伸展的四肢，想伸出来把你撕成碎片。身后那悄悄的脚步声，使你不由自主地加快步伐往前走，会冷不防一头撞到了一个妖怪的怀抱里。可是在满天飞沙中看不清对方的面目。在寂静的夜晚，可以听到悲凄的哀鸣，令人毛骨悚然……"

《聊斋志异》里蒲老夫子的话把鬼的故事点透了："心有亵心而生怖境"。望不尽的天涯路，看不完的绉纹石山，没有生灵的大戈壁滩；车颠得五内生烟；路往后缩，山往后倒，大地如旋，人怎能不生"亵心"而生"怖境"呢？

现在火车通了，"鬼"没了。谁说鬼也没人信，更不会有人把自己编进鬼的故事里。

丝绸之路是求生之路。一曲凄婉哀怨、柔媚深情的民歌《走西口》最能表达西去人心情："哥哥你走西口，妹妹我实在难留。送哥送到大路口，盼哥盼得白了头……"

1949 年 12 月，王恩茂率领第一兵团第二军进驻喀什

民谣："一出嘉峪关，两眼泪不干。向前看，戈壁滩，向后看，鬼门关。出关容易进关难。"相传古代关前曾立一石碑，勒铭四个大字"出十入一"，即出关十人仅能回来一个人。行人至此，以石投碑，如击中"一"字则喜，击不中则大哭：此生难返故园。

其实，古代逃荒逃难到西域的人难返故乡，一是路途实在遥远；二是西域是块风水宝地，许多难民在这里生活的比关内好，不愿返乡。如果他们早知道这些，就不会在嘉峪关外痛哭了。

1959 年，兰新铁路通车到尾亚。这个荒僻小镇突然空前热闹。灾民蜂拥而至西去求生。从此，新疆话中多了一个称呼"自流人员"。数十万人出关求活路，也许是丝绸之路从未有过的。还有成千上万关内灾民等待救济。于是关内的汽车紧急调往新疆运粮。我那时上小学四年级，已经懂事。在喀什疏勒县前进小学住进了甘肃运粮队。有次在自来水龙头边，一位司机叔叔在洗脸。一抬头吓我一跳：那两只眼暴突血红，神色黝黑。我小心翼翼问叔叔是不是病了。他说开车熬的，多一车粮就多救几百条命啊。见我惊愕不已，他说新疆人好！新疆的粮食救了多少人呀！汽车开到兰州，麻袋磨破漏下麦粒子，一群饥饿的人追着捡着，生生的麦子连土塞进嘴里……

155

　　他见我一脸惊愕、难过、心酸的样子，收住话走了。二十多年后，当我把这件事告诉司机老马时，老马淡淡一笑说，你见过冻死的人吗？冻死的人会笑……

　　老马五十多岁，矮而结实，腰腿僵直。但一进驾驶室手脚灵活。每逢车启动时，他总要慢吞吞围车一周上下看看。他说困难时期自流人员涌入新疆，从甘肃到新疆，从尾亚到喀什，车一到站，饥民围住乞食。寒冬腊月，在金沙子吃饭，遇到一个讨饭的，精瘦如柴，骨节粗大，一看就是庄稼汉子。我给了他几个苞谷馍，他千恩万谢求我带他到喀什，我说驾驶室挤满了，车上是油罐不能拉人。说着就开车走了。没想到到了三岔口下车一回头吓了一跳，那人立在油罐后双手冻硬在车帮上，脖子僵直，眼睛大睁，嘴后咧，似喊似笑……

　　火车走过冻死过人的这段路时，我立在窗前望着茫茫荒滩，听着轻快的哐声，心里难忍酸楚。他曾经有过欢乐……那一定是吃饱的时候。

　　那时南疆公路上发生的故事太多了。

　　"公路失火"常人闻所未闻，但确有其事。巴莎公路上有段路浮尘如水，"小孩跌倒了要用手去摸"。汽车进去只见漫天飞尘，尘落身上烫得皮肤发红。肿痛好几天。护路工将胡杨树一根根横排于路上，汽车扭着跳着往前走。机油汽油滴在树干上，一遇火星立即燃烧。常有养护工在电话里向上级报告：公路失火烧掉了几百米路面。

　　血与火的故事发生在 1962 年 10 月，我国西部边疆形势紧张。兵团汽独三营担负了战备运输任务。天刚放亮，一辆满载汽油的解放牌汽车行至疏勒县塔孜洪乡。长途颠簸，车上油桶震裂，汽油滴到排气管上窜出火苗。司机全神贯注盯着路面，未发现险情。这时正在路边劳动的大队党支部书记伊敏司迪克，提着坎土曼跑步追来。车一停，火焰"轰"一声窜起一人多高。伊敏司迪克和司机冒着烈火把车厢上燃烧的油桶推下来。突然汽车油箱被引燃，火

载歌载舞欢庆通车

焰喷出，伊敏司迪克脱下大衣扑了上去。油箱爆炸，伊敏司迪克英勇牺牲。

今天，火车开通了。公路失火的悲剧不会再有了。但是，血与火铸就的感情是永远浓烈的。

2011年6月，喀什至和田火车客运开通，那一天，许多和田人拿起手机发出共同的一条信息，向亲友报喜："和田有火车了！"这个信息南疆人盼了一个世纪啊！

更加令人鼓舞的是国家提出"一带一路"宏伟倡议，正在论证喀什向西向南的中吉、中巴铁路，喀什将成为一个中亚最重要的商贸、工业、交通、文化枢纽城市。

钢铁长龙隆隆驶进喀什噶尔，这块古老的土地焕发青春的活力。铁路将会带来前所未有的财富，但愿我们坐在飞驰的火车上，不要忘记一个古老的习俗：古代走丝绸之路的人吃了西瓜，瓜皮一定扣在路边，不被太阳晒干，万一后面的路人饥渴万分，啃西瓜皮也许能救一条命；更不要忘记法显、玄奘是为普度众生的善良愿望，而从这条路上往西去的。

沙尘暴　努尔村

　　一场千百年前的沙尘暴，居然在绵延万里的昆仑山下，在和田策勒县一个小村庄，留下了一个令我遐思无垠的地名，激活了我心中沉睡已久的对母亲的回忆。

　　那天，我们乘坐的越野车顺山坡疾驰。山凹凹里一个小村庄，泥墙土屋，杏树葱茏，欢快的小巴郎追逐呼喊牛羊。有人告诉我这里叫"努尔村"。我懂得维吾尔语，"努尔"是光明之意。一个馕就滚到头的小村庄怎么会起这样一个高雅神圣的名字？原来，传说古时候，一场剧烈的沙尘暴袭击了昆仑山下的村庄，七天七夜，不见曦月，老百姓惊恐万状躲在土屋里。等呼啸的声音渐渐平息，老百姓从被沙土掩埋的小屋天窗挣扎出来，站在屋顶上，望着东方喷薄欲出的太阳，男女老幼，齐声呼唤："努尔—努尔"！

　　从此，小山村得名努尔村。

　　这个不经意的传说在我脑海中如燧石猛击闪出强烈火花，久久沉睡的回忆被"努尔村"唤醒了……

　　新疆的沙尘暴古人有很多记载：岑参有"轮台九月风夜吼，一川碎石大如斗，随风满地石乱走"；林则徐在图木舒克遇大风，"毡庐欲拔""歇三日"；纪晓岚的《阅微草堂笔记》则记载一个骇人听闻的故事：他在乌鲁木齐接到一则公文，说鄯善县的一个叫徐吉的遣犯，被飓风卷走，越过东天山，落在吉木萨尔！更不必说塔克拉玛干大沙漠埋掉了多少城镇村落。

书中的记载都不如我亲身经历的沙尘暴。

我头一次遭到沙尘暴那年十八岁，在荒漠中孤零零的帐篷里当测量工人。一位打柴人给我捎口信，母亲叫我马上回家。我请准了假，惴惴不安地踏上回家的路。家在五连，抄近路要翻十多公里的沙包。我走惯了大漠，一点儿也不惧寂寞，边走边唱歌，见了麻蛇子就狂追一阵子。忽然，沙包仿佛颤抖起来，空气中传来迅速逼近的雷鸣声。我惊奇地看到女娲补过的天被龙卷风捅漏了，那橙红色的浊龙滚滚而来。太阳立刻躲了起来，把晒烫的沙子猛往我脖子里灌。狂风挥舞着两只无影无踪的手，一手狠推我后退，一手把我的足迹扒痕抹得平平的。那时年轻气盛，精力充沛，一股火气涌上心头：任何力量休想阻挡母亲的呼唤！屏着气，弓着腿，顶风走，豪气壮：退一步，进两步，缓缓而坚定地往北走。不知憋了多久，突然脚下一硬，俯身一看是麦苗。我一阵狂喜，这是五连的麦苗。风弱了，但尘幔仍浓。我急步行走在麦苗中，突然发现了一溜脚印。仔细一看那脚印是我自己的！我遇到"鬼打墙"了。我颓然坐下，竭力平静躁动的情绪。心一静，有主意。我找到毛渠：顺毛渠走找到斗渠，终于在尘雾中看到了破房圈子。五连到了。母亲住在一间破房子，坐在树枝编的床上伸手摸遍四壁。母亲高兴地说前天分了两指宽一条肉，带信叫我回来吃。我忍不住热泪夺眶而出。母亲惊问怎么了，我说沙子磨的……

从此，沙尘暴与母亲同时在我心里烙下深深的记忆。

如果我是努尔村的百姓，当我从七天七夜的昏暗中爬出来，当我拍打着满身的沙尘，望着东边彩霞万丈，我会纵情呼唤：努尔！努尔！阿娜！阿娜（母亲）……

神木奇绝冠九州

西域神奇，山川精妙；天山南北，新疆"六绝"：伊犁的城绝：特克斯城按照"八卦"图形建成，放射街巷，精妙无双；吐鲁番的山绝：《西游记》八百里火焰山"火云满山凝未开，飞鸟千里不敢来"；喀纳期的水绝：雪山碧水，绿波接天；魔鬼城的风绝：风声奇妙万端，魔舞蹁跹；帕米尔的天绝：冰山之父，举手触天；温宿的树绝：千姿百态，神灵怪异。

南疆六月，暑气蒸人。阿克苏的朋友说去游神木园，既可避暑，又能观赏神奇树木。车出温宿县向北行驶在平坦的柏油路上，遥望天山越来越近。石头滩远接天边，仅有星星点点的草丛。突然，山门开处，吐出一团浓绿，如烟似波，滚滚而来。怪哉！方圆数十里无绿树，童山濯濯，林木抱成团却藏在这里。

车至林边，清凉扑面，有牌名"天山神木园"。一进园，湿润清凉之气拂面，消去了满身暑热，"长恨春归无觅处，不知转入此山中"。顺小径往上坡走，脚下野草繁茂，头顶浓荫遮天。一株株怪树令人击掌叫绝。一棵有 1500 年树龄的银白杨，三四人合抱，树干生三个巨瘤，人道是百岁老人的寿眉。一株山柳斜横而卧，粗枝长成三五个大小圆圈，仿佛大梦初醒倚床头的美女选挂耳环。另一山柳皮裂身绽，形状峥嵘，伏地如鹿，粗壮的枝干如鹿角蓬生。一杨树与一杏树演绎"神木绝恋",紧紧拥抱,竟成一体,人称"鸳鸯树"。这丛粗壮的"旋风柳"激动了我的感情:几百年前或是千年前,几株丛生的弱柳为抵御狂风袭击,拥抱、扭动,顽强生长,终于将旋风吞于腹形于体,成万木决胜!

走上坡顶,树木繁盛处,有一泉水,碗口大小,汩汩而流。维吾尔语"巴西布拉克",意为"泉之首"。神木园680亩温漫坡地是泉水溢出带,此泉在坡顶,泉眼最大。传说泉水有神可治百病,可遂心愿。泉边树枝上密密麻麻挂满五颜六色的布条儿,这是游人许了心愿挂物为信。掬一捧泉水,果然甘甜可口。栅门边坐着一位维吾尔族年轻姑娘,是公园工作人员。她飞针走线在一块白头巾上绣着花草。我们赞叹姑娘得了神木圣泉之灵气,人美手巧。

顺坡而上,怪树令人目不暇接,或卧、或跃、或虬龙腾空、或惊狮吼风。更有一山柳如鳄鱼出潭,令人骇然止步,恐其啸而扑。惊愕过后终于有了千万温柔,被称为"母亲柳"的一棵百年山柳,抚育脊背上的"孩子"茁壮成长,枝繁叶茂,而自己憔悴伛偻的身躯弓于草丛之中,令人慨叹"可怜天下父母心"!

看一眼"马头树"令人终生难忘,一棵两人合抱粗的挺直高大的新疆杨,齐胸处银白树皮裂开,竟伸出一尊黑色的马头!传说唐僧取经在山坡下的流沙河(库木勒克河)降伏沙和尚,白龙马拴在杨树上,那树神速长大,将白龙马包在树干里了,只挣扎出了马头。

漫坡野草繁茂。野薄荷、野芹菜、苦豆子、车前草、苦苦菜……数不胜数,沁人心脾。有位江南游客说,走遍大江南北,三山五岳,九寨沟,海南岛,没有见过这么多这么怪的树,真是天下一绝。

我们久久不愿离开神木园。站在下坡上望,古树峥嵘。山口处多老树,它们与风斗了千百年,弯了身子、扭了筋骨、变了形状。而下风处的树年轻挺拔，高大强壮。此树此景，令人顿悟：山口顶风处站着女娲、夸父，站着始祖轩辕和大禹；其后是中华民族生生不息繁衍发展，是中华民族几千年的文明史……

万绿丛中一点红

——阿克苏阿拉尔散记

人到老年记忆日益苍白僵硬，但是，这次农一师阿克苏垦区之行，使我的记忆青春焕发，激情奔放，思绪遄飞，落笔难收。

1986 年 5 月，我在农三师当新闻干事，随兵团陈实司令员在农一师垦区跑了一大圈，记忆深刻，恍然在目。

2015 年 7 月 26 日，农一师阿拉尔市邀请全国，台州知名作家采风，我应邀随行。当年随陈司令跑过的一个大圈子，这次大部分跑到了。转瞬 29 年，所见所闻，变化之大，天翻地覆；感悟之波，惊涛拍岸；几次拎笔，几次凝思，因为想说的话太多，太多！

《庖丁解牛》中有句充满哲理的话"以神遇不以目视"，这次阿拉尔之行就是我的"目所视，神所遇，情所至"，相互叠加，错综交织，焕发异彩。

绿与红

当我看到浙江台州的作家们高兴地奔跑着，登上南口远处的沙丘时，心中一动：世上的事真怪！人在沙漠里长途跋涉突然看到天边的绿洲，会激动地欢呼着向绿色奔去；而在绿色环抱气候湿润的地方生活久了，突然看到一片沙漠，会高兴地气喘吁吁地登上去，张开双臂

163

喊：大西北，拥抱你！

客人们兴奋地奔向沙丘的背影昭示着一个伟大的宣言：人类战胜了"死亡之海"把沙漠变成了万顷绿洲！沙漠在这里倒成了稀罕物！

刹那间，我的感悟化作一句诗"万绿丛中一点红"：

先说"绿"。三五九旅改编的第二军第五师，第六师，进疆后开展轰轰烈烈的大生产运动，创建了四块大绿洲：三五九旅组建的渤海教导旅改编的二军六师，开垦了库尔勒垦区；三五九旅719团改编的五师15团，横穿塔克拉玛干大沙漠，解放和田，就地屯垦，开发了和田垦区；三五九旅717团改编的五师13团，1951年北越天山剿匪平叛，开发了伊犁垦区；三五九旅改编的五师师部和14团，创建了兵团在南疆的最大垦区——阿克苏阿拉尔垦区。几天来，我们一直穿行于绿色的海洋中，一直在品尝甜美的瓜果葡萄，一直呼吸在绿洲氧吧中。绿是我们生命的底色。

再说"红"。三五九旅在中国革命史上留下了三条红线：一是红六军团两万五千里长征的路线，二是南下北返"二次长征"的路线，三是渤海教导旅从山东出发进军新疆的路线。还有，三五九旅把"南泥湾精神"带到新疆，扎根于天山南北，成为后辈的宝贵精神财富，成为今天兵团精神的重要源头。王震老将军的题词是最好诠释：生在井冈山，长在南泥湾，转战千万里，屯垦在天山。红是我们历史的底色。

眼中有"绿"，江南荷花大漠开，绣陇万顷林如带；心中有"红"，井冈山到南泥湾，天山南北红旗展。

重唱《南泥湾》

三五九旅走到哪里，就把《南泥湾》唱到哪里。这次阿拉尔之行，所见所闻，走一路，唱一路，我在心中重新诠释歌词：

"花篮的花儿香，听我来唱一唱"，那时花篮里是山里野花，现在不是了！去看看现代农业示范园，热带水果香蕉、椰子、柠檬等，硕果累累，香在枝头；那一片花圃令人惊叹，名贵的蝴蝶兰，红艳艳的郁金香，黄灿灿的金菊，花卉成为职工乔迁新居必不可少的风景！地处塔里木荒原深处的十六团，竟然办起了红红火火的"荷花节"，再演唱《南泥湾》时，花篮里别忘了插满塔里木的荷花——"映日荷花别样红"啊！

"好地方来好风光，到处是庄稼，遍地是牛羊"，昔日南泥湾的新开荒地是坡地，一块田不过三五亩，现在一个个条田四五百亩，平展展一片绿油油的水稻，还有叶子油光发亮个头一般齐的高产棉花，没有毛渠埂子全部滴管，播种实现卫星导航！昔日南泥湾是战士扬鞭放羊，现在从饲料生产到繁育、养殖、出栏，全部实现工厂化生产，牛羊养殖场的场长是大学本科生！

"再不是旧模样，是陕北的好江南"，昔日唱"好江南"只是音乐家的艺术表达和战士的美好憧憬；今天，三五九旅把南泥湾的"好江南"变成现实搬到了阿拉尔！我们参观了几个浙江台州援建的住宅区，一个比一个精致，一个比一个设施先进，叫我不知赞哪个好。碧水回廊，别墅绿荫，健身器械，应有尽有，"台州小区"居然崛起在塔里木河边。来自台州的作家感叹，这样现代化的住宅区就是在台州，在海南，也是不多见的，叫人好想唱《边疆处处赛江南》……

"又学习来又生产，三五九旅是模范"，昔日战士学习主要是识字扫盲，生产是开荒种田。今天，全国重点院校塔里木大学就在阿拉尔。校园宽阔整齐，设施先进，环境优美，名誉校长就是当年三五九旅旅长王震上将。这座成立于共和国最困难年代的大学，为新疆培养了一大批包括少数民族在内的领导人才。今天的生产不是解决粮食自给，而是生产优质产品棉花、红枣、核桃、红富士苹果等，闻名遐迩，热销全国。

"我们走上前，鲜花送模范"，那时的鲜花送给开荒模范，今天的鲜花应该送给塔里木的新一代开发者，献给"绿了沙漠白了头"的老军垦，献给援疆的战友！

胡杨睡了，爱情永远醒着

我们采风团一行到"睡胡杨景区"，大漠苍凉，夕阳晚照，正是最佳摄影时间。台州作家们忙着选镜头，按快门，发出阵阵惊叹。千年之前，这里是莽莽胡杨林，不知何年塔里木河改道，胡杨枯死，林区沙化，形成独特的干枯胡杨景区。维吾尔谚语：胡杨站着不死一千年，死后不倒一千年，倒地不烂一千年。此时此地，感悟谚语，被胡杨的灵魂所震撼。树干龟裂，残枝峥嵘，如剑如戟，如呼如泣，如踏歌而舞，如卧沙仰射……

人生不满百，万年一瞬间。胡杨已沉睡，爱情方清醒。我想起了前几年在塔里木采访时，听到的爱情故事。那是 20 世纪 50 年代末，塔里木来了两万多名年轻的男女拓荒者。地窝子，苞谷馍，盐水煮菜，劳动繁重。白天开荒工地尘土飞扬，人声鼎沸，晚上年轻人常常伴着篝火唱歌跳舞。那时口琴属于高档乐器，会吹口琴的小伙子往往能得到姑娘青睐。共青团农场 8 队的开荒工地很远，抄近路要经过园林队。8 队有一个英俊精悍的小伙子，吹得一口好口琴。天黑了，小伙子们三五成群往回走，精力旺盛，永不疲惫，边走边吹边唱，嬉笑热闹。谁也没有想到胡杨林中有一位姑娘，在夜色里悄然无声地聆听着，注视着，等待着。她是园林队队长的妻妹，几个月前才从安徽老家到塔里木探亲，等待批准参加工作。这里一切都那么新鲜，那树那风那人那歌，最吸引她的是夜色中的口琴声。终于，她等到了那个机会。那天夜色中，她鼓起勇气拦住了单独走过园林队的吹口琴的小伙子，急切地说，你们一天干到黑太辛苦了，又吃不饱。那棵老胡杨树干上有个洞，洞里放着饭票。不等回答，姑娘羞怯地转身跑了。小伙子半信半疑，到那棵老胡杨的树洞一摸，果然一叠饭票。那年月粮食定量，重体力活一人一月45斤原粮，小伙子不怕干活累，就愁吃不饱。姑娘家暗中送来饭票，天大的好事哪儿找！从这天开始，过个十天八天，小伙子总能从树洞中掏到温馨的饭票。从此，那口琴吹得更欢快，那歌唱得更热闹。两人的爱情发展到了见面约会，利用十天半月才有的一个休息日去胡杨林中散步。

我实在想给这个真实的爱情故事编个圆满的结局，但我不能违背那一代拓荒者忠厚诚实的品格。老胡杨见证了这场爱情悲剧。8队的领导很快发现小伙子常常使用园林队的饭票，偏偏小伙子出身不好，人们立即想到"阶级斗争新动向"。在严厉的批斗追查面前，小伙子老老实实"全招了"。园林队队长一听此事大为恼火，声色俱厉地对妻妹说，真是鬼迷心窍！怎么能为会吹个口琴那点活儿就丧失阶级立场呢？……

后来，小伙子被调到最远的一个开荒队。从此，姑娘再也听不到夜色中的口琴歌声，树洞中也再没有了温馨的饭票。

我仿佛听到苍劲刚强的"睡胡杨"深深的叹息。今天，阿拉尔人的爱情唤醒了万古胡杨，一师文联的朋友告诉我，不少年轻人到这里来拍婚纱照，地老天荒，爱情永恒！在天愿做比翼鸟，在地愿做胡杨枝。

但愿"睡胡杨"身死心不死，冥冥中护佑"天下人终成眷属"……

渡口

1986 年我随陈司令到塔里木垦区，路途颠簸，两边职工住宅都是土块房。走过塔河大桥时，司令说这里当年叫"渡口"。后来我从事史志工作，知道陈司令当兵团副参谋长时，和农一师师长，老红军林海清，一起踏勘荒无人烟的塔里木，曾经在这里自制独木舟渡河到塔南。今天，十二团所在地名"南口"就是他们起的名字。

共和国成立之初，驻疆人民解放军开展轰轰烈烈的大生产运动。为了"不与民争利"，开荒地点是"三到头"：水到头、路到头、人烟到头；路是"三跳路"：车在路上跳、人在车里跳、心在肚子里跳。最困难是渡河，那时新疆河流常常改道，季节性河流，桥梁非常少而且是木制桥，没有一座钢筋混凝土大桥。1954 年驻疆生产部队集体转业成立新疆军区生产建设兵团，生产规模迅速扩大，内地支边青年进疆，人流物流车流涌向各垦区，交通是最困难的问题，而渡河是难中之难。

三五九旅老部队在天山南北曾经建设了两个渡口：

一个是伊犁巩乃斯河渡口。1951 年冬，驻防阿克苏的三五九旅717 团改编的二军五师 13 团，越过天山屯垦于伊犁肖尔布拉克。团部离巩乃斯河直线距离仅 7 公里，但去伊宁市要绕道 18 公里走巩乃斯河渡口。团在渡口修建了食堂、招待所等，接待往来人员。摆渡工人不分昼夜，车辆一到，上船摆渡，工作非常辛苦。1970 年，72 团决定在巩乃斯河修建一座钢筋混凝土大桥。大桥设计长 72 米，桥面净宽 6 米。冬季施工，民兵们夜以继日战斗在北山，打眼放炮炸石头，拉运修桥石料。1972 年 7 月，大桥建成，结束了 72 团屯垦二十年来靠摆渡过河的历史。今天，闻名遐迩的伊力特名酒，就曾是从巩乃斯河渡口走出去的。

还有就是我们这次走过的塔里木河的阿拉尔渡口。1958 年，塔南成为农一师的重点开发垦区。老红军，老八路，解放军老战士，在塔里木河上建起了渡口，一个多月就建造了 8 条大木船。随后几年，几次修建木桥都被洪水冲毁，过河还是靠渡口。短短五年，塔南已有 9 个农场，七八万人，耕地达 50 万亩。20 世纪 60 年代初，"把青春献给塔里木"的口号在全国震响。数万名来自上海、天津、武汉等大城市的青年走过塔河渡口，走向塔南广阔的田野。

来自黄浦江畔的上海知青惊叹在塔河渡口见到了原始木船，他们很快体验到了渡河的艰难。水流太大太小渡口都要停船，有时人们要在河边等好几天。探家心切的男女青年们用胡杨树枝搭个窝棚，望着塔河，水大盼落，水小盼涨，只等那一声喊"渡口通了！"曾经有个男青年回家心切，悄悄绕开渡口到下游宽阔处，涉水过河，不料陷入流沙酿成悲剧。有位支边青年几十年后在回忆探家经历中写道：

> 1967 年元月，我是胜利十七场职工。因家中有急事，请假回四川老家。半夜乘坐的敞篷老解放大卡车，嘎吱嘎吱地在南干大渠的渠堤上摇晃着，两三个小时的颠簸，好不容易来到共青团农场渡口。天亮了，河边已排着长长一溜等着过河的卡车、拖拉机、马车、毛驴车。一打听，说什么时候通行不知道，渡口人员正在用钢钎、斧头、十字镐打冰，砸出一条航道。过河的人只好等。冷了，就拾柴火烧火烤。饿了，就拿出自带的干粮就着河水吃。倦了，皮大衣一裹。车厢里，车底下，红柳窝都可躺一会儿。等了一天没有消息，只好在河边过夜。冬夜漫长，冻得浑身打战。好不容易待到

天亮，终于可以通过了。人们看到修船的师傅忙个不停，工人连夜打冰开河道，心情再不好也不能有丝毫抱怨……

人们为了开发塔里木，驯服"无缰的野马"塔里木河，付出了心血汗水甚至生命。1974 年 8 月 8 日，塔河洪水汹涌。在渡口不远处，在水文站工作的上海支边青年戴根发，抢测洪峰流量，不幸落水牺牲，兵团追认这位 26 岁的年轻人革命烈士。走过渡口的人年复一年盼望建大桥！1979 年，塔河一桥动工，苦战三年，1982 年钢筋混凝土大桥竣工。2008 年，塔河二桥动工，一年后通车，是南疆最长最美的现代化大桥，桥头特地设计了观景台，供游人拍照留念。当我们的大轿车飞驰过塔河大桥时，望着滚滚河水，平坦宽阔的桥面，高耸的路灯，"一桥飞架，南北天堑变通途"，伟人的宏愿不但在万里长江早已成为现实，而且在塔里木河曾经的渡口也成为靓丽风景。

是啊，换了人间！

美酒

四团在乌什县，是第一师在天山脚下的边境农场。1986 年我随陈司令到这里，至今清楚记得陈司令说四团要富起来，必须发展林果业、畜牧业、酿酒业。这次一到四团，康政委带我们参观果园、酒厂、团部建设——这都是 29 年前陈司令在这里的嘱托啊！果园里，从伊犁引进的野山杏硕果累累，汁多味甜，齿颊留香，成为四团特色产品。在酒厂半个多世纪前的窖池边，康政委介绍了酒厂的历史。

三五九旅老部队在天山南北创造了两个美酒：

一个是闻名遐迩的中国名酒"伊力特曲"：1951 年初，三五九旅 717 团改编的二军五师 13 团，一千多名战士顶风雪，冒酷寒，翻越绝域天山来到伊犁巩留草原。剿匪平叛，开荒造田，地窝子飘起了炊烟，人迹罕至的草原有了婴儿的啼声。1956 年，这支部队在肖尔布拉克酿造出美酒伊犁大曲。从《南泥湾》"花篮的花儿香"到肖尔布拉克的酒香，许多英雄"战骨埋处土亦香"，那里有醇香的美酒流淌！朋友啊，举杯！今天不是科技飞跃使我们进入数码时代吗？那就请把这两组数字输入你高擎的美酒：一组是伊力特曲白酒年产量达 1.8 万吨，畅销国内外；伊力特公司上市后募集亿元资金；另一组是 1951 年底进驻肖尔布拉克的指战员中，有红军战士 23 人、八路军战士 126 人、解放军战士 1560 人；而今天，老红军英灵九泉，仅有健在的老八路 1 人、老解放 79 人！一组数字扶摇直上，欣欣向荣；另一组数字重于泰山，令人缅怀：何处为他们敬酒——那些永远离开我们的他们……

诗人叶楠品尝出了美酒蕴含的金戈铁马，慨然赋诗：

天山有骏马，一骑敌万兵。伊犁酿玉液，醇美壮军魂。

还有一个是新疆名酒"托峰特曲"：在天山南麓的一师四团，1956 年，屯垦于这里的三五九旅的老兵们支起几口大锅，引来雪山水也酿成了醇粮美酒，取名"托峰特曲"。战士们在酿成第一锅美酒取名时，北望天山，最高峰托木尔峰，维吾尔语意为"铁峰"，刚毅坚定，昂首云汉，岂非三五九旅军魂的生动写照？此酒得名托峰特曲。你看，有一条历史的红线把天山南北的两个美酒连在一起，那就是三五九旅的老战士翻越天山的行军足迹！

在伊犁，三五九旅的传人用伊力特曲迎客；在阿克苏，三五九旅的老兵用托峰特曲敬酒；自古美酒豪情长相随啊！酒香激发了诗情：

追寻南泥湾，军魂酿美酒。把酒醉托峰，心潮逐浪高！

一位兵团老军垦说过，我们一辈子在新疆只做了一件事——给共和国版图增添了一个又一个红点儿。结束阿拉尔之行，我想起这句话，打开地图看：天山南边，塔克拉玛干大沙漠西北边，第一师垦区标出一块椭圆形绿色，中间一个红点儿——阿拉尔市……

　　万绿丛中一点红，动人春色无须多！

路遇阿米娜

2010 年秋，我坐火车去上海参观世博会。这次旅途的珍贵收获是认识了阿米娜，记住了上海那天的太阳。

同是天涯行路人，相逢何必曾相识。她是乌铁局跑上海的火车上一名普通的列车员。我一开始不知她的姓名和身世，以为她是纯纯的毫无故事的汉族女性。

火车驶出了乌鲁木齐。刚上车时找座位塞箱包的杂乱喧闹声终于安静下来。卧铺整洁明亮，空调舒适。我习惯地贴窗坐着，欣赏着十分熟悉的风景，不经意地打量一眼女列车员。她容长脸盘，细眉俊目，扎着马尾巴，动作麻利；热情地帮旅客摆行李挂毛巾，说一口悦耳的柔柔的新疆普通话。那气质，那神态，使我怎么也没想到她是维吾尔族：父亲是维吾尔，母亲是上海知青。

车厢头上坐着几个维吾尔年轻人。我是土生土长的喀什人，又学过维文，对维吾尔人有着天然的亲近感；维语是我的第二乡音。况且人在旅途，乡音格外亲。我伸过头去聆听音调柔美的维吾尔语，试试自己还能听懂多少。一听不要紧，那位汉族女列车员维语说得那么流畅优美！莫非是维语系毕业的汉族女大学生？这在新疆是凤毛麟角啊！怎么可能……

我突然产生想与她谈话交流的念头。好不容易等她忙完了。我请

173

她坐下，赞道："你的维语说得太好了！在哪个大学学的？"

"我是维吾尔族。"她大大方方地回答。

"那你长得活生生一个汉族姑娘啊！"

"我父亲是维吾尔族，母亲是汉族。我长得像我母亲。"显然，她不止一次向陌生人谈到过自己的身世，神态坦然。

邻座一位温州青年抢上一句："我们一直以为你是汉族人！"

一石激起千层浪。1965 年夏天，木华里来了第一批上海支边青年。我们站在路边欢迎。车上下来的女青年就是她这个样儿：皮肤细腻，水灵灵的，落落大方，活泼可爱。

我想说怪不得你这么漂亮但没有说，却问："你母亲哪一年进疆的？"

"1964 年，到阿克苏农一师。"

"我长期在喀什农三师工作，和上海支边青年在一起生活了好多年。"

她微笑着"哦——"，起身又忙活去了。

她牵走了我的目光；牵动了我的回忆。那年在木华里，"文革"搞得如火如荼，兴起歌颂领袖的狂热。团里成立毛泽东思想宣传队，连队也成立演出队，逢年过节文艺汇演，红红火火。我们二连与一连同台演出。一连演员比我们强得多，时不时地斜睨我们。我与一位精干的上海女青年表演对口词《枪》。彩排完后，我一身大汗。一连演出队的编导是一位戴着眼镜、圆脸乌发、气质高雅的女青年。我们请她指导节目。她一脸真诚地说我有几个词咬音不准，带点甘肃腔。

天哪！她怎么听出来我父母留给我的甘肃腔。与我同演对口词《枪》的女青年陪我向她请教。她叫我们俩再对一遍台词，一句句重复纠正。一词一句从她口中发出来真叫甜美，字正腔圆，气韵流畅。

我红着脸重复着，心里佩服得五体投地：上海人，了不起，真有才，不服不行。

一打听，她姓杨，讳其名，高中生，品学兼优，出身不好没能上大学。第二年春节演出，听说她被团里派去铁里木公社教节目了。不久，一个爆炸性消息传开：她嫁给一个接受再教育的维吾尔大学生了！

那时我正处在想找老婆而找不上的时代，这个消息像野黄蜂在我的心尖上狠狠螫了一下，那疼那酸那困惑无人无处无法诉说。现在几十年过去，心里早就释然：嫁给谁是女人自己的事；嫁给谁都与他人无关，用上海话说"勿搭界"。眼下，这位不同民族婚姻的结晶不就很聪慧很自然吗！

我的眼光一直牵着她，一直牵着她到车厢两头来回几趟又坐在了对面。列车东向，夕阳西沉；余晖散绮，彩霞满天。我看她是顺光，眸子光彩流丽但深处似乎有点忧郁；她看我是逆光，也许看到了我脸色洋溢着旅途常见的兴奋好奇。

她是感情丰富而细腻的女性，火车上尽遇各种陌生人，她有许多话需要向他人倾诉宣泄。我觉察到了她的心情在风中摇曳。

跨民族的婚姻总有复杂的故事，总有难言之隐。她零散地无主题地谈了自己的身世，像浮在海上的冰山的一角，而我却看到了深藏于水下的巨大的冰山。

20世纪60年代，上海知青轰轰烈烈支援新疆。一位女青年来到新疆兵团某团场。她思想积极，表现很好，被提拔干部当了边远连队的会计兼小卖部的售货员。她与一位男青年已经初恋。这时，一件谁也想不到的事改变了她的命运。她代管的小卖部被盗了，损失一千五百多元。这在当时是一笔巨款，相当于一个农工五年的工资。

连队严令如果破不了案子，她要全赔。那位男青年立即疏远了她。这时，一位常来买东西，在邻近人民公社接受"再教育"的维族大学生，知道了这件事。他回到家里变卖了牛羊等家产，又向亲友告借，拿着一千五百元钱交给她，一句话也没有说扭头就走了。

不久，上海女青年嫁给了这位不同民族的大学生，成为那个边远团场轰动一时的新闻。"文革"结束后，不几年，这位大学生成为一名副县级干部。他们有了三个女孩子。再后来，上级为了照顾他的上海妻子，调他们到自治区驻上海办事处工作。

这位女列车员就是他们的二女儿。"我的姐姐妹妹长得像爸爸，我像妈妈。我的名字是爷爷起的"，她大大方方地说："阿米娜"。那音真好听，像爷爷吻着孙女说"爱你呢"。

如果我不是老新疆人，不是长期在南疆兵团工作，不是神色和善，她不会告诉我这一切。她问我的问题是：一千五百块真是大数字吗？兵团团场那么苦吗？人与人之间怎么会这样呢……

列车在黑色的夜幕下穿行，只有单调的铿锵声，只有后一个车窗影子无休止地追着前一个车窗影子。我凝视着无边的戈壁夜色，思绪像那一个个流逝的车窗影子……

第二天白天，她又在不停地忙活，与我只有短暂的交流。阿米娜三十岁，离异独身。曾经的丈夫是中专时的维吾尔族同学。女儿五岁，与上海的姥姥在一起生活。她长年奔波在万里铁路线上，难得与女儿在一起。这次到了上海，她只有六个小时陪女儿，然后列车要返回乌鲁木齐。

那位温州小伙子急切好奇地问道："你女儿讲汉话还是维族话？"

"她爷爷教她维语，姥姥教她汉语。"

"她长大了一定是精通汉维两种语言的天才。新疆就需要这种人才。"我说。

她浅浅地笑了笑，欣慰中带了点苦涩。

在世界走向全球化的今天，跨国籍跨民族的婚姻早就不是新闻了。况且，汉文化具有极强的包容性，可以与各种文化融汇交融，和谐相处。但是，对女性个人来讲，跨民族的婚姻往往夹在两种文化的隔阂之中，有喜剧也有悲剧。我所在的单位就有不同民族组成的家庭，多数过得幸福，个别也有分手的。正如托尔斯泰的话："幸福的家庭都是相似的，不幸的家庭各有各的不幸。"

夜色沉沉，灯光流星般闪过。车厢大灯熄了，小灯柔和。阿米娜累了，双手搭在小桌上，凝望着窗外不知想什么。我说我第一次坐火车才二十岁，那是 1968 年，车上黑烟滚滚，人挤人，包摞包，窗户大开，走走就停。列车员手中抹布不离手，茶壶不离手，拖把不离手，在人缝中挤来挤去；我没见过一个胖胖的列车员，都是又黑又瘦。她听着笑了："现在有胖胖的了，但不多。"

我说你会两种语言，招呼维吾尔族旅客就方便多了。

一句话引出一个多月前的事情。全国公安开展严厉打击拐卖妇女儿童专项行动，从上海广州运回一批被解救的维吾尔族少年儿童。列车长安排她负责专门运送被拐卖儿童的四号车厢，有警察护送。她陪伴这批少年四十多个小时，送水送饭，好言安慰。这批少年被拐卖后落入盗窃团伙，被训练撬锁掏口袋。不听话就用烟头烫，用鞭子抽。

"当我听到他们一声声姐姐，看到他们胳膊上伤痕累累，我的心在颤抖。他们还是孩子啊。我劝他们回家好好过日子，没想到他们回答说我们还要逃回上海广州的，还要干原来的事。家乡太穷了，父母乡亲都不要我们了。我们也要过城里人的日子……"

夜色里，柔光下，眸子深处闪着泪光，充盈着女性的善良与同情。

我什么也没有说。静静地听着自己的呼吸。想说的话太多了，倒不如什么都别说。我太清楚南疆喀什和田多么贫困落后，也清楚东西部差距有多大，但改变这一切需要时间……

"好了。早点休息。明天就到上海了。"她收起伤感悄悄走了。

第二天上午，列车缓缓驶入上海站。车如流水，高楼如壁。我想与阿米娜告别，挤不过去，走道上站满了人，都盯着窗外指指画画。她忙着招呼下车别忘了行李，扶着老人下车，没有时间招呼我。我下了车回头扫了一溜车窗，看见了她忙碌晃动的身影。心中默默念道：阿米娜，快去陪陪可爱的小女儿，只有六个小时啊……

可惜我不能拴住太阳……

哈密"左公柳"诗考

上相筹边尚未还，湖湘子弟满天山。

新栽杨柳三千里，引得春风度玉关。

此诗名《恭诵左公西行甘棠》，为清末杨昌濬所作。不懂此诗，莫谈新疆。一百多年来，此诗深受人们喜爱，代代传颂，有的干脆称《左公柳诗》。此诗有"三不寻常"。

一是作者不寻常。杨昌濬，字石泉，湖南娄底人，自幼聪慧，被誉为神童。年轻登科，二十岁就进入官场。居官五十多年中，有二十二年任封疆大吏，历经咸丰、同治、光绪三朝。这个经历在清末官场不说绝无仅有，也属凤毛麟角。此君不但文采沛然，文章诗作名重一时，而且属军事实干家。办团练，训军务，随左宗棠军打仗，一直干到任甘肃布政使，巡抚等，为左帅收复新疆之战功不可没。但是，后人记住的不是他的官职功劳，而是这首诗。换言之，他凭这首诗把自己的名字与收复国家领土的伟大战争连在一起。

二是诗名不寻常。甘棠，树名，北方叫杜梨。《诗经·召南》，说姬周召公经常到民间访贫问苦，坐在甘棠树下现场办公。后人把那些心系百姓、惠民行政者称为甘棠。作者完全明白收复新疆是一场激烈艰苦的战争，但不说战功而用此典鼓励左公到新疆为各族老百姓多办好事，可谓用心良苦。据周轩《西域文史论集》，左宗棠在新疆大力

179

推行屯垦，减免赋税，在给张曜信中说："哈密遗民，同是朝廷赤子。前奏以待内地残黎者待之，不但事体宜然，亦事势所不得不然者。如借种子，假牛力，发农具，散赈粮，皆不可吝。"他赞同张曜对少数民族的宽厚政策，认为哈密遗民不论哪个民族都是"朝廷赤子"，确实比一般大清官吏站得高、看得远。

三是四句诗句句不寻常。

首句把左宗棠进军新疆面临的复杂凶险的局面，凝练而平实一句话："筹边"，颇有"谈笑间，樯橹灰飞烟灭"的大将气度。当时新疆局面几乎不可收拾：1864年，阿古柏入侵南疆喀什。短短六七年居然攻占乌鲁木齐，大半个新疆沦入外寇铁蹄之下。北疆局面更加险恶，沙俄武力占领伊犁九城。此时"筹边"，谈何容易！"吾退寸而寇进尺"，忍无可忍，退无可退，只有一战。谈判是以武力作后盾的，西方列强直言不讳宣称："真理只在大炮的射程之内"。1876年4月，左宗棠进驻肃州，指挥收复新疆之战。7月，清军激战古牧地，奔袭乌鲁木齐，随即紧追阿古柏军至达坂城，击溃其主力。一年半后，南疆收复。侵占伊犁的沙俄知道遇到不好惹的对手了，于是开始谈判。1878年，清朝派使臣崇厚赴俄谈判。崇厚愚昧胆怯，签订丧权辱国的《里瓦几亚条约》，朝野大哗。左宗棠上奏光绪帝武力收复伊犁。69岁高龄的左宗棠扶棺出征，驻节哈密，指挥大军兵锋直指伊犁。沙俄在索取巨额"代守费"后，不得不退还伊犁。临走一把火烧了伊犁九城。左帅收拾了这个残局，无愧为国尽忠，为民尽责，此谓"筹边"。

第二句看似平实，内涵极不寻常。这句诗把激烈艰苦的战争归为轻松浪漫的一句话："湖湘子弟满天山"。这个"满天山"是一年半殊死血战得来的。跟随湘军一直打到喀什的文人萧雄，记录了沿途行军走过的荒原大漠："大漠连天一片沙，茫茫何处觅人家。地无寸草泉源竭，隔断邻封路太赊。"著名变法殉难者谭嗣同曾经游历新疆，热情歌颂湘军收复乌鲁木齐之战："将军夜战战北庭，横绝大漠回奔星。雪花如掌吹血腥，边风猎猎沉悲角。冻鼓咽断貔貅跃，堕指裂肤金甲薄。云阴月黑单于逃，惊沙铿击苍龙刀。野眠未一辞征袍，欲晓不晓鬼车叫。风中僵立挥大纛，又促衔枚赴征调。"战争的惨烈，将士的英勇，环境的严酷，如临其境，如闻其声。血战天山南北，湘军战旗猎猎，湖湘子弟在喀什在和田庆祝胜利，宣告阿古柏入侵者的彻底灭亡！

第三句最耐人寻味，令人遐思。左帅西进时，见沿途"赤地如剥，秃山千里，黄沙飞扬"，遂下令"凡大军经过之处，必以植树迎候。否则，无论巡抚，县令，提头来见。"士兵也种树并挂牌写上名字。传说左宗棠在肃州哈密都亲手种柳树，百年过去，柳树合抱，当地人满怀崇敬称"左公柳"。种树不仅仅是绿化荒山秃岭，而且是抒发一种对亲人对家乡非常深厚的感情。《诗经》有"昔我往矣，杨柳依依。今我来思，雨雪霏霏。"从此"杨柳"成为爱情的象征。毛泽东的"杨柳轻飏直上重霄九"寄托爱情追思深若大海。"杨柳三千里"是湖湘子弟对妻子对家乡对亲友最深沉的爱！

最后一句看似通俗易懂，读来朗朗上口，但细细一想，大有深意。"春风"象征着什么？收复新疆，"故土新归"，当然温暖和煦，万物复苏，生机盎然。但是，唐王之涣诗"黄河远上白云间，一片孤城万仞山。羌笛何须怨杨柳，春风不度玉门关"，时人解读吹羌笛的士兵暗中抱怨"朝廷的恩泽"未及关外啊！杨昌濬熟知王之涣的《凉州词》，当然明白"春风"喻"朝廷恩泽"，于是赞道"引得春风度玉关"。如果新疆不被收复，玉门关外哪里还谈得上"春风"啊！

　　这时的新疆各族百姓在暴君统治下民不聊生，盼望"春风"，盼望"和太"（汉族人）来解救他们。文学家、历史学家毛拉木沙记载了一个真实故事：在喀什噶尔的郊区，一位农民正在耕田，一位过路人问他："喂朋友，您在种什么？"农民回答："我在种'和太'（汉族人）。"问者欣然一笑，策马奔去。春天一颗种子，秋天将会有几百倍的收获！"和太"将会踏上这块多灾多难的土地……

　　左宗棠收复祖国大好河山的历史功绩，赢得后人崇高敬仰。哈密人俗语："看到左公柳，不敢高声语"，在老城建有"左公祠"，祠中镌刻左宗棠一首诗：

> 万山秋色赴重阳，破屋颓院辟战场。
>
> 城劫难消三户憾，高歌聊发少年狂。
>
> 五更画角声催晓，一夜西风鬌领霜。
>
> 笑指黄花勿负汝，荒畦数亩为谁忙。

　　这首诗最适合在哈密吟诵，在左帅亲手植柳树边吟诵。一手举杯盛满"黄田大曲"，一手抚摸着闻名遐迩的"左公柳"："枝如铁，杆如铜，顶天立地傲苍穹"，那是新疆儿子娃娃的剽悍豪壮之气，那是"风中僵立挥大纛"的戍边将士大无畏身影！

　　来吧，朋友！人活的是精气神。美酒豪情常相随：热血永远在心头流淌，春风永远在东天山激荡……

神游鸣沙山

盘古开天的神话妇孺皆知，但是盘古做的另一件事鲜为人知：天地初开，混沌分离，盘古在九霄之上摇动着一扇巨大的筛子。他把细沙筛到塔克拉玛干，那一望无际的青灰色的沙海如凝固的铁水；把细尘筛到了和田，留下民谣"和田人民苦，一天半斤土，白天吃不够，晚上还要补"；他小心翼翼地把筛出的金屑般的粗砂，倒在了敦煌。于是，有了闻名遐迩的鸣沙山。

这是我在敦煌自编的神话，因为只有神话可以解释眼前的魔幻奇景。

我是老新疆人，什么样的沙山没见过，什么样的沙漠故事没听过，但站在鸣沙山前，仰望着一下子愣了神儿：天是蓝莹莹的宝石，山是黄澄澄的金锭；沙子堆成这般高大雄壮棱角分明的山，为什么千年不变形状？莫非到山顶才有答案？脑海里轰响哈姆莱特的名句，活着或死去都是问题，爬或不爬都是问题。爬吧，坡太陡山太高；不爬吧，那从新疆千里迢迢来这里作甚？可以骑骆驼绕上去。但我不！偏要爬。老夫聊发少年狂，背鞋赤足，赤裸对纯净，不到山顶非好汉。边爬边歇，边望边想，思绪湍飞。

天下至柔者，沙也。捏一把，不成团。走一步，陷半步。风吹沙走，风停沙落，今日如丘，明日似波。难怪哀怨的少妇唱道："我是戈壁滩上的流沙，任凭风暴把我带到地角天涯"。然而，天下至坚者，沙也。风挠之，雨淋之，多少石山变了模样，而这沙山却形不变志不移，守着曾经辉煌而后又千年寂寞的丝绸之路，保持着滑坡沙鸣的独特秉性，引得海内外游客纷至沓来，滑沙山，听鸣沙，骑骆驼，观沙山。遥望三危山，有举世闻名的莫高窟。

登上沙山顶，懵然回首：一条之字形的金色项链一头在山根儿，一头系我赤足。仰天欢呼"我来了！"喘口气，定定神儿，仔仔细细端详月牙泉。泉若目，苇若眉。古诗云"万绿丛中一点红，动人春色无须多"，这里是"万顷黄沙一抹绿，动人春色无须多"。那一弯芦苇如奥斯曼描过的细眉，映得秋波盈盈更多情。

天下至柔者，水也。随物赋形，器方则方，器圆则圆。月牙泉枕着环形沙山，如美女婀娜多姿的曲线。西湖水，洞庭波，引得多少诗人倾诉。誉女性的妩媚"似水柔情"，贾宝玉则直率坦言女儿是水作的骨肉。然而，天下至坚者，水也。且不说黄河水跃壶口劈龙门，亦不说水滴石穿凿就溶洞石林，眼前这月牙泉宽则数丈，长则几百步，千百年来风吹日晒，沙山吮吸，她不消不涨，硬是睁着一弯明净的眸子，守着对鸣沙山永远忠贞的爱情。此情此景，令沙山顶上的人抑制不住冲动：滑下去！乘着那琴弦般的沙鸣声，大胆地拥抱那弯春水！

我顿悟造物主的玄机：沙山与泉水，高蹈与平实，燥热与清冽，至柔与至坚，巧妙地组合在一起，摆在僻远的敦煌，让你像殉道者一般，行走千里来朝拜来体验。

从敦煌返疆很久，脑海中常浮现一幅大写意的国画：沙山碧泉，古寺飞檐。我忽然想到《晋书》中记载着一个古老传说：塔里木河的汹涌波涛在罗布泊神秘消失了，那么多的水到何处去了？古人传说那水钻入地底下潜行千里，从巴颜喀拉山渗出无数泉水，汇成黄河长江之源。

我展开地图一阵惊呼：天山，昆仑山，阿尔泰山，绵延万里向东；塔里木河也向东！向东！一泻千里到罗布泊，一头扎进地底下……

离罗布泊最近的那泓水是月牙泉！

景山听歌

那天在景山公园，那美景，那歌声，那心中的故事，使我一瞬间看到了三百多年前那棵歪脖子树上悬挂的皇帝，触摸到了历史跳动的脉搏里流淌的血流澎湃。

景山公园又小又无奇山丽水，但在北京名气极大。老北京侃起那棵歪脖子树来眉目生动：那可是崇祯爷上吊的地方！全世界只有这棵树吊死过皇帝！

我去景山公园完全是被逼的：一是酷热难忍，大汗淋漓，北京人称之"桑拿天气"；二是景山公园既可乘凉又便宜，门票仅两元。况且，久闻歪脖子树大名，早想见识一下。

进公园门，拾阶登小丘。树木高大，花草繁茂。登上万春亭，南望故宫，金碧辉煌，王气凛然；北望钟楼，古色古香，巍然鹤立；近处北海公园碧水红舟，绿树白塔。眼光凝聚护城河，水宽而深，城墙高大，铜浇铁铸，一个问题涌上心头：李自成农民军如何攻得下这固若金汤的城池？其实很简单，被农民军重金收买的宦官打开了城门。腐败的王朝必然产生腐败的官僚；而腐败的官僚必然瓦解腐败的王朝。朱元璋的子孙被鲁迅称为"无赖儿郎"。偏偏是一个个"无赖儿郎"统治明朝数千万苍生，而且摇摇晃晃支撑了二百多年！

我顺台阶绕行，寻那棵歪脖子树。我仿佛看到崇祯仓皇奔走着，提着一把滴血宝剑。他刚砍杀了嫔妃和亲生女儿，又奔上万春宫撞钟召集援兵，但只招来几个宦官。他绝望地抛下一句"朕凉德藐躬，上干天咎，然皆诸臣误朕"，意思是我固然是个德行凉薄的人，以致遭到上天惩处，但也是诸臣所误。只是这时自我谴责已经太晚了，农民军汹汹如涛，攻入故宫，杀声震天，烽火四起。崇祯只有绝望地伸颈白练。为什么临死他写下最后的诏书"任贼分裂朕尸，勿伤百姓一人"？难道真是人之将死其言也善？难道他心中真的装着老百姓？……

正想着，一阵歌声如松涛般涌过来，那歌声雄宏豪壮，如惊涛拍岸，卷起千堆雪。"一条大河波浪宽，风吹稻花香两岸，我家就在岸上住，听惯了艄公的号子，看惯了船上的白帆……"我被歌声牵着拐下小路走过去，仿佛进了时间隧道倒回了我的青年时代。

几棵合抱大树下，数百群众聚集一块儿大合唱。景山星期天合唱团在演唱，许多游客也自发加入，因为那些歌曲太有魅力、太有吸引力了。指挥和乐队水平都很专业，很专注。我青春焕发，热血燃烧，加入合唱，很快融入那炽烈的情感激流之中：在五星红旗迎风飘扬中，我们聆听伟大的惊天动地的声音，"中国人民从此站起来了"；在风烟滚滚炮声隆隆中，我们的英雄手握爆破筒高喊"向我开炮"向敌人扑去，"为什么战旗美如画，英雄的鲜血染红了她"；在共和国最艰苦的时代，我们的人民培育了一个平凡而伟大的儿子雷锋，那微风扬起的皮军帽手握冲锋枪的形象永远铭刻在我们心头……

在合唱间隙时，居然有几只小鸟飞到合唱指挥者头顶屋梁上，欢快地跳着叽喳叫着，与歌者同乐。我环顾人群，歌者多是中老年人。甚至有位中年人推着轮椅上的妻子来唱歌。轮椅上的中年女性知识分子，认真地翻着乐谱，虚弱的身体使她只能嘴唇轻轻颤抖着跟着唱。我心里怦然一动：为什么我们这一代如此狂热地喜欢这些歌呢？答案可能有很多，但是最重要的是这些歌唱出了那个时代的人民的心声，抒发了那个时代人民群众共同的情感。"歌言志，诗咏言"，那是理想主义唱主旋律的时代，是英雄主义的时代。

沉醉在唱歌中，我突然想起下午要上火车，还有歪脖子树没寻见。我一步一唱离开合唱群众。歌声如瀑如涛，唤我恋恋回首。

找到了那棵歪脖子树，长在斜坡上，树皮乌黑，树形苍劲，阴气森森。崇祯最后在白练上写的"勿伤百姓一人"，真的是良心发作？崇祯当皇帝十六年，天下闹灾十五年，地方官奏报，关中、河南大旱、赤地千里，甚至人相食，崇祯毫不怜悯，皇宫里窖藏银子发霉，宫女近万人。更不必说各级官吏鱼肉百姓，腐化奢侈。老百姓不造反就得饿死，李自成一呼百应势若猛虎。平心而论，崇祯不是个糟糕的皇帝，在明朝皇帝中算有作为有魄力的一个，"君非甚暗，孤立而炀蔽恒多"，就是说君非亡国之君，而臣尽亡国之臣。崇祯也下《罪己诏》，严厉指责官员"催钱粮先比火耗，完正额又欲羡余，嗟此小民，谁能安枕。"但腐败的封建王朝已经病入膏肓，无法挽救了。

走着想着，那边歌声飘来"我们唱着东方红，当家作主站起来；我们唱着春天的故事，改革开放富起来……"谁代表人民，人民永远歌唱他；谁鱼肉人民，歪脖子树是他的绝唱。

我懂了，从《诗经》到景山公园的合唱，唱了两千多年，歌词可以归纳为一句：

皇帝该亡！人民永恒！

寻于谦祠

　　在北京的旅游图上看到，直通长安街的建国门大街边有个小红点儿：于谦祠。街对面是全国妇联大楼。

　　登过长城，游过颐和园，该谒拜于谦祠了。北京是千古帝王之都，崇拜忠烈、向往英雄是中华文化的传统。被北京的老百姓誉为"岳飞再世"的于谦祠，想象应该是挑檐飞斗，巍峨壮观，顶礼膜拜，香火不绝，应该比西湖边的岳王墓更壮观、更热闹。

　　但是，当我一头扎进全国妇联对面的小胡同，连问几人都说不知道，有位北京人反问"于谦是谁"，真是寸心步步凉啊。难道今天的中国人仍如鲁迅所痛心疾首的那般健忘！

　　我走在人影稀少的胡同里，左拐右行，张望门楼，心里吟诵着"斜阳草树，寻常巷陌，人道寄奴曾住"。我肯定能找到那红点儿。那里有于谦的千古绝唱"千锤万凿出深山，烈火焚烧若等闲。粉身碎骨浑不怕，要留清白在人间"。

　　如今清白犹在，英灵难觅。胡同七拐八弯，走到尽头，引颈四顾，全是灰暗苍老的四合院，没有宗祠庙宇建筑。从一个陈旧窄小的旧门楼里出来一位五十多岁的老大姐，我连忙问于谦祠在哪里。她慢悠悠地答就这儿。我以为她开玩笑，满脸疑云。她漫不经心地指了指墙上：一块蓝底白字的牌子"于谦祠 1984 年北京市文物保护单位"。

于谦祠已变成杂乱拥挤的四合院了！这位老大姐是这里的老居民。我茫然若失地跨进门楼，杂物已堵到门口。伸头一望，两株乌黑的枣树枝干峥嵘向长空指划着苍凉悲歌。低头一看，石条台阶灰暗龟裂，无言陈铺着五百多年间多少人从这里跨进祠里凭吊忠烈。而今仅余一门牌儿……还有旅游图上的小红点儿。

老大姐说她从小在这里长大。新中国成立初于谦祠有七个院子，有祠堂供奉于谦牌位，香火热闹。后来不断有单位来"改造"于谦祠。"文革"狂潮一起，红卫兵捣毁了"封资修的黑窝"。单位个人一齐上，抢地盘盖房子，成了今天这副模样儿，大姐哀怨说："如果不是这块牌子，你连这破门楼子都看不上。新疆大老远的，费那个工夫干啥？"

我道了谢转身就走，任凭冬日朔风抚慰我灼热的双颊。"新疆大老远的，费那个工夫干啥？"耳边一直回响着老大姐的北京口音，心里却执着想：我是新疆人，强烈崇拜英雄忠烈，万里来北京就要问一声：于谦去哪儿了？"佛狸祠下，一片神鸦社鼓"。如今倒好连"祠"也没了，白茫茫一片大地真干净。青史犹在，人民犹在。五百多年前，于谦曾在这里演过威武雄壮的活剧……

1449 年，蒙古瓦拉部强大军力屡犯明朝北部边界。明王朝腐败衰弱，宦官主政。皇帝朱祁镇成了宦官王振的玩偶。王振贪婪无能，视国家命运为儿戏，轻率挟皇帝"御驾亲征"瓦拉。军至大同，前锋溃败，军士逃亡。镇守大同的将官警告说再北进必然全军覆灭。毫不知兵而又骄横傲慢的王振吓坏了，仓皇撤退。走到离居庸关四十公里的土木堡，瓦拉追兵前锋已至。王振运送搜刮的金银财宝的车队尚未跟上来。他竟下令等候。既而瓦拉骑兵蜂拥合围高喊"投降免死"！禁卫军官樊忠悲愤交加，怒挥铁锤击杀王振，遂后冲入敌阵战死。皇帝朱祁镇成了俘虏。

瓦拉部头领也先大为振奋，认为消灭明朝扫平中原在此一举，率大军进攻北京。这时北京一片混乱，大官富商纷纷南逃，成千上万的老百姓面临浩劫。于谦砥柱中流，力挽危局，先与大臣拥立朱祁镇之弟朱祁钰为皇帝，以绝瓦拉要挟；接着整顿衰败低落的士气，亲率士兵登城拒敌。瓦拉部城下受挫，不久败逃出关。于谦拯救了明王朝、拯救了百万生灵，受到后世景仰。

瓦拉部索取巨额赎金后将朱祁镇放还。公元 1457 年也就是土木堡事变后 8 年，朱祁钰病危，无子。一帮宦官率家丁武力拥戴朱祁镇复辟。这个凶残低能的皇帝立即制造冤狱，杀害于谦。行刑之日，北京天气骤变，大小胡同处处闻哭泣之声。民间传说于谦是岳飞转世，来拯救黎民百姓的。此时，朱祁镇却将王振刻成木像，招魂安葬！

历史的这一页竟这般忠奸颠倒、黑暗凶残！鲁迅说朱元璋的后代是"无赖儿郎"，一点儿不假。自残手足者必然自食恶果：一百多年后被金银买通的宦官，为李自成农民军打开了城门；明朝最后一个皇帝崇祯吊死在景山！

难道今人真的健忘？在这"于谦祠"！

向谁诉说？"无人解、登临意"。只有向旅游图上寻那个红点儿。

这是于谦的一滴血；

也是我心头的一滴血！

西子美与大漠美

1983 年江南梅雨季节，来自天山大漠的我徜徉在美丽的西子湖畔。秀丽山水，玲珑越女悦目；吴音柔媚，灵隐荡钟悦耳；苏东坡白乐天，天章云锦悦神。而我心里浮现出的却是天山、大漠、胡杨和喀纳斯，赛里木湖，还有杏花盛开的塞外江南伊犁。

新疆人心灵深处久藏的美感，被西子湖激发出来了。"若把西湖比西子，淡妆浓抹总相宜"，"大漠风尘日色昏，红旗半卷出辕门"。这两组诗在我心中组合奇妙的动漫：龙城飞将与浣纱西施同骑飞驶，英武与娇柔、旷达与细腻、洪钟大吕与象牙小板、策骏长歌与竹林低吟，两种美感在叠印中相得益彰，在比较中更加鲜明。

朦胧美与坦荡美

清晨凉润，梅雨暂歇衣自潮。我与友泛舟划水。水天幔纱，万物朦胧。邻舟传来桨声笑声，寻声划过去，舟影飘，吴音颤。新疆人耐不得这般云里雾里藏新娘，急想挑开盖头看西子：许仙与白娘子的断桥在哪里、白堤苏堤在哪里、三潭印月在哪里？我想起喀纳斯湖，那里也有雾气，那雾轻疏而不凝重，流动而不滞沉，擦过玻璃般碧蓝的湖水就飘然而去了。正想着喀纳斯，眼前西湖的雾慢慢亮了清了，撒满四周的小舟像五线谱的音符奏鸣着晨光曲，湖边的山影亭榭楼阁渐渐显出轮廓，像透着酒香的一幅水墨画令人心醉。天与水，人与舟，山与楼，渐渐分明，但犹裹轻纱半遮面，想看看不真，想触够不着。这不就是朦胧美吗！

我说西湖，大漠天山可不是这般娇羞，这般柔美，这般"犹抱琵琶半遮面"，那里粗犷坦荡，一览无余，毫发张扬，任你目光驰骋纵情高歌。太阳挑落夜幔，先从万里瀚海尽头射出万丈红光，接着像活泼的婴儿带着火焰，伴着庄重的和声，踏着凝固的沙海浪峰向你跑来，给胡杨红柳镀一层金光。偶尔狂风骤起沙海立，搅得周天浑浊。蓦的风头衰减，仅余几缕旋风。"大漠孤烟直，长河落日圆"。

朦胧美与幽静的美，使粗犷的人变得细腻。坦荡大气的美，使小巧玲珑的人变得豪爽旷达。

绿色的静与混沌的酷

陶渊明的《归去来兮》是厌倦官场，而今天人们厌倦的是混凝土楼林中，充满人流无尽的喧闹。于是，绿色的寂静就成了人类灵魂的珍贵的追寻。今日西湖已难寻曾经悠久的恬静，我找到了一条充盈绿色寂静的小山路。从岳坟登上去黄龙洞的台阶小径。竹林隐天，水气侵入，石阶三尺，泉随足涌，鸟鸣林更幽，屏息吮竹汁。偶有游人交臂而去，飘然无声。绿魂水韵，心旷神怡。使人进入宠辱皆忘六根清净的境界：多美啊！绿色的静。

突然另一种静的画面闪出：大漠寂静，胡杨峥嵘，站着不死一千年，死后不倒一千年，倒地不烂一千年——那是静静的荒凉的三千年啊！红柳沙埋一尺长两尺，直长得两三丈高的沙丘顶上红穗吐艳；白刺伏地蔓延又硬又密，是荒野中天然的铁丝网，黑色浆果落地如墨。混沌的寂静近乎冷酷。这也是一种永恒的苍凉的美。

193

我曾走过大漠听到过自己的心跳，体验过念天地之悠悠，独引吭而高歌的忘我境界。我在西湖竹林石径穿行，心绪湍飞：如果竹林与胡杨伴生，绿静与浑荒相叠，西湖与大漠为邻，那是多么美好的境界啊！

苏杭姑娘与喀什"克孜"

一方土养一方人，一方山水养一方灵气。西湖人流如潮，但你一眼可以看出哪位是苏杭姑娘。她们小巧玲珑，细眉杏目，乌发脂肤，一开口那袅婷绵柔的吴音，令人倾倒。那天，我上公交车听到售票姑娘用普通话、英语、苏州话报站名，苏州话音调最美：绵甜悦耳，柔美秋波，如吟诗唱歌，使人想起令人陶醉的苏州评弹。我仔细端详苏杭姑娘，圆脸小巧，顾盼神飞，穿着绣花绸衬衣裙子，肤若细瓷，乌发如瀑，举止轻盈，难怪李贺咏竹笋"小白长成越女腮"。也难怪元朝马可波罗对杭州的丝绸美女赞不绝口。我突发奇想：如果苏州姑娘身旁站着穿一袭艾德利斯绸连衣裙的喀什"克孜"，双美映衬，那才令人叫绝！

喀什姑娘自有另一种风韵美。她们身材颀长，秀颈平肩，浓眉相连，活泼热情。色彩对比强烈的艾德利斯绸长裙，飘逸流畅，洋溢着健康的生命的活力，花帽艳丽，长辫如瀑，看一眼喀什姑娘你会唱起《叫我如何不想她》。汉族姑娘穿着维吾尔式连衣裙，配上一双牧人长靴，维吾尔姑娘身着绣花衬衣配一条西装裙，足蹬高跟鞋，并肩走在喀什街头，你会惊叹生活中不缺少美而是缺少发现和对比！

徜徉在西湖边，我想告诉苏杭朋友：20 世纪 50 年代，上海援建喀什纺织厂，和田丝绸厂，把喀什姑娘打扮很美；今天，江南的绸缎皮鞋打扮得喀什"克孜"更美；还有，带一包西湖龙井去喀什吧，帕米尔清泉泡龙井茶那香那色举世无匹。

岳飞与左宗棠

新疆人游岳王庙别有一番滋味在心头。我研究新疆历史总把两位民族英雄相比较：岳飞与左宗棠，尤其是游岳王庙时总想说些什么。

一进岳王庙浩然正气扑面而来。挑檐飞斗，殿宇弘敞，岳飞塑像戎装按剑，英气逼人。"还我河山"遒劲有力，虎虎生气。仰视岳飞像，我想起在宝鸡五丈原诸葛亮祠壁上的岳飞手书《出师表》。岳飞崇拜诸葛亮，因为一个"忠"字和一声呐喊"北伐"，把两位英雄的追求联在一起。岳飞壮志未酬，被"莫须有"罪名冤杀，成为中国老百姓心中的悲剧英雄，受到世世代代的景仰。岳飞坟前跪着四座铜像，是秦桧夫妇和另外两个冤案制造者。跪像唾迹斑斑，真是"青山有幸埋忠骨，白铁无辜铸佞臣"。其实真正的历史罪人是皇帝赵构，他把死刑由斩决改为凌迟并将岳飞养子岳云、爱将张宪一同处死。原因非常简单，岳飞北伐要"迎还二圣"，赵构的皇位可能保不住，而自古皇帝多虚伪残忍，当皇位稳固时大讲"仁政"，皇位受威胁时立即把"礼仁智信"变为车裂、大辟、斩首和凌迟。"只反贪官不反皇帝"是封建文化传统心理，于是在岳坟前少了一座跪像。岳飞的"精忠报国"是激励后代的强大精神力量。我曾与一位年近九旬的新疆戍边的黄埔军人倾谈。他说抗日战争时最鼓舞斗志的歌曲是《流亡三部曲》和岳飞的《满江红》。一唱这两首歌，立刻就想挥刀杀敌，死而无憾。说着，老黄埔颤颤巍巍站起来唱"怒发冲冠、凭栏处，潇潇雨歇"，那歌声带着血丝，那张开的口没有牙齿只有残火跳动般的舌头……

"三十功名尘与土，八千里路云和月"。千百年来，每当民族危亡关头就有这首歌的旋律。这就是"岳飞精神"的永恒价值。

而另一位民族功臣就没有岳飞那般死后的荣耀了。此君姓左名宗棠，字季高。他与太平天国打过仗，但在大清将倾之际，以六十九岁高龄西出塞外，收复沙俄铁蹄下的伊犁，驱逐侵占南疆十多年之久的阿古柏侵略者。功莫大焉！但他和太平天国离我们太近了，反而不好像岳飞那样能说清楚了。

游岳王庙，我告诉浙江的史志同行，到乌鲁木齐我陪你们去凭吊"一炮成功"。1877 年，左宗棠指挥湘军打响收复新疆的战役。湘军首战奇台获胜，阿古柏逃至乌鲁木齐。湘军缴获密信得知迪化兵力空虚，遂奇兵奔袭。在城外山头架炮，只发一弹，叛兵如鸟兽散，从此一败涂地。后人将山头誉为"一炮成功"，直立高大的左帅塑像。炮台是两位湘军士兵握刀昂立，环绕着生气勃勃的翠绿。那是一片"国防林"，是解放军与市民共同植成……新疆没有跪像！

在我的心中，西湖连着赛里木湖；岳王坟连着"一炮成功"……

东北人　东北松

长春处处有松树，最美的松树在松苑宾馆；长春处处有高层楼宇，最有名气的建筑在松苑宾馆。

我们乘大巴驶入松苑宾馆，不见楼，不见人，车行凹道，仰视浓荫，遮空蔽日，松果幽香，沁人肺腑。松树粗壮挺拔，野草拦腰缠足，透出苍莽林海的原始美、粗犷美。林中现出一栋陈旧的方石基础的尖顶楼房，有人指点那是原日本关东军司令部。我一听浑身一激灵：当年射向杨靖宇的子弹是从这里下达的命令！

我安顿好住房，立即来到旧楼边，寻找一种久酿心底的感觉。凝望着日本关东军司令部旧楼，我突然觉得自己幻化成了景阳冈的武松——那石块墙基是虎趾，门洞是虎口，尖利的角顶是虎尾扬威，斜面屋脊是虎纹斑斓，我挥拳砸下，虎啸变哀号，太阳旗化作青烟。瞬间，门洞边不见虎齿而是站着两位穿着旗袍的笑容可掬的迎宾小姐！

我微微笑了，为自己心中这种动漫式的遐想感动。怪不得伟人把反动派当纸老虎，而把人民誉为景阳冈的武松。

我带着胜利的微笑漫步在松林的浓荫里，同在他乡遇松树，相逢何必曾相识。我从距此万里之遥的乌鲁木齐来到长春，毫无异乡异客的陌生感，却有一见如故的亲切和久别重逢的热烈倾诉感。少年时代，听老师讲赵一曼、杨靖宇，台上热泪台下泣；跟老师唱"我的家在东北松花江上"，教者慷慨歌者吼。又读了陶铸的《松树的风格》；太阳旗、枪炮声、鲜血、青松，在我稚嫩的记忆中形成叠影。长大了，我喜欢读历史。我最崇拜东北巾帼英雄"八女投江"，为了掩护抗联师部转移，她们抢先向日寇开枪，把敌人引到江边，弹尽援绝，壮烈投江。还有杨靖宇，宁死不降，背靠松树把最后一发子弹射入胸膛……

由此，东北松树有了宁死不屈、气壮山河的品格。

长春的松树使我想起新疆的东北人。在新疆的东北人不多，但对我来说印象深刻。他们性格耿直，脾气豪爽，敢爱敢恨，崇尚民族气节。那时我是个 17 岁的毛头小伙子，在测量组当测工。有一天经过基建队队长批条子，我到木料场砍木桩。看守木料场的警卫叫郭海涛，东北人，中等个儿，红圆脸盘儿。我砍好木桩刚走到大门口，他冷冷地断喝一声"放下"。我愣愣地站住："队长批过的条子交给你了。"他从麻袋里倒出木桩一五一十数了两百个交给我，多出的倒在木料堆边。我哭笑不得：砍木桩是公家测量地用的，不是我拿去烧火做饭；木料场是公家的，何必那么认真！连长叫砍两百个就不能多一点儿？况且，和尚不亲帽儿亲，你郭海涛和我父亲都是国民党"九二五"起义人员，都很熟悉，何必如此！我的心理活动都写在脸上。他淡淡说了一句："公家的东西一分一毫都不能占！连长批了两百个就是两百个，多一个都不行！"我红着脸点点头走了。

后来多次去砍桩子，人熟话多。郭海涛常帮我砍桩子、讲故事。原来，他年轻时是抗日义勇军战士。和日本人拼过刺刀，失去了右手的大拇指。1932 年冬，东北各路义勇军在日本关东军强大兵力围剿下，退入大兴安岭。茫茫林海成为他们最可靠的营地，松树成为掩护他们的无言的战友。不久，四万余名抗联战士退入苏联境内。这批宁死不当亡国奴的志士，以"东北抗日武装人民归国团"名义，踏上漫漫的归国之路：横穿西伯利亚，从新疆回祖国。这是一条与死神拼杀的求生之路。路长五千多公里，风雪交加，途中多是无人区，坐了苏方提供的敞篷火车，最后几百公里是徒步走过来的，粮食只剩下土豆。有人掉队了，找个俄国农户打几天短工，挣点儿粮食再往东走。有人永远长眠于饥饿风雪中。但是这支队伍有共同的信念：回归祖国，积聚力量，打回老家。

历时一年多，途中掩埋了无数忠魂，他们衣衫褴褛，形容憔悴，终于从巴克图踏上神圣的国土。郭海涛说，我看到了塔城的松树，与长白山的松树一模一样！我抱住松树哭了！松树在颤抖，叶子落在我的肩头……

东北抗日义勇军入疆起了重大作用：他们英勇善战，击退了马仲英对乌鲁木齐的围攻，稳定了新疆政局。后来又积极推动了新疆各族人民的抗日救亡活动。他们被编为8个团，奔赴南疆，为国守边。可惜东北抗联的高级军官没有逃过盛世才的魔爪，杀的杀，抓的抓，部队被分散差遣。1949年冬，新疆的东北老兵只剩下不到一万，参加了"九二五"和平起义，1954年被编入新疆生产建设兵团。来自五湖四海的兵团人聚集成一个连队，无论老红军老八路，还是起义老兵支边青年，大家对东北口音的老兵格外尊重，因为他们是抗日杀敌，九死一生的民族英雄，他们为人正直，崇尚气节，豪爽热情。

我对郭海涛的那丝抱怨很快消失，变成了深深的敬意：一个把公家的小木桩守得很紧的人，怎么可能容忍强寇侵占祖宗留下的土地呢！我也深深理解东北人：民族危亡之时无论共产党领导的抗联，还是张大帅的散兵、绿林好汉，纷纷发出"宁死不当亡国奴""杀倭寇，救中国"的怒吼，宁可在深山老林里当"野人"也绝不当"皇军的顺民"。

转瞬之间，新疆的东北义勇军老兵纷纷谢世。在新疆已经几乎听不见苍老的东北口音了。我来到他们的家乡，来到无数抗日鲜血浸染的黑土地。我抚摸着苍劲茁壮的松树，仿佛听到一颗颗向着祖国跳动的心。中医云：发为气血之余。中华民族之发就是苍松。那松树不论是白山黑水，还是天山阿尔泰山昆仑山，只要是中华国土就长得枝如铁、干如铜，苍劲峥嵘傲苍穹。一瞬间，天山长白山的松树化作一个个东北人、新疆人，和声奏响一首松树的灵魂壮歌：

假如我们不抵抗，

敌人杀了我们，

还要指着尸骨说——

看！这是奴隶！

伪满皇宫游记

——清朝逊国百年祭

    2011 年是有 268 年历史的大清宣统皇帝退位逊国一百周年，我从新疆到长春，游览宣统皇帝即后来的"康德"皇帝的皇宫，感悟极多。是该对刚离去的王朝的背影说点什么。

    新疆人对大清有着深厚而独特的感情。二百多年前，康熙、雍正、乾隆与准噶尔汗国征战七十多年，终于在 1755 年收复新疆。一百多年前，左宗棠扶棺西征，剿灭阿古柏侵略军，逼退沙俄，收复西域故土，新疆建省。新疆人流传着许多大清的故事，有许多关于"故土新归"的古迹遗址。

    我走遍了新疆西部的边境农场，翻过一个个遥远的山口大阪，渡过一条条湍急的河流，看到一座座清军卡伦遗址，对马背民族经营西域，守卫疆土深怀敬意。

    但是，游览长春伪满皇宫，我的心灵受到一阵阵震撼冲击——

    伪满皇宫在长春复兴路，占地达 13 万平方米。名曰"皇宫"，其实并无"王气"。无高广轩敞的大殿，无陈辅威仪的广场，甚至石狮子也小而猥琐。这也难怪，日本人视溥仪为傀儡，假戏假作，而溥仪想重演先祖龙兴东北、入主中原的壮举，将此"皇宫"视为暂住。建筑均小巧，但件件宝物令人遐思无垠，百感交集。尤其对我这个新疆人，又从事史志研究工作，感慨更深：满族入关时何等勇猛、强悍、朝气蓬勃，而入主中原后，腐朽的封建政治文化的侵蚀，闭关锁国拒绝开放造成的愚昧自大，使满族统治者最终没有逃脱"其兴也勃、其亡也忽"的历史周期率。

我驻足于一件件宝物、一幅幅照片前，凝思遐想，或叹息，或长啸：

展柜中摆着慈禧赐给溥仪的镀银双囍金碗，溥仪极其珍爱，1945年被苏军追赶，逃亡通化时也未忘带上这只碗。但是，他最终成了亡国之君，砸了"皇帝的饭碗"。1908年，光绪暴亡，慈禧病重。三岁的溥仪被父亲载沣抱上龙椅，他被登基大典山呼万岁吓得又哭又尿，载沣低声说别哭，快完了快完了！大臣闻之冷颤：此言凶兆！大清"快完了"！果然，三年后武昌起义炮响，袁世凯借革命军威逼清帝逊位，大清亡矣。溥仪6岁可谓无知无过，但长大了却成了复辟狂。"张勋复辟"使他又一次坐上龙椅，但冯玉祥的国民军击败"辫子军"，将他赶出皇宫。他只好逃至天津当寓公。1934年，日本侵略者扶持他在长春登基，第三次坐上龙椅，称满洲国"康德皇帝"。他一生三次捧起皇帝金碗，三次被砸了。是谁砸的？是不可抗拒的历史潮流，是亿万中国人民。而他始终顽愚不敏，直到在共产党的战犯监狱里才脱胎换骨成为共和国的公民。

展柜中赫然陈列一把豪华军刀，是溥仪登基大典时，日本人赠送。宝刀嵌金镶银，尊贵豪华。但是，一望而知是炫耀虚荣的摆设。努尔哈赤的刀到哪儿去了？

刀曾是满族热血男儿的象征。1583年，努尔哈赤在偏僻的弹丸之地——赫图阿拉起兵，"兵不满百，甲仅十三"。他横刀跃马，奋斗四十三年，终于使弱小的满族迅速强大，雄踞关东。当时流传"满人不过万，过万天下无敌"。论人口，明朝比大清多百倍；论文化，明汉文化已有两千多年历史，而努尔哈赤 1599 年才创制满文，满族此时才有文字记录的历史；论军事，明军不仅有袁崇焕那样的杰出将领，而且有火器。但是明王朝已经腐朽入骨，民怨沸腾，农民起义已掏垮了朱明王朝的根基。努尔哈赤、皇太极、多尔衮创造了一个弱小战胜强大的历史神话。如果努尔哈赤在天之灵看到这把日本军刀，当会慨叹"播下龙种，收获跳蚤"。

有块地毯看上去又粗又旧，但这是溥仪的传世之宝：赫赫有名的康熙皇帝出生在这块地毯上。康熙北抗沙皇，南平三番，西征噶尔丹，东收台湾。而且汉文化功底极深，他打破了几千年的汉人正统思想的"长城情结"，首次提倡大中华观念，弃"华夷之辩"，这是思想的空前飞跃。每当我在飞机上俯瞰雄浑壮丽的天山大漠，我总想中华先祖开拓这片大好河山历经千百年浴血奋斗。西汉在这里建政管辖，东汉班定远建功立业，威名远播；大唐建立安西四镇；成吉思汗铁骑横扫亚欧，新疆成为察合台汗国；然而，最终奠定现代中国版图的是康熙、雍正、乾隆。从 1690 年征讨噶尔丹到 1758 年著名的"香妃进京"的故事，清朝三代皇帝打了近七十年，在天山南北建立巩固统治。新疆人每每提及这段历史，都会眉飞色舞，感慨万分："太不容易了！"那时新疆周边强寇环伺，北有沙俄，西有浩罕，南有英属印度。清朝前期保持了马背民族的勇猛强悍，守边官员靠前指挥。设伊犁将军府，节制天山南北。设叶尔羌、喀什参赞大臣，加强南八城管理。"康乾盛世"奠基于康熙，伊犁的格登碑勒铭胜利宣言。康熙诞生的地毯传至溥仪成了伪满洲国的裹尸布。溥仪仰日本人鼻息，妄图复辟。他根本不知道他当"康德"皇帝时，中国共产党早已建立，红军已开始长征。新疆在苏联帮助下成为中国抗战的大后方，中共党员毛泽民、陈潭秋、林基路，在迪化讲马列，讲革命。这股历史潮流岂是日本侵略者的"满洲国"能阻挡的！

我在"康德"皇帝的玉玺前驻足冷笑：谁是玉玺的执掌者？在勤政殿客厅有一组蜡像："主人"溥仪瘦弱卑恭，神似奴才；"客人"吉田岗直戎装威武，颐指气使。"皇帝"是如何使用玉玺呢？在《我的前半生》书中，溥仪讲了件事：1958年战犯管理所组织他们去工厂农村参观。他随意走进一家农户，听一位老妇人讲伪满时期的悲惨生活。"康德皇帝"下诏令，大米全部交给皇军，老百姓不准吃。有一天，她偷偷弄了点米给不到一岁的小儿子煮稀饭，汉奸领着鬼子破门而入将孩子活活烫死。农妇并不知道这些来访者中就有当年的"康德皇帝"。溥仪听了如雷轰顶，浑身颤抖：他根本不知道这个诏令！那些"诏令"全是日本人写好，他例行公事行使皇帝盖玉玺的职权。他哪里知道日本人的"诏令"造成的这些人间惨剧！

对大清王朝、"康德皇帝"的命运看得最深最透的是载沣。那个神秘诡诈的黑夜，慈禧突然传旨，令他抱三岁的溥仪进宫登基。他感到大祸临头：慈禧扶持的同治、光绪没有一个好下场，加之内忧外患，大清已是风雨飘摇，大厦将倾。覆巢之下，安有完卵。载沣一生曾受两位伟人的高度评价，一为孙中山，一为周恩来。辛亥革命爆发，他以摄政王的身份力促隆裕皇后逊位，接受民主共和。晚清遗老们抱着"神主牌位"疯狂复辟，他却独门隐居，"有书真富贵，无事小神仙"。1925年正月，孙中山冒雪造访与他长谈，赞扬他对革命有贡献，特意将签名照片给予纪念。他多次劝阻溥仪不要去东北当日本人的"儿皇帝"。处在复辟狂热中的溥仪根本听不进去。他曾到这座伪满皇宫看望溥仪、溥杰，他严词拒绝日本人的高官利诱。回天津后对三儿子溥任说："当人家的儿皇帝有什么好处！连石敬瑭都不如！"

他在满清皇族中最早剪辫子、穿西装、装电话。更加难能可贵的是，新中国成立后抗美援朝战争爆发，年近九旬的他捐金印、捐图书、卖房产，买爱国公债 8000 份。周恩来总理称赞他保持晚节，顺应潮流。

参观伪满皇宫一上午，楼梯狭小人又多，展品繁杂房间小，看得我出了一身汗。出了大门清风一吹，我头脑顿时一爽：清朝走得太急连自己的"家谱"都没来得及修纂。现在，规模宏大的清史编纂工程正在进行。这份历史遗产实在太珍贵了。

我由此想到另一个展览：1876 年，美国独立 100 周年，在费城举办盛大展览会。有包括大清国在内的 38 个国家参展。中国展台上是钨砂、朱砂、铁砂标本，还有银掏耳勺、小脚女人绣花鞋、男人肥大的草鞋。而旁边的英国展台上是蒸汽机车、远程大炮。而此时满清贵族沉醉于"天朝大国"酣梦里，只有一个人——左宗棠扶棺西征，进军新疆，湘军装备了当时的西式武器……

在历代亡国之君里，溥仪的人生晚节最圆满。南唐李煜被毒死，南宋陆秀夫背着小皇帝蹈海而亡，明崇祯吊死景山，而溥仪 1959 年获特赦，成为新中国的公民。这难道不是载沣逊国积德……

回望"皇宫"，我突然想起皮影戏的舞台仅一张桌子大小：傀儡戏无论演神仙皇帝还是王侯将相，都不需要大舞台。因为傀儡毕竟是薄薄一张牛皮纸！

一束阳光照杜甫

    我出生在新疆，然而天生与四川有缘。孩童时代，"四川"就在纯洁的心里播下好奇的种子。青年时代对"天府之国"的向往更加强烈。那是因为：家父1941年从兰州步行51天，到成都上黄埔军校。校址在北校场，他曾经常常去杜甫草堂。我的第一个班长孙祜是四川老兵，讲了许多四川故事，常常吟诵杜甫的诗，"少不入川""无川不成军"。我的初中语文老师是四川人，被打成"右派"发配新疆，他用川音朗诵的《茅屋为秋风所破歌》深深刻在我少年的心中。

    于是，那年开会到了成都，我疾奔杜甫草堂博物馆。我站在草堂博物馆诗史堂，凝望杜甫铜像，顿时浑身震撼，心头惊涛骇浪。我屏住了呼吸，一个非常奇怪的幼稚的问题涌上心头：铜怎么会变成人，变成诗圣杜甫呢？而且栩栩如生，形神俱备，可触可呼呢？

    问谁？问铜像的创作者雕塑大师刘开渠？也许他会回答一句，这不是铜，是人——充满人性激情的人！果然是千年之前的杜甫啊！我久久凝视着诗圣铜像，等待着他紧闭的嘴唇突然张开，吟诵《茅屋为秋风所破歌》，或者发一声喊"朱门酒肉臭，路有冻死骨"，或者仰天长啸"出师未捷身先死，长使英雄泪满襟"！

    铜像无声，诗圣无语。怎样聆听诗圣的心跳声呢？忽然想起一句非常通俗的话：眼睛是心灵的窗扉。于是，我直视着诗圣的眼睛：

双颊枯瘦，眼窝深陷，但眼睛鼓凸，似乎有一束心灵的光辉即将闪出……

我突发灵感，只要有一束阳光射向铜像，诗圣的眼睛会放出心灵的亮光！会透出心跳的声音！

我四面张望，寻找阳光。诗史堂坐南朝北，高大轩敞，飞檐挑斗，外面是高大茂密的松柏，阳光很难射进来。环顾屋顶，我突然发现西边山墙上有一扇圆窗，一束直径七八十公分的阳光，像舞台上天顶的追光，在暗淡的大厅地上刻画出一个银盘。我惊喜地围着银盘端详着，计算着。我跟着四川老兵班长，在南疆大沙漠搞过多年测量，懂得太阳的轨迹，这束阳光将会在大约两小时后，从侧面投向铜像。等吧，为了看一眼阳光下的诗圣，等多久都值得。我从万里之外的新疆到成都，一个强烈的愿望就是拜谒诗圣啊！

利用等待阳光的时间，我暂时离开诗史堂，急急忙忙浏览其他景点。老松蔽日，翠竹欲滴，小鸟啁啾，游人喧笑。进了草屋柴门，我脑海中突然响起四川口音朗诵的《茅屋为秋风所破歌》，上初中时，语文老师古文功底深厚。川音抑扬顿挫，极富音乐感，最适合朗诵诗歌。被打成"右派"的老师长期胃病，消瘦憔悴，朗诵此诗，感情投入，声情并茂，活脱脱再现《杜子美悲怆行吟图》。当时，我们并不太理解老师的激动，窃笑"老师真像受尽磨难的杜甫"。几十年后，我们深深理解了老师，也深深理解了杜甫。维吾尔人的经典《福乐智慧》说："人凭两种东西得以不朽，一是善行，二是美好的语言。"杜甫完美地具备了这两条，从而永远不朽。他的"善行"是对社会黑暗现象的抨击，对老百姓的深沉厚重的同情；他的"美好的语言"是流传千古的精美诗歌。直至今日，杜诗被看作是读懂唐王朝的百科全书：政治家高度评价杜诗的强烈的爱国主义，"国破山河在，城春草木深。感时花溅泪，恨别鸟惊心"；历史学家发现了唐朝由盛而衰的缘由，"吏呼一何怒，妇啼一何苦。听妇前致词，三男邺城戍。一男附书至，二男新战死"；文学家把李白、杜甫尊为中国古代诗歌的巅峰泰斗，一诗仙，一诗圣。"李杜文章在，光焰万丈长"，"两句三年得，一吟双泪流"，"语不惊人死不休"成为激励后人的座右铭。而广大老百姓则把杜甫看作是为人民鼓与呼的伟大诗人，他的忧国忧民、抨击权贵、揭露黑暗、同情弱者的思想情怀，深刻影响和滋养了一代代中国人的精神文化品格。

来到杜甫草堂，我的崇拜之情格外强烈。他曾经当过小官——工部员外郎，但大部分人生是在战乱、逃难、贫困中度过的。他的诗歌不是当官的对社会底层弱者的一点良心发作，对老百姓的苦难发出的一点同情，更不是文人雅士的矫情之作，而是他对人生的真实感悟和宣泄，他遭遇"安史之乱"差一点就成了"路有冻死骨"，他身居草屋，遭遇大风，茅草飞走，雨脚如麻，他想到的不是自己的苦难生活，而是"安得广厦千万间，大庇天下寒士俱欢颜！风雨不动安如山！呜呼！何时眼前突兀见此屋，吾庐独破受冻死亦足！"何等胸怀！何等震撼！

我担心错过阳光，又急忙赶回诗史堂。果然如同我的测算，阳光圆圈移到了铜像脚下。这时，来了一群碧眼金发的洋姑娘，带来了一股淡淡的栀子花香味儿。导游用英语朗诵了一段杜诗，金发姑娘们发出一阵阵惊叹，纷纷举起相机拍照。面色黝黑神情凝重的杜甫，身边站着碧眼金发神采飞扬的洋姑娘，真是令人忍俊不禁的绝妙组合！闪光灯一闪，杜甫的眼睛没有反应。他在等待阳光——唐朝的阳光与今天的阳光应该是一样的！

还有一点时间，我抓紧欣赏历代题词对联。郭沫若的题词"世上疮痍，诗中圣哲，民间疾苦，笔底波澜"，书法古色古香；朱德的题词"草堂留后世，诗圣著千秋"，书法古朴稳重，苍劲大气。我特别注意叶剑英、陈毅两位元帅的题词，叶帅飘逸潇洒，"笔落惊风雨"，题词"杜陵落笔伤豺虎，爱国孤惊薄牛斗"；陈帅运笔行云流水，气韵生动，题词"新松恨不高千尺，恶竹应须斩万竿"。

收住遐思，看吧！那束阳光缓缓而上罩住了杜甫！一阵惊喜，一股热流，一幅奇异的景象出现在我面前：消瘦的面颊，深深的皱纹，须如苇叶，颈如枯藤，那紧闭的嘴唇仿佛刚吟诵了《石壕吏》《新婚别》，那充满智慧的目光仿佛在赞颂诸葛亮"三顾频烦天下计，两朝开济老臣心。出师未捷身先死，长使英雄泪满襟"，那深沉的眼底跳跃着思绪的火花，那是对王爷贵族穷奢极欲奢侈堕落的愤怒谴责，是对祖国山河破碎的无比痛心，是对广大老百姓悲惨生活的无限同情。当然，我也看到了老先生心底的一方滋润"好雨知时节，当春乃发生。随风潜入夜，润物细无声。"

杜甫心里装着老百姓，老百姓永远铭记杜甫；杜甫活了 59 岁，而人民是永远存在的，杜甫因此而万古流芳。你看，今天的这束阳光不就是从千千万万个老百姓心中发出的吗！

"向前敲瘦骨，犹自带铜声"，杜甫的像是铜铸的，阳光下的铜是金色的——那是中国人灵魂之光，骨气之色……

九寨黄龙藏神骨

　　山之骨，水之骨，树之骨，藏人羌人之骨，汇聚于九寨，凝成骨中"钙华"创造了人间仙境。

　　我看到九寨黄龙山之骨。山是怎样形成的？地质学家告诉我们沧海桑田的道理，地球在亿万年前曾有惊天动地的造山运动，青藏高原隆起。诗人写道：地球上原来没有山，风雨雷电抽打着大地，大地终于愤怒了，火山爆发，大山隆起。我们把地质学家的理性和诗人的浪漫融合起来感悟山脉。土从山来，山石风化，终成沙土，雨水冲刷，千里沉淀，遂成沃野。古人形容成都平原"天府之国，膏腴之地"。膏腴即山之油脂血肉，滋养树木花草，榛莽繁茂。但是，人类世世代代开垦土地，伐木造屋，斫薪取火，膏腴之地，五谷丰登，而原始林木消失了！为了不被排挤灭绝，它们只有潜行地底深藏于九寨黄龙！这就是人间仙境只存在于人迹罕至处的原因。

　　山终于忍不住愤怒了！它无私奉献了"膏腴"，仅剩下筋骨。它挣裂肌肤，袒露骨头，任凭雨水浸泡，愤怒化作亿万年的沉默，骨浸水中创造出天地人间的伟大奇迹！神山骨魂创造了一个前所未闻的词：钙华！人骨有钙，山骨也有钙！山骨之钙溶入雨水，水顺山缝漫坡而下，千万年后，钙沉淀为"钙华"。钙华如埂，水平如镜，雨水注入，水漫埂而下，又造一块水镜；沧海桑田，循序渐进，一块块的水镜从山头延伸到山底，长达四公里，相接四千多块，如梯田层层，如玉盘相叠，远望如龙鳞闪烁，于是得名"黄龙"。山骨之魂，凝于黄龙五彩池。水清凄美，缓流无声，池底藻类，或青或黄，阳光映射，七彩变五色：青黄橙蓝绿。一步一景，一潭一色，游客如织，惊叹奇绝。山骨造仙境，耗时千万年，因为钙华生长极慢，数万年才长一毫米！而我们只一眼就感悟到山骨的无声呼唤，能不惊心动魄、终生难忘吗？我们与山都有骨，骨中都有钙！"钙华"不就是钙之精华！

我看到九寨黄龙水木之骨。"黄云万里动风色，白波九道流雪山。"仰望雪山，白雪皑皑，顺水而走，山林斑斓。人道是"九寨归来不看水"，那水千姿百态，活泼可爱：诺日朗瀑布雄壮豪迈，水汽如雾，砰澎雷动；珍珠滩水戏圆石，跳珠溅玉；老虎池水蓝如镜，雪峰倒映，一池秋色搅龙宫！九寨沟也有五彩池，与黄龙五彩池一样神奇。水从五彩池汇流而下，水中有钙，水土肥沃，所有的花草树木在这里生长！据说这里生长着数千种植物，可惜我只认识几十种，就像在茫茫人海中我只认识几个朋友。这就够了！看看我认识的朋友：岷江冷杉三人合抱，仰首云端；箭竹如林，密不透风，是珍贵的大熊猫的食物；青松翠柏，高耸挺直；黄榭明亮，枫叶赤丹，万绿丛中笑颜开。更有珍稀名贵的红桦树，树干树枝树叶全是紫红，摸一把，光洁滑润，叹为奇树。

我们新疆有的树木花草这里全有，而且长得极旺。这里的沙棘居然比我家乡新疆的更茂盛，果实更大、色泽更金黄。我一把拉住一个素昧平生的小伙子，请他帮我按一下快门，特别交代把一簇金黄的沙棘果照上。小伙子热情接过相机按下快门，奇怪地问这是什么果子？我告诉他这叫沙棘，生长于西北，没想到"沙棘王"却在这里！小伙子点头答道："是的！这里水土肥得很！"有了知音！有了共鸣！小伙子也知道水中有钙？而钙来自山骨？游客太挤，无暇交流。只有自己细细品味，慢慢感悟了。

九寨黄龙之水分为两道：一道北去甘肃汶县又转头向南汇入嘉陵江，一道去西南流入岷江。岷江是天府之国的母亲河。成都平原，人烟稠密，物产丰富，文化深厚。膏腴之地来自岷山之肌肤，营养之水来自岷山之筋骨，深厚的文化积淀来自川人之创造。蜀人重情，川人知恩。李冰父子治水建造了举世闻名的都江堰，川人奉之为"川主"并在黄龙不远处的岷江源头建"川主寺"，千年香火不绝。真是山有骨，水有灵，人有情，史有魂。

最难得的是我看到了藏人羌人之骨。夜宿川主寺，思绪湍飞，梦悟天机：最有骨气的植物荟萃于九寨黄龙，最有骨气的人类生息繁衍于九寨黄龙。先说藏族。从秦汉始，吐蕃就活跃于我国西北的甘肃青海宁夏新疆等地。公元六世纪，吐蕃势力进入塔里木盆地，占据西域半壁河山，向东兵锋甚至达卢龙。但是，在匈奴与中原王朝的百年攻击下，吐蕃不支退入西藏。公元七世纪，松赞干布统一了吐蕃各部落，建立了强大的吐蕃王朝，势力覆盖整个青藏高原。唐王朝赐嫁文成公主。松赞干布派遣一支藏兵向东开拓疆土，这支藏兵越过雪山巨川一直走到阿坝。"九寨沟"得名于九座藏族村寨。今天，这里最早进入农耕的"白马藏族"，"白马"即"藏兵"的音译。遥想千年，雪域高原，与世隔绝，没有骨气没有顽强生命力的民族，是无法在这里生存繁衍的。藏人在这里创造了丰富多彩、灿烂辉煌的古老文化。听导游讲藏医藏药、服饰餐饮、天眼宝石、民风习俗，真是美不胜收，令人神往。游九寨黄龙，一定要到藏家去品青稞酒、酥油茶，一定要与藏族兄弟一起跳"锅庄"。那是雪域高原张扬生命力之舞，是人性狂放、热情欢快之舞，是骨中有钙有骨气的民族跳的舞！

"羌笛何须怨杨柳，春风不度玉门关。"羌族与吐蕃一样都是古老民族。春秋时期的史书中就有羌人的记载，他们与汉人的交往十分活跃。当然其中有征战。西汉时，羌人在甘肃青海宁夏势力强大，战事频繁。他们散而复聚，蹈而复起，衰而复兴。其历史最辉煌最悲壮的一幕是党项人建立的西夏王朝。党项是羌人一族。西夏王朝存在180多年，打了一百多年仗。先与北宋战争，后与蒙古开战。这个不屈不挠的民族，面对漠北兴起的强大的蒙古铁骑，宁可战死到最后一个人也不投降。一代天骄成吉思汗在攻西夏时伤重而亡，可见党项人之强悍。后来，面临血仇报复的大规模战争，西夏亡国灭族。幸存的几个羌人部落销声匿迹了，似乎蒸发了，史书上没有他们的记载了。当九寨黄龙驰誉中外、游客如云时，才知道羌人逃过蒙古铁骑的追杀藏匿在与世隔绝的阿坝山中，在这里展示出几千年传承而没有灭绝的灿烂文化。对山外人来说，这个出现在唐诗中的民族何止是千年孤独啊！因此，游九寨黄龙一定要欣赏品味原汁原味的藏羌风情文艺演出。那高亢悠长的呼唤，那雄姿英发的舞步，只有比雪域之舟——牦牛生命力更强的人类，才能唱得响、舞得狂！导游说，古代的羌笛是用未成年而亡的男孩的腿骨做成的，吹出的声音凄凉悲壮。是啊，那是来自人类的骨头的最强音！那是原汁原味的"骨气"在鸣响！

山之骨有钙华，九寨黄龙呈仙境；人之骨有钙华，雪域高原写辉煌。我冲动地想拥抱这里的藏羌同胞，就像我曾热情拥抱岷江的冷杉红桦树。我张开双肩向岷山雪峰呼唤：我看见了大山筋骨的钙华、看见了人类筋骨的钙华！

离开九寨沟，我突然想呼唤：莫忘了红军之骨。阿坝州十三个县有八个县留下了红军的足迹。我是史学工作者，我清楚红一、二、四方面军曾在阿坝的活动史。红军是这块土地的历史上离我们最近的最有骨气的人，否则，他们过不了雪山草地，也不可能有"更喜岷山千里雪，三军过后尽开颜"的豪迈！

读懂了山之骨，水之骨，树木之骨，骨中钙华，你才能懂得九寨黄龙之美；读懂了人之骨气，你才能读懂阿坝高原的藏羌回汉三十多万生灵，还有那支镰刀锄头红星旗帜的不屈不挠的"北上抗日"队伍……

古龟兹踏青

杏花开时，踏青最美；旋风起舞，访古最佳。天山之南，大漠之滨，有古龟兹之地曰库车新和。塔里木大学与台湾静宜大学结为友好学校。我应邀参加庆典，又参加了《海峡两岸丝绸之路文化交流研讨会》后，与台湾游客坐一辆面包车，踏青访古。讲丝绸之路不去龟兹故地是不行的。

一丛苍枝挤满了紫色的蝴蝶，春风一惊，落英缤纷，细看却是杏花；一袭美人头发，葱茏滋润，春风一掠，细看却是柳枝。清明时节，扬沙天气，春色迷蒙，如梦似幻。

台湾客人久闻龟兹大名，却不知其地。他们看什么都新鲜好奇，指指画画，问个不停。客人中有几位教授，熟知中华历史。给他们讲龟兹一定要准确生动，不可让他们看轻了我这个老新疆人。

我特意携带《龟兹史料》，边走边看，按图索骥。一个史学工作者，出于职业思维，看到的不仅是古龟兹的大漠春光，而且是丰富多彩的历史与生机盎然的今天的叠影。眼中是库车新和，脑海中却是古代龟兹。我边走边把感受说给客人们听。

古龟兹人多情

在去库车新和的路上，巍巍雪山，浩瀚大漠，纵目千里，柳色生烟。这一切使台湾游客激动兴奋。我的故事开始了。

《龟兹史料》载:"龟兹国西去洛阳八千二百八十里,俗有城郭,其城三重,中有佛塔千所。人以田种畜牧为业,男女皆剪发垂项。王宫壮丽,焕若神居,土多孔雀,群飞山谷间,人取养而食之。"

台湾客人惊问:此地曾有过孔雀?我答:有,《晋书》《魏书》都有记载。今日不见孔雀,却见一群群鸽子在蓝天翱翔;新和的老百姓养鸽子成了习俗,不知是否为古代孔雀遗风。今日不见王宫,却见一栋栋新楼崛起,令人追思古龟兹的辉煌。

《汉书》中的龟兹王是个情种。乌孙公主之女赴长安学鼓瑟,汉使护送她归国时路过龟兹。龟兹王竟留下她并向她求爱,并立即派人向乌孙求婚,终成美眷。随后,夫妇又赴长安学习一年。汉宣帝赐其公主号、车骑、歌吹数十人。龟兹王返回又多次来朝,风靡西域的龟兹歌舞传入内地,千年不衰,至唐朝成为高潮。

情种太多,"俗性多淫"。玄奘《大唐西域记》载:龟兹王狂热信佛,外出求经,命其弟监国。王弟立即交给他一个封密甚固的盒子,说等你回来才能打开。国王云游一年回来,有人密奏王弟"淫乱后宫"。国王大怒,欲究其罪。王弟沉着冷静地说,请打开临走时交给您的盒子。国王打开一看,里面竟是弟之阳具!国王大为震动。其弟说你出去云游四方,我知道会有人诬陷,"惧有谗祸,割势自明"。国王大为敬佩,让他可以随便出入后宫。佛教戒律虽严,人的本性难泯。好淫之风,王宫难免;以己之心,推测他人;庙堂之上,人人自危。故事的结尾是,王弟出城碰见五百头公牛,是赶去被骗的。王弟念及这群公牛将与自己一样"形亏",突发善心,重金买了牛放生。不久,王弟阳具又"渐复其形"了!而后他自觉不去出入后宫了。

玄奘是严守戒律的高僧,记载这个传说显然是劝人相信因果报应，于是也顾不得有点"色情"了。

一则正史，一则传说，两者相叠，使人顿悟，多情是古龟兹人的本性！这是好事。情商高才有美妙绝伦的音乐美术！

"我们今天不是讲情商吗？我们的祖先情商就很高啊！"台湾客人大为赞同，一车笑声。

通古斯巴西：唐代的石河子

石河子是新中国屯垦戍边的战士们在准噶尔沙漠南缘建设的一座新城，是新中国屯垦戍边的标志。她是周围二十多个小城镇的首领。唐代的石河子叫"通古斯巴西"，维吾尔语意为"九城之首"，也曾是历史上辉煌的屯垦大城。

汽车出新和县城向西南驶去。柏油路变成石子路，石子路变成土坑路。扬沙落尘，大漠苍凉，远山恍惚，红柳茂密。好端端的太阳变成生锈的银盘斜挂在幔纱上。是啊，老天知道我们访古心诚，挂出了通古斯巴西古城的埋藏千年的太阳！

红柳茁壮，尚未吐芽，满枝尘土，状若泥塑。人一碰，枝一弹，飞尘满面。一座残破的土城展现眼前。登上最高的一截残墙，遥望四野，顿时有"念天地之悠悠，独怆然而涕下"之感。残城东西长约 250 米，南北宽约 230 米，周长 960 米。瓮城、马面、垛墙，依稀可辨。1928 年，著名考古学家黄文弼经详细考证，称之"为龟兹大城之一，为唐城无疑"。此城为九城之首，其他八城遗址已全部找到，在新和、沙雅的荒漠中。

出土文物显示，这座城是一座唐代屯垦戍边的首领之城。城外有古渠遗址，城中有大型粮仓、屯兵之所，官衙。其他八座戍堡沿渭干河古河道首尾相接五十多公里。龟兹是唐安西都护府所在地，史载：

"安西都护府镇兵二万四千人"。《唐六典》记载：公元749年唐军屯田中"安西二十屯"，"大者五十顷，小者二十顷"。公元648年，唐将阿史那社尔击败突厥，唐将安西都护府从高昌移师龟兹，沿渭干河屯田。唐军一手仗剑，一手扶犁，有警杀敌，无警垦田，形成一支威镇西域的强大力量。不久，吐蕃犯河西走廊。龟兹唐军与中原唐军夹击，吐蕃败走。可惜"安史之乱"使唐朝元气大伤，河西陷吐蕃之手。不久，安西尽失。《资治通鉴·唐记》：吐蕃"西陷龟兹、疏勒等四镇，北抵突厥，地方万余里，诸胡之盛，莫与为此"。

台湾客人站在残墙上感慨万千：遥想当年，此城官兵出入，车水马龙，领命出征，旌旗蔽空。转瞬之间，百年宏业，毁于内乱。王朝强，屯垦兴，丝路通；王朝衰，屯垦亡，丝路断。一位台湾中年人大声吟诵"但使龙城飞将在，不教胡马度阴山"。

我站在残墙上豪气顿生：我们创造了一个个"九城之首"——石河子是准噶尔盆地的"九城之首"；北屯是成吉思汗点将台下的"九城之首"；阿拉尔是塔里木河畔的"九城之首"；古龟兹尉头国的遗址上，我们建起了又一座"九城之首"——图木舒克市！陈毅元帅畅吟："戈壁惊开新世界，天山常涌大波涛"！

我们高唱在西域回荡了两千多年的古韵长歌：屯垦戍边！

乐器曾被当兵器

新和著名的"乐器村"，引起台湾客人的极大兴趣。他们没有见过手工制作乐器。村庄精巧，新砖房一座连一座。随便进一家，主人忙着介绍乐器。都它尔、艾吉克、热瓦甫，手工制作，工艺精湛。即兴弹一曲，叮咚欢快，笑声爽朗。院里杏花正旺，鸽飞甚欢。年轻姑娘骑着高级摩托车轻快驶过，长裙一扬，回首惊鸿一顾。

看着工匠全神贯注制作乐器，我突然想起，乐器曾被当作兵器使用。《陈氏乐书》记载：筚篥是羌胡发明的乐器，"羌胡龟兹之乐，以竹为管，以芦为首状。类胡笳而九窍，所法者角音而甚悲篥，胡人吹之以惊中国马"。试想两军对阵，胡人突然吹响筚篥，中原马一惊乱了阵脚，胡骑冲杀过来。这是多么意想不到的战斗啊！

但是，幸运的是中原将士把胡笳真正变为乐器，而中原马也闻声不惊了。《乐府杂录》记载故事：龟兹乐器胡笳传入中原，边塞军中风行一时。唐德宗时，戍边将军尉迟青演奏胡笳名气很大，后到长安做了大官。幽州也有一位民间艺术家麻奴，演奏胡笳技艺高超。但他心高气傲，有位升迁到长安做官的将军，临行时大摆宴席，请他演出，他竟然拒绝。那位将军托人传话："汝艺未足称道者，殊不知长安尉迟将军冠绝今古！"劝将不如激将，一怒之下，麻奴来到长安暗访尉迟青。在尉迟青必经之处租了房子，专候其路过时演奏胡笳。谁知尉迟青路过闻声毫无表示。麻奴干脆买通门房，假扮仆人，在客厅里吹奏名曲《勒部低》，汗流浃背。尉迟青听了说"何必费力"，接过胡笳，轻松吹奏。一曲终了，麻奴泣而拜服"幸闻天乐，方悟前非"。砸碎乐器，终身不复演奏。

我被这个故事深深感动了！我仰慕大唐人的侠肝义胆、荣辱分明！

走在乐器村小巷里，我对台湾客人说：希望当今世界，乐器越多越好！兵器越少越好！可惜，这仅仅是美好愿望。台海两岸，骨肉同胞，血浓于水，应该是乐器的交流越多越好，武器的对峙越少越好。

台湾客人惊望着我说，对啊！对啊！我接着话茬儿说，一个中国，不可动摇。谁要主张"台独"，那乐器可能变成武器……

龟兹乐何曾亡隋兴唐

那天的民间歌舞表演安排在新和县城尤鲁都斯社区礼堂。维吾尔姑娘真美，小伙子真帅！主持人维吾尔姑娘身材优美，气质高雅，汉语纯正。节目富于民间气息，属原生态歌舞。把台湾客人看得眉飞色舞，掌声如瀑。

乐队有十多人。我喜欢手鼓，清脆响亮，点拨节奏，为乐队之魂。我也喜欢热瓦甫，音色浑厚，回音缭绕，动人心弦。我还喜欢唢呐，高昂激越，可喜可悲，情感直率。还有艾吉克，如鸟鸣空，轻柔明快；都它尔"大珠小珠落玉盘"。

《丰收麦西来甫》热情奔放，感染力强。小伙子、姑娘、老人，熙熙攘攘，笑脸映照，舞姿优雅。白须老者，舞步稳重；年轻巴朗，快捷刚健；姑娘旋转，长辫飞扬。观众激动，纷纷下场，身随乐曲，兴奋不已。《顶碗舞》头顶十几个碗，舒展大方，多姿多彩，曲终倒水，全场惊叹。

看着看着，我又走神儿：古人听到的龟兹乐是否如此美妙？白居易有"手应弦，心应鼓，弦鼓一声双袖举"。这不正是《刀郎麦西来甫》的开场动作！"或踊、或指、或跃、乍动、乍息、跷脚、弹指、撼头、弄目，情发于中不能自止"，这简直是维吾尔现代舞蹈动作教程了！

台湾客人第一次看到了原生态的龟兹乐！

我对客人说，古人也有"极左思潮"讨伐龟兹乐。《文献通考卷一百二十九》声讨胡乐"奢淫躁竞、举止轻飚"，而且作为封建礼制的标志之一服饰，也受到冲击："非唯人情感动，衣服也随之变。长衫、蛮帽、阔带、小靴，自号惊紧，争入时代。妇女衣髻，亦尚危侧，俱仓宽缓"，作者惊呼"形貌如此，心亦随之，亡国之音，亦由浮竞"。

隋炀帝酷爱胡乐，下江南时令乐队随行。当时有一精通音律的大师叫王令言，儿子是皇家乐队琵琶演奏员。他一听儿子在窗户外练习演奏胡乐，大吃一惊，说此曲必然风行一时，但告诫儿子："此曲宫声，往而不返宫，君也。"隋炀帝果然被杀于江都。把隋亡的原因归于胡乐，未免太浅薄了。大唐强盛，朝气蓬勃。唐太宗时风靡一时的《破阵乐》"皆擂大鼓，杂以龟兹乐，声振百里，动荡山谷"。这是何等气魄！何等慷慨豪迈！同样是胡乐，一个朝代骄奢淫逸，走向败亡；另一个朝代英气勃勃，走向辉煌！有趣的是女皇武则天不但喜欢《六部乐》，而且听了鹦鹉喊万岁，叫人据此创作了《长寿乐》。当然，唐玄宗晚年政治腐败，引发"安史之乱"。又有人归咎他沉溺于《霓裳羽衣舞》。又是音乐惹的祸?!

音乐是人的感情的宣泄流露，舞蹈是"情发于中而形于外"。一个时代的流行音乐，是这个时代精神的反映。你看新和农民的麦西来甫："我的热瓦甫琴声多么响亮，那是装上了金子作成的琴弦；我们的婚礼多么炽热，因为心中燃烧着爱情的火焰……"

衣着艳丽落落大方的维吾尔姑娘邀客人入场跳舞了。台湾客人虽然动作有点生疏，但热情奔放，纵情挥洒，"人生能得几回狂"！

千佛洞　滴泪泉

我对台湾客人说，维吾尔有谚语：为了爱情，巴格达不嫌远。不论路途多么遥远、汽车多么颠簸，千佛洞值得一看；不论看过多少泉水、听过多少山涧叮咚，滴泪泉值得一听。因为那里有忠贞不渝流传千古的爱情！

一听"爱情"，台湾客人笑了。心有灵犀一点通。

明屋达格山崖下，举目一望，心灵颤动：绝壁断崖，一个个石窟层层相叠，鳞次栉比，如蜂巢，似豹斑，规模巨大，令人惊叹。扬尘天气，阳光迷蒙，山崖仿佛颤抖，石窟似乎呐喊。一脉葱茏流过山下，柳枝青黄，鸽翔蓝天，春色盎然。

克孜尔千佛洞是我国四大石窟中最西的，也是佛教传入我国最早开凿的石窟。"克孜尔"意为红色。已清理石窟236个，记载了公元3世纪至13世纪的佛教、经济、民俗、文化、民族等珍贵资料，堪称古西域历史文化史的无价之宝。

我们跟着年轻的讲解员，拾级而上。17号洞被誉为"故事画之冠"。站在石窟中听佛本生故事，别有一番感悟在心头。一个个菱形画从墙角一直排到顶上，每个画面都有一个生动故事。"杀象济囚"的故事说，佛在荒无人烟的沙漠遇见一队快被渴死饿死的囚徒，就说你们往前走会遇到一头死了的大象，可以吃肉喝血，拯救你们。佛变成大象从山上摔下死去，救了囚徒。"猕猴王舍生救猴群"的故事，画面生动，令人叫绝。佛前生是猴王，猴群遭遇猎人追杀，逃跑遇山涧。猎人引弓欲发，猴王两臂抓住两岸树木，以身为桥，引渡群猴，它身上有猴子奔跑，体力衰竭即将不支，却转脸焦急地顾盼稚弱的猴子。这幅画具有强烈视觉冲击力和心灵震撼力，猴王舍生忘死，关心猴群的拳拳之情，活灵活现，破壁欲出。佛本生的故事是克孜尔千佛洞的精华，已清理出六七十种，比敦煌、龙门、云岗加起来还多，为世界所罕见。

在这里历史学家看到西域千年变迁史，美术家临摹"天衣飞扬，满壁生动"的飞天，民族学家解读丝绸之路上走过的一个个民族，民俗学家盯住一个个人的衣饰、神态、礼节、仪仗等，艺术家沉醉于歌舞、鼓吹、游戏、狩猎、杂技等,而佛教徒则受到佛祖的又一次心灵洗礼,禅心更纯。而我呢?我深深领悟了佛教的博大精深,深切感受到佛教对中华文化的巨大影响,也深为那些开凿石窟的佛教徒的坚韧不拔的毅力所震撼。而我们仅仅看到了这座巨大宝藏的一个小小的菱角,也许更加震撼人心的发现还在今后。

石山沉默,石窟沉默,而我们的心在激荡颤抖:一种信仰,一种文化,竟会产生如此巨大的力量!

与石窟飞天为伴的是滴泪泉。小溪淙淙,绿草如茵,古木参天,小鸟啁啾。溯小溪而行,空气滋润,沁人肺腑。脚下泥泞,杂草丛生,拂开枝条,探幽神泉。山坳尽头,数十丈高的石崖挡住去路,三面石壁如削,头上蓝天一角,如置身井中。布满苔藓的悬崖上滴落的泉水,如玉珠断线,叮叮当当,回音缭绕,情趣盎然。"啊!拥抱你,滴泪泉!"一位年轻姑娘张开双臂留影,声音回荡仿佛有弦音余韵。此情此景,我恍然大悟:我从佛祖那里来,又回到了人间,因为有笑有泪、有恨有爱!

一千多年前的古籍中,就有滴泪泉的记载。古人来此,"采缀其声以成曲调"。唐代宫廷乐伎演奏的西域名曲《耶婆瑟鸡》,就是泉水之声的艺术升华。曲名即滴泪泉所在山名。传说古龟兹国王有个女儿,与民间男青年相爱。国王故意刁难,要那男青年开凿一千个佛洞表示诚心,才把女儿嫁给他。男青年勇敢进山,开凿石窟,开凿到九百九十九个时,力竭而死。公主赶来,抱尸痛哭,泪竭而亡。顽石被人间真情感动,垂泪成泉,叮咚千年。千年以来,无数情侣来此掬泉盟誓,白头偕老,永不分离。

滴泪泉在石窟山下。我突发怪想:佛祖为何不保佑他俩呢?可能是佛教传入之前,他俩已殉情而去了。否则,千佛洞里一定会有精美

223

壁画，主角是古龟兹的"罗密欧与朱丽叶"。

台湾客人对我的奇思妙想赞叹不已。

鸠摩罗什

台湾佛教兴盛，星云大师，闻名遐迩，但他们一行对鸠摩罗什不甚了解。站在石窟脚下惊奇张望。

我说，这位高僧实在太有名气了！《魏书》《晋书》《太平广记》《资治通鉴》等皇皇史著均有记载，而且非常崇敬。

鸠摩罗什，其父古天竺国人，极为聪明，将要继承世袭的国相，他坚辞不受，出家求佛。佛学精深，驰誉西域。龟兹王仰慕已久，请其讲经，聘为国师。不久，又把王妹嫁给他。鸠摩罗什出生成长在龟兹。幼时极聪慧，二十岁时，他讲佛学已是"四远学徒莫之能抗"。前秦王苻坚久闻大名，"秘有迎罗什之意"。太史上奏说，有流星降临，将有大智之人入中国。苻坚说，我听说西域有鸠摩罗什，莫非他要来？苻坚派大将吕光率兵七万伐龟兹，饯行时叮嘱一定把鸠摩罗什迎送长安。吕光攻取龟兹国，见鸠摩罗什年轻，戏言为他娶妻。鸠摩罗什坚辞不受。吕光设宴灌醉鸠摩罗什，把他与龟兹王之女关于密室，强迫成婚。鸠摩罗什抵长安受到隆重欢迎。他潜心翻译佛经，为传播佛学做出很大贡献。

我与游客们前后环视，仔仔细细端详鸠摩罗什塑像。在我所见过的所有僧人塑像中，这座塑像最传神。正面望去，鸠摩罗什正兴高采烈讲经说法，右手扬，右腿翘，神采飞扬，炯炯有神。史载鸠摩罗什年轻时"为性率达，不拘小节，修行者颇共疑之。然罗什自得于心，未尝介意"。好一个我行我素，坚定自信的高僧！他的肢体语言已生动展示了他的率直性格。侧面望去，他低头沉思，如坐似跪，苦思冥想，酝酿着思想的火花。还有，他通体黝黑，古天竺人就是这种肤色；他面容消瘦，佛经博大精深，将非常难懂的梵文翻译成汉文，他耗尽心血，自然憔悴。

放轻我们的脚步，不要惊动这位古龟兹出生的伟大翻译家，他正在思考永恒……

中华文化的长河源头有三：儒、道、释。有一脉清流属于鸠摩罗什。

台湾客人说，到了古龟兹才更加体会到中华文化根源是在大陆，佛教一支就行走在西域古丝绸之路，前有鸠摩罗什，后有星云大师。

大峡谷看山的相扑

大峡谷里有相扑？山与山也能相扑？是幻觉还是神话？

都不是，是我久久仰望，久久思考：怎么把大峡谷的形态和感觉表达出来告诉台湾客人？想来想去，居然对客人说你们知道日本的相扑吧！大峡谷是不是大山的相扑？现在不是讲究原生态嘛，相扑运动员显示的不就是人体的原生态？其动作寓巧于拙，一目了然，不就是力量的原生态？

台湾客人听了我的奇怪的联想惊奇地望着我，接着恍然大悟，连连点头称妙。

大峡谷的两座山就像是两个大力士角力相扑。你看山体筋骨峥嵘，肌肤如铁，雨刷水冲，线条刚健。你再看入山口呈喇叭状，那是两力士拱手施礼；往里走忽宽忽窄，七折八拐，蛇行弯斗，那是两力士时斗时分，凝视对方，或伺机一掌，或腾挪移步，或叉手而立。

225

大峡谷

我们行走在两位力士的脚下，仰望他们巨大的原生态的身躯。脚下时有融化的雪水：莫非力士角力万年汗流浃背了？左山逼，右山退，硬把蓝天割成一弯新月。左山防护，右山举掌，不经意间那手指如风帆矗立，景点名为"一帆风顺"。还有一处景点——"天狗吠日"，两山角斗，步进退，拳交错，突然静止，阳光投影，腰带凹处竟显出一条黑狗影子，仿佛咆哮欲奔。那该不会是力士身藏暗器吧！

我们往里走了不到两公里，深为峡谷的原生态所吸引所震撼。每走几步，天在变，时如带，时如锯；山在变，突而峥嵘，突而温柔；形态在变，有如大象低头，有如骆驼行空；溶洞也在变，或者美人垂目，或者洞藏玉雕；最重要的是心情随遇而变，好奇、惊骇、遐想、兴奋，真是别有一番感悟在心头！剥去林木花草的外衣，山的原生态这么刚烈，这么壮美！

最神秘是这条人迹罕至的大峡谷竟有一千多年前的佛教石窟！我站在三十多米高的悬崖下，仰望石窟，百思不得其解。悬崖是怎么上去的？峡谷是怎么进来的？冬雪夏洪，大峡谷与世隔绝无路可通，那些僧人如何生活的？而石窟壁画内容是什么？无数为什么构成了大峡谷的神秘。我们才走了不到两公里，才仅仅是大峡谷的十分之一，还有多少神秘等待被发现啊！

1999 年，两位维吾尔族采药人，用绳索攀上悬崖发现了石窟，报告当地政府"山洞里画了许多女人"。这一发现轰动龟兹故土并很快传开，且在短短几年得到开发，游客纷至沓来。

我们出来大峡谷山口，回头凝望。一位台湾客人冒了一句：相扑结束了，它们赢了高兴了，在抱拳作揖送我们呢……

重游图木舒克

"为什么我的眼里常含泪水？因为我对这土地爱得深沉"，不论我走到哪里，不论我是在飞机火车或者旅途，只要见到维吾尔人，只要听到维吾尔语，我就会想到图木舒克，就会在脑海里浮现一幅幅画面……

1969年冬，我21岁，第一次来到图木舒克。那时，自治区革委会决定将农垦厅小海子垦区巴楚总场及两个人民公社划归兵团农三师管辖。我作为工宣队的一员在这里工作了一年。学会了维吾尔文，深深影响了我的人生。

2008年5月，我60岁，又一次来到图木舒克。眼睛已经老了，记忆却很年轻，目之所视与脑之所忆，交错叠加，感慨万端，叹一句"戈壁惊开新世界，古城新奏刀郎乐"。

包尔其山

1969年冬，我第一次见到包尔其山。西北来，东南去，青灰色的石灰石，涓滴皆无，寸草不生，暮气沉沉，峥嵘苍老。我的工作组在山西南面的切克莎尔德大队，去阿克他木必经包尔其山口。坐在尘土飞扬的马车上，听到少数民族兄弟讲传说，茅塞顿开，兴趣盎然，这座山很不寻常，有着厚重的历史积淀。

　　包尔其山古代是与图木舒克山脉连为一体的。喀什噶尔河与叶尔羌河在此汇合，汹涌澎湃的河水冲开一道巨大的豁口，两山分开。水生沼泽，芦苇丛生，人们编织席子为生。"包尔其"维语意为编席人。不知何朝何代，河水两边山上崛起两座城堡。北为"唐王城"，南为"托库孜萨来依"古城。我那时年轻，好奇好游，两座古城都登上去了。青天高远，长风流波，旷野沙浪，思古悠悠。套用刘禹锡的诗，感怀一首："山围故国周遭在，浪打空城寂寞回。古河南北秦汉月，今朝还过石山来。""托库孜萨来依"维语意为九座宫殿。难道这里真的曾经有过一大片宫殿？何朝何代何时毁灭？无人告诉我这一切，只有好奇……

　　20世纪90年代，我主编《农三师民间文学集成》，到图木舒克收集民间传说，好奇心得到很大满足。

　　传说这里又叫"罐匠城"，盛产土陶罐。喀什噶尔河带来的红黏土提供了丰富的制陶制砖原料。人们还用山石烧石灰，用来刷墙。51团团部地名"阿克他木"即为白墙之意。古代这里人烟稠密，农牧手工业、商业红红火火。有一次外敌入侵，人们用陶罐装上石灰从城墙外山坡上滚下来，呛得敌军仓皇而逃。

　　当地著名的老翻译沙德尔告诉我，包尔其山另有一名字"铁吉尔他合"，意为"龙山"，传说远古时这里洪水泛滥，居民遭灾。人们向上天祈祷，突然空中雷声大作，一条巨龙从天而降化作一道石山，挡住了洪水。沙德尔说太阳快落下时，我带你去看那山像不像龙。那天天气晴朗，晚饭后我俩散步出了阿克他木镇，向南望去，山脊如鳞，夕阳铄金，果然如龙。龙是汉文化的图腾，莫非远古时代汉文化就衍射到图木舒克？还有，传说至少说明佛教伊斯兰教传入之前，这里曾有过多神崇拜。

229

在浩如烟海的史料中，看到了图木舒克包尔其山的资料：

伟大的探险家张骞通西域后，西域三十六国开始见于《史记》《汉书》。中原汉族与西域的各少数民族的文化联系由此发轫。发人深思的是《汉书卷九十六·西域卷第六十六上》记载：

西域以孝武时通，本三十六国，其后稍分为五十余，皆在匈奴以西，乌孙之南。南北有大山，中央有河，东西六千余里，南北千余里。东则接汉，厄玉门、阳关，西则限以葱岭。其南山，东出金城，与汉南山属焉。其河有两原：一出葱岭山，一出于阗。于阗在南山下，其河北流，与葱岭河合，东注蒲昌海。蒲昌海，一名盐泽者也，去玉门、阳关三百余里，广袤三百里。其水亭居，冬夏不增减，皆以为潜行地下，南出于积石，为中国河云。

这条史料令人大惊大喜！大惊者：古人的地理知识非常丰富，表述非常准确。北山是天山，南山是昆仑山，中间是塔里木河，蒲昌海是罗布泊。大喜者：和田河、叶尔羌河与喀什噶尔河汇入塔里木河，水流至罗布泊"潜行地下，南出于积石，为中国河云"。古人认为塔里木河是黄河的源头！

我立于包尔其山坡，遥望豁口，仿佛看到叶尔羌河与喀什噶尔河水从脚下匆匆东流，汇入塔里木河，到了罗布泊一头钻进地底下，潜行千里，从巴颜喀喇山渗出，成为黄河之源！联想到龙山传说，这里与中华文化有源流联系！

当然，由于战乱和河流改道，这里现在只有废墟和辉煌的地名"托克萨莱依"——九座宫殿。包尔其山南北两头皆存废墟。余秋雨先生有一篇脍炙人口的文章《废墟》："废墟是古代派往现代的使节，经过历史君王的挑剔和筛选。废墟是祖辈曾经发动过的壮举，会聚着当时当地的力量与精粹，废墟是一个磁场，一极古代，一极现代，心灵的罗盘在这里感应强烈。"

秋雨老师的话最适合解读包尔其山废墟：

"托克萨莱依"所说的宫殿实际是佛寺。西域三十六国中，图木舒克是尉头国，为龟兹所属。在龟兹与疏勒的长期激烈战争中，这里的"唐王城"是军事要塞。后来是佛教圣地。东汉后，这里曾有西域最早的一批石窟寺庙。唐玄奘曾记载这里兴小乘佛教，佛事兴隆。唐代时这里被称为"握瑟德"，是唐军的后勤基地。公元 747 年，唐天宝六年，吐蕃势力侵入葱岭以西，小勃律国王投降吐蕃，丝绸之路断绝。著名的军事家高仙芝率大军越葱岭征讨小勃律国（今克什米尔北部），图木舒克曾供应远征大军粮草马匹。公元 1913 年，斯坦因越葱岭来新疆考古探险。他评价这次远征："有过于欧洲史上拿破仑和苏沃洛夫诸名将越过阿尔卑斯山。"斯坦因也到图木舒克挖掘探宝。

包尔其山南也有一片废墟，据历史学家李恺考证，是摩尼教遗址，那个平台是大祭坛。摩尼教何时传入何时消失，均无据可考。但废墟与"托克萨莱依"古城年代相仿，令人深思：难道一山担两教，一头担佛教、一头担摩尼？

这次"作家看图木舒克"采风活动，我们又登上了包尔其山。三十九年前，初识此山，我是血气方刚的青年；现在，包尔其山用知识把我磨老了。因为，直到这次采风，包尔其山才向我祖露了它的筋骨。

我们采风团十余人顺着雨水冲刷出的沟爬上山去。我们惊骇地发现一块块圆润的黑色的花岗岩，用水把上面的灰尘一冲掉，是海生动物的白色的化石！怪不得近年有人称这里为"海螺沟"。一块花岗岩上是一群小鱼，仿佛在戏水，活泼可爱；另一块花岗岩上是一只大虾，长约尺余，周围是贝壳，黑白反差强烈；还有一块花岗石上是一

231

群海生软体动物，色白如玉，状如菊花。我无意中发现，一位女作家的裤子上的大小菊花图饰，与花岗岩上的菊花状化石图纹非常相似，我俩惊叹"不可思议！太神奇了！"可惜石头上的水一干，化石图形消失。当地人说下过雨后，这里花岗石花纹千奇百怪，全是海生小动物。大家惊呼："太神奇了！可以开辟为旅游景点！"

21 岁，我只看到包尔其山的肌肤：土青色的石灰石；60 岁，我才看到了包尔其山的筋骨：墨黑色的花岗石。沧海桑田，万年瞬间。我忽然想到"龙山"的传说：巨龙生于大海啊！花岗岩是龙的筋骨……

胡杨深处皮恰克村

21 岁时，我曾骑马走过图木舒克沃野。胡杨苍莽，古道曲折。年轻的我被古老的胡杨震惊了！有的千年胡杨状若卧龙，枝杆峥嵘；有的枯枝指天，欲揽长风；有的枝叶落尽，只剩主杆，气若鹰隼；还有的皮开肉绽，喘息荒丘。千姿百态，万种风情，引人遐思。骑马走

红柳枝烤肉

了几天，胡杨林无穷无尽。维吾尔人称胡杨为"托克拉克"，说胡杨寿命三千年：站着不死一千年，死后不倒一千年，倒地不烂一千年。幼年胡杨叶子狭长，状若柳叶。青壮年的胡杨叶子为卵型，油光发亮，十分好看。老年胡杨树叶呈椭圆形，覆盖整个树冠，如饱经风霜的老人。深秋时节，叶尔羌河古道边，苍茫一片红叶如火欲燃，比著名的香山红叶更雄浑壮观。

维吾尔人对胡杨有特殊的感情。砍柴火只砍枯枝，绝不砍带叶子的树枝。古老的胡杨被崇敬为神灵，不动一枝一叶。在夏河林场维吾尔人称一对对胡杨为"夫妻树"，主杆老了，根发新枝成为次生树，远远望去犹如老夫少妇，相扶相爱，与狂风沙暴抗争，正如一位科学家说的"植物也是有感情的"。胡杨树流出的"胡杨泪"是一种碱，用来发面打馕十分香甜可口。胡杨木最大优点是耐盐碱耐腐蚀，在水泥发明之前它是最好的制造水闸桥梁的木材。喀什诗人赞美胡杨：

> 有谁这样生生息息大气张扬，
>
> 有谁这样顶天立地豪情万丈，
>
> 有谁这样激烈悲壮荡气回肠，
>
> 只有胡杨顺其自然福祉一方，
>
> 只有胡杨顶峰逆向宁死不屈，
>
> 只有胡杨挑战极限一比短长。

这次采风，我乘坐越野车穿行胡杨林。仿佛又一新的轮回，老胡杨很难看到了，次生胡杨林枝叶繁茂，苍翠无垠。边看边想，思绪湍飞。

"皮恰克村"意为刀子折断了。传说一位猎手在这里与狼搏斗，刀子折断了。也有传说猎手追赶黄羊到密林深处，吃肉时刀子断了。他将断刀插入一棵胡杨树上，由此得名。1969年冬，我骑马来到这里，胡杨茂密，人口稀少。53 团团部商店在半地窝子里。维吾尔老百姓说，皮恰克村有两样东西闻名遐迩，一是羊肉味儿美，二是姑娘长得美。

三十九年后，了却了我半生夙愿。皮恰克村楼房崛起，大道平坦，不须细述。最使我高兴的是品尝了最鲜美的羊肉，看到了图木舒克最美的维吾尔"古丽"。

烤羊肉是原汁原味的野趣。在胡杨深处干涸河道边，老乡早已准备好了午餐。地上挖条浅沟，木炭炽红，用红柳削成一尺多长的签子，串上新鲜羊肉，放在木炭上烤。不一会儿，香气四溢，令人垂涎。大家席地而坐，品尝皮恰克村的烤羊肉。大家边吃边讨论，为什么乌鲁木齐无论如何烤不出来这种香味儿。首先，羊的品种不同，"橘生淮南则为桔，生于淮北则为枳"，北疆没有这种羊。图木舒克的羊世世代代吃胡杨嫩叶，饮大漠碱水，肉极细嫩鲜美，别处没有这个生态环境没有这种羊。其次，大城市多是冷冻羊肉，而且水洗，鲜味流失。这里是客人进屋，主人牵活羊来敬客人，然后宰羊，皮剥干净，不可水洗，下锅煮熟，浇土盐水，肉极鲜美。第三，城里烤肉用煤，这里用胡杨木炭。要品尝原汁原味的美食就到大漠胡杨深处来，要欣赏原汁原味的刀郎舞就到图木舒克来！

自古深山出俊鸟，胡杨深处有美人。皮恰克村的美女名不虚传！中午，在旅游点"胡杨村"，我们看了一场刀郎舞表演。要看姑娘

刀郎姑娘

234

小伙子美不美，不看台上看台下。一群十几岁的小巴郎小"克孜（姑娘）"，个个俊美可爱。小伙子黑发明眸，浓眉直鼻，硬朗精干，活泼矫健，富有男子汉阳刚之气。姑娘们有的乌发如瀑，浓眉大眼，顾盼有神；有的身材匀称，行若流云，神若雏燕；还有一位特别引人注目，脸盘圆润，眉毛浓黑，上台跳舞眼神激情四射，动若脱兔，下台小憩眼神腼腆幽深，静若秋水。她们的老师是一位中年女性，穿一身黑色"布拉吉"裙子，可能是常年练功跳舞，身材精干，一望而知年轻时是美人。我的照相机盯住他们，从台上到台下，从表演到平常。真是应了罗丹那句话，生活中并不缺少美，而是缺少发现美！

三十九年前，我的翻译悄悄告诉我，在图木舒克乃至巴楚县有人能娶上皮恰克村的姑娘，是件很自豪的事。

是啊，从猿变成人的一瞬间，人的天性就在追求美：美德、美人、美味、美景、美文……

三十九年后，重游图木舒克，我沉浸在美的海洋里：刀郎舞刚健优美，刀朗人活泼俊美，胡杨林苍莽壮美，唐王城峰燧凄美，海螺沟化石惊美，小海子碧波水美，赶集人扬鞭歌美，古河道烤肉味美……

图木舒克人在张扬美、创造美、追赶美、炫耀美！美的象征是姑娘们喜欢的艾德利斯绸，大红大黄大绿大紫，色彩对比非常强烈！让你看一眼就永远记住！

来吧，如果你爱美追求美！

四十姑娘坟 唐王城

1969 年冬，我在图木舒克听到四十姑娘坟的传说。有的说，察合台汗的蒙古大军追杀刀郎人部落，在叶尔羌河畔的密林里将这个部落围住。要这个部落交出四十个美女，可以网开一面，让其逃走。刀郎人决

235

心誓死抵抗，而四十个姑娘勇敢站出来，愿意牺牲自己保全部落父老乡亲。她们站在蒙古大军的阵前，听着远去的蹄声，从容拔刀自尽。还有人说，四十姑娘不是自尽而是为掩护父老乡亲突围，一起战死的。

不论那是传说还是真实的历史，无法考证也无须考证，古代大多游牧民族没有文字。历史是口头传承，必然会融入一代代人的爱憎。四十个妙龄姑娘葬在这里了，四十个鲜活美丽的生命消失在这里了，留下了地名"克尔柯孜马扎"——四十姑娘坟，留下了延续几百年的朝拜纪念活动。历史朦朦胧胧，传说感情深深。几百年来，刀郎人骑马骑毛驴，甚至徒步，带着干粮，来到大漠深处胡杨林中朝拜四十姑娘坟。年年不断，代代相传。而且来朝拜的有许多女性，这里弥漫着女性的阴柔之美，壮烈之气。

这次去四十姑娘坟路最难走。尽管大漠烈日像头顶一盆火，尽管浮尘如水"小孩跌倒了要用手摸"，尽管是"三跳路"车在路上跳，人在车里跳，心在肚里跳，但是到了那里，立刻感到付出多少辛苦都值得，不虚此行。

从夏河林场往东，次生胡杨林郁郁葱葱，无边无涯。六辆越野车喘着粗气，满身尘土，蹒跚而行，绕了半天，终于到了四十姑娘坟。几十株饱经风霜的老胡杨，无言地诉说着那段悲壮的故事。坟地占地约两亩多，曾有木栅栏围住。中间一棵三四人合抱的古朴苍劲的大胡杨下，插满五颜六色的彩幡，人说这就是四十姑娘的英灵所在。也有人说，姑娘被埋地下英灵化为胡杨，千年不死傲苍穹。朝拜者在这里祈祷许愿，系上彩色布条为信物，以求灵验。旁边一土块屋子，是守陵人的住房。不知多少岁月流逝，刀郎人对四十姑娘坟的守护与崇拜没有中断，令人感动。

我仿佛走进了传说世界，天空瓷蓝，流云无声，追寻远古，情入幻境。那棵斜躺的古胡杨莫非是姑娘横刀自刎缓缓倒下的身影？那一簇扇形的赤橙黄绿的彩幡莫非是姑娘碧血飞溅？杀伐征战从来是男人们的事业，而这里却一下子倒下了四十个姑娘！不论哪个民族，何种信仰，什么文明，女人就是女人，她们的天性是相通的。女词人李清照在战乱之中南逃，写下悲愤的呼唤："生当作人杰，死亦为鬼雄。至今思项羽，不肯过江东。"那时的北宋汉族的"项羽"到哪里去了？任凭无数"李清照"流离失所逃亡江南……

好男儿都应该到这里来瞻仰来凭吊，更应该理智地思考。不错，杀伐征战，马革裹尸是男人们的勇敢壮举，但是，阻止杀伐，消灭战争，永保和平也是男人们的神圣职责啊！保卫和平才能保卫女人啊！有位西方哲人说过，战争是人类最丧失理智的行为。我国古人崇尚"仁政"，反对暴政，"天涯静处无征战，兵器销为日月光"。"不知有汉，无论魏晋"的桃花源，成为世世代代向往的理想境界。今天，人类智慧已能遨游太空登上月球，已能把机器人的足迹印上火星，但是没有解决一个与人类生死攸关的难题：如何永远告别战争尤其是告别核战争。难道人类发展到今天智慧还不够？还停留在四十个姑娘喋血的时代？

我从四十姑娘坟到唐王城，一路的思索更深刻。

唐王城在图木舒克山口，山东的悬崖上有三个洞窟，山顶有烽火台，山西北的凹处有"阿沙土"。我年轻好奇，登上百尺悬崖，寻访洞窟。有一洞窟中残存半身坐佛像，刀法圆熟，气象尊严。那时一点佛教知识都没有，与佛无缘，没有感动。正逢农业学大寨运动轰轰烈烈，我曾带着社员们去唐王城挖"阿沙土"。牛车马车毛驴车，马嘶牛哞，骚驴撒欢，尘土飞扬，场面热闹。那天，我站在唐王城城墙遗址小土包上。突然，一个巴郎倒提坎土曼从尘雾中出来招呼我，说挖出一个"菩萨头"。果然，扒出一个大土疙瘩。剥去黏土，是一个真人头大小的"菩萨头"。色彩全无，造型庄重，外陶内木，发髻高绾，与敦煌石窟很相似。我那时年轻无知，根本不懂这是珍贵文物。不知该怎么办，就叫人把"菩萨头"送到团部，后来听说被当作"封资修"东西砸碎扔掉了。挖"阿沙土"不久也停了，塌方压死了人。老乡们说"唐王城冤魂发怒了"。

这次，在图木舒克文物展览馆，我看到从法国巴黎东方文化博物馆拍摄到的照片，伯希和盗掘拿去的佛像就与我当年从"阿沙土"中得到的"菩萨头"一模一样。想起来让人心痛！可以想象当年唐王城毁灭时，死人死马和各种偶像全被埋于此处，千年后成了"阿沙土"。

我这次采风带了一本《龟兹史料》，其中提到在两汉时，图木舒克是尉头国所在地，属龟兹国。翻开史料，一页页刀光剑影，战乱频仍：

西域诸国，汉初开道有三十六国，后分为五十余，建武以来，更相吞灭，今有二十。（《三国会要卷二十二》）

龟兹者，西域之旧国也。后汉光武时，其王名弘，为莎车王贤所杀，灭其族。贤使其子则罗为龟兹王，国人又杀则罗。匈奴立龟兹贵人身毒为王，由是属匈奴。……太元七年，秦主苻坚遣将吕光伐西域，至龟兹，龟兹王帛纯载宝出奔，光入其城。（《梁书卷五十四》）

（班）超将发还，疏勒举国忧恐。其都尉黎曰："汉使弃我，我必复为龟兹所灭，诚不忍见汉使去。"因以刀自刭。超还至于阗，王侯以下皆号泣，曰："依汉使如父母，诚不可去！"互抱超马腿不得行。超亦欲遂其本志，乃更还疏勒。疏勒两城已降龟兹，而与尉头连兵。超捕斩反者，击破尉头，杀六百余人，疏勒复安。（《资治通鉴卷四十六·汉纪三十八》）

尉头国即图木舒克。从它走上中国历史舞台就在西域的攻伐动乱中经历刀光剑影，狼烟烽火。班超曾在图木舒克击败龟兹军。图木舒克处于龟兹与疏勒的交界处，战略位置太重要了。两汉以后，直到唐宋，匈奴、突厥、吐蕃、羌、吐火罗、回鹘等民族，在这里写下了浓墨重彩的历史画卷。成吉思汗大军横扫亚欧大陆，极大改变了西域各民族的分布图。有的灭亡，有的迁徙流离，有的分化融和，有的组合成为新的民族。

三十九年后，我再次立于唐王城遗址，追思历史，感慨万千。

如果人类不想成为"阿沙土"、人类创造的文明不想成为唐王城的"菩萨头"，就要放弃霸权、遏止贪欲、反对恃强凌弱、加强交流合作，各种文明要和谐相处，要有个解决冲突和矛盾的平台，说白了是挂在联合国的那句中国古训"己所不欲，勿施于人"。你的姑娘不愿意被别人抢走，你就不要去抢别人的姑娘，也就不会有"四十姑娘坟"；你的信仰不愿意被别人武力剥夺，你就不会去武力剥夺别人的信仰，也就不会有"托库孜萨来依"废墟。道理就这么简单，可人类几千年来都没有这么做也不愿意这么做。而现在是非要这么做了，因为人类已经制造出毁灭自己的核武器！

这就是图木舒克的历史文化给我们的启示。你看，千年胡杨苍劲峥嵘，它与石山、大漠、野草和睦相处，它从不恃强凌弱，而时时关照红柳、野麻、白刺，营造了多么丰富多彩生机勃勃的大漠绿洲！谁也不能让大自然所有的花朵只能一个颜色，谁也不能让人类的精神文化只能一种表达！

大漠新城舞刀郎

我站在北山公园的小山上眺望图木舒克新城。公园的土山是人工造的，高二十多米。挖河取土，垒土成丘，种树种草，清新可爱。

三十九年前，我第一次到图木舒克。巴楚总场场部在阿克他木镇，是图木舒克垦区中心。那年月物资十分贫乏，百姓生活困苦。那天下着小雪，阴沉寒冷。进了破旧的招待食堂，我想吃一碗热乎乎的面片子，一问却犹豫起来。那时粮食供应紧张，垦区吃的返销粮，百分之九十是苞谷面。一碗白面揪片子要粮票200克，但要搭1800克的苞谷馕。那碗漂着油花的揪片子实在令人垂涎。我一咬牙掏了两公斤粮票，吃了一碗揪片子，把9个瓷实的苞谷馕装了一挎包背走了，吃了七八天才吃完。这是图木舒克给我的第一印象。今天的图木舒克年轻人，听到这个故事以为是天方夜谭。因为，今天粮食实在多得吃不完了，要不断压缩粮食面积，扩大经济作物面积。

我站在北山公园的小山顶上，给作家们讲面片子与苞谷馕的故事，像放映一段陈旧的黑白影片。这与眼前看到的一切反差太大了！

"戈壁惊开新世界，天山常涌大波涛"。崭新的楼房一栋栋崛起，一湾人工河穿流城中，平坦宽阔的柏油路四通八达，年轻巴郎骑着摩托车轻快驶去，后座上俊俏女性的彩裙飘逸。现代化的广场气派宏大，文化气息浓郁。华表高耸，汉阙尊严，文化柱浮雕精美，古色古香。民俗文化柱上刀郎舞、游戏、迎宾、丰收，栩栩如生，跃然石上。高达19米的张拉膜组成立体飞翔造型，像现代派时装女郎的精美头饰。

1969年，我曾骑马走过这里。在我的日记里记着一个个地名："其盖麦旦"野麻滩，50团团部；"其干雀勒"周围枯树中间大坑，52团团部；"麻扎霍加"圣裔之墓，50团团部。难忘44团所在地"精墩"，意为"有鬼的沙丘"，居说这里胡杨形态怪异，地形复杂，常有打柴人迷路，有去无归，疑是有鬼迷惑人。人们把地名改一字称为"金墩",成为富贵之地。49 团地名"盖美里克"地窝子,那条美丽的河叫"盖美里克"。

那时这座新城所在地是一片肥沃的草原。红柳花开一穗穗火星欲燃,野麻"花色遥望近看却无"。野刺梅一人多高,开紫红色花,兀然探出,分外妖娆。满地的胖子草、爬地虎、野蒺藜、芦苇,密不透风,马足难行。遥望永安坝石山如金字塔,突来买提河蜿蜒大草原,风光醉人,引吭高歌:"我骑着马儿过草原,清清的河水蓝蓝的天……"

三十九年过去,弹指一挥间。记忆与眼前,镜头切换只在瞬间。我想起艾青的诗:

> 我走过许多地方,
>
> 就数这座城市最美丽。
>
> 她是那么年轻,
>
> 让人一见倾心。

是啊,我们是在古代的废墟上、在毁灭的唐王城下,建设了这座年轻的大漠新城。

晚上,图木舒克市领导特意举办一场刀郎舞表演。令人赞叹的不仅是粗犷豪放、古色古香的刀郎舞,而且是穿插了一场现代派健美舞。身穿古代刀郎人衣裳的维吾尔演员刚施礼谢幕,登台的是一群身着紧身健美服的年轻姑娘,在铿锵有力的迪斯科乐曲中,动作奔放,节奏激烈。这正是图木舒克文化的精髓:古老与现代、传承与创新、弓箭与电脑、胡杨与卫星,交相辉映,激发生机,开拓进取,永无止境。

演员们热情邀我们共舞,我欣然下场与刀郎人对舞。"手应弦,心应鼓,鼓弦一声双袖举",老夫聊发少年狂,我就是青年时在这里学会跳维吾尔舞的。与我对舞的维吾尔老者白发飘动，神采飞扬，向我投来赞许的目光：跳得不错！我一激动，舞步更灵，动作更活。我想大声告诉所有可爱的各族乡亲，我第一次认识图木舒克是 21 岁，这次重游图木舒克是 60 岁！与唐王城废墟相比，与托库孜萨来依古城相比，我与图木舒克新城一样年轻！

人生能有几回搏！

人生能有几回狂！

跳吧！唱吧！

我们融化在图木舒克人的热情奔放的欢乐的海洋里……

乌市骑车二十年

结庐在人间，

而无车马喧。

问君何能尔，

心远地自偏。

我在乌鲁木齐骑车二十年，深深感悟陶渊明诗的意境：车马喧嚣，无视无闻；心有乐土，山林滋润，信马由缰，目随云走。宠辱皆忘，天地独行。人生难得有静气。

陶令的乐趣在山林田园之间，其实城里也有许多乐趣。骑车乐趣就很多，自由自在，想走就走，想停就停。人民广场纪念碑高耸，老人们悠哉乐哉，孩子嬉闹放风筝。南湖新广场气势宏大，水碧树绿，建筑精美，富有现代气息。更不必说登上水磨沟山顶，放眼远眺，高层建筑如雨后春笋昂首云天。城市的日新月异的变化，骑车人最清楚最高兴。原来骑车走过的旧街道，屋顶上长着草的黑乎乎的旧楼群，转瞬间变成平坦宽阔的马路、造型优美的住宅小区。

但是，乌市是十分缺乏自行车文化的城市。"车水马龙"是古人形容城市热闹繁华的褒义词，今天这个词就不完全是赞美了。古时的车是不消耗石油的马车，而今天的车是喷吐着青烟的汽车。"车水马龙"意味着塞车堵车、空气污染、车祸灾难等。而自行车不消耗能源，方便轻松，既可出行又可健身。这是任何交通工具不可比拟的。新中国成立以来，乌市的城市规划最早设计有自行车道。但是，自行车拥有量远比其他大城市少。街头从未有过二十世纪我国大城市独特的风景——自行车洪流。到了轿车大量进入家庭的今天，乌市街头更是难见自行车。偶尔可见有"城市猎人"伏身赛车飞快驶过，我骑车举目四顾，难见同伴，顿感百思不得其解：为何自行车发展不起来？有人说乌市冬天太冷时间太长，市民不愿骑车。这不是理由，东北的哈尔滨、长春与乌市一样冷，还不是满世界自行车。还有人说乌市建城在山凹凹，上下坡多，冬季结冰，没法骑车。这也不是理由，一年四季没有道路结冰的时间长达八九个月啊！况且现在柏油路宽敞平坦，四通八达。

据考证能说得通的理由有两条：一是清乾隆赐名"迪化"后，乌市城市建设日渐兴隆，马车文化已占先机。当时清政府的军政中心在伊犁，乌鲁木齐是军屯、遣屯之城，是兵马粮草的转运站，满街是骑兵马车。左宗棠收复新疆，伊犁九城被沙俄所毁。新疆建省后军政中心转至乌鲁木齐。乌市商贾云集，百业兴起，城市快速发展，高官巨贾自备车马，公共交通是"六根棍"马车。苏联十月革命后，溃逃新疆的沙俄贵族带来了少量汽车。乌市的汽车文化由此发轫。但木桥土路山凹，弯街陡坡冰雪，使昂贵的汽车远非马车对手。二是新疆的自行车最早来自沙俄，价格昂贵，老百姓买不起。况且马车文化长期一统天下，自行车更非对手。总之，由于内地城市是单一农耕文化的产物，而乌鲁木齐是游牧文化、农耕文化与屯垦戍边的综合产物，因此民俗风情、城市文化与内地有许多不同。新中国成立后，乌市由马车文化直接进入汽车文化时代，自行车虽然增多但没有形成大气候。对此，今天的骑车人体会最深。

骑车行进在混凝土钢筋的丛林中，很难达到"心远地自偏"的境界。

乌市的自行车文化在夹缝里艰难生存，始终是星星之火，挣扎跳跃，难以燎原。城市经济飞速发展的标志首先是汽车汹涌而来，旧路扩建，先占绿化带，再占自行车道。自行车只能与行人为伍，而且生存空间被严重挤压。我骑车亲眼目睹的惨烈车祸不须细述，看看报纸上整版的电子警察的违章车号，足以令人触目惊心。优胜劣败，弱肉强食的丛林原则在城市化的过程中凸显，骑车人常有"人为刀俎，我为鱼肉"之叹。弱者的唯一出路是遵循祖宗传下的老百姓的活法：惹不起，躲得起。千万别骑车上机动车道，遇十字路口从地下通道推过去。有时地下通道修理，非过马路不可时，你记住李向阳是乘鬼子机枪换弹铗的空隙冲过封锁线的，你把红灯就当成"换弹铗"，汽车就是无数子弹。一批子弹过去，弹铗刚刚换上，马路上会有短暂空隙，你得推车快步通过。

我骑车锻炼效果最显著的部位，一是双腿有劲，肌肉瓷实；二是颈椎灵活，转动轻巧——过马路时恨不得脖子装上轴承，尤其是有的路口红灯不禁止右转弯，轿车小巧玲珑，声音又小，如果开车人一手打手机一手驾车右拐弯超车，你即使在人行横道线上，而且对面绿灯也是万分危险！一条忠告：如果你的目光看不到后方 50 米外的动静，绝不要轻易过马路。我经常看到那些年轻司机一手把手机贴在耳朵上，一手扒拉着方向盘，真想大喊一声：不！

骑车人绝不嫉妒和排斥汽车，绝不会吃不上葡萄说葡萄酸。汽车文明是社会进步的标志。但是恩格斯说得好，人类不要过分陶醉于对大自然的胜利。对于这样的胜利大自然每次都报复了我们。来自汽车拥有量最多的国家——美国的总统布什，到中国来访时忙中偷闲居然带着全套运动员行头，在北京骑了几十公里自行车！我国的优秀自行车运动员陪练。有人说是"作秀"；有人说是提醒中国，美国汽车太多不堪重负，别重蹈覆辙；也有人说骑车是布什的个人爱好。不论如何解读，我们总不能在别人跌过跤的地方也重重再跌一跤吧！非常简单的常识：中国的人口、土地、资源承载不了太多的汽车，却可以承载无数的自行车。为什么不给自行车文化更多发展空间呢？须知空气、阳光、运动是永恒的健康之道。

聊以慰藉的是乌市的骑车一族正在崛起，而且越来越年轻化。石人沟、水西沟、水磨沟等景区，每逢双休日总能见到驴友驮着背包飞车。还有年轻的夫妇俩带着孩子，身着精美的运动服，戴着彩色头盔，俯身车把，骑行飞驶。享受大自然赐予的清泉绿树，鸟语花香，空旷幽静，怡然自得。我常常围着水磨沟骑车转山，夏日炎炎，林风清凉，山顶浓荫蔽日，有水管流水，把山地车擦洗干净，林下看书，享受清爽宁静，其乐融融。但是，几十平方公里的山林，近年被铁栏杆分割包围，豪华别墅群正在兴建，据称要建西部最豪华的别墅群。过去可以骑车随意去的地方，现在不是豪华大门就是崭新油漆的铁栏杆。山林秀色，隔栅观望。公园免了门票，自行车却不能进。将爱车像拴马一样锁在栏杆上，进园散步少了许多乐趣。

采菊东篱下，悠然见南山。

久在樊笼里，复得返自然。

我的最大乐趣是向往陶渊明的悠闲恬然，推着自行车离开楼丛人群车流，穿行于蜿蜒山中的羊肠小道，寻访水磨沟山的奇花异草，体验"复得返自然"的意境。

五六月雨水丰沛，七月天艳阳高照，遍地野草吮吸肥水争夺阳光憋足劲儿狂长。人工栽的树一排排一层层很整齐，过去许多年，草再长也与树枝有距离，一眼望去可以看到一层层树干。而现在，草一疯长，居然与树枝连为一体，树帽子扣到了草的头上，绿色的帘子上下合拢了，看不到树干了，令人惊叹真是五十年一遇奇景。山石隐形，绿波起伏，漫天碧透，仿佛空气都被染绿了。钻进草木密处，远离尘世，屏息静气，你会听到草的拔节声展叶声，甚至听它们喊喊喳喳商量怎么攀枝缠树怎么发展壮大……

确实，它们在喊喊喳喳，因为它们抱团丛生，一窝窝，一片片，根连根，叶叠叶，一枝惊，一坡颤，一枝一叶总关情。灰灰菜密集茁壮，密匝匝围住树干，攀住树枝；长在山坡，它如波似浪，密不容足。推着自行车穿行山坡，灰灰菜争先恐后扯住车把手喊道：看看我长得多高！青麻齐刷刷长在山坡上，远离树木，发出淡淡草药味儿。车前子、小叶芦苇、嫩红柳、骆驼刺等，扯腿拽足，热热闹闹。凹沟长满两米多高的芦苇，一团碧无情，没一片枯叶，叶肥枝粗，令人寻思它是不是竹子的近亲。而芦苇一旦分散开长，马上没了精气神，形影相吊，孑然一身。野扫帚苗是草中强者，它们很少寄身树下，多在山坡路边筑起密不透风的绿色的墙。它想反正我不开花，没心思争芳斗艳，干脆到路边展示我的存在。你看，厚实平坦的柏油路边挖了两尺宽的管道沟，刚回填了土才十几天，野扫帚的子孙已经顺沟把绿色播到了路尽头！

抬头树，低头草，环视碧涛漫天涯。我顿开茅塞领悟古人造字的奥秘，"蔽芾葱茏，恍逢丰木"，祖先一定是看到了丰沛的阳光雨露滋润的草木，才造出了形象活灵活现的草字头的一系列汉字。汉字是大自然对我们先祖的神秘启迪。先祖凝望着山水树木，创造了最早的方块字，声形意具备，成为人类历史上的文化瑰宝。汉字在陶令手里创造出多么神奇的一片天地啊！

最美的还是草中花，野性张扬，随情赋形，奇形怪状，美不胜收。唐代诗人早就道出了它们的心声："草木有本心，何求美人折"。牵牛花长藤如网，遇树缠树，遇草缠草，寻空隙，打游击，开出一朵朵粉白小花。芨芨草远看一条条细枝摇晃，近看那细枝竟然是花，一节节像一粒粒米粘成的花斑线绳。骆驼刺的花细小艳红，草苜蓿的花疏朗碎黄，苦苦菜的花光洁黄亮，蒲公英的毛团儿洁白轻逸，微风一吹，摇曳自在，赏心悦目。车前草虽不见花，但那叶子碧色油亮比花好看。野刺梅长在阳坡高过人头，远看像蜷蹲的大刺猬，枝粗刺锐，白色的大朵花招蜂引蝶，俨然野花之王。可别小看那些悄无声息趴在地上的肥壮的野草：野西瓜还没开花，但已做好开花准备，你看那藤多粗那叶多厚实。蒺藜已占据了有利地势，伏地爬行，一疙瘩一疙瘩的绿色刺果，秋后晒干变成青黑色专扎自行车轮胎！你听它在暗自嘀咕：谁笑到最后谁才笑得最好……

朋友，骑车看草去，不认识不要紧，随便给它起个名字就行，它会兴高采烈欢迎你"复得返自然"。

少无适俗韵，性本爱丘山。

误落尘网中，一去十三年。

自行车一进城，一下子"误落尘网中"，心中的陶渊明和山中的快乐浪漫顿时消失。世态百相，均在街头。北门是六条马路交会处，儿童医院和东风超市门前两个停车场夹死了四条地下人行通道。行人常在车缝中像鱼游逆水一般躲闪穿行，自行车常常推不过去。加上水果摊、烤红薯，见缝插针，招揽生意，再遇到商场常放高分贝音乐，路人更是躁上加噪，急步如逃。

我推车从地下通道斜坡上行或下去，有小孩牵着年轻母亲的手从斜坡滑下或爬上。这时全然没有"狭路相逢勇者胜"的蛮横，而你听到的是："快给爷爷让路！"那一双双明亮的眸子活泼可爱，跳到台阶上好奇地映着我。出了通道口身后传来母亲的叮嘱："长大了向爷爷学习，好好锻炼身体！"

最使我难忘的是，那天从地下通道出来，低头一蹬飞身上车，一抬头猛一惊：一个七十多岁胡子凌乱脸色黝黑的老者，骑着破旧的自行车快速而来。我连忙避让，擦肩而过时看到他的右边袖管空扬飘飞，是个独臂老人！他娴熟的车技、飞快的速度、灵敏的反应，令人叹服！

我飞身骑车，灵魂像飞鸟归巢奔向陶渊明：

羁鸟恋旧林，池鱼思故渊。

山气日夕佳，飞鸟相与还。

石河子有个王飞

——纪实散文

　　俗语云"画龙画虎难画骨"，那么画人呢？画出人的风骨更难。我一辈子写人，深知其难，写健在的大家熟悉的人更难。写他的好吧，大家偏偏数落他一大摞缺点；写他的不好吧，可他偏偏有不少优点。况且，他还健在，今后一直健在下去不知会发生好事还是坏事。所以，中国人讲究盖棺论定。但是，我必须把他写出来，因为很可能他还没"盖棺"而我先"盖棺"了——他比我年轻得多！

　　他叫王飞，在石河子颇有名气。常常从他滔滔不绝的说话中听到我们石河子如何如何，我们石河子人如何如何，而且胸脯拍得当当响。

　　我想写他是觉得这个人很有意思。啥"有意思"？有一场宝鸡宾馆风波。

　　那年秋天，我和王飞一起去宝鸡参加西北城市党史工作会议。我是兵团史志办处长，他是农八师石河子市史志办主任。没有文人的矜持内敛，深沉含蓄，他豪爽直率，棱角分明，像玛纳斯河的流水一眼就看清河底的石头。这种性格的人有亲和力，我俩很快无话不谈。

　　飞机到西安已是下午，到了宝鸡天黑尽了。我们住进开发区一家豪华宾馆。我俩一间豪华客房。路途劳顿，有点累了，想休息。王飞却毫无倦色，擦一把脸说出去走走。

我俩走在空荡荡平展展的马路上。这里的十二点相当新疆的半夜两点，又是新开发区，居民不多，冷冷清清。山风送爽，暑气消散。路灯明亮，高层灯火，遥接霄汉。他似乎对这些不感兴趣，一言不发只顾走，东张西望，寻找什么。果然，路边有一个红十字灯箱。我跟着他径直踏进那家小药店，里面有两位老年夫妻，自称是祖传的老中医。王飞撩起衬衣，露出肚皮一片红斑。那位老中医略一端详说是风湿皮疹。王飞问有药可以治吗。老中医很有把握地说这是常见病，我给你配副药擦几天就好了。你们听口音是外地人吧？我们点点头说来开会的。老中医热心地问了住哪个宾馆几号房间，说明天把药熬好送去，一天擦两次。王飞连连称谢付了药款，我俩回了宾馆。

刚进房间，电话响了。我一听娇滴滴的声音问要不要按摩立即把电话挂了。刚躺下，电话又响了。王飞接了电话，又是那个不甘心的女人声音，要按摩吗？王飞故意装作乡巴佬拿腔捏调，问你们都按摩哪些地方？女人一笑答哪里不舒服就按摩哪里。算了，我们两个人不方便吧？没关系，我们来两个人，各按摩各的，互不干扰……

我一把按掉电话说这种玩笑开不得，王飞哈哈一笑说逗逗她们，她们也寂寞啊，深更半夜还要加班加点。后来，他再也没接按摩电话。他说这种玩笑只能开一次。第二天一早，那个中医果然送来一罐熬好的中药，颜色姜黄，味儿冲鼻子。

正式开会只一天半，剩下时间参观。每天精疲力竭，躺下交流参观心得。宝鸡真是好地方，历史底蕴深厚。炎帝诞生于此，秦人先祖为周王牧马，兴起于天水宝鸡。秦统一中国，建都咸阳，在龙兴之地宝鸡大兴土木，繁华一时。百年以来，宝鸡出土的商周时的青铜器一

251

次次震惊世界。古人视死如生，死犹享受。商周不知在这里封了多少王侯，这些王侯不知把多少财富埋在地底下。姜子牙垂钓河滨，诸葛亮长眠五丈原；六出祁山，暗度陈仓；山有灵，水有情，一山一石皆有故事。宝鸡风光秀丽，松柏森森，山如翠屏，溪流环玉；柿林橘林，香入清风。膏腴之地，稻菽繁茂。宝鸡为历代兵家必争之地，西扼陇蜀要隘，东握关中八百里秦川之钥，北接漠北草原，南通太白汉中千里沃野。

我俩开会出差走过的大半个中国，宝鸡最令人难忘。

当然，更难忘是离开宝鸡那一天。天下没有不散的筵席。会议开了四天，该离开了。王飞要去安徽老家看看，托会务组买好上午的火车票。一大早，女服务员来说王飞那个床的被套染黄了，洗不掉，要赔钱。王飞神色沉稳，问赔多少钱。答三百元。值三百元吗？答纯棉的。王飞手一挥说把你们经理找来。女经理闻声而来。她四十多岁，穿着宾馆制服，不惊不乍。我抢上一步悄声对女经理说能不能少赔一点。还有句话没有说，石河子的人可不好撩拨。

王飞只顾弯下身子整理行李箱，女经理对着王飞后背说那就赔二百元吧。

王飞一转身手一挥大声质问，你们知道石河子吗？

女经理女服务员面面相觑，一脸茫然：石河子是什么？地名？石头名？这与赔被套有什么关系？

你们居然不知道石河子！是可忍孰不可忍！王飞激动了，滔滔不绝地说告诉你们，石河子是新疆第二大城市，是联合国授予最适合人居的城市，是周恩来总理陈毅元帅视察过的城市……

女经理女服务员听得愣住了，眼神更加迷惘：这与赔钱有什么关系？

告诉你们，石河子有世界一流的纺织厂，一流的纯棉产品！像你们这样的床单，最多值一百元。别以为石河子人没见过世面……

我看气氛有点紧张，宾馆保安也闻声来了。我把女经理叫到走廊，打电话给会议接待组，来了个省党史办的小伙子。我们三人一商量，同意赔一百元。

我们进屋给王飞一说，王飞转身一掌把百元钞票拍在桌子上，说石河子兵团有三大纪律八项注意，损坏东西肯定要赔。

随后，出现戏剧性一幕：王飞一脸认真地对女经理说，既然赔了钱，这块纯棉布就归我了。说着动作夸张地把黄迹斑斑的被套用力塞进鼓囊囊的行李箱。

王飞急急忙忙去赶火车。中午，我也离开宾馆，晚上乘火车返回乌鲁木齐。大约半个月后，我俩在我的办公室见面了。聊起宝鸡之行，他说肚皮上的湿疹真好了，老中医有两把刷子。我开玩笑地说，赔了钱就算了吗，走人就完了，那块黄迹斑斑的被套你还真要了而且带回来了？

他嘴一咧哈哈一笑说，咱石河子人能看上那个破被套？到火车站我就扔了。我咽不下那口气。他们居然不知道石河子而且想蒙咱石河子的人！

好了，王飞的故事说完了。他这一辈子活得有声有色，有滋有味，因为与他接触过的人都对他难忘……

王飞老弟，趁我还没有"盖棺"，先把你写出来，你看像不？

长在别人土地上的绿荫不属于你

　　一块田地肥不肥看庄稼，一座城市地气旺不旺看树木花草。乌鲁木齐是个地气旺的好地方，且不说水磨沟、鲤鱼山、红山树木多么茂盛，就看我家阳台两侧的爬山虎就是最生动的展示。那绿色的精灵张扬着呼唤着一口气从一楼阳台下面爬上四楼，也许它知道这里住着喜欢舞文弄墨的人，在经过我家二楼处枝壮叶肥，格外茂密。

　　我常站在宽大的阳台上欣赏爬山虎，常回味欧·亨利的小说名篇《最后的常春藤叶》。这篇小说构思精巧，情节简单，读后令人久久难忘，回味无穷。小说只有三个人物，楼上贫病交加的两个姑娘，楼下地下室中一个穷困潦倒的老画家。重病的姑娘凝望着小窗对面石墙上的常春藤，数着秋风凄雨中飘落的叶子，"五四三二……当最后一片叶子飘落后我就会死了"。结果一夜暴风雨后居然最后的一片绿叶没有飘落，姑娘没死，死的却是老画家：他临死冒雨在对面石墙上用油笔画了一片永不凋谢的常春藤叶子，一片绿叶一笔绝唱！欧·亨利笔下的常春藤不知是不是我眼前的爬山虎，我相信是，因为我站在浓密的绿藤绿叶中，时时有文学的灵感想写点什么。

　　春天，那绿芽像孵出蛋壳的雏鸟，急不可耐地探头探脑，舒展翅膀，摇晃长大。夏天，绿叶色浓油亮，宽展肥厚，密不透风，每天早晨把甜爽的氧气送入客厅，一个深呼吸一阵舒坦，一个凝视一个遐思：怪不得那位病重的姑娘把生命的希望寄托于常春藤，这绿色的精灵真的充满了生命活力：没人施肥，没人浇水，没人管理，风吹雨打，它凭着一股韧劲儿的一股昂扬向上的精神直往五楼爬去！

于是，我在喧嚣的大城市里不但听到了鸟的啁啾，而且看到了鸟的活泼可爱。常有鸟或跳跃，或梳理羽毛，或左顾右盼，或藏于浓叶中鸣叫，呼朋引类，求偶寻伴。有一次，两只鸟蹦蹦跳跳谈了半天恋爱，叽叽喳喳，兴奋欢快。可惜我一句没听懂，因为没有公冶长作翻译。那雌鸟先飞去甩下一句"拜拜"，雄鸟一愣神，忙去追赶。没几天，两只鸟又钻入浓荫，同栖一藤，啁啾错杂，成双成对。我没法祝贺它们，只有凝视不动，默默祝福。在天愿作比翼鸟，在地愿为连理枝。白居易一定是见过常春藤中的鸟的情侣才创作出这不朽名句的。不知白翁是否见过鸟啄籽实，很好看。那鸟先围着籽实上下左右跳跃，然后站在上方藤上欣赏，最后用力一蹬利用瞬间冲击力把籽实撞进口中，敏捷飞去。也许是去向比翼鸟献殷勤去了吧。

阳台下是一条路，上下班时行人很多。常有人驻足仰望两簇爬山虎从阳台两侧直爬四楼，状若彩门，赞叹好景。我知道他们赞美的是爬山虎，但我偏要享受这份赞美景仰。我站在阳台上像站在主席台上的将军，检阅川流不息的队伍，忍不住想挥挥手，指挥行人前进。那种心态好不惬意！

可惜好景不长，应了那句话"木秀于林风必摧之"。那簇爬山虎兴旺了五六年，终遭劫难。一楼那位女士早就抱怨爬山虎遮了阳光，房里不亮堂，扬言要砍。我们没有当真，谁不爱这浓浓的绿荫呢！去年秋天，她唤来一打工者将粗壮的爬山虎连根砍去。今年开春，鸟鸣

255

没了，绿荫没了，那位病重的姑娘生命寄托的最后一片常春藤叶子消失了……

　　不必叹息，根子在别人的地盘上的树木，绿荫不属于你，你可以欣赏，但感情不能太投入；因为不可能长久拥有……

我家的书法条幅

在乌鲁木齐，被称为"土豪"即没多少文化的暴富起来的那些人，豪宅必有名贵条幅，有的还是著名书法家的墨宝，况且我辈文人，乔迁新居，条幅是必不可少的。

我的新居有三帧条幅，客厅大条幅，长两米五，高八十公分，草书毛泽东《清平乐·六盘山》；两个卧室各一小条幅，一副是唐王瀚的《凉州词》，一副是新疆人喜欢的西域名诗人杨昌濬的《恭诵左公西行甘棠》。

条幅一挂果然文气沛然，满室生辉，咫尺万里，遐思无垠。这三帧条幅都有故事。

客厅的条幅长卷出自甘肃著名书法家"天山牧人"之手，是1966年新疆生产建设兵团援助酒泉钢铁厂干部蔺文茂赠送我的。我与"天山牧人"素未谋面，他在条幅落款处写道："应文茂先生嘱赠陈平先生雅赏"。

我想，甘肃书法家选毛泽东《清平乐·六盘山》是有道理的。当年毛泽东率领红军爬雪山，过草地，打了无数恶仗，九死一生，登上六盘山，毛泽东心情一爽，此山并非险峻，且秋高气爽，往前走已无恶仗，红军长征的目的地陕北根据地遥遥在望，毛泽东豪情勃发，万斛激情凝于一句："不到长城非好汉，屈指行程两万。"

甘肃文人特别看重这首词，因为在毛泽东许多的经典诗词中，唯有这首与甘肃有关。我理解书法家"天山牧人"选这首词的初衷。其书法深得毛泽东这首词的精髓：用笔豪放，潇洒畅快，果然"天高云淡"；狂草泼洒，气韵生动，果然"缚住苍龙"壮志凌云。

老同志蔺文茂送我这幅书法长卷，饱含对新疆生产建设兵团的深厚情谊。二十世纪五十年代初，新疆生产建设兵团正处于艰苦创业时期，兵团领导张仲瀚到开荒工地视察。满身尘土的战士们排列整齐，席地而坐，听张政委讲话。部队传统首长讲话前先唱歌。一位年轻战士大大方方走到队伍前指挥唱歌。小战士军人气度，精神饱满，动作干练，战士们歌唱得铿锵有力，气势雄壮。张仲瀚会后特意叫来小战士，问参军时间，文化程度，哪里人等，突然问道"你愿意给我当秘书吗？"小战士一愣，说"我行吗？还没有入党……"张政委微微一笑，说你年轻，边学边干嘛！

就这样一个偶然机会，蔺文茂成为张仲瀚政委的警卫员。几年后，蔺文茂成为石河子糖厂的一名车间领导。1966 年，兵团承担了中央下达的任务，选调干部参加援建国家重点工程——酒泉钢建设，蔺文茂被选上，与 300 多名兵团干部战士一起，来到河西走廊荒原上的酒泉钢建设工地。

"北风卷地百草折，胡天八月即飞雪。""大漠风尘日色昏，红旗半卷出辕门。"古诗描绘的河西走廊山大风烈，地贫水寒。从古到今，这里是中原连接西域的咽喉之地，战略地位深远重大。

酒泉以西汉名将霍去病将庆功酒倒入泉水与士卒共饮而得名。酒泉钢铁厂建在一片石头滩上。蔺文茂到这里时看到的是一副"烂摊子"。酒钢于"大跃进"时仓促上马，不久遇严重饥荒经济困难又仓促下马。不少工人丢下工具逃荒而去。兵团人来到时看到，搅拌棒还插在混凝土里，工地凌乱无序。一切从头开始。根据中央军委命令，组建中国人民解放军基建工程兵 02 部队。1954 年，集体转业脱了军装的兵团人，12 年后又穿上军装"一颗红星头上戴，革命红旗挂两边。"党中央、国务院对酒钢工程再次上马高度重视。兵团人一来工地听到领导讲，毛主席说一个酒钢，一个攀枝花，建不好睡不好觉。没有路我骑毛驴去，没有钱把我的稿费拿出来也要上。

蔺文茂说，领袖的话朴实易懂，震撼心灵，我们干的是让毛主席操心睡不着觉的大工程！人人心中充满强烈的责任感和自豪感。几十年过去，这段话仍在心头回荡，热流涌动。

1970 年，酒钢按计划建成投产。当全国最大的 1528 立方米的高炉出铁时，全厂欢腾！后来，蔺文茂担任了甘肃重点企业铝厂厂长，把一个严重亏损的厂子搞得红红火火。

"离开兵团 42 年，兵团没有忘记我们，派你们来看望我们。来，干一杯！"老蔺拿出了珍藏二十年的茅台酒。

第二年，老蔺特意到乌鲁木齐看望老战友，并赠送我"天山牧人"的珍贵书法长卷。客厅顿时有了"兵团人"的传奇故事。

我的卧室的两幅书法，内容是我选的，也有故事。书法是新疆著名书画家吴晓明的墨宝。先从两帧条幅的宣纸说起。

前年，北京一家文化传媒公司为庆祝兵团成立六十周年，创作了一部三十多集的电视连续剧。文化传媒公司的董事长是一位五十多岁的女士，山西人，十分敬业，带着编剧去塔城边境农场体验生活。兵团文联领导请我给剧本反映的历史背景把关。几次交谈后，那位女董事长发现我会讲故事，于是两次来新疆都请我给编剧讲兵团人故事。她为表达深切谢意，赠送我两张宣纸。这个宣纸来历可不寻常，不仅纸质非常好，而且盖有一枚据说是皇太后的玉玺。玉玺是陕西皇帝陵墓出土，篆刻精致，稀世珍宝，盖有这个皇太后玉玺的宣纸价值万金。

这么珍贵的宣纸当然要有与其相配的书法。首先是内容，一幅选了西域名诗："大将筹边尚未还，湖湘子弟满天山。新栽杨柳三千里，引得春风渡玉关。"左宗棠收复新疆功垂青史，此诗平中见奇，寓意深刻，韵律工整，备受推重。还有一幅选了唐王瀚的《凉州词》："葡萄美酒夜光杯，欲饮琵琶马上催。醉卧沙场君莫笑，古来征战几人回。"此诗精美，深得历代文人推崇，又与新疆有关。更重要的是，1965年我十七岁时，在42团戈壁滩上搞测量。组长孙祜酷爱喝酒，同时也爱吟诵饮酒诗。那天，他讲喝茅台酒的感觉，高声背诵这首诗，一下子激发了我的兴趣，我也背了几首与酒有关的诗词。从此，我们师徒俩常常诗词唱和，谈古论今。为纪念恩师特选这首唐诗。

接下来的问题是请哪位书法家写了。名家请不起，一字千金。兵团人帮兵团人。中新社兵团分社社长杨东，介绍我认识了颇有名气的书画家吴晓明。晓明也是兵团人，性情豪爽。我把盖有皇太后玉玺的宣纸展开，晓明一眼即知其价值，沉思一会说："我先另取一张写个草稿，你看着满意再往这张宝贵的宣纸上写，好吧？"

我讲了选这两首诗的由来，特别讲我的恩师前些年已经逝世，为寄托永久的思念，请晓明在落款处注明"一九六五年冬陈平恩师孙祜颂于木华里大漠为纪念这段经历而为之"。

晓明的草书精美酣畅，字字珠玑，寓意深刻，满壁生辉。而且，他坚辞任何酬谢："都是兵团人，两幅字算得了啥！"

我常常静静沉思于三幅书法珍品前，抚摸记忆，回溯感情，体验历史，沉醉其中。历史的刀光剑影总会化作和畅的春风，亲情友情恩情随着岁月的沉淀会酿成醇香的美酒……

寻 常 茶 话

宁可三日无肉，不可一日无茶。

—— 题记

古稀之年，回头一看，居然喝了五十多年茶了。不说说茶的故事，似乎心里有点空落落的。

我是十六七岁开始喝茶的。初中毕业，当了一名新疆生产建设兵团的农工，在一个叫木华黎的地方"挖坎土曼"。木华黎在喀什岳普湖县东三十公里处，盖孜河最下游。另一条河从伽师县自然沟流下来，汇合在这片长满骆驼刺、胖子草、红柳包还有黑色碱滩的荒芜之地。

新疆河流越是下游水，矿化度越高，俗称"碱水"。那时生活艰苦，连队大锅饭，常常水煮南瓜白菜，加点盐，苞谷馒头。干活两头不见太阳，十天一个休息天，还要组织义务劳动。"粗粮吃，细粮卖。工资不发打牌牌。刮风下雨当礼拜（天）"。炊事班送开水到地头，一喝一股蒸馍馍的味道。母亲在场部商店缝纫班当班长，给了我一块砖茶，说喝茶可以去水中盐碱，防止拉肚子。从此，开始了我的喝茶生涯。可我没有注意，父母很少喝茶。茶难买到，儿子优先。

果然，茶可以使开水变得好喝。但也带来副作用，饿得快！那时月定量三十市斤，缺肉少油，在地里干活两个小时就望着条田林带边，看送饭的马车来了没有。不喝茶吧，水难喝。甘蔗没有两头甜，茶还是要喝，饭也要想办法吃饱，瓜菜代！

茶的知识慢慢增加了。新疆茶业市场以湖南益阳砖茶为大宗，国家的几十种基本生活用品包括茶叶，对新疆实行优惠特供，运费国家补贴，统一价格。一块砖茶两元，长期不涨价，也没有换包装变相涨价。一块砖茶我可以喝一两个月。想起茶里有国家对边疆人民的关怀，茶的味道更温馨了。

不久，我调到农场测量组，在荒无人烟的大沙漠的帐篷里，风沙大，水更苦，更离不开茶了。一个大号行军壶茶锈斑斑，从不离身。不拉肚子，一天走几十公里腿不软，气不喘，苞谷馒头吃了不烧心。我的班长是四川人，解放战争的老兵，特别馋酒，常常说酒，偶尔也说茶。于是，我知道了中国名茶龙井、普洱、大红袍、毛尖、香片、铁观音等，暗暗下决心要尝尝这些好茶，"大丈夫生于天地之间，岂可不饮美酒香茶"！年轻时一个念头冒出来就像野草一样疯长。但在农场的商店从来没见过这些名茶。

测量组各个连队都跑，认识了几位上海、宁波的支边青年，托他们回家探亲时带点龙井之类的高档茶。可是，总是落空。他们回新疆带的卷子面、牛奶糖、罐头、大油、肉松甚至电池、卫生纸等，行李实在太重太多，自己没有带茶叶更不要说替别人带了。我理解，柴米油盐酱醋茶，茶是排在最后的。我不再托人带茶了，有益阳砖茶就可以了。我为自己"骑着毛驴找马"暗自惭愧。

1968 年夏天，我平生第一次离开喀什，陪母亲回甘肃探亲，在西北著名城市兰州住了二十多天。到商店特别注意茶叶，也与新疆一样都是砖茶。到了爷爷奶奶的老家临夏银川乡大川乡走亲戚，家家炕上有小方桌，客人来了在方桌上用细木条儿烧铁壶熬茶，味道清香，暖胃舒畅。一打听，叫青茶，叶子比砖茶大，味道差不多。

我与表兄聊天说，这里是黄河边的山区，靠天吃饭，一看那些破旧低矮的房子，老百姓家里的摆设，就知道多么贫困了，爷爷的老宅子也比其他贫下中农差不多，怎么会划成小地主呢？他的话使我感慨万千："爷爷在黄河边有几亩水浇地，兄弟们一年四季都劳动干活。只有农忙时雇几个短工。攒了点钱，在黄河边修了几盘水磨。农民来磨面不收钱，把麸皮留下，养猪养羊。日子过得只能是吃饱穿暖。比其他人好一些罢了。谁让他喝三炮台呢！""什么三炮台？""甘肃有名的好茶。有枸杞、杏干、桂圆、玫瑰、冰糖，加上青茶，喝了香甜滋补。家里日子活泛，岁数大了，才有资格喝三炮台。再说了，一个村就二三十户人家，家家喝不起三炮台，就你家老爷子喝，不划你地主划谁家？要按政策，最多是个上中农。"

我不管怎么划成分，只对茶感兴趣，一冲动差一点儿说"我也想喝三炮台……"

喝好茶的愿望终于在中年时实现了。

1982 年，我被调到喀什兵团农三师师部工作。喀什是南疆第一大城市，我年轻时知道的高档茶陆续上市。我奔走于商店巴扎，见一种买一种，特别是三炮台，喝了个痛快。朋友提醒警惕"不要得糖尿病"，我答我们家族有喜欢甜食的遗传基因，几代人喝三炮台都长寿。喀什东巴扎维吾尔族个体商铺，居然从巴基斯坦进口了各种红茶，有的加了不知什么香料，口感不错。在东巴扎，第一次尝试了维吾尔人的"药茶"。饥饿年代过来的人，难免有时暴食暴饮，胃出了毛病，消化不良。我的维吾尔族同事很热心，带我去东巴扎，找了一家名闻遐迩的百年老茶店，给我配了一副"药茶"。不久，胃病好了。可惜，没有记住配方，只知道主要成分是黑茶。维吾尔人比我还喜欢茶，精通茶。走亲戚，访朋友，最受欢迎的礼品是方块糖，冰糖，茶叶。我们都是新疆人新疆胃，共同爱茶，痴迷茶！

报纸杂志上只要有关茶的文章，我就喜欢看。知道了神农氏尝百草而得茶，陆羽的《茶经》，李时珍推茶为"百药之首"；知道了历史上的茶马贸易，丝绸之路与茶马之路。甚至知道了朱元璋因为驸马爷勾结边将，插手边境"茶马贸易"，毫不留情斩立决——有人说朱元璋坚决反腐，其实是怕驸马爷与边将勾结造反，与茶无关。

新疆人感兴趣的是乾隆年间，纪晓岚大学士知道远在江南的亲家将被查处，派人星夜传一函。亲家打开信封无一字，盐封口，只有几叶茶，立刻明白"盐案发作，即将查处"，马上转移财产。乾隆念及其才，从轻发落，将他发配到新疆。他在新疆写了著名的四十万言的《阅微草堂笔记》。后人在乌鲁木齐人民公园为他修建了"阅微草堂"，津津乐道"茶叶哪能用来通报机密消息啊！"

1997年，我调到乌鲁木齐工作，到内地开会机会多了，走遍全国大部分省份，游览了不少山川名胜，但有个愿望一直没有实现——看看茶园，亲手采茶。

中国十大名茶我都喜欢，老年时钟情茶道。清茶一杯，百忧全解。人生如茶，沉浮悠哉。

退休之后，女儿调到苏州工作，接我和老伴到苏州养老。去年清明节前，女儿满足我的夙愿，开车到太湖边的一处茶园。采茶姑娘们忙碌着，好奇地望我一眼。我站在清幽的香味儿里，用力深呼吸，慢慢走进半腰深的茂密的茶树丛中，小心翼翼摘嫩绿的茶尖尖，那清香，那迷醉……

我的灵魂倒在对茶的深深回忆里……

2020 元月，草于苏州灯下

我的伤疤

古稀之年，我决定告诉孩子：我右膝盖上有个伤疤，很小，十七岁时割麦子，被自己的镰刀砍的。

1965年，十七岁的我第一次参加夏收割麦子。定额一亩，麦茬不得高于十公分，不得掉麦穗，麦捆不能散。那时的人个个荣誉感很强，劳动竞赛争红旗，有人一天割三亩，而我完成定额都非常吃力。那天，我的任务是一块长满芦苇、骆驼刺的麦子地，地头一站，麦子挣扎在一人高的芦苇中，其间还有狰狞的骆驼刺。我明白叫苦叫累没有用，反而会被人笑话。把镰刀磨锋利，一头扎进草丛中，连草带麦子一起割倒。渐渐感到每挥一次镰刀，手臂拉动肩膀肌肉痛，每次用力回拉镰刀都被芦苇弹回去。到了下午，眼看胜利在望了，一簇茁壮的芦苇突然咬住了镰刀。我大怒，右腿跪着用尽全身力气一坎，芦苇麦子倒下了，镰刀扎进右腿，鲜血直流。正好班长从旁边走过，急忙揪了几片"霸王刺"的叶子，擦干净，拧出绿汁按在我的伤口上。很快血止住了。我休息了一会儿，忍着痛跪着挪动着，慢慢挥动镰刀，天黑了才割完麦子。从此，右膝盖上留下一道伤疤。

三十多岁时，孩子已经上小学，开始懂事了。我想告诉孩子，当年是如何艰苦劳动的，但我说不出口。我的团场基建队，一位东北义勇军老战士，右手大拇指和半截食指都没了。他和日本鬼子拼过刺刀，身边曾经倒下一个个战友。他随义勇军九死一生横穿苏联西伯利亚到新疆，后来参加新疆和平起义。我和他熟悉，他右手的伤疤让我肃然起敬。我忘掉了自己那块小小的伤疤。不久，我调到团部当了基建参谋，日子好过了，离开坎土曼镰刀远了。我又想告诉孩子我家的好日子来之不易，调来一位副团长，又是右手缺了大拇指，一块粗糙的伤疤。解放战争中，炮弹片削掉了大拇指。他带着我们测量组去荒滩踏勘，总是走在前面，带着伤疤的右手甩动特别有力。问他伤疤的来历，想听听惊心动魄的战斗故事，总是失望。他只是轻轻一句："打仗哪有不死人的？炮弹片削掉块肉算不了什么。在牺牲战友那里，军功章都不值得炫耀，别说什么伤疤了。"我给孩子讲了这位副团长的故事，哪里还有脸讲我腿上的那道伤疤！

四十岁时，我调到兵团农三师师部工作，全家进了南疆第一大城市喀什，日子更好了。那个念头像野生的芦苇又冒出头：两个孩子一个初中，一个高中，也该让他们知道好日子是父母亲艰苦奋斗得来的，又想从伤疤说起，但是，更不能说了。我的师长，党委书记肖风瑞，1939 年的老八路。被日本鬼子的三八大盖子弹穿过大腿骨，在老百姓家里养好伤，立即返回三五九旅，参加战斗。带着战伤打败日寇，接着解放战争从河北打到甘肃，彭大将军一挥手，大军西进新疆。六十多岁带着我们常常下基层，看连队。走路有点跛，竟然骑着毛驴到昆仑山的牧场，策划牧场远景规划。住在办公室里，用电炉子自己下挂面吃，每月交电费。直到离休后，我们才知道新中国成立后给他发了残废军人证，他完全有资格吃小灶。

再后来，我调到兵团机关工作，全家迁到自治区首府，新疆最好的城市——乌鲁木齐。正如《在希望的田野上》唱的："老人们举杯，孩子们欢笑。小伙儿弹琴，姑娘们歌唱。"日子越过越美了。

　　我从事史志工作，接触了不少老革命，整理他们的回忆录。有时采访，忍不住问"受过伤吗？"他们回答是，别说子弹炮弹不长眼，就是行军上山下山，挖战壕磕磕碰碰，谁身上没有点伤疤？伤疤和军功章一样，只能证明你还活着，是幸存者，而无数战友牺牲了，倒下了。你没有资格炫耀，只有努力工作，完成那些牺牲战友没有完成的任务！谁都有想不通的事情，看看自己的伤疤就什么都想通了……

　　我心中产生强烈共鸣！

　　有一次，在阿拉尔三五九旅屯垦纪念馆讨论布展方案，听说六团有位三五九旅老战士，战争中被炮火烧伤，耳朵震聋，脸上留下伤疤。进疆参加大生产运动，直到离休。他在开发塔里木战斗几十年，走过多个单位，一个旧木箱保存了十多张奖状。我立即赶到六团采访这位老兵，他背驼耳聋，半边脸伤疤。当我看到他小心翼翼打开破旧的木箱，展开一张张字迹模糊的奖状，我的热泪夺眶而出：最早的奖状是进疆大生产运动——他当了一辈子马夫……

　　我终于看到了战争留下的创伤，看到了活生生的，最坚强最英俊的三五九旅老战士！

　　古稀之年，有些话不能不给孩子讲了：你们的爷爷是黄埔军人，满怀抗日救国激情投笔从戎，进疆为国戍边；你们的父母亲长期在荒凉偏僻的团场艰苦劳作，这块腿上的伤疤是那个时代的纪念。可是，它太渺小，太令人惭愧了！我的伤疤改变了我们家的命运；老红军老八路，志愿军战士身上的伤疤改变了国家和民族的命运！为国尽忠，为亲尽孝是中国人的天职。我愿意生在抗战时代，任三八刺刀留下伤疤；愿意参加上甘岭战斗，不怕凝固汽油弹烧的伤疤……

　　人是要有点伤疤的。

南疆三市纪行

2017 年 8 月 19 日　星期日　阴　微雨

昨日飞抵阿克苏，至阿拉尔市。

阴天，小雨，凉爽；水静，沙睡，草幽。出宾馆南行数武，临塔河岸边。无晨光之微曦，有雨点之激灵。洪水已逝，河湾清潭。衔乌云，枕银沙，眸无邪。红柳懒梳妆，任红穗流苏；芦苇挺箭叶，把翠枝虹绕。四望无人影，空印小道足迹。桥头遥望，小车急去无声。老友荣华，勒铭《上海知青纪念碑》；耀邦题词，脑海突兀立托峰。忆往昔，四万五千上海知青聚集塔河两岸，平沙丘，挖大渠，红柳胡杨

为柴，盐水煮豆为菜，豪气尽在《好儿男志在四方》歌中。一曲唱罢，千里沃野变良田。激情已随少年去，往事何处话温凉。思绪万千，须静处梳理；漫步塔河，有故事涌动。桥头静立一人，忽举手招呼。疾行几步，副市长廖肇羽。人生何处不相逢！问之，答候客人去塔南。急启后座，赠书一册。启封视之，大惊！黄河文化，长江文化，廖君把塔河文化与之衔接！

廖君别去，水自静流。一桥飞架，塔河南北变通途。静则静矣，惊雷总在无声处……

2017 年 8 月 22 日　星期三　晴

上午一台歌舞剧，中午一顿牛排。汗水与牛排，精神与物质，思之感慨。

上午去南口，观歌舞剧《塔河五姑娘》。南口者塔河南岸渡口也。昔日塔河无桥，数万拓荒者聚集南岸，伐木为舟，渡河北去阿克苏。洪水停渡，枯水停渡。人们在岸边用树枝搭棚等候，归心如焚，状极困苦。今日大桥三座，畅通无阻。南口扬名者"塔河五姑娘"也！拓荒时期，五位姑娘与男子汉"打擂台"，姑娘赢了！获锦旗，当劳模，名闻遐迩。舞台观之，情极震撼：姑娘挑灯夜战，创高功效；小伙子早晨到"打擂台"现场，看到沙丘无踪，姑娘累倒酣睡，遂解衣覆之，并排弯腰，以手撑地，状如通铺，移姑娘仰卧酣睡其背。明知艺术夸张，兀自老泪纵横：文有"文眼"，戏有"戏眼"，"眼眼"通心戳泪泉！

中午，副市长自费请宴，至西餐馆。一客一套餐，牛排，沙拉，鲜果；简单，味美，情浓。脑海中"塔河五姑娘"酣睡于小伙子之背，眼前是西餐佳肴，心中感慨万端：一叹阿拉尔新城不通火车飞机，据塔河大漠之畔，竟然有如此味道精美的西餐。二叹女经理之年轻精干，气质典雅，千万资金投入大漠新城雄心勃勃。三叹同行的石河子大学老教授激情澎湃，建议舞台剧《塔河五姑娘》打造精品，争取国家艺术基金支持，打响全国！

我以茶代酒，立而祝曰：前年我在悉尼两月，品尝多国美食。简言之，洋人有不少优点值得学习，但是，中国人做西餐可以超过洋人；而洋人做中餐无论如何超不过中国人！中华文化源远流长，博大精深，中餐之精，可为佐证。有昔日《塔河五姑娘》之艰苦创业，方有今日阿拉尔精美之牛排！不忘初心，开拓前进！

干杯！

2017 年 8 月 23 日　星期四　晴

出阿拉尔，经三团，前往图木舒克市。途径地方乡村。路平，弯曲，远近胡杨，道经村庄；摩托车，皮卡呼啸而过。沿途雕塑，颇有特色。西方人：雕塑是凝固的音乐。每一尊雕塑在心中都唤起了一曲音乐。

十一团广场雕塑是一群开荒的男女军人，或高举坎土曼，或挑扁担，或人拉犁，气势豪迈，英气勃勃，心中音乐："戈壁滩上盖花园……"

三团小别墅群大门边，雕塑是两手捧一个核桃。这里薄皮核桃远近闻名，维吾尔语"开盖孜羊嘎克"，意为"纸皮核桃"。心中音乐："薄皮核桃熟了，阿娜尔汗的心儿醉了……"

进入图木舒克市区五十三团，地名"皮恰克村"，维吾尔语"刀子折断的地方"。相传古代一个猎人在茫茫胡杨林，猎得黄羊，刀子折断。他将半截刀子插入树干，以防迷路，因此得名。1970 年夏天，我曾骑马到此，在胡杨林中找到地窝子商店。买到方块糖，欣喜今日犹记。如今旧踪全无，一片现代楼房别墅。也许是当年地窝子商店之处，立一雕塑：吊羊。两马并奔，骑手夺羊，另有一骑，紧追其后。仿佛千骑奔腾，沙尘弥漫，呼声震天。心中音乐《骏马奔驰保边疆》……

午后，毫无倦意，去寻找"唐王城"古代佛雕。皖新开车闯过雨后泥泞，直抵山下。史载：此城为西汉尉头国，唐称"握瑟德"。何时毁灭，不见史书。唐代佛教繁荣，多留洞窟。我手足并用，一步一颤，终于寻得三个佛雕。均为坐姿，面部已毁，气韵犹在，令人遐思。遥望图木舒克绿陇千顷，人烟辐辏；近看"唐王城"黄土苍凉，千年沧桑，弹指一挥。古今雕塑，转换瞬间！歌曰："山围故国周遭在，浪打空城寂寞回。淮水东边旧时月，深夜还过女墙来。"

古今雕塑，传承一脉；险则险矣，乐则乐矣！

2017 年 8 月 25 日　星期五　阴

晚上，文工团团长刘皖新安排去刀郎艺人家欢宴。皖，祖籍安徽也；新，生于新疆也。通维语，善交际。豪爽通达，言语风趣。

刀郎艺人家女主人热敏娜汗，六十多岁，出身艺人世家。男主人善弹热瓦普，跳刀郎舞。主人特意请了二十公里外的两位老艺人助兴。庭园整洁，果园清香，屋里屋外，长炕花毡。西瓜甜瓜，葡萄毛桃。接着，小碗拌面，清炖羊肉，烤肉，油馕等。

四位白须老乐师跪坐炕沿，神采飞扬。卡隆琴响了，热瓦普拨动琴弦，刀郎木卡姆乐曲立刻使客人兴致勃勃。手鼓敲响，皖新和女主人的孙女跳起热情奔放的刀郎舞。有客人下场对舞助兴。我不知第几次被刀郎舞感动了，每次都仿佛再现古代刀郎人的渔猎生活场景：序曲展示胡杨林茫茫，猎人呼唤声音悠长；接着是悄悄手拂树枝，足绕

维吾尔族农家庭院

野草，弯腰前进。乐曲高潮是夜间篝火，部落聚会；庆祝猎物丰收，跳跃狂欢……

原汁原味的民间艺术！发自肺腑的欢乐乐曲！

老艺人用汉语演唱《大海航行靠舵手》让我激动，我立刻回应用维吾尔语唱《毛主席的恩情写不尽》。这首歌是1970年在图木舒克学会的，今天在图木舒克演唱格外动情。唱完后四位乐师鼓掌祝贺。女主人热敏娜汗抢上一步，演唱维吾尔语原汁原味的《毛主席的恩情写不尽》。我一听顿时汗颜：我唱的是简谱，她唱的是民歌原调——维吾尔民歌的唱腔音调有许多是简谱表达不出来的。艺术真没法比较！我站起来合掌致意，鼓掌庆贺。

夜深始返。主人执手殷殷叮嘱"古尔邦节一定再来！"

在车上，我长叹道：女主人如果不唱，我肯定是第一名！因为你们都不会唱维吾尔歌曲！

众人大笑。

2017年8月26日　星期六　晴

早晨，离图木舒克市前往喀什。高速公路平坦宽敞，车辆不多。援疆建房，多沿公路。新房焕然，国旗飘扬。

下午，到疏勒县巴合其乡六村看望石河子大学一位驻村领导。村与村之间道路硬化工程几年前就完成了。没有见到一辆毛驴车，穿梭不停地是电动车、摩托车。空气中没有牲畜粪便的味道，过去一进村就扑面而来。

石河子大学驻村工作组热情交谈，信心很足。全村680多人，人均耕地两亩，果农兼营，离县城近，青壮年多外出打工，生活水平较高。但是维稳形势不可盲目乐观，问题很多，责任重大，不可丝毫懈怠。工作组太辛苦了！

晚上，到草湖镇聚餐。半个世纪前，我在这里上初中，印象深刻。辛亥革命后，杨增新主政新疆，得回军首领马福兴鼎力相助。杨与之结为兄弟，1914年委任马为喀什为提督。马福兴鱼肉百姓，骄奢淫逸，在草湖大兴土木，修建城堡式豪华庄园。据说一栋马蹄形的五层楼房，雕梁画栋，金碧辉煌，周围饭馆、马厩、商铺、旅馆等，俨然私人王国，老百姓称"马家花园"。1924年被杨增新派兵密袭喀什，以"谋反罪"将马福兴处死。百姓闻讯群情激愤，火烧"马家花园"。1949年12月，解放军抵达喀什，在草湖开展大生产运动，从"马家花园"废墟里挖出的青砖，盖了两栋大仓库。随后，1260多名国民党起义部队排以上军官，在这里思想改造，开荒生产。留下的故事太多了。

现在，草湖已交给广东东莞托管，城镇面貌，人的精神面貌都发生很大变化，一座新兴的纺织服装基地正在崛起。

但是，知道"马家花园"历史的人越来越少了。这总是一种遗憾……

2017年8月27日　星期日　晴

喀什变化巨大，但是不少游客对其赞美落入俗套——楼非不高也，路非不宽也，花非不艳也，食非不精也，歌舞非不热烈也，中国这样的城市举不胜举，非喀什独有。溢美之词且住，我观察喀什的一个视角：注意喀什人的眸子——维吾尔、汉、塔吉克、柯尔克孜等。这里人们的一个共同特点，不善于掩盖内心的世界，好恶爱憎，形之于眸。

八年前的七月，乌市发生的严重打砸抢事件，使新疆各族人民的团结受到重创。其后，我曾两次陪同客人到喀什。我读到了各族老百姓眼神的冷漠、隔阂，还有谈到暴恐事件的愤怒。但是，今天的喀什各族老百姓的眼神里是温柔、亲密、信心。我从香妃墓到老城的新城门，穿过老城区走到艾提尕尔广场，用维吾尔语与小孩、老人交流。他们眸子里洋溢的真诚、友爱，令我久久回眸。七八岁的小巴郎，汉语标准，流利，欢快活泼。双语教育的成果显现了。药茶店的长须白发老人告诉我，"爷爷的爷爷"开店一百多年了，现在生意越来越好做，因为过去穷人多，喝不起好茶；现在大家有钱了，喝茶的人越来越多而且茶里要配各种香料、补药。

跟着我一起逛街的石河子大学年轻教师说："陈老师，你与他们交谈时，我看到他们看你的眼神特别温柔！怎么回事？"

"你也注意到他们的眼神了？太好了！眼神最能表达心情。我说的是正宗喀什维吾尔语。他们一听就认我是喀什老乡。可惜离开喀什二十年，岁数大了，把维吾尔语几乎忘光了，现在得一句句想着说。"

"我觉得你到了喀什有种如鱼得水的感觉。你的眼神告诉我的。"

后生可畏！他也注意到眸子！

我说："是啊！这里是我出生的地方，有天然的亲切感。"

一座城市的灵魂在她的眸子里。我们穿行在各种眸子的长廊里，体验着各种心灵感应……

苏州散记

太湖音乐喷泉

大年初三，赴南翔古镇游玩，归来天色已晚。不适江南气候，受凉微恙。久闻太湖音乐喷泉盛名，扶病乘兴而往。六时抵达，方知七点开始。病体怯冷，四周无屋。暗风寒雨，星点雾灯。扶岸寻暖，得一茶舍。仅容一榻，三五椅子。红茶醇香，暖意充身。凭窗远望，水天俱黑。百余游人，支伞临湖。时至七点，表演开始。气势凌波，声震天宇。高山流水，千古知音。湖中光柱，喷薄而起。旋律铿锵震撼，吞吐水波万顷。蛟龙踏歌而舞，虹霓兴波而闪，如瀑，如旋，如塔，如燃，地火奔突龙宫，滚雷腾挪山岳。七色变幻，目不暇接。冷雨灼热，湖风激荡，万里长空且为忠魂舞。时而温柔，《太湖美》《梁祝》，将蝴蝶兰腊梅花置入心中，春意萌动，馨香盈盈。曲至高潮，《歌唱祖国》。雨丝纷纷，游客收伞击节和唱："五星红旗迎风飘扬，胜利歌声多么响亮。歌唱我们亲爱的祖国，从今走向繁荣富强……"

诗曰：

八千里路云和月，太湖夜色赏仙乐。

剑池裂痕吟悲歌，寒山寺钟声未绝。

地火奔突蛟龙舞，天公霹雳撼山岳。

自珍何须唤风雷，万马奔腾声如铁。

（注）清江南诗人龚自珍诗：九州生气恃风雷，万马齐喑究可哀。我劝天公重抖擞，不拘一格降人才。

与万君游太湖留园

万君名卫平，官至新疆兵团宣传部部长，退休闲散之人。名校中文系毕业，新疆兵团奉献一生。爷爷曾是黄埔军人，西域戍边。万君言及少年时去监狱给爷爷送饭，难忘终生。万家才俊，正气传承。朋友史少华驾车游览。春节刚过，太湖寂寥。腊梅灼灼，一脉生气。冬日草木，绿色暗淡。湖水苍茫，障眼薄雾。寻一农家乐午餐，鱼虾鲜美。佐以黄酒，更助谈兴。滔滔低语，不离新疆。长治久安，希望所系。散步湖边，遥望天山。位卑未敢忘忧国，西域长存忠烈魂。长治久安，民族团结，尚需大量艰苦工作。

下午游留园。游人颇多，曲廊碧池，绿竹幽幽，笑语盈盈。花虽未开，花苞累累。万君侃侃而谈，此为紫薇，彼为石榴，远处茶花，近处桂花，皆为我所未识。冬有腊梅，春有茶花，夏有玉兰，秋有芙蓉，百花纷繁，四季芬芳。花之大者如碗，小者如星，花期长者数月，短者数日。如穗如蔓，如火如雪，目光环视，花如虹霓，凝神静思，花有细语。家有奇花，言之丑，花叶下垂；言之美，花叶开张。万物有灵，古人留一字"茶"，"人在草木中"，人活在草木之中。苏州铁观音乃茶之珍品，苏州美女为天地草木灵气所钟。万君言之滔滔，如数家珍。步移景换，神入武陵。目为美景所系，耳为美言所盈，情为美意所醉，心中百花盛开，蝶飞蜂舞，已入幻境。

谓万君曰：宦海沉浮，心力交瘁；归隐山林，寄情花木，乃老来健康长寿之道，陶渊明《归去来兮》所言"田园将芜兮，胡不归"，乃指"精神之田园"也。吾辈在职时，爱岗敬业，屯垦戍边，为国尽忠；退休后，丹心尚存，位卑未敢忘忧国；现宜将草木百花置入精神田园，滋润心灵，常青不败，天人合一，健康之道。万君聆首。

归来观留园曲廊水色恍惚，万君说花事音容笑貌清晰。

太湖西山赏梅记

新疆昔日无红梅，然向往仰慕已久。小学时逢"大跃进"，语文老师进课堂一脸激动："同学们，看到一首好诗，我们敬仰的文学家郭沫若已经收入《红旗歌谣》。"川音朗诵，抑扬顿挫："我是喜鹊天上飞，社是山中一支梅。喜鹊落在梅枝上，棒子打来也不飞。"诗中有画，喜鹊登枝；少年记忆，勒铭梅花。接着，诵读毛泽东《卜算子·咏梅》"已是悬崖百丈冰，犹有花枝俏"。向往梅花，敬仰强烈。歌剧《江姐》一曲《红梅赞》，景行行之，高山仰止，常恨未生革命时。

转瞬七旬，鬓发已苍。万里儿时梦，关山度若飞。苏州太湖，西山赏梅。少年记忆，恍若昨日。花事繁闹，游人如织。童子指划，老翁凝神。灼灼如火，莹莹如雪。一树一景，争芳斗艳。古人"岁寒三友松竹梅"，松者刚也，"欲知松高洁，待到雪化时"；竹者节也，"未出土时先有节，便凌云去也无心"；梅者美也，"墙角数枝梅，凌寒独自开。遥知不是雪，为有暗香来"。少年玩竹，"郎骑竹马来，绕床弄青梅"；中年慕松，"新松恨不高千尺，恶竹应须斩万竿"；老来知梅，"零落成泥碾作尘，只有香如故"。梅枝苍乌斑驳，藏拙也；梅花点点吐蕊，报春也！果然"待到山花烂漫时，她在丛中笑"。

出梅园，农家乐午餐。太湖美食满桌，店主殷勤介绍"太湖三白，银鱼、白鱼、白虾"，余指柜台玻璃酒缸："来一杯青梅酒！"仰首而尽：冰崖红梅心头燃……

战友聚会

五十三年前，一个黄埔子弟挤在人群中，欢迎上海知青到木华黎。五十三年后，上海知青战友聚会欢迎这位黄埔子弟：说不完的木华黎，我的团场我的连。岁月无情，少年有终。远者离别三十年，近者八年无音讯。一去上海深似海，从此战友在梦里。此次见面，以神遇不以目视，我一一叫出十二人的名字。众友惊叹。付国荣，英俊洒脱，眼睛近视，外号"四眼"。赶马车常常挥鞭高歌，我坐马车学会新歌。西瓜熟了，连长派我押车运瓜，我却和"四眼"一起偷偷藏瓜。李伟荣，女排长，身体单薄，人称"小排长"，为人热情。曾给我一块华夫饼干，不敢吃，以为"塑料片片"，取笑"新疆白坎儿"，她笑曰"尝尝，不要紧的"。从此，我认为天下最好吃的饼干叫华夫。毛德新，上海帅哥，女性青睐。见面问"雷老师怎么没有一起来？"答"几天前脚腕扭伤了，走路困难"。毛君悄然离席，不一会儿返回给我一包配制膏药，纱布，胶带，说"我的脚腕也扭伤过，这种膏药效果好"。战友不言谢，心领了。范振豪和吴文燕的婚礼是我见识的上海知青的第一场婚礼，新房之豪华令人耳目一新：报纸贴土块墙上，居然用白纸拉了个顶棚！进了新房看到一束鲜花，大为惊讶："真花还是假花？"范君答："你闻一下。"我一闻有香味儿，绢花喷了香水！居然不顾当时"文化大革命"正在批"小资产阶级情调啊！"李国平知识分子气质，在水管站当会计，不知从哪里弄来"活页文选"，那些被"批判的孔孟之道"让我学到了不少古文知识。看不懂的地方，他给我开导。在上海火车站出站时，一眼认出等候我的他和"小排长"。紧紧握手：他的手还是那么文气绵绵；她的手还是那么热情真诚。

我肃立祝酒："我对上海知青有特殊感情。你们把当时中国最先进的城市文明，带到了边远艰苦的新疆，促进了新疆社会的全面发展。在木华黎，我们同饮一个涝坝水，同吃一笼苞谷馍，同挤一辆大马车，同挖一条中干渠，同沐一场沙尘暴，同割一块麦子田，同开一块生荒地，同住一房土块房，同唱一首《边疆处处赛江南》——半个世纪过去，回眸青春时代，问一句苦不苦？苦！很苦！但我们挺过来了！历史证明我们这一代是强者！喝过木华黎的碱水的战友，最能品味美酒的芳香！干杯！"

坐动车回苏州，回味无穷，感慨万千。诗曰：

男儿豪气带吴钩，天狼星下卫神州。

回眸遥望天山雪，绿了沙漠白了头。

苏州观图

苏州两月，感慨万端。古有唐诗宋词，吟诵苏杭；心中感悟，古人道尽；今有秋雨《白发苏州》，畅叙古今；落笔欲言，文思已空。忽忆七八年前，塔河之滨，遇音乐家田歌，众人盛赞其曲之美，田歌慨然曰：创作许多，唯可传世经典有二：《草原之夜》《边疆处处赛江南》！遂怀抱小提琴，弹弦高歌"赛江南"，众人击掌和之。边疆未来，憧憬江南。今临苏州，徜徉于锦绣山水，田歌犹在心中弹唱。八千里路云和月，歌中江南在何处？太湖苏杭，沪宁江浙。王昌龄盼关外春风，苏杭惠风和畅；白乐天纸贵洛阳，夙愿老归江南。富贵温柔之乡，未销英雄之志。辛弃疾京口北望天狼，岳武穆怒吼还我河山；苏杭天堂之美，锤炼文胆魂魄；苏东坡纵马密州出猎，陆放翁金戈铁马入梦。勾践卧薪尝胆，剑池裂痕凛然；伍员头白出关，一雪亡国之恨。秋瑾江湖女侠，誓言横刀驱虏。尝闻"江南的谋士西北的将，陕西的黄土出皇上"，谋士者，大智也。岂唯谋士？忠烈众矣！地灵人杰，智胆荟萃。

闻寒山夜钟，浮屠慈悲；望虎丘高塔，宠辱皆忘。三代戍边，女儿南迁。七十归隐，何处系缆？

此图！此图！觅渡！觅渡！

我的家乡我的胃

　　我年轻时听到维吾尔谚语"一个人的家乡在他的肚子（胃）里"，感悟不深，甚至不以为然——那时，在偏僻荒凉的农场连队，第一次吃到上海知青带来的华夫饼干、卷子面、香肠，还有巧克力、咖啡牛奶糖，心中狂喜：这是世界上最好吃的东西了！这是家乡没有的东西！

　　我的胃喜欢的不是家乡出产的东西，而是上海产的。后来，年轻的胃随着我走遍长城内外，大江南北，所有的美食我都喜欢，于是，"家乡"不知不觉间被淡化了。

　　但是，花甲之年，在乌鲁木齐养老，研究养生之道，感悟我的胃回归年轻，回归家乡了。养生之道，饮食为先。我这个老新疆的胃口，不完全适合"放之四海而皆准"的养生之道。一方土养一方人，我是新疆这方土养大的，人是新疆人，胃是新疆胃，与内地确有不同，与自己年轻时也不同了——用文雅的话说，是回归本源了。

　　"早饭吃饱，中饭吃好，晚饭吃少"，这没错。可我必须每顿都吃饱吃好，尤其是晚饭，必须胃里有饱满甚至沉甸甸的感觉，才睡得踏实，才不会梦里磨牙。我在疏勒县草湖上初中，正是长身体的时候，偏偏遇到共和国饥饿年代，常常天不亮就饿醒了，上午第三节课时就盼着午饭的钟声。记得老师上政治课讲《社会发展史》，说从猿猴到人，火的使用起了决定性的作用。猿人用火烤肉，吃熟食，促进了大

281

脑发育等等。我听着听着走神儿：想当一回猿人，围着篝火，烤肉吱吱流油，双手攥着骨头，牙齿撕着肉，何等痛快！又突发怪想：如果人类一代代都不吃肉，会不会倒退回去成了猿猴——暴齿凸目，满脸长毛？那太恐怖了！也说明吃——尤其是吃肉——对人类太重要了！民以食为天，食以肉为贵。

老师讲唐诗"锄禾日当午，汗滴禾下土"，感情很投入，讲意境，讲押韵，我心想：饿他三天，谁都懂得"须知盘中餐，粒粒皆辛苦"。这首诗使我感动的是：作者李绅是节度使，省部级大官，他能体恤农民的疾苦实属不易，位高权重，良心未泯。这一点比他的诗更有价值——老师当时没讲透这一点。他不是不知道而是因为那时大环境不能讲。

养生之道说南瓜是好东西，适合老年人吃，特别是对降血糖有好处。但是，我的胃口已经难以接受南瓜。我 16 岁到兵团农场连队当农工，天刚拂晓，钟声一响，爬起来拿起饭碗直奔伙房。昏暗的马灯下，炊事员从窗口一勺子南瓜扣进碗里。几乎天天白水煮南瓜，吃得一个上午胃里泛酸水。现在老了，别说吃，听到"南瓜"胃里就不"受活"（甘肃土话：舒服）。用电脑打个比方：胃里已经装上饥饿时代的源代码，再好的东西也难改变了。

多吃粗粮也没有错。可是我的胃难以接受。年轻时新疆生产建设兵团是"粗粮吃，细粮卖，工资不发打牌牌，刮风下雨当礼拜（天）"。一月定量 30 斤原粮，粗粮占百分之九十，一周只能吃一二顿白面。有了孩子，还得省下白面给娃娃。我吃过高粱面馍，一拿就散，炊事员用菜刀伸进蒸笼，把一坨暗红色的馍平铲起来，一下扣进你的碗里，怎么吃就是你自己的事了。那东西怎么能与小麦一样也叫"粮食"，它没有一点激发人的食欲的香味啊！

养生之道都说吃玉米好，尤其对老年人，降血脂，补充微量元

在维吾尔老黄埔儿子雪克来提家做客

素。我记忆里一件难忘的事:"文化大革命"时我所在的南疆团场"一手要钱,一手要粮",喝的是上游排下来的碱水,几千人的团场找不出几个胖子。那年春天,我们团机关干部义务劳动去加工队卸车。我们吃的玉米是从伊犁运来的,麻袋装得鼓鼓囊囊,没盖帆布。过天山时下雪,到了南疆天热,玉米发芽从麻袋缝隙里伸出来。我们故作惊讶"麻袋怎么长胡子了?这能吃吗?"这时,满身油污疲惫不堪的司机不高兴了,站在车顶上居高临下,像《列宁在一九一八年》中说:"你们也是农场,种地连自己都养活不了,叫我们给你们送粮!老子这车粮食走了十天,翻冰大阪,换了几次轮胎,断了多少钢板,你们知道吗?还嫌不好吃?好好好!这样吧,你们坐上车,我把你们拉到伊犁,你们蹲在那里吃,拉屎还可以就地肥田,支援农业学大寨……"我们这才体会到什么叫无地自容,什么是"拿了人的手短,吃了人的嘴软",大家一声不吭,只管卸车。发了芽的玉米晒干,磨

283

面做成馒头真难下咽，一股苦霉味儿。从此，我对玉米敬而远之。

还有酸菜鱼、酸菜牛肉面等，凡是"酸菜"系列的菜一律不吃。我在连队当司务长时，每年冬天选胶泥地，挖一个大坑，一层白菜一层土盐，用土埋住。第二年春天挖开，把腐烂的叶子除掉，剩下的就是给大伙儿吃的腌菜。那股腐烂味儿一直潜伏在我的记忆中，一闻到酸味就想起烂菜叶子。鱼当然是好东西，但如果一个尊贵的富翁身边陪伴一个衣服破烂的乞丐，我不愿走近他。

维吾尔谚语"趁你牙齿好，赶紧多吃肉"，说得多好！可那时哪有肉吃？"批林批孔"说孔子"听韶乐三月不知肉味"，我们何止"不知肉味三个月"啊！过春节提倡"过革命化的素节"，素者，无肉无油之谓也！"批《水浒》"运动，我不记得什么"投降派"，心里悄悄欣赏鲁智深吃饱狗肉醉打山门，"大碗喝酒大块吃肉"何等痛快！想听他喊"几日不吃酒肉，嘴里淡出个鸟来！"现在回想起来为自己年轻时的浅薄惭愧。

幸好，在我牙齿好的时候，赶上了改革开放的好日子，我胃口大开了。二十世纪八十年代初，我调到喀什农三师师机关工作，常常出差，从喀什一直吃到乌鲁木齐，吃到伊犁、阿勒泰。那个变化"弹指一挥间"，工农兵招待所，群众饭馆等一瞬间消失，私人饭馆如雨后春笋般出现在一千五百公里的公路两边。

回族老百姓捷足先登。托克逊、焉耆的炒面，过油肉拌面风行一时，价廉物美，脍炙人口。再喝一碗自家酿制的酸奶，上面一层黄亮的奶油，美味难忘。维吾尔"乌斯达（师傅）"很快登场，油馕、热茶、拉面、烤肉、馕坑肉等，令人垂涎。新鲜羊肉挂在凉棚下，随割随炒，西红柿、青菜刚从地里摘来，面和好了，客人一来就开始拉面。面团合而分，分而合，上下翻动，左右盘旋，一把下锅，沸水游丝，别说吃即使看着也是难得的视觉盛宴啊！我喜欢吃缸子肉，纯纯的带骨头的羊肉，带点孜然香味，再来一块葱花薄馕，简单，快捷，好吃，不耽误旅途赶路。新和库车的鸽子面也大受欢迎。三五年过去，我们光顾过的路边小店纷纷盖起了小楼房。我甚至把柴窝铺的辣子鸡打包，昼夜行车赶回喀什叫家人品尝。

世界永远不会只在一个地方热闹。再后来，沙湾大盘鸡、柴窝铺辣子鸡，轰轰烈烈占据了三千里旅途餐饮阵地。可惜，好景不长。高速公路、铁路一通喀什、和田，这一切全部消失了，就像千年之前的楼兰古城。

然而，这时我的胃口更加热闹了。我在喀什一家百年老店学会做抓饭，吃得家人朋友们赞不绝口，说我可以申请专利。后来，我从喀什调到乌鲁木齐工作，每年有到内地开会出差的机会，从长白山一直吃到海南岛，吃遍大半个中国。

走遍天下，吃遍天下。我渐渐感悟精辟的维吾尔谚语"一个人的家乡在他的肚子（胃）里"，我是新疆人，胃是新疆胃。新疆人来自五湖四海，新疆胃也容纳五湖四海。海纳百川，有容乃大。三山两盆，环绕万里，有什么装不下的？

东北的小鸡炖蘑菇，猪肉粉条大白菜；山东饺子，海鲜；四川龙抄手，芸豆炖猪蹄；重庆火锅；苏杭东坡肉；广州早茶；深圳大龙虾；云南过桥米线；长沙油煎臭豆腐；等等，这个美食名单可以开得很长很长，就像电视片《舌尖上的中国》：中国美食甲天下！吃饱了暗暗自夸：新疆人的胃什么美食都装得下！有容乃大！

我最钟爱北京烤鸭。年轻时我当司务长，常常夜里给浇水班送夜班饭。放水班有个北京哥们儿，打群架伤了人进了少管所，送到我的团场"改造"。高干子弟，见多识广。在昏暗的马灯下，他吃完我做的汤面条，问我吃过烤鸭吗？我说没有。他绘声绘色讲了烤鸭如何烤，如何吃。用苞谷叶子当面饼，碱壳子当鸭肉，草叶子当葱，水边抠点泥巴当面酱，教我怎么吃烤鸭。满天星斗，凉风无声。我挑着担子往回走，一路兴奋，吃烤鸭成了我的梦想！十多年后，在北京如愿以偿，第一次品尝正宗北京烤鸭，我就摆出常吃烤鸭的架势来。现在，乌鲁木齐开了两家"全聚德"分店。来了朋友，我就请他们去吃烤鸭，酒酣耳热歌呜呜，唱一曲《我们新疆好地方》。

前年，我在澳洲住了两个月，我的胃第一次"从天山走向世界"。女儿在一家研究所做访问学者，知道我喜欢研究养生饮食，特意安排品尝各国美食。西餐不错，标准规范，适合工业化生产，但汉堡包，炸薯条，披萨饼，只能改换口味，"食不过三"。东南亚饭菜也不错，但调料味儿不太对口味。日本料理干净清淡，很有情调，但不宜常吃。韩国的《大长今》讲究药食同源，很受我们欢迎，与中国菜非常接近。但是，有次我和老伴在著名的悉尼歌剧院游玩，到了中午，找吃饭的地方。那里饭馆小而挤，人声鼎沸。好不容易从招牌画上认出一家牛肉面馆，是韩国人开的。我们各吃一碗，一碗澳币23元，合人民币115元！贵得心痛！两片牛肉很好吃，菜叶子翠绿，但面条是机器压出来的，汤用的调料。也难怪，澳洲人工特别贵。我长叹一声：还是乌鲁木齐的牛肉面好吃！面是拉出来的，汤是牛骨头熬出来的。从此，我们出去游玩自带午饭。房东是华人，炒点清淡菜，加在面包片中，再带点橙子香蕉，胃舒服，心也舒服。

在澳洲一个多月后，人不觉有点焦躁起来，胃总有莫名其妙的空虚感，好像缺了什么。而且，澳洲的美味的巧克力、咖啡，已经被我不自觉地拒绝了。胃在提醒我"美食即熟分胡不归"。回到新疆第一件事，急不可耐去吃过油肉拌面、野蘑菇揪片子、烤肉、抓饭、薄皮包子——新疆美食一个都不能少！新疆人！新疆胃——家乡就在这里啊！维吾尔语"胃"发音"阿西喀藏"，直译为"装饭的锅"。饭是母亲做的，浸透深深的母爱，吃着母亲做的饭能不懂得母亲的伟大吗！不论走得再远，不论品尝过多少美食，叶落归根，你还得回到母亲给你"装饭的锅"的地方。这就是"一个人的家乡在他的肚子（胃）里"蕴含的深沉意义。

与胃口有关系的还有一个词"吃相"，也就是吃饭的动作表情吧。古代贵族讲究"钟鸣鼎食"，也就是就餐时要有歌舞音乐，要讲究礼仪。我享受不了贵族的这一套"阳春白雪"，我有我的"吃法"。我老伴常说我的"吃相"不雅，"一看就是从物资紧缺时代过来的人"。我不在乎"吃相"。虽然"吃相"与养生有一点关系。前不久，我在南疆新城阿拉尔与朋友吃饭。浙江台州对口援助兵团第一师。一桌美食除了新疆特色菜，还有不少海鲜。大家边聊边吃，十分开心。我拿起一块馕蘸着肉汁刚吃了两口，对面一位气质高雅的中年女士，突然睁大眼睛紧紧盯着我说："叔叔，您拿着馕蘸着菜汤吃的动作，太像我爸爸了……太像了！他就喜欢这样吃……"说着眼眶中泪水打着旋儿。我一时不知该怎么回答，下意识地问："你爸爸……"

"他已经去世了。他是三五九旅的老兵，老军垦，在这里辛苦了一辈子！沙漠变成了绿洲，日子红火了他却走了……谢谢您使我仿佛看到了我爸爸！以茶代酒，敬您一杯！"她绕着桌子走过来。

我憋住了热泪，不知怎么回答，酒杯颤抖，心里默默念叨着"我们都是老军垦、老新疆！我们的胃口、吃相都是一样的……"

可爱的女士，我们素不相识，也没有请教您的尊姓芳名，这不重要；我要说的是：他日与您父亲相聚泉壤，干一杯新疆美酒，吃一块馕蘸肉汁，高唱一曲：天山脚下是我们可爱的家乡……

爷到乌鲁木齐

　　此处不养爷，自有养爷处；

　　处处不养爷，爷到乌鲁木（齐）。

　　这首俗不可耐的民谣是认识乌鲁木齐的一个极好切入点，落魄不落志，或怀才不遇，或潦倒穷愁而兀自称"爷"，是阿Q精神还是确有"无车弹铗怨冯骥"的真本事。

　　且看走过乌鲁木齐的是何许人也。

　　爱国英雄林则徐被贬戍伊犁，曾走过乌鲁木齐。那时清代西域的政治经济中心在伊犁，乌鲁木齐不过一驻军小城。林则徐并无称"爷"的潇洒，他为清王朝的内忧外患寝食不安。这位年近花甲的忠臣不久前在虎门与英国人激战，到了新疆如噩梦初醒，大声疾呼中华民族的凶恶敌人是不断鲸吞我们的神圣国土的沙俄。"苟利家国生死以，岂因祸福避趋之"，林公的诗句充满为中华民族利益不惧个人祸福的崇高精神，为后来的爱国志士们所传颂。今天，林公塑像立在红山顶上。

　　林则徐之后20年，西域形势万分险恶。公元1870年，阿古柏侵略军占领乌鲁木齐，不久沙俄强占伊犁，大半个新疆沦于异族铁蹄之下。左宗棠力排众议，毅然请缨，公元1876年，湘军打响了收复新疆之战。古牧地激战告捷，叛军逃至乌鲁木齐。湘军截获阿古伯密信，称迪化空虚，速回援。名将刘锦棠下令追击，将新式"田鸡炮"

架设在六道湾山上，只一炮轰响，阿古柏军作鸟兽散。至今乌鲁木齐人提起古迹"一炮成功"，自豪之情溢于言表。有趣的是，"一炮成功"山坡上生长出一种野沙葱，食之鲜美。老乌鲁木齐人春季总喜欢用野沙葱包饺子，这也许是山川有灵。

公元 1884 年，新疆建省。沙俄退还伊犁九城被焚毁，残破不堪，省会只能选定乌鲁木齐了。从此，红山顶天一柱，撑住西域河山。蒙古语称为"美丽的牧场"的乌鲁木齐，登上了近代史的舞台。

到了抗日战争时期，新疆成了大后方。著名共产党人毛泽东、陈潭秋、林基路在这里讲抗日，讲民主，讲革命。乌鲁木齐红火一时。不少中共高级领导人曾取道乌鲁木齐前往莫斯科。但是，土皇帝盛世才终于发现革命党要革"老爷""贵族"的命，预料莫斯科必亡于希特勒之手，于是撕下"革命"伪装，狰狞地操起屠刀。毛泽东之弟毛泽民、陈潭秋、林基路的陵墓至今是乌鲁木齐人清明凭吊之地。

　　　此处不发财，自有发财处；

　　　处处不发财，爷到乌鲁木（齐）。

商海精英早就称乌鲁木齐是"金盆养鱼"的风水宝地：青山如盆，河滩弯弯；土地肥沃，草木繁茂；地底下乌金在躁动，恰似鱼兜网底。

商人们跟着左宗棠的湘军"赶大营"。且看清人纳兰常安在《行国风土记》中的描述："其筑城驻兵处则筑室集货，行营进剿时亦尾随前进，虽锋刃旁舞人马沸腾之际，未肯裹足。"

好一个"冒着敌人的炮火前进"的行商图。正是凭着这种精神，商人们创造了乌鲁木齐的百年繁荣。大小十字，寸土寸金，全国各大商号，无不以挂牌红山为荣。

著名学者余秋雨先生在《上海人》一文中对上海文化剖析得入木

三分。上海人称"外地人"有轻慢之意，在乌鲁木齐的城市文化中，没有这种狭隘意识。乌鲁木齐显出兼容并蓄、八面来风的"拼盘文化"。当年"赶大营"的商人们就来自五湖四海，更不必说古丝绸之路上走过多少个民族、多少种文化了。

你看建筑：伊斯兰风格的"拱拜孜"（圆形拱顶）；哥特式教堂尖顶耸立；俄罗斯风格的大屋顶宽壁炉舒适耐用；红砖黄瓦挑檐飞斗古色古香；现代化高层建筑如蓝宝石飘然天外……

你再看街头人流：维吾尔族姑娘艾德利斯绸裙色彩强烈，活泼鲜亮；蒙古族姑娘长裙健壮飘逸，热情大方；回族小白帽黑马甲爽快洁净，干练洒脱；"布拉吉""空来克"（长裙）线条流畅，顾盼生辉；更有笔挺西装头戴绣着巴旦木的花帽，令"老外"惊叹不俗，起而仿效……

你会注意乌鲁木齐人的称呼"师傅"。这座城市推崇有技术、有本事的人，不是斤斤计较谁是"本地人"谁是"外地人"。既然"处处不养爷，爷到乌鲁木（齐）"，那总是有些本事，不然何以自信称"爷"。无论扯拉面的、做牛肉面的、理发照相的、引车卖浆之流，只要小有本事，人们就会在其本事后冠以"师傅"。"拉面师傅""修理师傅""司机师傅""裁剪师傅"等等。五星大厦的厉师傅拉龙须面载入吉尼斯世界纪录，晚报报道，街谈巷议，纷纷称赞"拉面大师傅"。

某位炙手可热的大明星窃叹乌鲁木齐市人没有内地人对她狂热的崇拜。她不明白"爷到乌鲁木（齐）"的深刻内涵，不明白"纯爷儿们"聚集形成的城市文化：重实利，轻虚名；重本事，轻广告；兼容并蓄，见多识广；观念开放，见怪不怪。

　　此处无歌唱，自有唱歌处；

　　处处无歌唱，爷到乌鲁木（齐）。

最能代表乌鲁木齐人文精神的是杰出的西部歌王——王洛宾。当王老魂归"遥远的地方"之日，数千人自愿为他送行。

王老有言：我要活五百年，唱五百年，完成五百年工程。壮哉斯言！伟哉斯人！

世界著名歌手罗伯逊、多明戈、帕瓦罗蒂把《在那遥远的地方》等中国民歌唱红全球。《达坂城的姑娘》《阿娜尔罕》等优秀民歌代代传唱，千年不衰。新疆各民族老百姓把王老的歌视为国宝珍品。

王老不仅有炉火纯青的艺术才能，而且有令人钦佩的强烈的生命意识。他命运多舛，最珍贵的青春艺术年华在监狱里，在"左"的路线迫害下度过。他饮着人世的苦水，却奉献给世人甜蜜的歌；他忍受着无言的痛苦，却让每个唱他的歌的人欢乐；他在荆棘丛中被刺得血肉淋漓，却为世人编织着美丽的花篮。有首青春舞曲《玛依拉》是这样创作的：监狱高墙森森，囚犯饥肠辘辘。焦渴的目光中出现了送饭的哈萨克族妇女玛依拉。那天不知什么节日，她穿了条彩色裙子，把生活的阳光带进了昏暗的高墙。犯人们兴奋地盯着热气腾腾的饭桶，而王洛宾却闪电般灵感突现，一首节奏欢快、热情奔放的歌曲《玛依拉》在心头奏响了……这首乐曲最适合年轻人跳迪斯科，但很少有年轻人知道此歌酝酿于黑暗和饥饿！

这正是乌鲁木齐的性格：历经劫难，生命不息；天灾人祸，傲然崛起；在忧伤痛苦中唱着充满希望的歌。

今天更不必说了。施光南的《吐鲁番的葡萄熟了》，田歌的《草原之夜》，张贤亮的《肖尔布拉克》，王蒙的散文集，周涛的散文集——这个名录可以列得很长很长——无不得益于新疆的慷慨馈赠。

能在乌鲁木齐历史上记载的人物绝非等闲，能在乌鲁木齐商海捞金的人绝非庸才。你听他们唱着无言的歌"爷到乌鲁木……"

291

乾坤何须分南北　一眸尽揽大洋花

——新疆人游澳洲

飞赴悉尼

2015 年 9 月 18 日，我和老伴平生第一次出国，从北半球飞到了南半球。我们乘南航飞机到广州转机，19 日上午 6 时抵达悉尼。

女儿在悉尼一家医院研究所做访问学者一年，还有两个月就到期回国，安排我们来此度假。在悉尼生活的两个多月，租住在华人家里，除了大雨大风，每天出去游玩。去了墨尔本，走了著名的"世界最美海岸公路"大洋路。

"排空驾气奔如电，上天入地求之遍"，唐人浪漫的想象在我们这个时代已成为寻常事：乌鲁木齐飞 4 小时到广州，广州 9 小时从北半球跨越赤道到达南半球的澳洲悉尼。

宽体客机坐满了旅客，一眼望去几乎全是黑头发黄皮肤，只有几个人是碧眼金发。可以想象大洋彼岸存在一个多么红火的华人世界。地球真的变小了，变成"地球村"了。科技极大改变了人的生活和观念。

不知什么原因，同是南航飞机国内航班比国际航班服务态度好。国内航班微笑真诚，送水服务次数多，盒饭好吃；国际航班笑容淡淡，送水服务次数少，盒饭一般，要加一条毛毯好长时间才送来，要杯牛奶是凉的——到悉尼才知道那里习惯喝生牛奶，可能是提前让我们适应吧。

在新疆生活六十多年，跑遍了大半个中国，出国还是第一次，不管多么劳累，不管旅途多少不愉快，心中充满幸福兴奋的感觉。维吾尔谚语"为了爱情，巴格达不嫌远"，为了陪伴女儿度过在国外的最后两个月，悉尼不嫌远。

广州白云机场规模宏大，设施先进，豪华气派，人头攒动。我们要转国际航班，不知往哪儿走。正好碰见一位去美国洛杉矶留学的年轻人，热情地说："跟我走就可以了。"坐上摆渡车，很快到了国际机场，年轻人指点顺利过了海关边检，找到登机口。

一夜飞行，天已大亮。下降时从舷窗看到蓝湛湛的海湾，雪白的游艇，茂密的绿色和黄色的屋顶，精致华贵的别墅。一夜曲蜷筋骨酸麻，此时精神一振，疲劳顿消，终于跨过赤道到南半球的美丽大陆了。

悉尼是世界闻名的繁华都市，想象中的悉尼机场一定豪华气派，雍容华贵，像西方古典油画中的贵妇人。但下了飞机才慨叹百闻不如一见：简直一个布衣荆饰的健壮农妇。地面、大厅、立柱、窗户等，所有建筑材料基本是原色，没有精心装饰，步行梯没有地毯，更没有国内铺天盖地的广告。但是，停机坪上一排排大型客机和密集的起飞轰鸣声，告诉人们这里是澳洲最繁华的现代化机场。

我们随着人流出关，只有几个身穿制服腰挂手枪的警察，眼光十分和善，热情指点你该往哪个方向走。满眼英文，满耳英语，很不习惯，只有入乡随俗。机场服务效率很高，出关，取行李，快捷方便。

女儿在出口等着我俩，分别多日，见面亲热。房东开车来接，殷勤好客。接下来的两个月，我们与房东生活在一起。

中午，在一家广东餐馆用餐，虾饺、烧麦、皮蛋粥、酸辣海蜇皮，十分可口。接下来的两个月，吃遍西餐、韩餐、印度餐、日本料理等，还是觉得中餐最好吃。《西游记》里孙悟空一个筋斗翻十万八千里，逃不出如来佛手掌心。中餐就是如来佛的手掌心，你飞一万多公里也逃不出美味的中餐！难怪维吾尔谚语：一个人的家乡在他的肚子（胃）里。因为，从小吃的饭是母亲做的。

女儿为我们安排好了在悉尼生活最重要的事情。一是手机换成澳洲卡，并教给我们如何使用 GPS 导航。没有这个寸步难行。我们每次出门先查《英汉词典》，输入英文地名，启动导航，低头看着手机走。二是给我们办了当地的公交卡，悉尼公交车火车游船，上下刷卡，按站计价。三是告诉我们遵守这里的规矩，车辆行左道，过马路一定走斑马线；上下电梯站左边，不可两人并排；不论在任何地方不可丢一点垃圾。

入乡随俗。在悉尼生活的日子里我们做得比当地人还好，因为在当地人眼中我们是来自文明古国的中国人。

悉尼印象——撒豆成"苑"

要想把悉尼印象准确生动地表达出来，确实要动一番脑筋。因为这里与我们国内的"城市"概念大有不同。"城"和"市"是两个意思："城"要有城墙，城门，在清朝新疆的城市有汉城，回城之分；"市"就是交易，商场，新疆人叫"巴扎"；城墙外是"郊区"，再远一点就是"村镇"了。而眼前的悉尼不是这个概念：没有城墙，历史上就没有。曾经有过监狱的高墙，那不是城墙。再者，没有我们印象中的"村落"，只有一望无边的绿色海洋中的小别墅群和大超市，大超市一出门就是大草坪，或者河边码头垂钓处。"市"不在"城"里啊！

我借用一个典故"撒豆成兵"，改一字"撒豆成苑"：三百多年前，西方开拓者登陆悉尼，一把豆撒出去漫山遍野变成的不是"兵"而是无数的"苑"，到今天这把豆还在顺着地势不停地滚动，还在不停地延伸着变成"苑"。

今天，悉尼最吸引游客的国家皇家公园，建于 1816 年的总督府，就是历史上的撒豆者站立处。"豆"滚到今天，最远处火车要走两个多小时。"豆"扎了根变成"苑"，"市"随"苑"走。人在车里，车在"苑"里，"苑"在森林草坪里——这是悉尼颠覆我们"城市观"的第一印象！

我所租住处的房东家，就住在悉尼的一个典型的"苑"中。"豆"在滚动中没有章法，随地势而走，丘陵漫坡，河沟暗流，没有笔直的平坦的道路。道路弯曲，上坡下坡，多丁字路，多锐角交叉。这使新疆人很不习惯，中国的城市道路讲究正南正北，笔直宽阔；十字路口九十度。还有这里房屋建筑与我们的城市建设观念大相径庭。我们的新建城市一片片高层组成"混凝土丛林"，而这里那些滚动的"豆"停下变成"苑"：一是紧靠路边，离马路仅一米多宽的草坪。二是从马路延伸一条岔道进去，七八家或十几家围成椭圆形，各自建房，多为一两层，也有三层。

悉尼在一片无涯的绿涛碧海之中。世界工业革命兴起二百多年，极大改变了人类共同的家园——地球。时至今日，原生态成了地球上最稀缺最珍贵的资源，澳洲就是这个宝贵资源的洞天福地。几百年上千年的古树峥嵘苍劲，冠盖绿荫；国家森林公园灌木乔木交织密集，一望无际；海边是鸟类的天堂，森林是兽类的乐园，草地是蜥蜴类爬虫的栖息地，处处是人与自然和谐相处的美好情景，随手按下相机快门就是一幅精美的油画。

新疆人在这里能立即感觉南北半球的差异很大：秋冬变成春夏，脚下的绵软沙土变成草坪，迎面吹来的干燥的风变成湿润的空气，满目大山荒原变成绿树鲜花，最需要常常提醒自己的是，新疆的太阳在南边，而这里的太阳在北边……

河边海湾　碧波白帆

我常常沿着帕拉马达河边走，每次景色都有变化，每次的感觉都是新的。常常走着走着，不由自主静静地坐下来。不是累了——在这里是不知疲倦的，而是美景一次次使人迷醉，使人的灵魂绝尘而去漫游云霄。

河边小路只有一尺宽，蜿蜒在浓荫密草中。路面常见裸露的棕色树根，足踩鞋磨，幽幽暗光，像树木的毛细血管。边走边挥舞树枝，把头顶垂下的蜘蛛网扫开。

每次走一遍花草都不一样：第一次去快到河边时，有一座古色古香的欧式建筑，旁边开着形态奇异的花。不知其名，我们称之"天堂鸟花"，这只鸟欲飞天堂：橘黄色的突出的鸟嘴，顶着艳红的凤冠，张着双翅欲从绿叶中飞出。还有"火炬花"令人惊叹：一丛硕壮的绿叶中，高擎一支直杆举着一尺多长的红绒球，远望如火炬。第二次去河边，"天堂鸟花""火炬花"谢了，"瓶刷花"盛开了。那花形状与瓶刷子一模一样，有红黄两色，二三十公分长，盛开时满树红红火火，密密匝匝，令人陶醉。第三次去河边看小草的花，花有白黄两色，别看小，聚集起来一大片，漫坡闪烁，争奇斗艳。忍不住"老夫聊发少年狂"，在花丛中奔跑呼喊"我来了"，一个打滚躺下，拍一张"萌青春"的老年照。

　　河与海连在一起，分不清是河边还是海湾，下了雨是河，水色白亮；不下雨是海湾，水色淡蓝，几乎看不见水的流动。每走一次河边景色都不一样：第一次走到河边仿佛走进油画中，坐在石头上静静地感悟着。河水像孩子的眼睛轻柔地浏览着岸边，密不透风的红树林像河的眼睫毛，对岸的一栋栋别墅像飞扬的眉毛，波光粼粼的河水是孩童天真无邪的眸子。走到河边，静坐遥望，晴天丽日，白云滑移，对岸停泊的小帆船起航了，潇洒飘动；远处的高耸的悉尼塔历历在目，波光像蓝绸轻轻抖动，直升机巡逻飞过，马达声仿佛在给油画般的美景点赞。

　　在河边遇到的人都不一样。第一次去正在观赏美景，突然窜出四条狗，一条德国牧羊犬半人高。我立刻叫老伴别动别惊慌，狗不过是闻闻"中国味道"。一位金发女郎从树林里快步赶来，一声呼哨，四条狗回头就围着她转圈儿。女郎一个劲儿说："sorry"，打着手势表示"这些狗不会咬人的，对不起"。这时，一位中年汉子一身运动装跑步经过，见此情景，也打着手势安慰我们"不要怕，对不起"。我对老伴说，人友善，狗也不会凶恶的。真的，这里的老外看到中国老人眼光都很和善，很真诚，从那双浅碧色眸子可以看出那是发自内心的。第二次去河边，我们发现了几个奇形怪状的海水冲刷的石洞，很像《西游记》里描述的水帘洞。正在拍照，十几个外国人结队跑过，一个个对着我们喊"hello"，好像在接受我们的检阅。有个胖老太太看到我们的垃圾袋装着橘子皮，地上干干净净，对我们扬起大拇指"ok"。

　　一次次走过那条蜿蜒的小路，我发现不管多少人走过，小路始终一尺宽，不会再宽了，因为这里的人们珍惜大自然的原生态，不会任意扩大人类的侵犯——这是一种发自内心的自觉，一种价值观念。后来，我在国家森林公园公路驶过，看到紧靠公路的百年千年的老树完好无损，在路面施工时没有损伤老树一个根须，古树野草溪流都保持着良好的原生态，我被这里的人们与大自然和谐相处的观念深深感动。

歌剧院与囚犯碑

"不到歌剧院等于没有到过悉尼"，这是一句耳熟能详的导游词。我记不清到过这里多少次，每次都能看到来自世界各地的旅游者、各种肤色长相的人群，每次都有新感受、新思索。

第一眼看到歌剧院大屋顶是在 288 路公交车上，车从大铁桥驶过，居高临下看到歌剧院，那么清晰，那么震撼！

歌剧院 1959 年奠基，1973 年建成。其间设计方案几经波折，建成之日立即轰动世界，取代了繁华了数百年的悉尼码头，取代了英国殖民统治的标志总督府，成为悉尼地标式建筑，吸引了全世界无数旅游者在这里流连忘返，建筑师约翰·乌松一举成名。可以毫不夸张地说，许多人是看到歌剧院的精美照片才知道世界上有个地方叫悉尼。

诗人写道："太阳不知道自己的阳光多么美丽，直到阳光从这座建筑上反射回来。"

我久久凝视着这座建筑：古老与现代，灵动与凝重，宁静与震撼，瞬间与永恒，纯白无瑕与七彩缤纷，朴实简洁与雍容华贵，竟然结合得如此完美！建筑是凝固的音乐，听听这里的音乐：宁静的心到这里变得遐思飞扬，浮躁的心到这里变得静虚归真，衰老的心到这里变得童趣勃发，狂妄的心到这里变得谦虚平常……

从海上看她，她是一组兜满大风的帆船，正在拔锚起航，驶向大海，去寻找太阳沐浴的地方；从皇家森林公园高坡上望去，她是一组万里飞驰，盛满阳光的帆船，在码头上卸下太阳的七彩光；从热气球俯瞰她，"豪华尽落显真淳"，像出嫁的新娘头扎着飘动的白纱——

真是无巧不成书，正在思绪遄飞，新娘果然就来了！

一对新人走到水边的石头上拍婚纱照，摄影师紧跟着托着纱裙后摆。我走近那对幸福的年轻人，新郎是南亚人，西装革履，英俊潇洒，新娘带着东方女性的娇羞腼腆。两人按照摄影师的设计摆好造型，背影是那座著名的大铁桥和歌剧院，"咔嚓"一声留下了永恒的美好瞬间。

歌剧院正对着国家皇家公园，顾名思义原来是皇家园林，现在是国家公园，像北京的颐和园。这里所有公园免票。

公园门口顺坡摆着绿草鲜花组成的大字"1816—2016"，现在就开始庆祝建苑 200 周年了。二百年前，为迎接英国女王伊丽莎白，这里大兴土木，建起豪华皇宫，后来成为总督府。我在总督府前几百年的大榕树下坐着，静静地端详着这座古老的建筑：立柱粗壮，拱门高大，尖塔耸立，气势尊贵。现在，这里是博物馆，展出当年皇家的宝贝，诉说着百年风云。古堡花园非常精美，各色鲜花，如簇如锦，新疆人种在花盆里的君子兰，名贵的薰衣草，在这里茂密盛开，环绕如墙。

每次到这里都觉得时间太快，感觉新颖，决心再来。果然，再次来时意外发现了那座囚犯碑。用"发现"这个词是因为官方悉尼导游图上没标此碑，导游也绝不会带游客到这里来的，当地人也不会主动告诉。我发现此碑是因为那天手机导航失灵，迷路了。我们从大铁桥边下车，往歌剧院方向走，走着走着不知该往哪儿走了。这时，身边走过几位碧眼金发的活泼少女，直觉告诉我她们是去歌剧院的，于是我们跟着她们走。这路哪叫路啊！上下台阶，走过一栋楼房阳台，穿过走廊，贴着客人就餐的椅子后背，听嘈杂的声音快到码头了。走出街巷口，一个小小平台上，直立着一座约五米高的石碑。不需要读英文的介绍，这碑一望而知是纪念囚犯的。石碑三面阴刻三幅画，第一幅是 18 世纪的英国士兵持枪站岗，第二幅是脚戴镣铐、手持铁镐的囚犯，第三幅是囚犯和紧靠着的抱着孩子的妻子。

囚犯碑唤醒了这段历史：1788 年，菲利普船长解押 700 多犯人在悉尼登陆。1 月 26 日，英国流放澳洲的第一批犯人抵达，建立殖民统治。这一天被定为澳大利亚国庆日。此后 80 年中，共有 15 万英国犯人流放澳洲。如果加上他们的妻儿老小，那就不止五六十万了。杀人、盗窃、破坏等等罪行是令人痛恨的，是应当受到法律惩罚的，但是，犯人中确实有基督山伯爵那样的被冤屈者，有雾都孤儿那样的贫困儿童，有《悲惨世界》冉阿让那样的大慈善家。中国《水浒传》中的林冲、武松、宋江也都是面上刺字的"囚犯"啊！不管哪个时代哪个国家，囚犯也是人，且不论他们是否真的有罪，也不论那个时代法律是否公正，他们都是与我们一样的人，他们也有妻儿老小，他们流下的血汗与别的劳动者没有不同，他们为澳洲社会发展所做的贡献应当被承认，被纪念！

离开纪念碑，我的感悟立刻不一样了：熙熙攘攘繁华的悉尼码头，是那些囚犯苦力建造的，豪华尊贵的总督府是囚犯们开凿的石头建起的，甚至升起风帆的缆绳也是囚犯们拉起的；他们的妻子孩子在苦难中挣扎，在屈辱中企盼亲人自由……

那座凝固的乐章因此碑而更加辉煌！

蓝山公园　南天大寺

蓝山是悉尼著名旅游区，顾名思义是蓝色的山，据说那里山中有奇怪的矿石，太阳照射，漂浮蓝色云雾，山峰林海，幻影奇妙。到蓝山道路平坦宽敞，开车一个多小时就到了。

天气正好，游人很多。凭栏望去，山气蔚蓝，山凹浓，山顶淡，林色浓，草色淡，缆车栈道隐现于绿荫浓淡之间，游人笑语欢声颤动于瀑布水汽之中。好一派南半球山林风光！

这里是澳洲的"张家界"，浩浩碧涛，仙气恍惚，山如笔立，树似披风。看了导游图惊叹太大了，太美了，不知去哪里。决定先爬山，再坐缆车空中鸟瞰，下午走栈道穿过热带雨林回去。

这里与张家界一样有"三姐妹峰"，三座陡峭的山峰。不同的是张家界的"三姐妹"缠绕着白绸哈达，这里的"三姐妹"炫耀着蓝色舞裙。石阶如梯，前足后肩，几次停歇，终于到一个离"三姐妹峰"最近的山腰洞口。洞口站满西方人、东亚人、非洲人，还有不少中国游客，争相与"三姐妹峰"合影留念。

接着，我们坐上缆车。那位工作人员金发小伙子一见我们，立刻用标准的北京话说："欢迎""你真帅"，我们大笑点头致谢。缆车垂直下去，随后平稳地行驶在空中，透过四面玻璃看到挂在悬崖腰间的一条瀑布，飞流直下三千尺，雾气升腾蓝如烟。原始森林笔端万毫，野花烂漫泼墨写意，吸一口掺着松果鲜草香味的湿润空气，肺腑熨帖的感觉怎一个"爽"字了得！擦肩而过的缆车像贴在山壁画卷的卡通玩具小火车，里面的卡通人物向我们招手欢呼！我们进入了神话世界。

中午，我们自带午餐，在一棵大树下的木桌上享受"中国味道"。这时，旁边的树林里走过来一群野麻鸭。公鸭身体硕壮，领头带路，母鸭模样精干，在后招呼，中间是五只叽叽喳喳的小雏鸭。那可爱，那活泼！我们撒了面包屑，鸭群并不理睬，只管走着叫着。我连忙用手机追着拍摄，直到鸭群消失在草丛里。我立即把照片发送微信，说明："悉尼蓝山公园野生麻鸭，与人和谐相处。在国内很难见到。"

下午走热带雨林栈道，从阳光灿烂的日子，一下子进入浓荫遮天的雨林世界。栈道顺着原始雨林的空隙修建的，弯曲狭小，景观丰富多彩，许多树木不知其名，徒增神秘感。印象最深的一种树两人合抱，笔直十丈，枝叶簇顶，树身叠满鳞片状黑金属般树皮。百年前的矿井口，矿工推矿车雕塑，小火车轨道等。追思百年，澳洲发现金矿，欧洲人掀起到新大陆"淘金热"。不难想象这里曾经车声隆隆，黑烟滚滚，砍树伐木，一片狼藉，但是，当今的澳洲人越来越重视保护树木山林，建立了严格的环保法律，把一个个废弃的矿山变成了游客蜂拥而至的美丽的景点。

蓝山公园管理十分先进，基本自动化。一次交款，手腕带一磁圈，可以随意多线路换乘缆车，可以走遍各个景点。这一点值得国内旅游景点好好学习：一个大景区分多个景点收费，人多排队拥挤，安检验票，效率大减。

遗憾的是，我们离开时有人告诉说，游蓝山最好头一天下午来住一宿，第二天早晨看日出，那山气蓝得最亮，空气最清爽。

第二周，我们去了久负盛名的南天寺。南天寺在悉尼南 100 公里的卧龙岗，驱车一个多小时就到了。该寺是台湾佛教星云大师投资一亿澳币修建的，1992 年开工，1995 年建成，是南半球最大的佛教寺院，也是澳洲著名的旅游景区。

我的第一感觉是"杭州灵隐寺搬到悉尼来了"：只有一点不同，这里没有灵隐寺的山，景色也不同，但是相同之处太多了。一池碧水，荷花盛开，倒映着高耸的佛塔；一条小路，曲径通幽，洗净了尘世的烦恼；一片草坪，雕塑精美，展示着天国的极乐世界；一曲梵乐，清越典雅，等待着天女散花；一座大雄宝殿，气象庄严，宣示着佛祖的慈航普度；一个俗人，万里游踪，体验着多元文化的奇妙感受。

当地华人说，在南天寺许愿特别灵，求子得子，求福得福。关键是心诚则灵。

新疆人熟悉佛教史，佛教东汉时从西域传入中原，成为中华文化儒释道三大源流之一。法显、宋云、玄奘等法师给后人留下了宝贵的西域历史文化资料。我年轻时在喀什郊外寻访"三仙洞"，爬上几十米高的洞窟，佛像已残破，仅存底座，壁画尽毁。据说该洞窟开凿于西晋，是我国西域最早的佛教遗址。在图木舒克"唐王城"，我扶着仅容一足的百丈悬崖，找到三个佛龛，一个残破，一个无头，还有一个坐佛完整，但彩色尽褪。年轻时的兴趣影响了我的一生，我从喀什开始，走过托克萨莱衣"唐王城"，克孜尔千佛洞，高昌回鹘佛教遗址，巴里坤寺庙，直到敦煌莫高窟。最近的发现是：20 世纪 90 年代，两个维吾尔采药人，在库车深山峡谷中，发现悬崖上一个洞窟，向当地政府报告"山洞里画着许多女人"。库车政府立即派人考察，一座轰动全疆的佛教洞窟被发现了。这座洞窟带动了新的旅游景点库车大峡谷建设，迅速吸引国内外游客来龟兹访古。我从"三仙洞"到莫高窟转了一圈，又回到库车大峡谷，谒拜那座悬崖上的洞窟，再次被佛教徒的坚韧毅力感动，在与世隔绝的深山峡谷中修炼佛性，钻研佛法，别说开凿洞窟，就是活下去都是一件常人难以做到的事，这需要多么坚定的信仰支撑啊！

但是，国内佛教已经严重变味儿了，严重商业化了。我去过国内多处佛教圣地，门票贵且不说，导游讲佛本生故事只有一个目的，让你掏钱"许愿""烧高香"，让你"布施"，透明玻璃"功德箱"里赫然装满百元大钞。不知寺庙做何"功德"。

在南天寺，一切安静，没有喧嚣，没有劝你"做贡献"，你自己去感悟佛法，感悟"普度众生"。在大雄宝殿里，四壁辉煌，每个供养人有一个小格子，小灯泡代替蜡烛，一尊小金佛，据说有四万多个小格子！

我喜欢这句名言：人在本质上是个大殉道者。玄奘"九天四海澄迷雾，八十一番弭大灾"，从遥远的西天取回佛经，深刻影响了中华文化。且不说博大精深的佛教哲学，也不说影响深远的佛教伦理，就说佛本生故事，是宋元话本的源头，发展为明清时的四大名著。今天，星云法师跨过赤道把佛教弘扬到南半球，玄奘和星云法师的足迹连在一起，那是多么了不起的一条文化链啊！

南天寺的美景长久铭刻在记忆里，澳洲多元文化的感悟长久萦绕在脑海里……

新疆人游澳洲之二

——人与大自然

国家森林公园　蛋糕岩

悉尼国家森林公园是仅次于美国黄石公园的世界第二大公园，东临大海，浓绿无垠。从空中鸟瞰，似乎上帝在调色盘中蘸了四种颜色，大笔一挥，造就了这个大自然的奇景：第一层深蓝色给了大海；第二层土黄色给了岩石；第三层墨绿色给了森林；第四层纯蓝色加点白絮给了天空。四色辉映，绵延万里，大气浩荡，宇宙奇观。

神奇的是在漫长的土黄色的海岸岩石上，镶嵌着一小块雪白的玉石，这就是闻名遐迩的蛋糕岩。常有华人问我们，"去过蛋糕岩吗？"

那是一片浩瀚无垠的森林的海洋，是一片生机勃勃的地球的原始地貌。如果地球的呼吸是海洋，山脉是筋骨，河流是血脉，那么森林就是肤发——中医讲"发为气血之余"。

一条柏油路两边岔开多条沙土路，那是游人步行游览的小路。离开小路没法走进树林，乔木灌木杂草密不透风。我们停好车，背着茶水面包水果，走上沙土小路。前面四个外国人两男两女，男的穿着短裤，光着膀子，女士比基尼，手上提着凉鞋。他们身高腿细，步子

305

大，我们根本跟不上，不一会儿就看不见了。不过，后面又有一群亚洲长相的年轻人走来，好奇地看看我们，微笑致意，也往前面去了。这使我们坚定信心：不到蛋糕岩非好汉，不管路多么难走，不管太阳多么火辣辣！

走出了高大茂密的乔木林，走进一人多高的灌木丛，走着走着灌木矮了，杂草茂密，奇形怪状，草不知名分外妖。望见大海了，听见海潮澎湃声了，高兴激动。走过一条沟，有水好洗手，我们坐下来吃水果。澳洲苹果、葡萄、梨等水果，远不如新疆水果，只有澳芒和橙子比国内好吃。吃了澳芒、橙子正要出发，几位碧眼金发的外国人手比画着喊我们。我们四下一看没有掉落任何垃圾啊，不知喊的什么意思？外国人走近指指我们的手提垃圾袋：牛皮纸垃圾袋裂开了口子，黄澄澄的橙子皮快掉出来了。他们十分利索地把两个袋子的东西合在一起，腾出一个袋子递给我们，我们感动得连声说"谢谢——thank you"。那段路大概六七公里，没有看到一片垃圾一个易拉罐一个烟头，而路面砂砾被无数鞋子、脚磨得晶莹透亮。

蛋糕岩令人惊奇：一望无际的海岩土黄色，而这块巨石雪白晶莹，如刀切斧剁，方方正正，悬空临海。这块巨石从何而来？如何形成？只有地质学家来解释了。蛋糕岩与土黄色的岩体将要分手，裂开了一道一尺宽的口子。我战战兢兢挪到悬崖边上，以深蓝色的大海与白色的浪潮为背景，拍了一张平生最酷的照片。发到网上，立刻有女性网友回应"老前辈，危险！你是人民的宝贵财富啊"。人一兴奋就忘了危险，忘了自己是"宝贵财富"，往下一看，百丈悬崖，天旋地转，万幸没有遇到大风。

那些外国人，都在蛋糕岩摆着各种姿势拍照。这里的景色太难得太宝贵了。

海滩　灯塔　炮台

"海是悬挂在头顶的天，天是铺在地上的海"，在邦迪海滩，我突然想起这两句诗。新疆的塔里木大沙漠被形容为"凝固的大海"，确实，那里的万顷沙丘就像一道道凝固的起伏的波浪。而眼前邦迪海滩的海，是灵动的活泼的喧嚣的，那蓝色精灵不断吐出一圈又一圈白色的唇纹，与人与沙滩与棕榈树缠绕游戏。

要想五分钟看懂澳洲人，就到炎炎烈日下的海滩来吧。先从远处看，那一个个"弄潮儿向潮头立"，冲浪好手，浪头浪谷，身形矫健，如海鸥翻飞；再向近处看，游泳健将劈波斩浪，迅捷临近，如企鹅跃浪；最近处最可爱：几个洋娃娃在追逐海潮，潮水来了他们往沙滩上跑，潮水退了他们追过去，那喊叫，那活泼，那憨态，怎一个乐字了得！一个两三岁的小女孩光着脚，跪在地上，用砂子垒砌小城堡，一股海浪冲来沙堆散开，浪头一退小女孩呼喊着，脚蹬手推又垒砌小城堡，等着再一个浪头涌过来。我看得呆呆的，小时候曾经在沙包上玩过这个。"老夫聊发少年狂"，真想立刻跪在沙滩上与小洋娃娃玩垒沙包。

这些洋娃娃的父母在哪儿？也许就是沙滩上的他和她：男士一身泳装，女士比基尼，躺在沙滩上享受阳光。整个沙滩躺满了，约一两千人。我们小心翼翼从他们身边走过，随便溜一眼心里赞叹：男士身材匀称，肌肉凸起，强壮有力；女士身材颀长，皮肤光洁，青春洋溢；任选一对上 T 台，都是优秀的时装模特儿。

难怪世界奥运会上冲浪、游泳、沙滩排球等项目，澳洲人获得金牌多。他们从小就亲近大海，亲近大自然，喜欢运动，喜欢阳光。这是植根于千千万万澳洲人心中的海洋文化基因。

307

我们顺着海滩边的步行道走了五六公里，被一个个海滩游泳场热闹的气氛感染，被一个个碧波激浪中的美人鱼所吸引，被一个个超过我们回头道一声"hello"的陌生人所感动。

我注意到两个现象：一是万人游泳海滩没有警察，更没有警车；只有穿着橘黄色背心的救生员；二是几乎没有华人，华人上哪儿去了？一个多月后，我才有了答案。

澳洲是天然旅游胜地，长达一万多公里海岸线，已经开发的著名海滩据说有几百个。面向大海的别墅、旅馆，层层叠叠，造型典雅，鲜花草地古树像展开的五彩长卷，无处不美，无处不醉。

我们去过悉尼周边八个海滩，有几个名字记不住了。那天，去棕榈海滩走走停停，用了两个多小时。穿过茂密的古树林荫，路边有一处平台，停了一片轿车、摩托车、自行车。我以为是一个停车休息点，没想到这里竟然是滑翔伞跳台。这在国内肯定会立个巨大的广告牌，请美女戴着头盔秀发披肩拉着滑翔伞，来一个魅力无穷的微笑。而这里没有，"桃李不言，下自成蹊"。电视上常常看到滑翔伞翱翔海天的美丽情景，看到人类以气流为动力天马行空的壮举，没想到这个高难度的运动在这里十分普遍，场地如此简陋，人们如此轻松。一个个运动爱好者互相打着招呼，轻松愉快地把近二十米的滑翔伞铺开，系好安全带，深吸一口气，顺坡疾步，一跃跳下百米悬崖。绚丽的滑翔伞在阳光大海的映衬下，自由飘动，悠然远去。

海岸不远处有岛屿码头。游艇犁开碧波，扬着白练，迎面吹来凉爽的海风。一架私人水上飞机起飞了，轰鸣着掠过游艇，一片片白帆无声滑动。我突然想起新疆——在离大海最远的地方，在被称为"凝固的大海"的大沙漠，白帆变成汽车卷起的尘烟，环塔里木汽车拉力赛，同样壮观，同样激动。人的美感源于翱翔、跳跃、飞奔、运动，无论是沙漠还是大海。只有在思考时才需要静止。

登上岛屿，别有洞天。有房皆空，人声悄然，古树未修，蓬发茸茸。芒果青涩，柠檬泛黄，花中君子，吐蕊芬芳。陶令何须觅桃源，海岛处处可耕田。这里的富人标准是：海边有别墅、有游艇，全家人喜欢运动旅游探险等，一句话——会享受生活。

我们顺着海岸边走边观赏美景，远远看到高耸的灯塔。灯塔是现代化仿古建筑，已经成为旅游景点。百年前灯塔用于导航，用于指挥军舰，保卫海港，灯塔边摆着几尊古炮。"天涯静处无征战，兵气销为日月光"。一群白人少年爬上炮管或站或骑，跳跃嬉闹，摆出各种姿势拍照。一个个年轻夫妇躺在斜坡草坪上逗孩子，旁边卧着另一个家庭成员——狗，阳光直射，犬毛油亮。悬崖栏杆上靠着三五游客，男士短裤背心，女士坦露后背，他们低头欣赏着百米之下海浪吐出的一圈圈白色的狂吻……

堪培拉　郁金香

中国人一提起"首都"自然有一种神圣感，百年"帝都"，千年"皇城"，而在澳洲提起"堪培拉"没有多少人有神圣感。也许这个首都太年轻了，还没有树立起自己的"威严"。

房东叮嘱我们："堪培拉的郁金香花展一定要去看看。那里有两样东西最有名，郁金香和大学。"

我们参加了华人旅行社的"堪培拉一日游"。司机兼导游是一位老华人，用流利的英语和带粤语口音的普通话介绍：

堪培拉是个年轻的城市，早在100多年前，这里还是澳大利亚科西阿斯科山麓的一片不毛之地，1820年被人发现，有移民来建牧场，到1840年发展成一个小镇。1901年，澳大利亚联邦政府成立以后，为定都问题，悉尼和墨尔本两大城市争执不下，一直争了八九年，直到 1911 年，联邦政府通过决议，在两个城市之间，选一个风调雨顺、有山有水的地方建立新首都，于是选了这块距悉尼 238 公里，距墨尔本 507 公里的空地。这就是堪培拉的雏形。1912 年，联邦政府主持了一次世界范围内的城市设计比赛，一年之后，国会从送来的 137 个版本中，选中了美国著名风景设计师、36 岁的芝加哥人沃尔特·伯里·格里芬（Walter Burley Griffin）的方案。这位设计师描绘的堪培拉街道图是他和他的妻子（也是一位建筑师）共同画在一块棉布上的，这份珍贵的原作至今保留在澳大利亚国家档案馆。因第一次世界大战的停顿，共用了 14 年，于 1927 年建成，并迁都于此。

后来，又为确定新首都的名字商讨了好长时间，最终选择了土著居民的传统名称——堪培拉，意思是"汇合之地"。坐落于格里芬湖岸边，是澳大利亚政府、国会，外国使馆的所在地，森林环绕、绿意盎然，且邻近自然秀丽的乡村，堪培拉成为优雅的现代化都市，更享有"天然首都"的美誉。堪培拉洋溢着田园气息，但也是澳大利亚政府的所在地，以及亚太区主要的外交中心之一。在这个城市，你不会看到突兀和杂乱无章的城市建筑。映入眼帘的，是一件件计划周详、安全、真正具备美感的城市设计杰作。和其他大的城市用许多公园点缀相反，堪培拉恍如一个建在花园里的城市。这个澳大利亚最大的内陆城市的中央是一个 11 公里长的湖，它看上去好像是天然形成。其实，35 公里长的湖岸是挖出来的，这个人工湖是设计师格里芬引以为豪的设计中的一个重要部分。这个湖 1964 年引摩罗河水注满，它把堪培拉一分为二，在春、夏、秋三季的多个月里，许多活动在湖边举行。堪培拉有澳大利亚国立大学、新南威尔士大学堪培拉校区（澳大利亚国防学院）、堪培拉大学等知名学府，每年吸引大量海外留学生前来学习。

郁金香花展名不虚传，首先是规模宏大，约有二十多亩，各种颜色的郁金香聚成一个大方块，那气派轰轰烈烈，先声夺人。其次是花色鲜艳，万朵一色，整整齐齐，美轮美奂。红色方块如火欲燃，如玛瑙，似翡翠；鹅黄方块秋叶烁金，如锦缎，似彩虹；墨绿方块独领风骚，如浓墨，似碧玉；白色方块晶莹剔透，如羊脂，似流云；雪青方块色艳香浓，如琉璃，似薰衣。

"这是真花？不是人工塑料造的吧！"老伴突然冒出一句，接着自问自答"确实是真的，大自然的花，真不敢相信。"

我明白了什么是大自然的鬼斧神工，什么是造物主的魔幻神奇。如果我看到郁金香花展照片，我会怀疑是否为电脑合成；如果看到花展的录像，我会怀疑是否套了滤色镜；只有亲临现场目睹，才相信世界上有这么美丽的花，这么神奇的色彩——除了一声声惊叹，就是再做一件事：一个一个方块闻过去，那香味一块比一块醉人！回头一看，白人、黑人、棕色人种、黄种人，老人、孩子、绅士、女士等，都在做同一件事：照相、闻香、惊叹……

导游规定的时间到了，我们恋恋不舍离开花展。接着游览市区，国会山、使馆区，说实在的，都没有郁金香给我们留下的印象深刻。因为郁金香是爱情的信物，这是任何辉煌的建筑没法相比的。

堪培拉的郁金香、墨尔本的赛马、大洋路的海景，已经成为澳洲向世界展示的亮丽的旅游名片。

我想起新疆和田的玫瑰、伊犁的薰衣草、喀纳斯的漫山遍野的山花……

世界不缺少美而是缺少发现。

311

星期一和星期四

在悉尼，每个星期一我们必做的功课：坐够八趟公交车。说起这事我们长叹一声：还是乌鲁木齐的公交车好，便宜而且像我们这样的"中国老人"全年免票——在悉尼你想都别想！

我们住的房东家离歌剧院约 20 公里，每天出门坐公交车。悉尼的公交车很新，奔驰大巴，宽敞明亮，行驶平稳，准点守时，服务态度好。遇到有残疾人的轮椅或者小孩推车，大轿车可以倾斜使车门与路沿石持平，方便轮椅，童车上下。乘客上下车，司机耐心等待，确认大家都坐稳了才启动。从来没有司机喊"快点""坐好"，乘客下车都说声"谢谢"。

但是，与国内相比，这里的公交车也有短处：首先是站牌太小，只有一幅杂志大，英文，字号小，郊区很多站台没有遮雨棚，有椅子，一个柱子上挂一个牌子；而且公交车不报站，有屏幕显示英文站名，我们这些"中国老人"太不适应了。幸亏有手机导航，否则出门太难了。其次是公交车费很贵，按路程计价，毫不含糊。起步价两澳元，五站后累计，我们去一次歌剧院坐车 40 分钟，刷卡 4.5 澳元，合人民币 22.5 元，来回就 45 元人民币了！我们在这里要待两个月啊！

好在这里有个优惠政策：一周内坐够八趟公交车，再坐就免费；同时规定每趟之间必须相隔一个小时。

我们必须享受这个优惠政策，星期一的功课就是坐够八趟公交车，当然间隔一个小时。我们从房东家出来，背着茶水、水果、面包，还有必不可少的垃圾袋，坐上公交车只走三站，下车到树林草坪走走，看好表过了一个小时，再上车往回走。树林里处处有椅子、秋千、跷跷板，空无一人，正好让我们"老夫聊发少年狂"，打秋千、玩跷跷板。

坐够八趟车，从周二开始坐免费公交了。

星期四的功课是坐房东的车去超市买东西。这里一周发一次薪水，周四发。大超市平时按点关门，只有周四夜里营业，也只有周四你才能知道"那人却在灯火阑珊处"。房东平时把中文报纸的广告剪下来，知道哪个超市什么东西最便宜，哪个餐馆什么菜有特价。周四我们跟着他去购物，大开眼界。

最大的超市是美国人开的，好像是 costco，停车场很大，满满当当全是车。房东开车找了好几圈没有车位，正好看到两个中年妇女往面包车上装东西，房东说她们要走了，我们等等。那两位西方女士买的东西堆起来像一座小山，食品、饮料、咖啡、巧克力、罐头、饼干、面包等，塞满了车厢。等她们装完了，车走了，我们总算有地方停车了。

进了超市才见识了美国气派：人头攒动，缴款排队，货架有三层楼高，商品目不暇接；如果每个货架都浏览一遍，需要两三个小时。服装、食品、乳品、电器、小家电、禽蛋肉菜，应有尽有。所有商品中贴黄色价格牌子是特价商品，房东叮嘱"不是黄色标牌的不要看了。"

这里食品工业非常发达，牛排、比萨、鱼类、猪肉等，品种丰富，半成品只要微波炉加工即可食用。饼干、糕点配方多样，杂粮、果汁、肉松、巧克力、干果等，包装精美。我们新疆人最感兴趣的奶制品，更是这里的一大优势。牛奶纯正，酸奶浓香，西餐佐料奶酪等，咸淡可口，营养丰富。

我们的饮食与超市接轨了：早餐，烤面包片，夹果酱，或者是牛油果，牛奶咖啡。牛油果原产墨西哥，澳洲引进 20 多个品种，含油丰富而且油的成分与人体脂肪相似，易消化吸收。自带午餐是面包夹菜叶，奶酪，或者夹熏肉片；有时带饼干、鱼罐头等。零食是混合干果，有杏仁、核桃、蓝莓干、腰果等。茶水是英国红茶，味道不错，凉了喝着也可口。晚餐是房东大展厨艺的时候：牛排、三文鱼、海鱼、虾、肉丸子等，各种蔬菜，摆满餐桌。饭后房东把西瓜、甜瓜、橙子、芒果、胡萝卜等，榨成混合果汁，味道鲜美。

如此生活两个月，我们脸晒黑了，体重没有增加，身体耐力明显增加了。原因很简单，我们与当地人一样热爱大自然，热爱运动，每天在树林、草坪、河边、海湾中走十多公里。

新疆人游澳洲之三

——墨尔本　大洋路

皇家植物园　库克船长小屋

11 月 11 日早晨 5:30 起来，坐火车，转公交车，赶到机场赴墨尔本。悉尼到墨尔本飞行一个多小时，机上不供应免费茶水咖啡，服务人员少，不是"空姐"是"空嫂"。

从空中看澳洲大地，一万米高空只隔了一层玻璃，森林、溪流、牧场，看的清清楚楚。更变千年如走马，一泓海水杯中泻，空气被潮湿的海风过滤得干干净净。

墨尔本机场朴实无华，出口就是餐饮区，人声嘈杂，弥漫着咖啡炸薯条的味儿。在这里，一切服务都讲究简单快捷周到。租车公司离机场出口走路不到五分钟。我们只用不到二十分钟就办好了租车手续，开出一辆崭新的尼桑越野车，深红色，车身闪亮，车内洁净，驾驶平稳。重要的是导航系统很精确，很可靠。这辆新车陪伴我们六天，保证了我们旅途平安快乐。

马克思说：未来社会要用对物的管理代替对人的管理。"物"是什么，不太明白，似乎是"剩余价值"。现在明白了："物"是电脑，互联网；"人"是讲诚信的社会公民。

机票、租车、租房等一系列事情，全在网上办好了，你只需一个功能齐全的手机绑定银行卡就 ok 了。

打开导航，开车走过高速，下了立交桥，进入闹市区，转进一条小巷子，找到了我们网上定好的旅馆。澳洲的旅馆没有国内旅馆的宽敞豪华的前厅，没有笑容可掬的迎宾小姐，连个接待的人都没有。我们网上定好的那家旅馆共有 60 多层，我们预订的房间在 14 层，一周前把钱打到旅馆账号后，显示房间号和密码，告诉进入和离开的时间。我们找到房间，输入密码就进了属于自己的小天地。澳洲旅馆房间是家庭式的，卧室、厨房、客厅、卫生间，一应俱全。拉开抽屉，餐具、炊具，整齐干净。

在饭馆吃饭很贵，因为法律规定的人工工资很高，每小时最低工资 23 澳元，1 澳元相当于 5 元人民币。我们出去尽量自己带午饭，面包、果酱、罐头等，吃饱就行，心理平衡。

我们到街道对面超市买了蔬菜，半成品肉食，儿子动手做了牛排、西红柿炒鸡蛋、素炒西兰花等，喝着旅馆赠送的咖啡，吃得很开心。

午饭后，我们抓紧时间游览墨尔本经典景区——皇家植物园。该园建在河边一片坡地上，草坪油光发亮，树木如伞如盖，闹市中一片宁静的心灵归宿。

皇家植物园建于 1845 年，保留着 20 世纪的建筑和风貌，汇聚了 1 万多种奇花异草，包括来自全球各地 1.2 万多类、3 万多种植物和花卉。这里有澳洲所有原产植物和花卉种类，还培育出 2 万多种外来植物。墨尔本冬季短且没有霜冻，热带、亚热带、温带的所有种类的树木都可以生长。园内的植物标本室设备相当现代化，里面藏有 150 多万种植物标本。

　　植物园有许多著名澳大利亚和外国历史名人亲手种下的纪念树：如英国侦探小说家柯南·道尔、维多利亚州总督官拉特罗布、英国女王维多利亚的丈夫阿尔伯特亲王、澳大利亚著名女歌剧演员内利-梅尔巴、波兰钢琴家帕岱莱夫斯基、英国前首相麦克米伦、加拿大前总理迪芬贝克、英国女王伊丽莎白二世的丈夫爱丁堡公爵、泰国国王普密蓬等。

　　一棵在维多利亚的历史上名为"分离纪念树"的树值得一提。1851年在维多利亚发现了黄金，同时这个原属于新南威尔士殖民区一部分的不列颠领地，获得英国批准单独成立殖民区。墨尔本人得知维多利亚将脱离新南威尔士殖民区单独成立一个殖民区的消息后，欢欣鼓舞，为了纪念这一历史性事件，维多利亚殖民区的总督在墨尔本皇家植物园里种下了这棵桉树，这棵红色的桉树（尤加利树）保存至今，它目睹了这个城市发展的历史。我们在一望无际的绿茵花园内休息，在长满自然与奇异植物的草坪和走道上散步，在奥内曼托湖边上的茶室品饮德文邵茶和喂食高贵的黑天鹅。

　　我们坐在一棵高大的"瓶刷花"树下，看着河里一条条小艇划过去，男女青年奋力划桨，水波如链；一个个着装豪华的自行车爱好者飞速掠过，听听穿着简洁鲜艳校服的学生欢快的笑声，赞一句真是一个充满运动健康生机勃勃的世界啊！

　　晚饭后，我们走过大铁桥，顺着河边，欣赏夜色。灯火不算辉煌，只是恰到好处。该亮的地方有灯光，该暗的地方有倒影、有碎波。情侣需要暗处，静静坐着，低声交流。

　　突然"嘭"一声吓人一跳，一根灯柱喷出五六米高的火柱，像电影里照明弹一样，刹那间照亮周围的一切：河水、楼房、情侣、夜钓者。接着是不远处的另一根灯柱喷发，远景变成近景，情侣变雕塑，河水变闪电。这个设计创意太令人难忘了，它把我们的眼睛当成了摄影胶片，把美好的夜景曝光在永远的记忆里。但是，这得耗费多少宝贵的天然气呀……

第二天一早，我单独一人顺着河边散步。上班的人流步履匆匆，华人居多。紧靠河边一座华人餐馆，门口立着两座雕塑，诸葛亮与关公。餐馆只供应中餐和晚餐，生意红火，两层台阶上摆满了精致的桌椅。

抓紧时间吃完早饭，我们坐免费电车，去寻访著名的库克船长小屋。那一片森林公园太美了，百年古树，遮天蔽日，草坪厚实，绿色如酥，小道石阶，光洁铮亮；阳光灿烂，空气甘爽。与那天在歌剧院海湾碰到的情景一样，又有年轻人在拍摄结婚照。背景不是海湾是高大茂密的榕树，脚下不是岸边石头是修剪整齐的鲜花草坪，旁边是一个小池塘，开着不知名的野花。天然去雕饰，原色最真实，这是爱情最美好的写照。

闻名遐迩的库克船长小屋在绿树碧草环绕中，古朴典雅，一位身穿 18 世纪英国仕女服装的女士，宽边凉帽，拖地百褶裙，边读书边踱步，令人仿佛回到那个翻天覆地改变人类世界的地理大发现时代。

小屋的主人是英国库克船长，他是发现澳大利亚大陆而且又是登上岸的第一个外国人；他第一个宣布澳洲归属英国。

小屋分上下两层结构，楼上是库克船长父母的卧室，楼下有一间是厨房和会客厅，还有一间是库克居住的小卧室。室内的陈设都按当时的情形布置。大门石梁上刻着库克船长的父亲 James 和他的母亲 Grace 的姓名中的第一个字母。小屋的门口的小径旁，立着库克船长的紫铜雕像，头戴三角军帽，身穿紧身衣裤，下着及膝绑腿和扣绊鞋，左手持一纸航海图，右手握一柄单筒望远镜，深邃的目光泰然平和地凝望着远方。

詹姆斯·库克是英国一位农场帮工的儿子。他少年时当过马倌，后来在一家杂货店当店员。16岁时，库克进入惠特比船主的一家公司当学徒，从此开始了海上旅行生涯。1756年，英国与法国等国的七年战争爆发后，库克当即服役，进入皇家海军，首次越过大西洋，赶到美洲，协助进攻魁北克，显示出其非凡的才干。

1769年6月3日，金星要从地球和太阳之间穿过。英国皇家协会计划在南半球观测这个奇景，于是向海军求助，海军派出了"奋进号"。1768年8月26日，库克船长率领20名水手驾驶"奋进号"开始了这次永垂青史的航行。

1770年4月29日，经过一年半时间的海上跋涉，库克来到当时被称为"新荷兰"的岛屿附近，发现了山脉和树木，库克判断这也许是一片新大陆。一直在岛周围绕行了九个昼夜才驶入了一片开阔的海域，即现在的悉尼植物学湾。登陆后，迎接他们的是当地土著人的长矛和石块，但当那些赤身裸体的土著人听到"噼啪"的枪声时，便迅速逃进了丛林。这片辽阔的大陆证明了库克的推断，这是南太平洋的一个新大陆——澳大利亚。库克当即以国王乔治三世的名义宣布，这片大陆归属大英帝国所有，把"米"字旗首次插在了这片土地上。从此这个南方大陆的历史被改写了。几年后，作为英国在海外最大的犯人流放地的美国爆发了独立战争，最终导致英国失去了北美殖民地，英国国王决定将澳洲作为新的海外犯人流放地。1788年1月26日，在菲利浦船长的率领下，第一批英国流放犯人的船队在悉尼港登陆，澳大利亚从此诞生。1月26日因此被定为澳大利亚的国庆日。库克船长亦被誉为澳洲的建国之父。

我站在库克船长铜像边留影。

漫步街头，百年老火车站，老式马车，古老的大教堂，这是一个仅有二百多年历史的年轻国家，所有的古迹保存完好，吸引着全世界的游客。

企鹅岛

只有一天空余时间，最好的选择是去企鹅岛。我们坐了免费电车，到了唐人街，一个个中英文牌子，药店、杂货铺、诊所，最多的是饭馆。要拍张照片发到国内网上竞猜，可能不少人的答案是中国某个中等城市的街道。旅行社工作人员和门外排队的游客全是中国人。

出发时间是中午12点，因为看企鹅是晚上8点。我们抓紧时间在一家台湾饭馆吃饭。

在车上我们仿佛一下子回到国内，满耳是上海话、广东话、东北话，一车人除了司机是一头卷发的西方小伙子，都是国内游客，导游是位年轻的中国姑娘，据说在这里读研究生，兼职导游。她告诉大家一日游安排三个景点，每个景点参观时间一个小时，重头戏是看企鹅；那些企鹅早晨天刚亮就下海觅食，太阳落山才回来。大巴晚上11点后才能返回到市内。

沿途风景优美，一点没有旅途枯燥的感觉。看了剪羊毛、袋鼠、考拉等，太阳偏西时到了海边一个餐馆用餐。餐馆面朝大海的一面是半圆形巨大玻璃，外面有露天桌椅，等着看企鹅的游客爆满。走出餐馆看到岸边草坡上，密密麻麻挤满了海鸥，雌海鸥在孵卵，雄海鸥守候在旁边，叽叽喳喳，离游客仅隔一道栏杆，几乎伸手可触，而海鸥司空见惯，不惊不乍，人鸟和谐，其乐融融。

天快黑了，我们坐车到了企鹅岛旅游管理区。路边茂密的灌木丛中，许多袋鼠一动不动犬立呆望，不知我们这些人急急忙忙去哪里？

企鹅岛管理区好大而且气派！停车场比两个足球场还大，围着精密的一人高的铁丝网，导游说这是为了防备迷路的小企鹅误入停车场；晚上所有车辆离开时有个必需的程序，专职保安查看车辆轮子底下没有小企鹅才可以启动，因为若干年前曾经发生过夜里迷路的小企鹅被压死的悲剧。

我们顺着木制栈道走到海边，澳洲不缺木材，栈道木板厚实，踩上去没有弹性，有海边游客足底带来的细碎的沙子。海边是一层层座位，像大足球场的看台，坐了一千多人，都穿了厚衣服，一脸兴奋，等待贵宾从海里上岸检阅。几位年轻的金发女郎，腰上挂着小喇叭，说着悦耳的英语，导游翻译说，企鹅上岸要保持肃静，不得用闪光灯拍照，不得指指画画，不可惊吓，更不得丢食物。可以顺着栈道往回追看企鹅。

天暗了，海潮软了，沙滩泛着白光。人群骚动起来，有人低声说来了，来了。我费劲地睁大眼睛，只见先有一个黑团团出来侦查一下，确认环境安全，再返回海里，引出一团团黑乎乎的东西快速移动，消失在草丛中，根本看不清楚。导游说可以在栈道上看，人群"哗啦啦"散开，一个个趴在栈道栏杆上，顺着灯光低头寻觅着，忍不住兴奋地叫着"看到了！这里，这里，一，二，三，四……"

我们在幽暗的灯光下看到了这些珍奇的动物：它们是企鹅家族中最小的一种，被称为"袖珍企鹅"，高约 20 公分，形若棒槌，全身漆黑，唯有脖子前胸一道白色，像穿燕尾服配白胸巾的绅士，走路左右摇晃，一个紧跟一个，七八个，十几个一个家族整齐行进，井然有序。它们旁若无人，根本不理睬趴在栏杆上追逐观赏它们的游客，似乎用肢体语言在宣告，是你们来找我的，不是我请你们来的。它们天亮下海，现在回来了。大海的馈赠真慷慨：小精灵们一个个吃饱了，肚子浑圆，看不到腿脚，却移动很快，直奔人工建造的草丛中的小鸟巢。

木制小鸟巢，企鹅走出的小路，这得多少心血，多么漫长的诱导训练啊！更别说每天有人统计出去多少，回来多少——今天报告是回来2300多只，早上出去的基本都回来了。

袖珍企鹅令人震撼！澳洲人与动物和谐相处令人震撼！完整保护原生态的旅游理念和先进科技管理令人震撼！

大家都抱怨导游安排40分钟的时间太短了，看到企鹅的时间才20分钟。导游解释说往回走要三个小时，已经9点了。上了大巴，保安人员用强光手电检查车轮下没有小企鹅，车才启动。导游说企鹅岛曾经是有百年历史的私人牧场，有十几家牧场主。为开发建设以企鹅为主的旅游基地，政府花费巨资把牧场迁走，恢复了这里的原生态，建起了海鸥、袋鼠繁殖基地，规定旅客只能坐大巴进出，不能随意下车，免得干扰动物生活；这里一草一木都不能随意动的。旅游给这里带来巨大经济效益，这个地区所有居民都为旅游业服务。

路上，我的思绪随着夜色中的点点灯光飞扬：澳洲旅游资源太丰富了，旅游管理太人性化了。没有栅栏，没有广告，没有造势，更没有诱劝游客购物，一切尽可能保持大自然原生态，一切展示人与自然和谐相处，一切让人增长知识。这样的旅游花多少钱，走多少路都值得！

直到回国后很久，眼前总是浮现一个个"小绅士"蹒跚而行的场面，配乐是《拉德斯基进行曲》……

大洋路　袋鼠　考拉

不走大洋路等于没有到过澳洲。到这条路上，你喊一声"芝麻，开门"，天门轰然大路开，风景浓缩滚滚来：大海、海滩、牧场、房舍、草原、森林、河流、山丘、瀑布等，再加上传说故事，这一切就成为你旅游记忆宝库的珍藏。

大洋路是世界上最美丽的海岸公路之一，沿着维多利亚州的东南海岸蜿蜒 550 公里，是全球最适合自驾游的海岸公路之一。

大洋路位于墨尔本西部。1919 年，第一次世界大战结束后，澳洲参战老兵回国。3000 多老兵开始修筑这条路，1932 年贯通。西部平原是火山区，土壤非常肥沃，原始森林、乔木灌木，密不透风。火山湖泊，河水溪流，花鸟鱼虫，风光独特。大洋路东有蜿蜒的奥特威山脉，挡住东南风吹来的海洋水汽，形成丰沛的地形雨，孕育了生机勃勃，万木争辉，天蓝地绿，百鸟朝凤的大自然奇景。

大洋路起点建一大门楼，旁边有青铜雕塑：士兵推着沉重的矿车，旁边石头上摊着挂着勋章的军衣。车经过这里不约而同停下来，拍照、纪念，缅怀老兵们最后的奉献。

顺大洋路走了一个多小时，路两边宽阔起伏的牧场被密集高大的桉树代替了。桉树树皮光滑，树叶厚实稀少，树干高大粗壮。远远看见几辆轿车停在树下，一个个老外端着长枪短炮昂首向上，指指画画：他们在寻找考拉。

我们进入野生考拉保护区了。

停了车，我们也加入观察考拉的人群中，大家都保持肃静，发现考拉就打手势。我惊喜地发现了十几只考拉！这种澳洲独特的动物太叫人佩服了：它有尖锐的爪子，可以深深扎在桉树光滑的树皮里，任凭台风暴雨岿然不动；它有强大的消化能力可以把厚实的树叶变成营养；它有顽强的生育能力可以在几十米高的树杈上育雏！当地人说，考拉一天二十个小时睡觉，两个小时吃东西，还有两个小时发呆。

离我最近的考拉在十米高处，可以看清它吃饱了在睡觉。皮色灰白，四肢短而粗，耳朵很小。这条"考拉路"有十几公里，两边灌木杂草丛生，人难进去，只能顺着路看考拉。据说西方年轻人结伴来此，比赛一个小时谁发现考拉多，谁就有福气。难怪所有旅游景点都卖吉祥物——考拉。

下午，我们到恩格里西，参观野生袋鼠保护区。这里是一个宏大的高尔夫球场，进去要收费，有专用电动车载客进入。能到这里打高尔夫球的绝非一般市民，因为从墨尔本到这里开车要两个小时，自带食物饮料，还要有一套高档行头：头盔、运动衣、球杆等。

我们坐着电动车进入保护区，土路蜿蜒，颠簸摇晃，但看到一群群袋鼠在树下或卧或立，或走或跃，立刻兴奋起来。开车的白发老外停下车让我们拍照，他对中国人十分友好，不停说"ok"。

在地球的进化史上，袋鼠是最奇怪的动物——它怎么会上肢那么短，下肢那么长，根本不成比例，而且肚子上进化出来一个育儿袋呢？袋鼠立着不动好看，像个毛茸茸的金字塔；它一挪动很难看，头着地，腰弓起，后肢一个大三角，往前一挪；它跳动起来十分好看，上肢收起，下肢弹跳，一蹦一丈，快捷轻逸。

袋鼠与人已经是好朋友了，它们夜里觅食，此刻懒洋洋地或立或卧，欣赏着富豪们打高尔夫球。球落在身边根本不屑一顾，似乎它们是这里的主人，人类倒成了客人。

十二使徒海景

第二天，我们到了坎贝尔镇，游览著名的十二使徒景区。从地质学讲，两千多万年前，海水冲刷，一共有十二块岩石与海岸脱离，形成十二座独立礁石。从人文学讲，传说耶稣到过这里，他的十二个忠实使徒留下了这个圣物。难怪我们遇到的西方游客脸上带着一种圣洁虔诚的神情。

我们站在岩石峭壁上，由南极圈吹来的季风，圈起海浪打在悬崖底下的沙滩上，惊涛拍岸，卷起千堆雪。回音从一百多公尺下的崖壁传送上来，如天籁，似玉碎，旋律袅袅。"站"在海岸边的那些巨大岩块，被海水和雨水切割，加上劲风侵蚀，数千或数万年之后，变成一个个不同造型的石柱。听说这里是个自杀的好地方，因为对上帝的崇拜向往和神奇的美景，让人可以了无遗憾地跳下去。难怪海岸边都有警告牌：到此为止，别太亲近了。

我们坐上直升机空中俯瞰海景。20分钟，一个人145澳元。我心里一算合人民币700多元，有点嫌贵。但坐上飞机立刻感觉花多少钱都值得。红色直升机乘员四人，飞行员是一位金发女郎，操作很熟练，起飞就从耳机里听到她悦耳动听的声音，可惜一句也听不懂。其实也不遗憾，因为美景一览无余：蓝天铺在脚下，白云被划开变成浪潮，麦田像金色绸缎，森林像深绿色的披肩；"十二使徒"只剩下七个，其余跟着上帝去了……

我想起新疆的艾德利斯绸，为什么大红大绿大黄色彩强烈对比？我俯瞰的是一幅工笔油画，脑海里的艾德利斯是印象派的杰作……

爱情是跨越国界、民族、信仰的永恒旋律，离十二使徒不远是吸引许多游客的"爱情峡谷"。我们顺着笔陡的阶梯，下到深深的峡谷。退潮了露出一小块沙滩，沙滩边山崖下有个山洞。沙滩上密集的脚印可以想象这一天来了多少人，朝拜这个有着凄美爱情故事的山洞。这里原名叫阿德湖海峡（Lord Ard Gorge），1878年，一艘英国开往墨尔本的游轮Lord Ard号在这里遭遇风暴，不幸触礁，乘客几乎全部遇难。海岸易名为Loch Ard Gorge。当时有两位青年男女被海潮冲进这个海峡，终于被过往船只救起。留下一段感人的爱情故事。

太阳快落山了，我们急急忙忙游览了另一个景点伦敦桥（London Bridge）。伦敦桥原来只是一个大海崖，海浪成年累月拍打，将崖底穿透，使得这座崖壁变成了一座双孔的大陆桥，1990 年，桥被海水冲垮，海崖从此离开了大陆，只剩下一个桥孔矗立在海上，大家将这里称为伦敦桥，妙用英国童谣"伦敦大桥垮下来"。海潮冲来，被桥分成三股，错落有致，此歇彼冲，令人驻足凝望。

晚上在坎贝尔镇住进网上定好的旅馆，自己动手做饭。天黑尽了，我们出去散步。微风习习，涛声阵阵，灯火点点，草坪花园把一座座房舍连接起来，空气中带有野花牧草特有的清爽味儿，一切沉浸在安静祥和的氛围之中。

新疆人游澳洲之四

——中国人　华人

在澳洲接触了来自中国的访问学者、留学生、暂住者和华人。我们属于暂住者。

访问学者李先生

李先生不到四十岁，是国内某省级医院的主治医师，来悉尼某研究所做访问学者一年。他讲了三个故事。

我在国内是个喜欢热闹的人，朋友亲戚多，像《三国演义》里的曹操对关云长，三日一小宴，五日一大宴，到了悉尼这一切全消失了！这里的华人之间很少宴请，只顾自己赚钱，没有病人家属、朋友请你吃饭泡澡等，冷落孤独使人难受。那天，国内几个朋友到悉尼来考察，早早通知了我。我好像快被寂寞窒息了，一见面就到一家有名的新加坡饭馆痛饮一场。他们都是政府官员，有土豪买单，不差钱。那一顿酒一直喝到半夜，打电话叫来了出租车。这里出租车可不像国内满街跑，你得打电话给出租车公司叫车。一上车我忍不住呕吐狼藉，朋友帮我把外套脱了扔在后座上。他们把我送到研究所，扶上公寓楼。一直睡到第二天上午，我突然发现外套没有了！里面有我的身份证、银行卡，还有四五百澳元！我急了，幸亏还记得出租车司机是华人。我立刻报了警。警察详细问了情况，立即联系悉尼所有的出租车公司。那些公司立刻通知了所有华人司机。不到一个小时，一位华人司机说昨天夜里拉了三位客人，中国人，下车后发现后座上一件外套沾满污物，恶臭难闻，以为游客不要了，就顺手扔到一个路边垃圾箱了。警察马上找到那个司机，接着找到那个垃圾箱，从里面翻出了那件外套。我取回外套一看没有少一样东西，满脸惭愧向警察和那位司机道谢。

我们拿着国家的经费，总要有点良心出点成绩吧。我这人不客气地说还是有才能的，也有点中国人的自豪感。不能让一起做研究的德国人、英国人、印度人等，看矮一个头。我用英文写了一篇研究论文，投到一家医学杂志。按照国内惯例，论文要署领导的名字，我就把研究所董事长詹姆斯的名字署上，排在我的名字前面。杂志社收到论文给研究所打来电话表示感谢。不是论文写的有多么好，是人家杂志社的礼貌，表示对作者的尊重。谁知老板詹姆斯把我叫去训了一顿：谁给您的权利署我的名字？我说，论文是我写的，但搞研究的这些条件不都是您提供的！再说了，里面有些观点是我们平常交流过的，有您的思想啊！我当然没有那么傻，说这是我们国内的惯例。那位老板脸色稍微缓和，说提供研究条件和您取得成就不是一回事，这完全是您的成绩，没有我的劳动，再说没有我的委托不能署我的名字。他拿起电话对杂志社说，对不起，这个论文我没有参加，请发表时把我的名字去掉。

"论文事件"后，老板发现我是个人才，安排我参加另一个研究项目，可是我的签证再有三个月就到期了。老板叫来管人事的经理大卫，交代了办理延长半年签证的事。当时就产生了误会：我以为这事是大卫的业务，他去办就行了；而大卫认为这事得我自己去跑，他只管出有关证明。再说当时我研究工作很忙，就忘了，也没有去联系大卫。直到我的签证过期一个月，要发薪水了，老板这才发现了我的签证过期了。他大发雷霆，把我和大卫叫去一顿发火：签证到期不离开，这已经违法了！我给您发薪水再一次违法了！您的身份已经不是访问学者而是逾期居留者了！雇用非法居留者是什么处罚您知道吗？当然，他对大卫一通训斥，对我留了面子。接着，老板立刻带着我和大卫去补办签证，又去移民局、警察局说明情况。我没有时间解释这些，反正要回国了。这事值得那么大动肝火……

深夜迷路

我的日记里记了这件事：10 月 11 日，小高请我们吃西餐，味道鲜美。边吃边聊，出来就很晚了。我们上了最后一班 288 路公交车。这里的郊区没有路灯，只有个别小店有微弱的灯光，而且都在茂密的树林里，根本不知道车走到哪里了。房子差不多都一样，上下坡转弯差不多也一样，出了中心区没有标志性高层建筑。偏偏手机导航出了毛病，我记得过一个十字交叉路口再走三站就到站了。我心想在新疆荒漠中搞测量，夜里凭着星星也没有迷过路。下了车才发现这里天空浓云密布，根本看不到星星！看站牌全是英文，根本看不懂，只看懂了时间——我们坐的是最后一班车。

我和老伴都慌了，连忙跑到马路对面找站牌，没有找到，又跑回原来下车的地方，四下一望，一个人影都没有。只有对面一个小店有点灯光。正慌乱时，一个牵着小狗的华人大姐走过来，主动与我们打招呼。先说粤语，我们听不懂；接着说香港话，我们还是听不懂。她只好用很不流畅的普通话问，是不是迷路了？我们连连点头。她做手势叫我们跟她走，过了马路进了小店。这是家小餐馆，店里只有七八

329

张桌子，她老公已经收拾好东西准备回家了。

刚才是老板娘下班后的必做功课，遛狗散步。本来他们一个小时前就打烊了，但有个西方人订了一份中餐一直没有来，他们等到深夜，那位西方顾客刚拿走订的餐，他们正准备走了，正好发现我们迷路了。

老板娘问我们住在哪里，我打开手机请她看房东家的地址。英文她一看就懂了。老板打开一本厚厚的悉尼地名录，很快查到准确地点。她关了店门，领着我们到后院，上了一辆轿车。

不到二十分钟，我们到了房东家。再三表示感谢，她连连说没有什么。

我们给女儿打电话报了平安，女儿说要好好谢谢那位华人女老板，你们能记住那个小店的地址吗？我说，我拿了一份他们店里的菜单，只有一页纸。

房东说，这里华人多信基督，心很善良，遇到迷路的大家都会帮忙的。

六天后，我们去登门感谢了那位好心的华人夫妇。送给他们一个新疆天山玉镯。她坚辞不受，也不告诉姓名。后来，每次坐 288 路公交车路过那个十字路口，我都要心中充满温馨地看着那个不起眼的小店……

房东大刚

大刚是苏州人，1989 年来到澳洲，不久拿到绿卡，现在是澳洲人。他的青少年时代在国内度过，来澳洲之前在苏州建材研究院工作。母亲九十多岁，在苏州生活。他每年回国看望母亲及其他亲人，对国内情况非常熟悉。

早晨天刚亮，与我租住的卧室一板之隔的小厨房就传出叮咚的响声。等我起来洗脸，准备早饭时，院子里空寂安静。那条名叫"夏洛特"的狗，急切地用爪子扒着纱窗门，要到院子东边的草地上方便。大黑猫则懒洋洋地卧在椅子上，夜里在房顶上追杀老鼠累了。

我对大刚开玩笑说"你过的是共产主义生活"，何以见得？首先，环境优美，空气湿润。你工作的那家医院，三面海湾，绿树环绕，草坪碧绿，四季有花，无论哪个季节，哪个角度，拍张照片发出去，大家肯定认为是个大公园，没人会想到这里是家医院。其次，你的工作很轻松，环境和谐。你搞后勤工作，分发回收床单毛巾等，一大半时间可以看报纸。第三，咖啡、牛奶、餐巾纸、卫生纸、洗发液等，按需分配。游泳池、热水澡也全免费。医院的冰箱、微波炉等，从来没有收电费一说。

大刚笑了点头说，你讲得有道理。还有一点，这里西方人很好相处，人与人没有钩心斗角、玩心眼儿，讲诚信，重契约。医院一切事情公开，个人胸怀直率敞开，这就简单了，与单位与个人都好相处了。

大刚说，我上班是休息，下班回到家里才是干活。上班一分钟也不能迟到，一分钟也不能擅离职守；下班一分钟也不耽误立马回家，脱了工作服，光着膀子干活儿。

家里的活儿是干不完的。在一百多平方米草坪边，挖开了一溜子菜地，雨后种上西红柿、丝瓜、豆角，吃菜不花钱。养了鸡、兔、猫、狗，猫狗有现成狗粮；鸡兔每天早晨喂食，晚上回来也要招呼。稍微有点空闲时间，大刚双手挥舞长柄苍蝇拍，追着打苍蝇，常常表演"空中拍蝇"的绝活。最忙的是做晚饭，厨房在院子角落，又矮又小，天气又热，他大汗淋漓，伸出头喊："老陈，端菜！"我快步过去把菜端进客厅，立即把铁纱门关严实，防止苍蝇跟进。不到一个小时，五六个菜摆在桌上，香气扑鼻。我喜欢吃他做的鱼、红烧肉、油

331

焖大虾等苏州菜，还有西餐牛排、生菜沙拉等，味道也不错。晚餐后，他坚持"不让客人洗碗"，让我们去看电视，早点休息。他洗完碗擦完桌子，还要把第二天的中餐装进饭盒里，放入冰箱。

看到他挖地，下种子，满头大汗，我说大刚，从没看到你休闲享受的时候，不要太辛苦了。他说，六十岁的人啦，要把八十岁时干不动的活儿提前干完；到八十岁干不动了就可以休息了。

有好几次，我刚躺下准备睡觉了，他轻轻敲一下门说，老陈等等睡觉，端一杯刚刚榨好的果汁给我。果汁是西瓜、澳芒、橙子榨成的，甘爽可口。有时拿来一叠中文报纸，说你是文人，喜欢看报看书。

澳洲两个月，深感华人生存能力太强了，华人文化包容能力太强了。他们算计精明，吃苦耐劳，勤俭创业，做事规矩。

大刚房子两层小楼，约二百平方米，隔成多个小间，用于出租。一个小房间摆张床就没有多少空间了。我们来之前有三四个留学生租住在这里，一住就四五年。租金多少不便打听。

大刚除了在医院工作外，双休日还抽出一天去"跳蚤市场"工作，替摊主卖东西。我们常搭他的车去城里，在周围游览，中午到他的摊位吃盒饭。在饭馆吃饭实在太贵了，最简单的洋快餐薯条、汉堡包、一杯咖啡，也要二三十澳元，合人民币一百四五十元。大刚说，刚到澳洲那些年，一个人干三份工作，没有双休日。仓库搬运工、农贸市场、"跳蚤市场"都干过。我们跟着他去那些地方，不少华人和他打招呼，都很熟悉。"这里只要你能吃苦，肯干活，白人干六小时咱干十二小时，白人不干的活儿咱来干，就能挣钱。凭自己的劳动挣钱没有什么丢人的。"

那天中午，我们正在大刚的摊位吃盒饭，一位白人老者来挑选皮具，拿着一把雨伞。他挑了一个皮包似乎比较满意，把雨伞装进去，雨伞露出一点点。大刚吃着饭却一直不动声色看着他，见他露出犹豫之色，大刚飞快地在旁边的华人摊位上拿过一把折叠伞，麻利地塞进皮包，对那位白人老者说"伞送给你"。老者一脸高兴，马上付了皮包款。

我赞叹道，大刚，你反应太快了。送了一把伞，卖出一个皮包。皮包 150 澳元，伞 5 澳元——太会算计了！他说，没有这点本事还挣什么钱呢！他在挑选皮包时我一直在观察他的表情，我估计他会看中这个皮包，而且要装那把伞。我的摊位上没有伞，但旁边大姐的摊位上有，这不就好了！送给他一把生意就成了！

还有一次，也是在"跳蚤市场"，大刚拿了个大塑料袋子，叫我帮个忙。我跟着他到旁边的蔬菜市场，摊主大多是华人，好几个人和他打招呼。他找到一位白人壮汉，谦恭地说了几句英语。白人壮汉微笑着指了指边上的一堆纸箱。纸箱里是大卷心菜，大刚要把卷心菜外面的叶子剥掉，拿回去喂兔子。我的任务是把那个半人高的袋子口张开。我俩把沉重的一袋菜叶子拖到车上，兔子一周的饲料解决了。"这些菜叶子不要钱？""要钱？他们应该给工钱。这里人工是按小时付工钱的，有法律规定。"

跟着大刚去了好几次大超市，他总能买到最便宜的东西。在医院上班没事就看报纸，把广告剪下来，超市商品动向一清二楚。有一次我们去了超市转了一圈，出来在一家韩国人的食品柜台外面坐着。大刚看看表说等半个小时，我问有事吗？他说没有什么事，这家柜台 4 点半后卖半价。不用问，他从广告上看来的。4 点半后，果然半价。大刚买了两盒儿子喜欢吃的寿司，"节省多少钱就等于你赚了多少钱。"

开车回去的路上，他转了好几个大圈子，看加油站挂出的牌子。

终于在一个华人开的加油站停下，"这家一公升汽油便宜了两毛钱。"

大刚说起儿子一脸高兴。儿子上高中二年级，高大英俊，学习优异，拿了奖学金。儿子小名龙龙。我说儿子比你高出一个头啊！大刚一脸自豪地说，龙龙从小喜欢牛排、牛奶。巴掌大的一块牛排，几乎每天一个；口渴了拎起牛奶桶就往嘴里倒——这里牛奶比矿泉水便宜，而且都是喝生的。

可怜天下父母心啊！心同此情，情同此理。

在大刚家两个月，他对我只红过一次脸：为了那条叫"夏洛特"的小白狗。我年轻时就很喜欢养狗，老了返老还童，到大刚家就与"夏洛特"成为朋友。我常常牵着"夏洛特"在草坪上奔跑、遛弯。我拍了一张牵着雪白的狗，在碧绿的草坪上遛弯的照片，发到微信上，立刻有许多网友点赞，说"老革命，好好享受贵族生活！"小白狗非常聪明，天黑了解开套绳，它会给你领路，往前跑几步，回头等你。有时我故意往岔路上走，它立刻跑来绕着我的脚，呜呜叫着挡住我。那天吃晚饭，大刚做的红烧鱼很好吃，"夏洛特"从我腿中间伸出头来，我顺手把一块鱼骨头喂到它嘴里，那家伙嘴巴一动骨头就消失了。大刚正在与旁边的小青年说话，一转脸看到立刻急了，红着脸喊着"不能给它鱼骨头，万一卡在嗓子里，看一次兽医要一千块呢……"

我知道澳洲人看病不要钱，宠物看病那是贵得吓人。从这以后，我再也不给"夏洛特"喂骨头了。但我仍然喜欢它，牵着它不但锻炼身体，心情愉快，而且碰见的洋人都对我投来尊敬的目光——他们遇见了喜欢宠物的知己……

在大刚家两个月，没有见过他家的钥匙，家里从来不锁门。大刚说，家里有"夏洛特"就可以了，这里没有小偷。

我们回国后不久，大刚在微信上发给我一组照片：南瓜、丝瓜、西红柿硕果累累。我立刻想起太阳下他头上的汗珠……

华人去哪儿了

2015 年 10 月 25 日　星期日　悉尼　晴

今天，游览了国家皇家森林公园。至此，悉尼主要的旅游景点都去了。一个问号在心里逐渐升起而且越来越明晰：澳洲的华人去哪儿了？在邦德海滩上，一眼望去，碧眼金发，白肤如云，不见华人！南天大寺，黄钟大吕，顶礼膜拜，多是东南亚人，不见华人！歌剧院前，皇家公园，古总督府，大树蔽天，鲜花锦簇，草坪躺着一对对享受"日光浴"的没有一个华人！闻名遐迩的蓝山公园，山如笔立，气若蓝烟，游人如织，不见华人！

来自国内的旅游团处处都可以碰到，上海话、北京话、广东话、东北话都听到了，而没有当地华人声音。当地的华人去哪儿了？他们在做什么？……

一个多月过去，我逐渐明白华人在这里的生活——

西方人双休日全家去玩，有店铺的关门或者雇用华人打理；西方人开的饭店、商店等，下午 6 点关门回家，华人的店开到 9 点甚至更晚。澳洲实行夏时制，9 点相当于国内的深夜 12 点。西方人不屑于干的工作，搬运工、清洁工、送餐等，华人来干——简言之，西方人熬不了的苦，华人可以；西方人受不了的累，华人可以；西方人干不了的手工艺技术活，华人可以；西方人耐不住的冷清，华人可以；西方人不愿动脑筋算计的生活细节，华人算计；西方人注重的贵族虚荣，华人不在乎——但是，西方人制定的法律规则，华人遵守；西方人提出的文化多元，华人弘扬。结果是，华人在这块南半球最大的国家站住了脚，扎下了根。

　　那天，我们正在住宅边一片树林边的草坪上休息，一位中国老大姐推着童车走来，后边跟着一个小男孩。这里难见中国人，见面自然亲热。小男孩去荡秋千，老大姐和我们攀谈起来。开口是北京话。令我们吃惊的是他们老两口在澳洲生活三年多了，居然没有去过蓝山公园、邦迪海滩、南天大寺等，国家皇家森林公园居然也没有听说过，只去过一次悉尼歌剧院——288 公交车直通歌剧院附近，全程 20 多站，最近的车站离她家只有二百米！

　　老大姐女儿女婿都是从国内迁到这里，已经加入澳籍。我们说这里风景如何美，空气如何好，生活如何富裕，老大姐不以为然，快人快语：

　　你们说的那些个好，都是人家的，你能带回国内去？老百姓得过日子啊！这里物价多贵呀！一斤西红柿五六澳元，相当于二三十块人民币。我们老两口在北京有房子，一个月退休金一万多元，花不完。到这里相当于两千多澳币，比法律规定的最低工资还要低！女儿女婿贷款买了套二手房，要还贷啊！一个人做两三份工作，没有什么双休日。孩子交给我们带，吃饭睡觉全是我们操心。还要带着出来玩。你们说的那些什么海滩，我们哪里有心思去啊！这里离市区那么远，邻居之间从不来往，最多见面一声"嗨"就不错了。你说的不错，这里原始环境保持的好，可人不能老是生活在原始森林里吧？我们老两口商量好了，年底回北京……

　　我说，你们把两个外孙带大了，已经尽了老一辈的责任义务了。老大姐一脸无奈地说，什么责任义务啊，我算看透了你说的第二代第三代，一个个长大了，说的英语，信的上帝，吃汉堡炸薯条，能用中国话喊你一声爷爷奶奶就不错了，还能指望什么……

与老大姐告别，我心里一声叹息：一方土养一方人，咱不是这方土养大的。

"天山脚下是我可爱的家乡，当我离开她的时候，好像那哈密瓜断了瓜秧……

白杨树下住着我心上的姑娘，当我和她分别后，好像那都它尔闲挂在墙上……"

老伴奇怪地看着我："你怎么想起唱这首歌！"

我答："老了，怀旧。"

留学生

在报纸上看到，在澳洲的中国留学生15万多，大多在悉尼、墨尔本。房东家住着两位留学生，小伙子，小赵、小陈。住的小房间只有五六平方米，就一张床一个书柜。我们住在一个屋檐下却很少见面。早晨，我们起床，他们已经到学校去了。为了省昂贵的车费，小赵走路需要四十多分钟。小陈刚开始也是走路，谈了女朋友就买了辆很便宜的二手车。他算过账，在这里大学四年公交车钱比买二手车贵——他学的就是国际金融，可谓学有所用。晚上，我们已经睡觉了，他们才回来，洗漱无声。

那天晚饭时，小陈带着女朋友来了。女友也是留学生，长得白皙清秀，穿着平常，比国内的女学生还简朴。我抓紧机会与他们攀谈，才知道国外求学的艰难。

首先，学费很贵。你选的课程不一样，学费也不一样。选一门课一学期两万元人民币，如果考试不及格下学期再学还得交钱。如果选四门课就是八万元人民币。大学四年拿到文凭，光学费也得二三十万元人民币啊。当然，图书馆、体育馆免费开放。

其次，生活费贵。我们尽量自己做饭，到农贸市场买黄标签的打折食品。在外面吃饭太贵了，一个韩国牛肉面 23 澳元合人民币 115块！再别说牛排龙虾什么了！公交车、火车都是按站计价，一个小时坐下来二三十澳元就是一百多元人民币！

还有，回国看望父母来回飞机，那个钱就不算了。打个电话，像你们用中国移动，一分钟三块钱。再贵也得打啊！父母的声音比任何金钱都珍贵……

心里肯定有压力：现在国内像我们这样的"海归"太多了，一个月能给你四五千块就不错了。留学四年花人民币一百万元，家里给的钱。我们多少年才能报答家人给我们的付出？别说买房子多贵了——还是别想这些事了……

听了留学生的感慨，再看到报纸上这则消息，我明白了澳洲为什么把办大学的目标对准中国：中国成为澳洲的外国资金最大流入国，一年达 87 亿澳元；澳洲成为中国房产投入第二大目的地，仅次于美国；墨尔本正在建设 150 万平方米的大学城，可容纳 8 万名国际留学生的高科技教育中心。声称"利用中国人对澳洲及其他西方国家教育项目日益增长的需求"，建设国际大学城。

回国

11 月 23 日，我们乘飞机经过一夜飞行到北京。24 日下午飞抵乌鲁木齐。在澳洲待了两个月零五天，感觉只是一瞬间。由此很难对澳洲做深刻准确的评价，只把所见所闻，如实记载。孔子曰"目不足恃"，耳顺之年，眸非清纯，但期以神遇不以目视。

乾坤何须分南北，一眸尽揽大洋花。飞机俯瞰，天山是万古洪荒时代海洋退去时，海涛凝固变成的……

他从历史深处折返

陈平是位老先生。

这个"老"，有一个世纪那么长。甚至更久些，能回溯到左宗棠和阿古伯。从那里往现在拉，沿着陈平的文，就能拉扯出一条弯弯曲曲的边疆社会地图。这大概就是陈平的意义和世界了。

我认识陈平，皆因这弯曲之路上的点滴文字和现实的碰击、示意以及由此而生的无数次联想，他让我知道了历史的具体性，了悟今日之一切是由密密匝匝的努力得来。能将新疆历史（主要是20世纪）用如此民族志的记述方式清晰道来，除他，我还没有见过第二个。而尤其让我赞叹的是，只要有他老先生在的场合，那话语的中心和中心形成之后的各路枝杈都少不了他的参与甚至主导。究其因，是他太沉浸于边疆史，这边疆，和许许多多的研究者不同，是陈平亲眼看到的，亲耳听到的，亲身经历的，更重要的是这里凝聚着他的"父魂"。父亲与黄埔，父亲与和平解放新疆，父亲周边的人们，如此紧密地缠绕在陈平成长的每一个地点，进而构成属于陈平的星图。因此，要理解陈平的文字，不了解这段新疆史，不去体悟兵团人建设新疆的每颗晶莹的汗水，就很难感受到他发自内心地对边地的热爱，此爱无疆！此心、此情，凝聚成文，着实不易！

我很钦佩陈平，并认为他的文字超越了自己以往对新疆作家群的

339

认知。或者，他并不是作家，只是一个忠实的田野记录人，却又有着强烈的想要把自己的所思所想广而告之的愿望，于是乎，一个本不是作家的史志工作者在退休之后转而为文，虽不在新疆文学人的圈子里，却屡屡让同样书写新疆的很多同人汗颜。

身在新疆，我始终思考新疆文化表达的问题。最初我是从边地文学互动与交流的角度，希望从中找到新疆文学可资建设的助力，但做着做着，就发现很容易陷入一个误区，那就是我们将看新疆的目光作为自身的定位，却忽略了这些眼光背后存在的文化的、社会的、历史的刻板印象，这些刻板印象在长期的烙刻之下已经形成对新疆的系列误读，如西风塞上大漠、胡天荒地烈马，而这里的人们总是那样单纯、热情却又带着那么些傻气。我们明知道这样的描述只是新疆想象的一个方面，而且带着很深的历史印记，却还是一个劲儿地满足着看者的意图，我们在努力表达着"异域"的风姿，却将自己与世界的距离越隔越远。这样的结果并不是我的初衷。我开始反思。我们在谈到新疆文学的时候，是否过分强调对内地文学的学习，或者说内地文学对新疆文学的影响决定了新疆写作？对此我不否定，但是否我们的这种"强调"有些过度？我们是否缺乏了对"自性"的挖掘？

于是，我转而开始进行新疆叙述的研究。我发现在新疆的文学世界里存在一股潜流，而这股潜流正在演变成一种潮流，一种主导。那就是对新疆本土文化资源的大肆贩卖，这类写作我将其称为人文地理景观写作。也就是说，这样的写作只能称得上"景观写作"，却距离文学渐行渐远。我们知道，文学作为高浮在意识形态领域上空的一个领域，是有自己独有的世界和期许的。文学要表达人的情感、思想、境界，文学既站在大地之上，又超然于外，文学直达作为"人"的理想，文学能使我们远离日常生活的喧嚣，抵达静思的世界。而在眼下

"互联网＋"的时代，文学更是洁净心灵、重返理性、反思自身的大道，这样的路径在今天的社会已经越来越稀少而弥足珍贵。但这些景观写作，却显然是带有沉重的附着物的。市场和经济效益、读者的眼球经济，就是其最核心的重物。这些重不重要，答案是肯定的。但这种"贩卖"是否能够代表新疆形象，又是否会将世人眼中的新疆带入另一种想象，另一种"刻板印象"？这是否会离真实的新疆越来越远？

而陈平其人其文，却走在另一条表达新疆的路上。他始终在新疆人和新疆历史的管道中穿梭，他所写的人，莫不是有着漫长历史和因缘的"活的"个体。我忘不了读他写各路知青尤其是上海知青的新疆影响图景："文化活动丰富了。十天半月能看场电影了。尽管跑十几公里路，心里高兴。过年过节，大礼堂挤得水泄不通。'如闻仙乐耳暂明'，老职工也哼起了《红梅赞》；舞蹈《亚非拉人民要解放》，昏暗的舞台上一星星火忽成燎原之势，令老职工们拍红了巴掌，连称'绝了'！维族舞、藏族舞、蒙古舞，跳什么像什么。一打听，某人是上海少年广播合唱团的，某人小时侯学过芭蕾舞，某人的邻居是电影制片厂的。"透过陈平的表述，我们看到，"上海的涛声越过万水千山，唤醒帕米尔高原下的千年古城喀什噶尔"，祖国各个方向的文化在偏远的南疆土地上汇聚，最终熔成浩浩汤汤的文化融合之流，也铸就了新疆文化的品格——包容与生长。还有那位父亲的同学：维吾尔老黄埔——这位难得的维吾尔族人才是个好人、好朋友，同时是位正气凛然的爱国者。陈平专门记述这样一个人物，显然有强烈的现实关怀。在他的文字中，多次提到自小而大的成长史中，有许多各族朋友同吃同住同玩耍的经历，而今看到破坏朋友关系的种种恶行，自然是恨意十足。

把陈平的文字对应在于特定的历史情境和特定的人群，若站在文学的角度，则文学与社会的二维关系紧密勾连。作者就是想通过大声呼喊，请君为我侧耳听：在这片土地上，曾经有过、而今依然在继续的那些人、那些事儿。若站在历史的角度，则铭写于历史的一个个名字因为"行走的讲述"而生动，并化身为新疆民众的多个形象。从这个角度看，陈平的文字是兼有文学性和历史性的，而他对每个地名、人名历史的详考，则赋予其考古学的价值。这是其他用文字描写和记录新疆的同人所无法比拟的。

　　而我，因此对老先生更加充满敬意！谨以此文，以志孺慕之情！

陈平这个人

郭有德

新疆的公路像个"人"字，一撇甩在南疆，长 2000 公里，一捺
摁在北疆，长 800 公里。

乌鲁木齐到伊犁 682 公里，陈平一上车就给我们讲故事，看来摄
制组的北疆之行是不会寂寞的。

"359 旅离开延安后，披着西北战场的硝烟一路打到新疆，驻在
阿克苏，就是那个盛产红枣、稻米和长绒棉的兵团农一师。"

陈平是兵团史志办的处长，对新疆的党史军史地方史，如数家
珍："1949 年，和田发生叛乱，它的 719 团横穿塔克拉玛干大沙漠
790 公里，解放了和田。1950 年，乌斯曼匪徒在北疆暴乱，它的 717
团跨过天山到伊犁去剿匪。天气太冷，战士们便自制烈酒抗寒，于是
就酿造了一个名酒，那句广告词叫英雄本色，伊犁特曲"。

摄影师陈晨驾驶着"途安"，在北疆密集的车流中钻来钻去，陈
平的坐姿也像柳枝般摇来摇去，但他忽高忽低的声音却没有停止：
"你们拍《兵出南泥湾》就要把 359 旅三个团的故事说清楚嘛。"

我点了点头，是在认可。

陈平继续他的话题："359 旅在新疆开辟了 4 片绿洲（阿克苏、和
田、库尔勒和肖尔布拉克）、2 个名酒（伊犁老窖和托峰特曲）、3 只

股票（伊犁股份、青松建化和新农开发），你们知道 600359 是什么意思吗？"他自问自答："600 是'新农开发'在沪交所的代码，359 是这支部队的番号。"

一路上，陈平的话匣子从未歇停，困意袭来时，我便假扮思考问题状，双手托腮，眯着眼睡一会儿。鼾声响起时，我被陈平摇醒了："前面就是农四师 72 团地界了，那里有一个'女人村'，她们都是 359 旅 717 团老兵的遗孀。老兵去世后，她们没有随儿女搬进城市。她们住在这里，就是想离丈夫近点儿……"

我们的采访车装着陈平的故事，饱满地飞奔在乌—伊公路上，8 个小时的路程，他一直没有停嘴。下车时，陈晨对我耳语："陈平这个人真能说，好听！"

我和陈平的交往，大都发生在我对历史人物和文献资料的讨教中。

2012 年夏天，陈平经常坐在规定的椅子上，对着镜头讲《王恩茂》的故事。只要出现挺胸抬肩、语调高亢的情形，我就知道他紧张了。"放松点儿，就像上次喝酒聊天那样就行。"我说。

为了让他更加松弛，我故意对摄影师大声说："你先不要录，我和陈老师聊一会儿。"其实，这是我们之间约定的暗号，陈晨心领神会地悄悄开机了。

听到这句话，陈平深深地吁了一口气，他真以为我们没有拍，便恢复了往日眉飞色舞的常态："这是 1944 年 11 月 1 日，毛泽东在延安东关机场为 359 旅南下作战送行的照片，毛泽东预料抗日战争快要结束了，他要派 359 旅护送 1000 名八路军干部，去国统区开辟新的根据地。"

陈平的口气有轻有重，语调有高有低，手势也配合着叙事划出了丰富的姿态："王恩茂感到此行凶多吉少，告别时，他对夫人骆岚说，你肚子里的孩子出生后，无论是男是女，都要取名叫'北离'，以纪念我们这次的生离死别。"

陈平很早就掌握了把大事件放在小故事里说的高级手法，他会把史学概念分解成一个个小细节。

有一次，我问他："70 年前，新疆的军垦大生产艰苦到什么程度？"

他回答："全都在一首诗和一张照片里。"

于是，陈平给我读起了他在田野调查时发现的一首佚名诗：

> 谁言大漠不荒凉？地窝子，没门窗。一日三餐，玉米兼高粱；出工号响天未亮，举火把，去烧荒。最难夜夜梦故里，念爹娘，泪汪汪。遥望江南，默默祈安康。即是此身许塞外，宜红柳，似胡杨。

他接着说："这张照片叫《军垦第一犁》，注意看，扶犁的战士屁股上有两个洞。这套棉衣战士们从 1949 年 10 月穿到 1950 年 8 月，除此之外再没有其他换洗衣物，许多人都没有穿裤衩。新疆就是靠部队省下来的军费建设起来的。"

2013 年，拍《王恩茂》把我累得够呛，当我感到知情人难寻和故事性较弱的时候，陈平就会笑着安慰我："不要愁，把筐子摆在那儿就是了，我来给你装货！"

嘿嘿，陈平这个人够份儿！有他在，我就踏实。

陈平当过农垦职工、新闻干事、农三师文联主席，他对史实轶闻极为敏感。那年他陪余秋雨在喀什采风，告别时，余秋雨说："你把这两天讲的故事写出来嘛，读者也会像我一样吃惊的。"

不久，陈平写出了散文集《走过喀什》、兵团史专著《拓荒者》、纪实文学《大漠足音》《昆仑岁月》等颇具反响的书。与那些把概貌新闻称作"报告文学"，把商业介绍视为"通讯"，并向企业讨点零钱碎银的作者相比，陈平的书是属于文学的。他的文字里有色彩、润度和调性，篇幅中藏着结构、布局与情感。他的书是兵团故事汇，是新疆风云录。

在新疆做历史文献纪录片，如果不与陈平打交道，就如同宴会缺了酒一样，是令人遗憾的。

我和陈平的第二次远途，是去巴里坤草原，寻找一个叫"三塘湖"的地方。

1947 年底，陈积久告别黄埔军校成都分校后，就把军魂带到了新疆，他的巡逻路途淹没在三塘湖齐腰深的厚雪中。第二年春天，陈积久换防到距三塘湖 2100 公里外的南疆。他在克州边防线上济人助困的故事，流传在那片群山里，很多年之后，当地柯尔克孜族牧民们还把陈积久巡过的地界，叫作"陈连长的克拉克（峡谷）"。

出发前，陈平让我听一盒录音带，他说："这是我父亲唱的。"

我按下播放键，一个颤巍巍的歌声飘了出来：我的家在东北松花江上……紧接着：风在吼，马在叫，黄河在咆哮……最后一曲是新疆的：劳动的歌声漫山遍野，劳动的热情高又高……

"这是我父亲让我录的，都是他喜欢的十几首歌。"陈平说，"父亲可能知道来日不多了，他嘱咐我，军人唱过的歌，不能丢失。"

那时，我正在拍纪录片《我的父亲母亲》，这盒磁带打动了我。我不能忽略一个老兵留给这个世界和亲人的最后一息声音，也不能辜负一个儿子如泣如诉的心痛。

我在原定四集的篇幅中增加了一集：《老兵如歌》，并用一半的片长来倾听陈平的缅怀和追忆。

陈平望着车窗外掠过的树影说："三塘湖是父亲初到新疆的驿站，也是一个老兵对冬天的深厚记忆，父亲没有见过三塘湖夏天的模样，也没有见过天苍苍、野茫茫，风吹草低见牛羊的景色，这是他终生的遗憾。"

陈平这次去寻找"三塘湖"，就是想替父亲看一看三塘湖夏天的模样，了却老人家的遗愿。

三塘湖是一个小镇，方圆几十里没有人烟，它纤弱伶仃地坐在中蒙边境上，像一个思念母亲的孩子。为了排遣他的寂寞，苍天在这里长满了风景。

陈平在镇外的地名牌下，点燃两挂千响鞭炮，鞭炮声惊动了树上的群鸟，它们越飞越高，仿佛是去天堂给陈积久报信。

八月，是哈密地区蜂飞蝶舞的季节。巴里坤草原上，牛羊仰天哞叫，山鸡在草丛里呢喃，松树林站在高岗上挤满了一座座群山，嫩黄的油菜花绒绒地铺向天边。

陈平轻轻地撩开一层又一层的红布，露出嵌着父亲遗像的画框，他把画框抱在胸前，缓缓地走进油菜地。这一刻，陈积久巡视着一片又一片他从未见过的巴里坤夏天的景象。

微风徐徐吹来，油菜花们纷纷摇曳着，陈积久唱过的一首首军歌，在山间地头和树林上空荡漾。陈平终于把父亲抱回了三塘湖……

望着父子俩走过摄影机镜头，我的眼睛湿了。陈平这个人，令我动容……